Où tu iras, j'irai

J'AI LU

JUDITH McNAUGHT

Les machinations du destin	*J'ai lu*	3399/7
Compromise	*J'ai lu*	3521/6
L'homme qui haïssait les femmes	*J'ai lu*	3665/4
La scandaleuse	*J'ai lu*	3741/5
Où tu iras, j'irai	*J'ai lu*	3760/6
L'amant de l'ombre	*J'ai lu*	3810/7

Judith McNaught

Où tu iras, j'irai

Traduit de l'américain
par Blandine Roques

Éditions J'ai lu

Titre original :

TENDER TRIUMPH
Pocket Books

1

Le soir tombait sur Saint Louis. Posté derrière les baies de l'appartement qui surplombait la ville, un homme de haute taille, très brun, l'air sombre, contemplait le tapis de lumières qui s'étendait à ses pieds et s'évanouissait dans l'horizon. Les gestes de Ramon Galverra trahissaient toute son amertume et sa résignation : desserrant vivement sa cravate, il leva son verre de scotch et le vida d'un trait.

Son hôte s'avança rapidement dans le living-room faiblement éclairé.

— Eh bien, Ramon ? lança-t-il brusquement. Quelle décision ont-ils prise ?

— Rien de bien surprenant de la part de banquiers, répliqua-t-il sans se retourner, ils ne songent qu'à leurs intérêts...

— Les salauds ! fulmina Roger.

De dépit, il passa machinalement ses doigts dans ses cheveux avant de se diriger d'un pas décidé vers le bar et de s'emparer d'une des carafes de cristal qui trônaient sur le meuble.

— Quand l'argent coulait à flots, tu pouvais compter sur eux ! grommela-t-il en remplissant prestement un verre de bourbon.

— Ils sont fidèles à eux-mêmes... si l'argent coulait à flots, ils ne me lâcheraient pas ainsi.

D'un geste rageur, Roger alluma une lampe et rugit en regardant le somptueux mobilier Louis XIV, comme si celui-ci l'offensait par sa seule présence :

— J'avais pourtant l'intime conviction qu'ils t'apporteraient leur soutien, ils savent parfaitement dans quel état se trouvait ton père à la veille de sa mort. Comment peut-on te rendre responsable de ses erreurs et de son incurie ?

Ramon quitta son poste d'observation et s'appuya contre la fenêtre. Il resta quelques instants songeur en fixant son verre où restait un fond de whisky, puis, subitement, le porta à ses lèvres et but jusqu'à la dernière goutte.

— Ils m'accusent de n'avoir pu l'empêcher de commettre des erreurs aussi impardonnables et de ne pas avoir su déceler son incompétence en temps voulu.

— De ne pas avoir su déceler..., reprit Roger, furieux. Il s'est toujours comporté comme Dieu le Père, comment deviner qu'un beau jour il finirait par s'en persuader lui-même ? Dis-moi un peu. Que pouvais-tu faire, de toute façon ? Je me le demande ! Il détenait toutes les actions et il a gardé le contrôle de la société jusqu'à son dernier souffle. Tu étais pieds et poings liés.

— Il n'y a plus rien à sauver à présent, répliqua Ramon en haussant ses épaules d'athlète.

— Écoute, reprit Roger, je n'ai pas osé t'en parler de peur de te froisser, mais je suis loin d'être dans le besoin, tu le sais. Combien te faudrait-il ? Si je ne dispose pas des fonds nécessaires, peut-être pourrais-je les trouver ?

Une lueur d'ironie vint éclairer le regard sombre et arrogant de Ramon Galverra, tandis que ses lèvres finement dessinées esquissaient un sourire. Son visage d'aristocrate espagnol, qui semblait coulé dans le bronze et n'exprimer qu'une froide et implacable détermination, se métamorphosa soudain.

— Cinquante millions, oui, ce serait un début, mais il en faudrait plutôt... soixante-quinze.

— Soixante-quinze millions ? reprit Roger, interdit, en observant attentivement le camarade qu'il avait connu à Harvard. Cinquante millions... un début ?

— Oui, cela suffirait pour commencer.

Ramon déposa son verre sur la table de marbre et se dirigea vers la chambre d'amis qu'il occupait depuis huit jours.

— Ramon, reprit Roger avec insistance, il faut prendre contact avec Sidney Green avant ton départ. Si quelqu'un est à même de réunir ces fonds, c'est bien lui, et il est ton débiteur.

Ramon tourna brusquement la tête. Son visage aristocratique semblait figé par le mépris.

— S'il avait eu la moindre intention de m'aider, Sid m'aurait déjà fait signe. Il sait parfaitement que je suis ici et il n'ignore rien de la situation.

— Peut-être n'est-il pas au courant ? Tu es parvenu à tenir secrète la faillite de la société...

— Si, il le sait très bien. Il fait partie du conseil d'administration de la banque qui a refusé de nous accorder des délais supplémentaires.

— Mais...

— Il n'en est pas question ! S'il avait voulu m'aider, Sid m'aurait déjà contacté. Son silence est éloquent et je n'ai pas l'intention de me traîner à ses pieds. J'ai convoqué les comptables et les avocats de la société dans dix jours, à Porto Rico. Je leur demanderai alors de déclarer la faillite du groupe.

Ramon se détourna brusquement et sortit de la pièce précipitamment. Son allure décidée en disait long sur l'impatience rageuse qui l'animait.

Lorsqu'il reparut, ses cheveux noirs, très épais, étaient encore humides au sortir de la douche, et il avait passé un jean.

Sans un mot, son ami le regarda retrousser les manches de sa chemise blanche.

— Ramon, l'implora-t-il fermement, attends encore un peu avant de quitter la ville. Peut-être Sid finira-t-il par se manifester si tu lui en laisses le temps. Crois-moi, il ne sait probablement pas que tu es ici. J'ignore même s'il est à Saint Louis.

— Il y est, je t'assure, et je ne changerai rien à mon programme. Je m'envole pour Porto Rico dans deux jours.

Vaincu, Roger laissa échapper un long soupir de découragement.

— Que diable vas-tu faire à Porto Rico ?

— Premièrement, la mise en faillite de la société y nécessite ma présence, et puis j'ai l'intention de suivre l'exemple de mon grand-père et de son père avant lui, affirma Ramon avec raideur, je cultiverai la terre.

— Enfin, tu n'y penses pas ! s'exclama Roger, exaspéré. Tu vas exploiter ce bout de terrain et t'installer dans cette cabane où nous avons emmené ces deux filles de... ?

— Ce bout de terrain, intervint posément Ramon avec dignité, représente tout ce que je possède, avec la petite ferme où j'ai vu le jour.

— Que fais-tu de la maison près de San Juan, de la

villa en Espagne et de ton île en Méditerranée ? Tu n'as qu'à vendre une de ces propriétés, ou bien l'île, pour être à l'abri du besoin jusqu'à la fin de tes jours...

— Mais il ne me reste plus rien, j'ai dû offrir tous mes biens en garantie pour obtenir des fonds et la société est à présent incapable de rembourser. Avant la fin de l'année, les banquiers se seront emparés de tout comme une bande de vautours.

— Bon Dieu ! jura Roger dans son impuissance. S'il était encore de ce monde, je tuerais volontiers ton père de mes propres mains.

— Les actionnaires t'auraient sûrement devancé, fit Ramon avec un sourire désabusé.

— Enfin, tu parles tranquillement de tout cela comme si tu n'étais pas concerné !

— J'ai admis mon échec, répondit Ramon, très calme. Tout ce qui était en mon pouvoir, je l'ai fait. Je suis prêt à exploiter la propriété aux côtés de ceux qui travaillent pour ma famille depuis des siècles.

Roger se détourna pour ne pas trahir ses sentiments ; son ami ne pourrait que rejeter un geste de compassion pour lequel il n'avait que mépris.

— Ramon, est-ce que je peux faire quelque chose ?

— Oui !

— Je t'en prie...

Roger, qui reprenait espoir, se tourna à demi.

— Tu n'as qu'un mot à dire, tu le sais.

— Tu veux bien me prêter ta voiture ? J'ai envie de faire un tour.

La requête était si dérisoire qu'il ne put retenir une grimace avant de tendre à Ramon son trousseau de clés.

— Méfie-toi de la jauge à essence ; quant au filtre, il a tendance à se boucher mais le garagiste ne peut pas me la prendre avant huit jours. Avec ta veine, elle va probablement lâcher ce soir, et en pleine rue.

Ramon haussa les épaules mais resta de marbre.

— Eh bien, je marcherai. Un bon entraînement pour un futur agriculteur !

— Pourquoi t'es-tu mis en tête d'exploiter cette ferme ? Tu n'as rien d'un inconnu pour la haute finance internationale !

Ramon serra les mâchoires. Il se contenait et ne voulait rien laisser paraître de son amertume.

— Pour les milieux financiers internationaux, j'ai une part de responsabilité, et mon crime ne pardonne pas, cet échec restera à jamais gravé dans les mémoires. Je vais même leur offrir la faillite la plus retentissante qu'ils aient jamais vue. Et tu voudrais que je mendie un emploi auprès de mes amis ? Tu me vois vraiment me présenter à la porte de ton usine, demain matin, pour poser ma candidature à la chaîne de montage ?

— Non, évidemment ! Mais tu pourrais tout de même essayer de trouver une issue. Quelques années t'ont suffi pour bâtir un empire financier, tu n'es pas en peine de sauver les meubles, de trouver une solution. Seulement, j'ai la nette impression que tu t'en fiches complètement ! Je...

— Je ne peux faire des miracles, coupa sèchement Ramon. Et à moins d'un miracle... Le Lear est dans un hangar, à l'aéroport, un de ses réacteurs est en réparation. Mon pilote est parti pour le week-end et je dois attendre l'arrivée de la pièce mais je retournerai à Porto Rico dès que les mécaniciens auront terminé.

Roger voulut l'interrompre mais Ramon l'en empêcha d'un coup d'œil impatient.

— Il n'y a rien d'infamant à travailler la terre. À

mon sens, c'est beaucoup plus honorable que de traiter avec les banquiers. Du vivant de mon père, je n'ai jamais eu un instant de paix, et ce n'est pas son décès qui a modifié le cours des choses. Qu'on me permette enfin de trouver cette paix, à ma façon !

2

Comme tous les vendredis soir, il y avait foule à l'immense bar du Canyon Inn, aux abords de Wesport. Katie Connelly jeta discrètement un coup d'œil à sa montre et parcourut du regard les petits groupes de clients qui sirotaient leur boisson en riant. La jungle de plantes grasses qui débordaient des cache-pot en macramé et les lustres suspendus sous le plafond en verre teinté lui dissimulaient l'entrée principale.

Pas un instant le sourire radieux qu'elle affichait depuis le début de la soirée ne perdit de son éclat et, très vite, elle accorda de nouveau son attention à la poignée d'habitués qui l'entouraient.

— Et je lui ai intimé l'ordre de ne plus jamais m'appeler, déclarait Karen Wilson à cet instant.

À ses côtés, un homme se pencha vers le comptoir pour prendre son verre et lui marcha sur les pieds, puis il lui enfonça brusquement son coude dans les côtes en cherchant de l'argent dans sa poche. Il ne lui adressa aucune excuse, ce qui ne l'étonna nullement. Au Canyon Inn, que l'on soit homme ou femme, c'était chacun pour soi dans la plus parfaite égalité des droits.

L'inconnu parvint à attraper son verre et aperçut Katie en se retournant.

— Salut ! fit-il.

Une lueur d'intérêt éclaira son regard et il suspendit son geste pour apprécier rapidement la silhouette mince aux formes harmonieuses que moulait étroitement la robe bleue.

— Joli, conclut-il tout haut en poursuivant son étude sans omettre le moindre détail, ni le blond vénitien éclatant de la chevelure retombant sur les épaules de la jeune femme, ni le regard saphir derrière les longs cils recourbés, ni la ligne délicate des sourcils. L'ovale du visage ne manquait pas d'élégance, le nez était court, et, sous l'insistance de son regard, le teint de porcelaine se colora du rose le plus délicat, ce qui ajouta encore à sa séduction.

— *Très* joli, rectifia-t-il sans se rendre compte que l'agacement, et non le plaisir, était responsable de cette soudaine rougeur.

Katie n'appréciait guère d'être dévisagée ainsi par ce regard de propriétaire, mais elle ne pouvait le lui reprocher. On était au Canyon Inn, après tout... Le petit restaurant censé rendre l'établissement plus respectable n'y changeait rien, il ne s'agissait ni plus ni moins que d'un immense bar pour célibataires, quoi que puissent prétendre propriétaires et habitués.

— Vous ne buvez pas ? demanda-t-il en examinant tout à loisir le ravissant visage.

— Eh non ! répliqua Katie intentionnellement, soulignant l'évidence.

— Et pourquoi cela ?

— J'en suis déjà à mon deuxième verre.

— Alors, prenez-en un troisième et venez donc me retrouver dans ce petit coin, on pourra faire connaissance. Je suis avocat, ajouta-t-il comme si ce détail devait la décider à se ruer vers le bar et à le suivre sur-le-champ.

Katie se mordit la lèvre et afficha ostensiblement sa déception.

— Oh !

— Comment ça, « oh » ?

— Je n'aime pas beaucoup les avocats, fit-elle, sans se départir de son sérieux.

Son interlocuteur ne parut pas dépité mais abasourdi.

— Tant pis, dit-il avec un haussement d'épaules avant de se détourner pour se frayer un chemin dans la cohue.

Katie le suivit des yeux et le vit s'arrêter près de deux très jolies jeunes femmes qui le jaugèrent d'un coup d'œil et lui manifestèrent autant d'intérêt qu'il en témoignait à leur égard.

Le dégoût s'empara d'elle. L'attitude de cet inconnu la révulsait, mais elle éprouvait aussi de la honte pour tous ces gens qui se pressaient au Canyon Inn, et surtout elle s'en voulait d'être là. Dans son for intérieur, elle regrettait sa grossièreté, mais ce genre d'endroit avait le don de tuer en elle toute spontanéité. D'ordinaire très chaleureuse, elle se tenait sur la défensive dès qu'elle en franchissait le seuil.

L'avocat l'avait déjà oubliée, bien sûr. Inutile de gaspiller deux dollars pour lui offrir un verre. Pourquoi faire l'effort de se montrer un tant soit peu sympathique ? À quoi bon exercer son charme alors qu'elle le repoussait ? Si Katie ou toute autre cliente du bar avait l'intention de lier connaissance, il serait prêt à se laisser faire. Et si elle réussissait à éveiller son intérêt, il l'inviterait même chez lui. Elle s'y rendrait bien sûr avec sa propre voiture, et pourrait ainsi se considérer son égale et prendre du plaisir tout comme les hommes le faisaient. Elles revendiquaient assez fort ce droit ! Ensuite, il lui offrirait un verre, en ami... enfin, s'il en avait encore le courage. Puis il la raccompagnerait jusqu'à la porte et la laisserait retourner seule chez elle, d'où qu'elle vienne.

Aucun serment, aucun lien... Tout cela fonctionnait à merveille. On ne s'engageait pas et on n'en attendait pas moins de son partenaire. Les femmes d'aujourd'hui avaient le droit de refuser, cela allait de soi. Elle n'était pas tenue de partager son lit, ni même de se soucier de ses états d'âme si elle refusait, puisque les sentiments n'entraient pas en jeu. Cela l'ennuierait seulement un peu d'avoir perdu une heure ou deux mais il ne lui resterait plus qu'à faire son choix parmi toutes ces autres femmes entièrement disponibles et prêtes à le suivre sur l'heure.

Une fois de plus, le regard saphir parcourut la foule. Mais que diable faisait donc Rob ? Katie regrettait de lui avoir fixé rendez-vous au Canyon Inn. La musique était assourdissante et les rengaines à la mode couvraient de leurs clameurs le brouhaha des voix trop fortes et des rires forcés. Elle observa les visages qui l'entouraient, si différents et pourtant si semblables tant ils trahissaient l'attente, la fébrilité et l'ennui. Ces hommes, ces femmes, étaient en quête, mais ils n'avaient toujours pas trouvé ce qu'ils cherchaient.

— Mais... c'est Katie, si je ne me trompe ? lança-t-on derrière elle.

Comme cette voix masculine ne lui disait rien, elle se retourna, intriguée. Un inconnu à l'air sûr de lui, vêtu d'une chemise très bon chic bon genre, et arborant une cravate assortie à son blazer impeccablement coupé lui adressait un large sourire.

— Nous nous sommes rencontrés au supermarché, il y a quinze jours, vous étiez avec Karen.

Bien que son interlocuteur lui sourît avec la candeur d'un adolescent, son regard était dur. Katie se tenait sur ses gardes et le sourire qu'elle lui offrit en retour manquait de naturel.

— Bonsoir Ken ! Ravie de vous revoir...

— Écoutez Katie, fit-il comme si le plan qu'il venait de mettre au point brillait par son astuce et son originalité. Nous pourrions chercher un coin un peu plus tranquille ?

Chez lui ou chez elle, bien sûr. Au plus proche... La suite du programme était sans surprise et elle en fut écœurée.

— Qu'avez-vous en tête ?

Ken ne prit pas la peine de répondre, mais il lui demanda :

— Où habitez-vous ?

— À deux pas d'ici, à la résidence du Jardin.

— Vous vivez seule ?

— Non, je partage l'appartement avec deux lesbiennes, déclara-t-elle le plus sérieusement du monde.

Il ne mit pas sa parole en doute et ne parut nullement choqué.

— C'est vrai ? Ce n'est pas trop délicat ?

— Mais je les *adore*, répliqua Katie avec la plus grande innocence et en ouvrant de grands yeux.

Un bref instant, Ken eut l'air horrifié et le petit sourire de Katie se transforma en rire.

Mais il se ressaisit aussitôt.

— Dommage. À plus tard.

Il laissa errer son regard sur les habitués, tandis que Katie l'observait se frayer lentement un chemin dans la foule, les sens aux aguets. Elle en avait assez vu. La coupe était pleine. Karen était lancée dans une conversation passionnante sur les joies du ski au Colorado avec deux séduisants messieurs et elle dut poser la main sur le bras de son amie pour attirer son attention.

— Je fais un saut aux toilettes et je file.

— Tu n'as pas vu Rob ? demanda distraitement Karen. Eh bien, regarde autour de toi... tu ne serais pas en peine de le remplacer. Tu n'as que l'embarras du choix.

— Je m'en vais, reprit Katie, d'un ton très calme mais décidé.

Karen se contenta d'un haussement d'épaules et reprit la conversation interrompue.

Il fallait traverser le bar pour atteindre les toilettes, dans le hall, et Katie dut déranger bon nombre de clients pour se frayer un chemin dans cette marée humaine. C'est avec soulagement qu'elle contourna le dernier obstacle, frôla un corps qui lui barrait la route et retrouva enfin le calme tout relatif du couloir. Elle ne savait plus si elle devait regretter l'absence de Rob ou se réjouir de ce rendez-vous manqué. Huit mois auparavant, elle s'était follement, passionnément éprise de lui, elle s'était laissé subjuguer par son intelligence et sa tendre ironie. Rob avait tout pour lui : blond, séduisant, il ne manquait ni de charme ni d'assurance et avait un bel avenir. N'allait-il pas hériter d'une des charges d'agents de change les plus importantes de Saint Louis ? Il était beau, avisé, superbe. Mais il était marié.

À l'évocation de leurs ultimes moments d'intimité, Katie se rembrunit... Après un merveilleux dîner, ils étaient allés danser et s'étaient arrêtés chez elle pour prendre un dernier verre. Que se passerait-il lorsqu'elle se retrouverait dans ses bras ? s'était-elle demandé tout au long de la soirée. Non, s'il voulait l'aimer, elle ne le repousserait pas ce soir-là. Pour la première fois. Au cours des derniers mois, il l'avait inlassablement assurée de son amour et le lui avait prouvé de mille et mille façons. Pourquoi tergiverser plus longtemps ? Elle était d'ailleurs sur le point de prendre l'initiative lorsque Rob s'était calé au fond du divan et avait renversé la tête en arrière en soupirant.

— Tu sais, Katie, le journal de demain me consacre un article, dans la rubrique mondaine. Il y sera également question de ma femme, et de mon fils... Je suis marié.

Bouleversée, livide, Katie lui avait interdit de reprendre contact avec elle ou d'essayer de la revoir. Ce qu'il avait fait pourtant, maintes et maintes fois. Mais, avec une égale constance, elle avait refusé de prendre ses appels au bureau et lui avait raccroché au nez à l'instant même où elle entendait le son de sa voix.

Il y avait de cela cinq mois, et, depuis, elle ne s'était guère autorisée à évoquer son souvenir doux-amer, ne fût-ce qu'un instant. Elle était d'ailleurs persuadée d'avoir tiré un trait sur cet épisode jusqu'à ce que, trois jours auparavant, mercredi soir, elle soit prise de frissons en entendant le timbre profond de sa voix.

— Non, Katie, ne raccroche pas ! La situation a changé. Il faut absolument que je te voie, que je te parle.

Il avait pesté contre le lieu du rendez-vous qu'elle lui avait imposé, mais Katie s'était montrée inflexible. Au Canyon Inn, elle ne courait aucun danger. Quelles que soient les intentions de Rob, elle ne risquait guère de succomber à ses tendres arguments dans cette cohue et Karen serait là, prête à la soutenir moralement si besoin était.

On faisait la queue devant les toilettes et Katie dut attendre son tour. Elle en ressortit au bout de quelques minutes en fouillant distraitement au fond de son sac pour trouver ses clés de voiture. Elle fut arrêtée par la foule qui obstruait l'entrée du bar. Tout près d'elle, un homme téléphonait d'une des cabines murales et elle nota le léger accent espagnol.

— Veuillez m'excuser... pourriez-vous me dire où nous sommes ?

Prête à jouer des coudes pour se faufiler dans la marée humaine, elle se retourna et remarqua la haute silhouette élancée. L'inconnu était toujours au téléphone et elle décela une légère impatience dans son regard.

— C'est à moi que vous vous adressez ? demanda-t-elle.

Doré par tous les soleils, il avait des yeux d'onyx aussi noirs que ses cheveux, incroyablement épais. Pour Katie, tous les clients du Canyon Inn étaient calqués sur le même modèle et ressemblaient à des commerciaux de chez IBM... Mais cet homme détonnait franchement, avec ses jeans délavés et sa chemise blanche aux manches remontées jusqu'aux coudes. Trop... terrien.

— Pourriez-vous m'indiquer, reprit-il avec son accent espagnol, où nous sommes exactement ? J'ai des ennuis mécaniques et j'essaie d'obtenir une dépanneuse.

Machinalement, Katie lui nomma les deux routes à l'intersection desquelles se trouvait le bar, tout en prenant instinctivement ses distances face à cet étranger plein de morgue, au nez patricien et au regard sombre sous les paupières plissées. La virilité un peu brute qui émanait de ces grands bruns étrangers ne manquait pas d'attraits pour certaines mais la laissait de marbre.

— Merci, répondit-il en ôtant sa main du récepteur pour indiquer l'adresse qu'elle venait de lui donner.

En se détournant, Katie se trouva nez à nez avec un pull Lacoste vert bouteille ; quelqu'un lui barrait la route.

— Si vous vouliez bien me laisser passer, je vous prie ? fit-elle sans quitter le crocodile des yeux.

Le pull vert s'écarta obligeamment pour dégager l'entrée du bar.

— Où allez-vous ainsi ? s'enquit amicalement son propriétaire. Il est encore très tôt !...

Katie leva la tête et vit s'épanouir le sourire de son interlocuteur qui ne chercha pas à dissimuler son admiration en découvrant l'intensité du regard bleu.

— Je sais, mais je dois m'en aller. À minuit, je me transforme en citrouille.

— C'est votre attelage qui se transforme en citrouille, rectifia-t-il, toujours souriant, et votre robe en haillons.

— À cette époque, déjà, rien n'était fait pour durer et la main-d'œuvre était de piètre qualité, soupira-t-elle en feignant le plus profond dégoût.

Puis il tendit la main et effleura délicatement la manche soyeuse de ses doigts repliés.

— J'apprécie beaucoup l'intelligence chez les femmes, je ne le prends pas comme une menace.

Katie faillit lui conseiller de s'adresser à un psychologue mais se reprit et lui annonça poliment :

— Il faut vraiment que j'y aille, on m'attend.

— Sacré veinard ! conclut-il.

Elle se retrouva dans la nuit d'encre, l'air était très lourd. Soudain déprimée, elle se sentit perdue. Alors qu'elle s'arrêtait sous l'auvent qui abritait l'entrée du bar, son cœur se mit à battre la chamade. Elle venait de reconnaître la Corvette blanche qui freina devant elle dans un crissement de pneus après avoir grillé le feu rouge, au croisement.

— Pardon, je suis en retard. Monte, Katie. Allons bavarder ailleurs.

Rob se profilait dans l'ouverture de la portière et elle fut submergée par une vague de désir, fulgurant, douloureux. Il était toujours aussi séduisant et elle se sentit défaillir.

Mais derrière le sourire, d'ordinaire si conquérant, elle percevait un manque d'assurance particulièrement touchant. Bouleversée, elle sentit faiblir ses fermes résolutions.

— Il est tard, Rob. Tu sais bien que nous n'avons plus rien à nous dire... À moins que tu n'aies divorcé ?

— Il est impossible de parler ici, tu le vois bien. Je sais, je suis en retard mais tu ne peux pas m'en vouloir. Le vol a été épouvantable et nous n'avons pu atterrir à l'heure prévue. Allez, sois gentille, monte ! Je n'ai nullement l'intention de me chamailler, je n'en ai pas le temps.

— Ah bon, pourquoi ? s'entêta Katie. Ta femme t'attend ?

Rob laissa échapper un juron étouffé et écrasa brusquement le champignon ; la voiture de sport bondit jusqu'au parking peu éclairé qui jouxtait le bâtiment. Il en sortit et attendit que Katie le rejoigne, appuyé contre la portière. Elle s'approcha comme à regret du parking plongé dans l'ombre ; la brise jouait dans ses cheveux et se prenait dans les plis de sa robe.

— Il y a si longtemps, dit-il lorsqu'elle fut devant lui. Tu ne veux pas me dire bonsoir ? Je n'ai pas droit à un petit baiser ?

— Tu es toujours marié ?

Pour toute réponse, il la prit brusquement dans ses bras et l'avidité de ses lèvres trahit sa fièvre et sa supplication. Mais il la connaissait suffisamment pour comprendre qu'elle ne répondait pas à sa passion. Son mutisme était éloquent. Oui, il était toujours marié.

— Je t'en prie, fit-il d'un ton âpre, la voix un peu pâteuse, et Katie sentit son souffle tiède tout contre son oreille. Depuis des mois et des mois je ne pense qu'à toi. Partons d'ici, allons chez toi...

Haletante, Katie chercha son souffle.

— Non.

— Je t'aime, Katie, tu me rends fou. Allons, détends-toi un peu.

Elle remarqua alors qu'il sentait l'alcool et, malgré elle, trouva cela touchant. Il avait donc essayé de se donner du courage avant de la retrouver... Elle parvint néanmoins à répondre sans faiblir :

— Je ne veux pas d'une liaison minable avec un homme marié.

— Mais notre relation n'avait rien de « minable » à tes yeux avant que tu ne le découvres.

Des cajoleries, à présent... Ça, elle ne le supportait pas.

— Rob, pas ça, je t'en prie. Comment pourrais-je me regarder dans une glace après avoir détruit un ménage ?

— Il y avait belle lurette que le ménage était

« détruit » quand nous nous sommes rencontrés. J'ai bien essayé de te le faire comprendre...

— En ce cas, tu n'as qu'à divorcer, objecta-t-elle à bout d'arguments.

Malgré la pénombre, elle perçut l'ironie amère de son sourire.

— On ne divorce pas chez les Southfields, on apprend à vivre chacun de son côté. Mon père en sait quelque chose, ainsi que mon grand-père, rétorqua-t-il rageusement, sous l'emprise de la souffrance.

Les portes du bar s'ouvraient et se refermaient sans cesse pour laisser passer les clients, mais Rob ne baissa pas le ton pour autant. Il laissa tendrement errer ses mains sur le dos de Katie et s'empara de ses hanches pour l'attirer, contre ses cuisses tendues par le désir.

— Je suis à toi, rien qu'à toi, fit-il. Il n'y a rien à détruire, crois-moi, il y a bien longtemps que nous n'existons plus en tant que couple.

C'était plus qu'elle n'en pouvait entendre, cette scène sordide était dégradante et elle tenta de se dégager.

— Laisse-moi, maintenant... Soit tu mens, soit tu es lâche, ou peut-être les deux et...

Elle essaya d'échapper à l'emprise de Rob mais ses bras s'étaient refermés sur elle.

— Arrête, je te déteste ! lâcha-t-elle en suffoquant.

— Faites ce qu'elle vous dit !...

Surgissant de nulle part, la voix au léger accent étranger venait de résonner dans la nuit.

Rob redressa vivement la tête.

— Mais enfin qui êtes-vous ? lança-t-il en direction de la silhouette en chemise blanche qui venait d'apparaître, tout près du bar.

Furibond, il tenait fermement Katie par le bras et menaçait l'inconnu du regard, tout en lui enjoignant de répondre.

— Tu le connais ? demanda-t-il d'un ton peu amène.

— Non, mais lâche-moi ! Je n'ai plus rien à faire ici, répondit-elle d'une voix rauque que voilaient l'humiliation et la rage.

— Pas question ! marmonna Rob entre ses dents.

Avec un mouvement de tête rageur, il gronda à l'intention de l'inconnu :

— Quant à vous, filez d'ici, et tout de suite si vous ne voulez pas que je vous aide !

Le timbre étranger se fit brusquement très courtois et cette soudaine amabilité avait quelque chose de menaçant.

— Rien ne vous empêche d'essayer, en effet. Mais laissez cette jeune femme tranquille.

Exaspéré par l'entêtement buté de Katie et par cette intervention intempestive, Rob ne se contint plus. Dépité, il retourna sa colère contre l'intrus. Il lâcha le bras de Katie et, d'un geste très lent, coulé, lança son énorme poing contre la mâchoire de son adversaire. Il y eut un instant de silence, suivi d'un craquement sinistre, de l'impact d'une masse osseuse contre une autre et enfin d'un bruit sourd dont l'écho résonna quelques secondes. Lorsqu'elle ouvrit ses yeux noyés de larmes, Katie vit Rob qui gisait à ses pieds, inconscient.

— Ouvrez la portière, lui intima l'inconnu d'un ton sans réplique.

Comme un automate, elle s'exécuta et l'homme fourra Rob à l'intérieur de la voiture en lui repliant les jambes sans plus de cérémonie. La tête de sa victime retomba sur le volant ; Rob semblait hébété par l'alcool.

— Où est votre voiture ?

Katie le dévisagea, interdite.

— Mais nous ne pouvons pas le laisser dans cet état ! Peut-être faudrait-il appeler un médecin ?

— Où êtes-vous garée ? répéta-t-il de nouveau avec impatience. Imaginez que quelqu'un ait eu l'idée de prévenir la police... Je n'ai pas l'intention de m'éterniser ici.

— Mais enfin..., avança Katie qui se précipitait déjà vers sa voiture tout en se retournant pour jeter un coup d'œil à la Corvette blanche.

Arrivée à la hauteur de la portière, elle s'arrêta net, bien décidée à ne pas aller plus loin.

— Allez-y. Moi, je ne peux pas.

— Voyons, je ne l'ai pas tué ! Tout juste assommé. Il aura repris conscience dans quelques minutes ; il s'en tirera avec un bel hématome et une ou deux dents un peu branlantes. Je conduis, déclara-t-il en poussant Katie vers la voiture et en l'obligeant à prendre le siège du passager. Vous n'êtes pas en état de le faire.

Il se glissa si brusquement derrière le volant qu'il se cogna dans sa hâte le genou contre le levier de vitesse et marmonna un mot en espagnol qui ne pouvait être qu'un juron.

— Vos clés ? demanda-t-il en reculant le siège au maximum pour arriver à coincer ses jambes interminables sous le volant.

Katie s'exécuta. Il fallut laisser passer plusieurs voitures et ils attendirent un moment avant de pouvoir quitter leur emplacement. Ils foncèrent alors le long des rangées de véhicules et dépassèrent un vieux camion de marchandises en piteux état, garé derrière le restaurant. Katie remarqua le pneu crevé.

— C'est votre camion ? questionna-t-elle maladroitement, se sentant obligée d'alimenter la conversation.

Son voisin jeta un coup d'œil au véhicule en panne et coula un regard narquois dans sa direction.

— Quelle perspicacité !

Le visage de Katie s'empourpra de honte. Il n'était pas dupe : étant donné ses origines latino-américaines, elle en avait déduit que le camion était à lui. Elle crut bon d'ajouter pour ménager son amour-propre :

— Je vous ai entendu dire, au téléphone, que vous aviez besoin d'une dépanneuse... Ce n'était pas bien sorcier à deviner.

Elle lui indiqua ensuite brièvement le chemin de son appartement, situé à quelques pas de là.

— J'aimerais vous remercier, heu...

— Ramon, répondit-il.

Quelque peu tendue, Katie ramassa son sac et chercha son portefeuille mais elle était si près de chez elle qu'elle eut tout juste le temps d'en extraire un billet de cinq dollars tandis qu'ils s'engageaient dans le parking de la résidence.

— Voilà, c'est ici... la première porte à droite, sous le réverbère.

L'étranger manœuvra pour garer la voiture le plus près possible de son entrée, coupa le contact, sortit et fit le tour du véhicule. Katie se hâta d'ouvrir sa portière et leva les yeux vers ce visage hâlé, fier et impénétrable. Cet homme devait avoir dans les trente-cinq ans. Étaient-ce ses origines, ou son teint si mat ? Toujours est-il qu'elle ne se sentait pas très à l'aise en sa présence.

Elle avança la main pour lui offrir les cinq dollars.

— Merci beaucoup, Ramon. Acceptez, je vous en prie.

L'inconnu jeta un bref coup d'œil au billet avant de la dévisager avec insistance.

— S'il vous plaît, le pressa-t-elle poliment d'accepter en tendant l'argent. Vous en aurez bien l'usage.

Il eut quelques instants d'hésitation et répliqua sèchement :

— Bien sûr ! dit-il en saisissant le billet pour le faire rapidement disparaître dans la poche arrière de son jean. Je vous raccompagne jusqu'à votre porte.

Katie se détourna et gravit quelques marches ; elle eut un petit choc lorsqu'elle sentit sa main, une main légère mais néanmoins très décidée, se refermer sur son coude. Cette attention un peu démodée témoignait d'une telle galanterie ! Elle qui venait justement de le froisser, bien involontairement...

Il engagea la clé dans la serrure et poussa vivement la porte. À peine eut-elle franchi le seuil de son appartement qu'elle se retourna pour le remercier une dernière fois.

— Pourrais-je utiliser votre téléphone ? Je voudrais vérifier si l'on m'a bien envoyé la dépanneuse...

Il venait tout de même de lui porter secours, il avait payé de sa personne et couru le risque de se faire arrêter. La politesse élémentaire exigeait qu'elle ne lui refusât pas cette requête... Sans rien laisser paraître de ses réticences, elle s'effaça pour le laisser entrer.

— Vous trouverez l'appareil sur la table du salon, indiqua-t-elle.

— Je resterai quelques instants après avoir passé ce coup de fil. Je tiens à m'assurer que votre « ami », souligna-t-il intentionnellement avec mépris, ne viendra pas vous rendre visite à son réveil. Le mécanicien aura eu le temps de terminer et je repartirai à pied... ce n'est pas loin.

Katie, qui allait se débarrasser de ses sandales à talons hauts, se figea brusquement. Pas un instant il ne lui était venu à l'idée que Rob puisse passer ce soir. C'était impensable. Après l'accueil qu'elle lui avait réservé et le traitement, franchement dissuasif, que lui avait infligé Ramon, il était peu probable qu'il tente de l'approcher.

— Non, il n'en fera rien, j'en suis persuadée, répondit-elle avec conviction.

Elle se surprit, pourtant, à trembler comme une feuille. Le contrecoup probablement...

— Je... je vais faire un peu de café, fit-elle en se dirigeant vers la cuisine.

Puis, se ravisant, elle proposa courtoisement :

— En voulez-vous une tasse ?

Elle ne pouvait guère faire autrement après tout...

Le manque d'enthousiasme avec lequel Ramon accepta son offre dissipa ses soupçons. Allons, on ne pouvait jusque-là lui reprocher le moindre geste, la moindre parole déplacés.

Une fois dans la cuisine, Katie se rendit compte qu'il n'y avait plus de café. Elle appréhendait son rendez-vous à un tel point qu'elle avait oublié d'en acheter. D'ailleurs, ce n'était pas plus mal, elle boirait bien quelque chose de fort ce soir. Brusquement, elle en éprouva le besoin. Dans le placard, au-dessus du réfrigérateur, elle trouva la bouteille de cognac qu'elle réservait à Rob.

— Je suis désolée, je n'ai que du cognac à vous offrir, ou alors un verre d'eau, lança-t-elle à l'intention de Ramon. Je n'ai plus de café.

— Un cognac, ce sera très bien.

Katie le servit rapidement et regagna le salon à l'instant où Ramon raccrochait le téléphone.

— La dépanneuse est sur place ? demanda-t-elle.

— Oui, et le mécanicien me bricole une réparation de fortune pour me permettre de repartir.

Ramon saisit le verre que lui tendait Katie et parcourut le salon du regard, manifestement intrigué.

— Où sont donc vos amies ? interrogea-t-il.

— Quelles amies ? dit Katie, perplexe, en s'installant sur un joli fauteuil recouvert de velours beige.

— Les deux lesbiennes...

Horrifiée, elle faillit cependant éclater de rire.

— Vous avez entendu ? Vous étiez juste à côté ?

Ramon la dévisagea et acquiesça sans un mot, mais la moue qui se dessina sur ses lèvres finement ourlées ne trahissait pas le moindre humour.

— Oui, derrière vous, au bar, j'avais besoin de monnaie pour téléphoner.

— Ah !...

Cette soirée cauchemardesque finirait bien par avoir raison de ses nerfs mais elle résolut d'oublier pour un temps les événements sordides des dernières heures. Demain, oui, demain, elle y verrait un peu plus clair.

— Ces amies sont le fruit de mon imagination. Je n'étais pas d'humeur à...

— Qu'est-ce que vous avez contre les avocats ?

Cette fois encore, Katie dut réprimer une irrésistible envie de rire.

— Oh, c'est une longue histoire, je préfère ne pas en parler. Il faut tout de même que j'aie trouvé ce garçon bien prétentieux pour lui répondre de cette façon. Mais aussi, annoncer d'emblée qu'il était avocat !

— Et vous, vous ne l'êtes pas ?

Katie leva les yeux vers lui, interdite. Lovée dans son

fauteuil, les jambes repliées sous elle, elle paraissait sans défense, une enfant vulnérable au visage très pur dont les grands yeux bleus trahissaient toute l'innocence.

— Je... je n'en sais rien.

— Quel accueil m'auriez-vous réservé si je vous avais abordée en vous annonçant que mon camion de marchandises m'attendait dehors ?

Cette fois, le sourire charmeur qui se dessina sur les douces lèvres de Katie n'avait rien de contraint et l'humour pétilla dans son regard.

— Je serais probablement restée muette de saisissement. Les camions ne sont guère le genre de l'établissement et s'il s'en trouvait un sur le parking, le conducteur se garderait bien d'en revendiquer la propriété.

— Pourquoi ? Cela n'a rien d'infamant.

— Non, bien sûr. Mais le propriétaire serait probablement « dans les transports » ou bien dans les « messageries routières »... enfin, vous voyez, il prétendrait sûrement posséder tout un réseau ferroviaire ou, tout du moins, une compagnie de poids lourds.

Ramon l'observait, perplexe. Plus elle parlait, moins il la comprenait. Il laissa errer son regard sur l'or rouge de sa chevelure qui tombait en cascade sur ses épaules et s'arracha brusquement à sa contemplation. Levant son verre, il en but la moitié, d'un seul trait.

— D'ordinaire, le cognac se laisse déguster, fit observer Katie pour s'apercevoir aussitôt que sa remarque avait tout du reproche. Enfin, reprit-elle maladroitement, on peut très bien le boire ainsi mais les amateurs préfèrent le savourer à petites gorgées.

Ramon laissa retomber son bras et l'observa quelques instants, impassible.

— Merci, répondit-il avec la plus exquise courtoisie. J'essaierai de me souvenir de votre conseil si, par extraordinaire, on venait à m'en proposer.

Katie aurait voulu rentrer sous terre. Cette fois, elle avait réussi à le blesser, et pour de bon, se dit-elle en le voyant arpenter le salon et s'arrêter devant la baie vitrée dont il écarta les rideaux beiges.

Une vue imprenable s'offrait sur le parking et sur la route à quatre voies, toujours très encombrée, qui longeait la résidence. Appuyé contre le montant de la fenêtre, l'étranger s'absorba dans la contemplation du parking en sirotant son cognac. Les conseils de Katie semblaient avoir porté leurs fruits.

Elle observa tout à loisir ses épaules, larges, musclées, que dessinait nettement la chemise blanche. Puis il leva le bras et l'étoffe retomba, plus lâche. La jeune femme détourna les yeux. Elle n'était que morgue et condescendance, et pourtant elle ne demandait qu'à lui rendre service. Elle se prit à souhaiter qu'il s'en aille. Elle était épuisée, physiquement et moralement. Qu'avait-il besoin de jouer les gardes du corps ? Rob n'était pas près de revenir, pas ce soir en tout cas.

— Quel âge avez-vous ? demanda-t-il brusquement.

Katie croisa son regard.

— Vingt-trois ans.

— Vous devriez avoir un peu plus de discernement à votre âge.

— Ce qui signifie ? s'enquit Katie, plus étonnée que vexée.

— Eh bien, pour vous, il est capital de boire son cognac dans les règles de l'art, mais pas un instant vous ne vous êtes demandé s'il était convenable de faire entrer le premier venu chez vous, au risque de compromettre votre réputation et de...

— Le premier venu !

Elle en bredouillait d'indignation. Et elle qui se croyait obligée de s'embarrasser de politesses !

— Laissez-moi vous rappeler que si vous êtes ici c'est parce que vous avez demandé à téléphoner... Vous m'aviez aidée et j'étais tenue d'accepter, par simple courtoisie. Et puis, je ne sais rien du Mexique ni du pays d'où vous sortez, mais...

— Je suis originaire de Porto Rico, précisa-t-il.

Katie feignit de n'avoir pas entendu.

— Sachez qu'aux États-Unis nous sommes loin de partager ces préjugés ridicules et démodés. Notre réputation ! Les hommes se sont-ils jamais préoccupés de la leur ? Eh bien, nous nous en soucions comme d'une guigne à présent ! Nous faisons ce qui nous chante !

Katie n'en croyait pas ses yeux. Elle avait tout fait pour le mortifier délibérément et voilà qu'il semblait prêt à éclater de rire !

Cet éclat chaleureux dans le regard sombre... il s'amusait beaucoup ! Il esquissait même un sourire !

— Alors, vous ne faites que ce qui vous chante ?

— Évidemment !

— Quoi, par exemple ?

— Pardon ?

— Qu'aimez-vous faire ?

— Ce dont j'ai envie, en toutes circonstances.

La voix de Ramon se fit plus grave, plus profonde.

— Et qu'est-ce qui vous plairait... à cet instant précis ?

Katie se sentit brusquement mal à l'aise. Ce timbre, lourd de sous-entendus, rendait plus tangible encore la sensualité brute qui se dégageait du long corps musclé. Le jean moulant et la chemise blanche très ajustée en soulignaient parfaitement les formes. Elle frissonna tandis qu'il étudiait son visage à loisir. Il s'attarda sur les lèvres douces, généreuses, puis caressa du regard le galbe de ses seins que l'étoffe souple de la robe révélait. Au bord des larmes, Katie se retint d'exploser. Néanmoins, le comique de la situation ne pouvait lui échapper. La soirée avait été riche en péripéties et, pour couronner le tout, il avait fallu qu'elle tombe sur un don Juan portoricain qui s'était mis en tête de combler toutes ses frustrations !

Elle finit par répondre, le plus sèchement du monde :

— En ce moment ? Je veux vivre ma vie, agir à ma guise et ne pas avoir à rougir de moi. Je veux... être libre, conclut-elle sans beaucoup de conviction.

Mais elle luttait pour garder les idées claires sous l'emprise de ce regard sombre, sensuel.

— Y aurait-il des obstacles à cette liberté ?

— Oui, les hommes ! déclara-t-elle en se levant brusquement.

Ramon s'approcha d'elle, lentement, à pas mesurés.

— C'est cette absolue liberté dont vous ne voulez plus, ce ne sont pas les hommes qui vous entravent.

Il avançait toujours et Katie reculait vers la porte. Quelle folie de lui avoir ouvert ainsi ! Maintenant, il prétendait se méprendre sur ses intentions. Évidemment, ça l'arrangeait. Un cri s'étrangla dans sa gorge lorsqu'elle heurta la porte.

Ramon n'était plus qu'à dix centimètres lorsqu'il s'arrêta enfin.

— Si les hommes constituent de telles entraves à votre liberté, que faisiez-vous dans ce bar, ce soir ? Et pourquoi avoir accepté ce rendez-vous sur le parking ? Vous ne savez pas ce que vous voulez.

— Ce que je sais c'est qu'il est tard, fit-elle d'une voix mal assurée, et je préférerais que vous partiez.

Son regard se fit inquisiteur mais il se radoucit quelque peu pour lui demander :

— Je vous fais peur ?

— Non, prétendit-elle.

Ramon acquiesça, ravi.

— Parfait ! Vous ne verrez donc aucun inconvénient à m'accompagner au zoo, demain ?

Il avait très bien compris à quel point elle était mal à l'aise en sa présence, et saisi qu'elle n'avait aucune envie de l'accompagner où que ce soit. Katie pourrait prétendre ne pas être libre, le lendemain, mais il ne manquerait pas de la harceler jusqu'à ce qu'elle accepte un autre rendez-vous. Son intuition lui disait qu'il saurait se montrer très tenace et elle était trop exténuée pour discuter ; elle s'arrangerait pour filer avant qu'il n'arrive. Là, au moins il comprendrait, et après un tel camouflet, il n'insisterait pas.

— D'accord, fit-elle avec une belle hypocrisie. À quelle heure... ?

— Je viendrai vous chercher à dix heures.

Lorsque la porte se fut refermée sur lui, Katie eut l'impression que quelque créature diabolique s'amusait à la remonter comme un ressort depuis le début de la soirée. Ce démon cherchait à éprouver ses capacités de résistance, serrant plus fort, toujours plus fort, jusqu'au point de rupture. Elle se glissa entre les draps et s'absorba dans la contemplation du plafond. Pour couronner le tout, elle héritait d'un amoureux transi, méditerranéen de surcroît, qui voulait l'emmener au zoo !

Elle roula sur le ventre et se remémora la scène sordide que lui avait infligée Rob, ferma résolument les yeux et s'interdit de les rouvrir pour tenter d'effacer l'épuisement, d'oublier sa détresse. Demain, elle passerait la journée chez ses parents et elle resterait pour le Jour des morts*. D'ailleurs, son père et sa mère se plaignaient toujours de ne pas la voir.

3

À huit heures, le bourdonnement du réveil tira Katie du profond sommeil où elle avait sombré, à bout de forces. Mais pourquoi l'avoir remonté un vendredi soir ? se demanda-t-elle. Hébétée, elle chercha le bouton à tâtons pour faire taire la sonnerie impérieuse.

Il était neuf heures lorsqu'elle ouvrit enfin les yeux ; le soleil inondait sa chambre fleurie. Oh, non ! Ramon serait là dans une heure...

Roulant sur elle-même, Katie tomba quasiment du lit pour se précipiter sous la douche. Elle voyait les minutes filer et devenait fiévreuse. Tout semblait se liguer pour la retarder : ses cheveux étaient trop épais et le séchoir n'en finissait plus, elle faisait tout tomber. Que n'aurait-elle donné pour une bonne tasse de café bien réconfortante !

Elle ouvrit les tiroirs en toute hâte, enfila un pantalon bleu marine et un haut assorti gansé de blanc, ramena ses cheveux en arrière et les emprisonna dans un foulard de soie bleu, blanc, rouge. Puis, sans

* Commémoration des morts au champ d'honneur, le dernier lundi de mai.

prendre le temps de choisir, elle jeta quelques vêtements dans son nécessaire de voyage.

Elle quitta l'appartement à neuf heures trente-cinq. Ce matin de mai était radieux et l'air embaumait. Pas un son dans la vaste résidence, où vivaient surtout des célibataires. La torpeur habituelle du samedi matin succédait aux sorties et aux festivités du vendredi.

Katie gagna vivement sa voiture et dut prendre son sac dans sa main gauche pour essayer de trouver ses clés au fond de son cabas en toile.

— Bon sang ! souffla-t-elle en posant son fourre-tout avant de mettre son sac à main sens dessus dessous.

Mal à l'aise, elle jeta un coup d'œil inquiet aux voitures qui passaient dans les deux sens ; la circulation était assez dense et elle s'attendait à tout instant à voir apparaître un camion dans un fracas de ferraille.

— Mais qu'est-ce que j'ai bien pu en faire ? marmonna-t-elle dans son désespoir.

Les nerfs à vif, Katie étouffa un cri de surprise en sentant une main se refermer sur son bras.

— C'est moi qui les ai, fit doucement le timbre profond, tout près d'elle.

— Vous m'espionnez maintenant ! fulmina-t-elle.

— Je vous *attendais*, rectifia Ramon.

— Menteur ! fit-elle, venimeuse, en se campant devant lui, les poings sur les hanches. Vous avez presque une demi-heure d'avance. À supposer que vous sachiez lire l'heure ?

— Vos clés ! Je les ai emportées par mégarde hier soir, reprit-il en tendant la main pour lui rendre son trousseau.

Katie remarqua alors l'immense rose rouge, sur sa paume offerte.

Elle s'empara vivement des clés en prenant garde de ne pas effleurer la rose pourpre dont elle ne voulait pour rien au monde.

— Prenez-la, fit Ramon, très posément, sans retirer sa main. Elle est pour vous.

— Allez au diable ! explosa-t-elle. Fichez-moi la paix ! Nous ne sommes pas à Porto Rico et je ne veux pas de votre fleur.

Imperturbable, Ramon ne bougea pas d'un pouce.

— Je vous ai dit que je n'en voulais pas ! lança Katie que le dépit exaspérait, avant de se pencher pour reprendre son nécessaire de voyage.

Dans son mouvement, elle balaya la rose d'un revers de main.

Devant cette fleur splendide lamentablement échouée sur le béton, elle fut brusquement prise de remords. Oubliant aussitôt sa colère, elle jeta un rapide coup d'œil à Ramon. Il était d'un calme olympien et ne laissait paraître ni irritation ni reproche, mais, à sa grande surprise, elle crut lire sur son visage altier un profond regret.

Katie n'eut pas le courage d'affronter son regard et baissa les yeux. Elle fut soudain envahie par un véritable sentiment de honte. Il ne s'était pas contenté de lui offrir une fleur, dans son désir de lui plaire. Il s'était également habillé avec beaucoup de recherche. Un pantalon noir impeccable avait remplacé le jean délavé ainsi qu'un polo à manches courtes en jersey noir ; il était rasé de près et sa peau lisse avait gardé la senteur épicée de l'eau de toilette.

Son seul crime était d'avoir voulu faire impression, d'avoir voulu lui plaire. Comment pouvait-elle lui infliger un tel traitement ? C'était oublier un peu vite la façon dont il l'avait défendue la veille ! Katie baissa les yeux vers la rose rouge qui gisait à ses pieds et, soudain confondue, sentit les larmes lui brûler les paupières. Sa gorge se serra.

— Si vous saviez à quel point je regrette, Ramon, dit-elle, contrite, en se baissant pour ramasser la fleur.

Elle leva les yeux vers lui, l'implorant du regard, mais il restait sur ses gardes.

— Merci, cette rose est vraiment splendide. Si vous... si vous n'avez pas changé d'avis, je vous accompagnerai au zoo puisque je vous l'ai promis.

Oppressée, elle dut s'interrompre un instant pour prendre une grande bouffée d'air avant de se lancer :

— Mais, entendons-nous bien, je ne veux pas que... enfin... que vous vous *fassiez des idées* et que vous vous mettiez à... enfin à...

Elle s'arrêta net, médusée. Dans le regard malicieux de Ramon, elle lisait une franche gaieté. Très pince-sans-rire, il répliqua :

— Mais je me suis borné à vous offrir une fleur et une promenade au zoo, je ne vous ai pas demandé votre main.

Katie lui rendit alors son sourire.

— Vous avez entièrement raison !

— Nous y allons ? proposa-t-il.

— Bien sûr, je vais juste poser mon sac chez moi, dit-elle en reprenant son bagage, mais Ramon l'avait devancée.

— Laissez-moi vous aider.

Une fois chez elle, elle reprit son nécessaire de voyage pour le ranger dans sa chambre mais elle s'interrompit dans son geste, surprise par la question de Ramon :

— C'était moi que vous fuyiez ainsi ?

Katie se retourna sur le seuil de sa chambre :

— Non, pas vraiment. Après cette soirée, j'ai eu envie de m'échapper, de tout oublier pour quelques heures.

— Et qu'aviez-vous l'intention de faire ?

Un petit sourire triste vint jouer sur les lèvres douces et le beau regard brilla soudain d'un éclat nouveau.

— Ce que font toutes, ou presque toutes, les Américaines adultes, indépendantes et autonomes quand elles ne savent plus où elles en sont... j'allais me précipiter chez papa et maman.

Ils se mirent en route quelques minutes plus tard. Comme ils traversaient le parking, Katie montra l'appareil de prix qu'elle tenait à la main.

— C'est un appareil photo, précisa-t-elle.

— Je sais, acquiesça-t-il en feignant le plus grand sérieux. Même à Porto Rico, nous connaissons.

Katie éclata de rire et hocha la tête en signe de dérision.

— J'ignorais à quel point je pouvais me comporter en « sale Américaine ».

Ramon s'arrêta devant une Buick Regal et lui ouvrit la portière.

— Non, en belle Américaine, rectifia-t-il posément. Allez, montez !

À sa grande honte, Katie fut franchement soulagée qu'il ait emprunté une voiture. Remonter la voie express dans un vieux camion déglingué qui donnait de la bande, non, vraiment, très peu pour elle !

— Le camion vous a lâché, une fois de plus ? demanda-t-elle tandis qu'ils s'inséraient dans le flot des véhicules qui encombraient la voie express en ce samedi matin, jour des courses.

— Je me suis dit que vous aimeriez autant une voiture. Je l'ai empruntée à un ami.

— Nous aurions pu prendre la mienne, proposa Katie.

Le bref coup d'œil qu'il lui lança était éloquent : s'il avait décidé de vous emmener quelque part, il était entendu qu'il fournissait le moyen de locomotion. Un peu penaude, Katie tourna le bouton de la radio et regarda discrètement son voisin. Avec son physique et son teint hâlé, il lui faisait penser à un célèbre joueur de tennis espagnol.

En ce week-end de fête, il y avait foule au zoo mais Katie passa une journée merveilleuse en sa compagnie. Ils flânèrent côte à côte le long des grandes allées cimentées. Ramon lui acheta des cacahuètes pour lancer aux ours et il éclata de rire lorsque, dans l'oisellerie, elle se cacha la tête sous le bras en poussant un cri de terreur devant le toucan au bec énorme qui faisait une descente en piqué.

Elle le suivit au pavillon des reptiles, essaya de se raisonner et d'oublier sa phobie des serpents mais fut incapable de fixer son attention. Un frisson glacé lui courut le long de la nuque et elle laissa errer son regard sur la vaste salle sans distinguer aucun des pensionnaires.

— Regardez, lui glissa Ramon à l'oreille en désignant l'énorme cage de verre, tout près d'elle.

La gorge de Katie se serra.

— C'est inutile, marmonna-t-elle entre ses dents, la bouche sèche. J'ai bien remarqué l'arbre, il y a probablement un serpent suspendu dans les branches.

Les mains moites, elle eut subitement la sensation que le reptile ondulait sur sa peau.

— Ça ne va pas ? s'enquit sèchement Ramon en la voyant se décomposer. Vous n'aimez pas les serpents ?

— Pas trop, fit-elle d'une voix rauque.

Il hocha la tête, la prit par le bras, et l'entraîna rapidement hors du pavillon. Là, Katie put respirer à pleins poumons avant de s'effondrer sur un banc tout proche.

— C'est probablement pour les visiteurs de mon style que l'on a installé ces bancs devant le pavillon des reptiles, pour leur éviter de tomber comme des mouches.

Katie vit se creuser la petite fossette que Ramon avait au menton.

— Mais les serpents rendent de grands services à l'humanité, déclara-t-il avec un grand sourire. Ils nous débarrassent des rongeurs, des insectes...

— Je vous en prie !

Frémissant de dégoût, Katie leva la main pour l'interrompre.

— Inutile de m'infliger leur menu !

Ramon posa sur elle un regard amusé mais poursuivit néanmoins :

— On ne peut nier, pourtant, qu'ils soient très utiles et indispensables à l'équilibre écologique.

Chancelante, Katie parvint à se lever et l'observa d'un air mutin.

— Ah oui ? Quels que soient leurs talents, il y a sans doute d'autres créatures, beaucoup moins répugnantes au demeurant, qui peuvent faire aussi bien.

Le petit nez délicat se plissa de dégoût et Ramon, songeur, plongea son regard dans les yeux bleus, lumineux, en souriant.

— Sans doute, admit-il, pensif.

Ils poursuivirent leur promenade en flânant, et Katie dut reconnaître que jamais sortie ne lui avait semblé plus agréable. D'une grande courtoisie,

Ramon lui prenait le bras lorsqu'ils se trouvaient devant un escalier et accédait à ses moindres désirs, témoignant à son égard d'une parfaite galanterie.

Elle avait quasiment terminé sa seconde pellicule avant d'arriver à l'île artificielle, domaine des singes, paons et autres petits animaux plus communs. Prenant une poignée de pop-corn dans le sachet que gardait Ramon, elle se pencha au-dessus de la barrière qui délimitait l'île pour lancer les friandises aux canards et se retrouva, bien malgré elle, dans une attitude provocante. L'étoffe bleu marine de son pantalon se tendit pour révéler généreusement les rondeurs gracieuses de ses hanches et de son postérieur, offrant ainsi un spectacle de choix dont Ramon ne manqua pas de se délecter en connaisseur.

Totalement inconsciente de son manège, Katie jeta un coup d'œil par-dessus son épaule.

— Voulez-vous une photo ?

Ramon esquissa un sourire.

— De quoi ?

— De l'île ! répondit Katie qui se demandait bien ce qui pouvait l'amuser à ce point, je suis au bout de ma pellicule. Elle est pour vous, d'ailleurs, cela vous fera un souvenir de votre visite au zoo de Saint Louis.

— Pour moi ? fit-il, surpris.

— Bien sûr, répliqua-t-elle en reprenant une poignée de pop-corn.

— Si j'avais su, reprit-il avec un grand sourire, je ne me serais pas contenté de clichés d'ours et de girafes comme souvenirs...

Katie eut une mimique perplexe.

— C'est aux serpents que vous songez ? En ce cas, je vais vous montrer comment vous servir de l'appareil et je resterai ici en attendant que vous soyez sorti du pavillon des reptiles.

— Non, affirma-t-il avec un petit sourire narquois. Ce n'est pas aux serpents que je pensais.

Au retour, ils s'arrêtèrent dans un supermarché pour acheter du café et, spontanément, Katie le convia à venir prendre une collation chez elle. Elle prit donc du fromage et une bouteille de vin rouge.

Ramon la raccompagna jusqu'à sa porte. Lorsque Katie le pria d'entrer, il eut toutefois un instant d'hésitation, mais finit par accepter son invitation d'un signe de tête.

Au bout d'une heure à peine, il se levait déjà en déclarant :

— Le travail m'attend...

Souriante, Katie l'imita et alla chercher son appareil.

— Il me reste une photo sur cette pellicule. Mettez-vous là, je vais la prendre et vous pourrez emporter les deux rouleaux.

— Non, gardez-les, c'est moi qui vous prendrai, demain. Je vous emmène en pique-nique.

Katie ne savait trop que décider. Fallait-il accepter un autre rendez-vous ? Il y avait bien longtemps qu'elle ne s'était sentie aussi légère, elle avait oublié tous ses soucis, et pourtant...

— Non, ce n'est vraiment pas raisonnable. Mais je vous remercie.

Très grand, Ramon ne manquait certes ni de virilité ni de sex-appeal mais, décidément, il était trop brun et, loin de l'attirer, l'indéniable masculinité qui émanait de tout son être l'aurait plutôt rebutée. Et puis, tout les séparait.

— Pourquoi me regardez-vous ainsi pour détourner aussitôt les yeux, comme si vous vouliez effacer mon image ? demanda-t-il brusquement.

Katie se ressaisit rapidement et croisa son regard.
— Mais... pas du tout !
— Si, reprit-il, inflexible. C'est ce que vous venez de faire.
Katie eut la tentation de mentir mais les yeux noirs, inquisiteurs, la fixaient avec une telle insistance qu'elle dut admettre :
— Vous me rappelez quelqu'un. Il est décédé, à présent, mais il était grand, très brun et... eh bien, il avait l'air aussi macho que vous.
— Vous le regrettez beaucoup ?
— Son décès fut un réel soulagement, déclara-t-elle avec la dernière énergie. J'ai eu souvent la tentation de le tuer de mes propres mains, de son vivant !
— Si jeune et si jolie... et pourtant, quelle sombre et tragique existence ! conclut Ramon avec un petit rire.
Les souvenirs douloureux, dont Katie ne parlait jamais, n'avaient gâché en rien un heureux caractère qui lui valait l'amitié de tous.
— Une véritable tragédie ! Enfin... ça vaut mieux que de mourir d'ennui, j'imagine, répliqua-t-elle gaiement.
— Seulement, vous vous *ennuyez*. Je l'ai compris à la minute même où je vous ai aperçue dans ce bar.
La main sur le bouton de la porte, il lui lança un dernier regard.
— Je passe vous chercher à midi. J'apporterai le déjeuner.
La surprise et l'hésitation de Katie semblaient le ravir. Il ajouta avec un grand sourire :
— Et je suis prêt à subir un sermon sur la grossièreté. Je ne me contente pas de suggérer, je sais. J'insiste même très lourdement pour que vous m'accompagniez.

Katie oublia ces quelques mots, lancés sur le seuil de la porte. Mais, ce soir-là, après s'être éclipsée au beau milieu d'une folle soirée où elle s'ennuyait ferme, elle se prit à réfléchir en passant son déshabillé de soie. L'ennui serait-il responsable de cette nervosité croissante, de cette vague insatisfaction, sans cause précise, qui s'étaient emparées d'elle depuis quelques mois ? Non, bien sûr, conclut-elle après quelques instants de réflexion. Comment l'ennui se serait-il glissé dans une vie aussi trépidante, trop trépidante par moments ?

Lovée sur le divan du salon, elle caressait rêveusement la couverture du roman posé sur ses genoux de son ongle soigneusement manucuré mais une ombre voilait le bleu de ses yeux, à cet instant très sombres. Si l'ennui n'était pas en cause, alors que lui *arrivait-il*, en ce moment ? Question qui se faisait de plus en plus lancinante, ces derniers temps, et d'autant plus frustrante qu'elle restait sans réponse. Si seulement elle pouvait mettre le doigt sur un manque quelconque, peut-être pourrait-elle essayer d'y remédier... ?

Non, elle était absolument comblée, se morigéna-t-elle. Ce que cette lassitude pouvait être agaçante ! Elle entreprit donc de passer en revue toutes les raisons d'être heureuse. À vingt-trois ans, son diplôme universitaire en poche, elle avait obtenu un emploi formidable, stimulant, et très bien payé. D'ailleurs, le legs par fidéicommis établi à son nom par son père lui aurait permis de vivre très largement sans travailler. Son appartement était ravissant et ses placards débordaient de vêtements. Elle plaisait aux hommes et pouvait compter sur ses amis, des deux sexes, sa vie sociale était aussi active qu'elle pouvait le désirer. Des parents adorables qui savaient l'épauler. Tout, elle avait... absolument tout !

Que désirer de plus ? Que manquait-il à son bonheur ? « Un homme », aurait répondu Karen selon sa bonne habitude.

L'ombre d'un sourire flotta sur ses lèvres. Décidément, « un homme » ne résoudrait rien. Les hommes ne manquaient pas dans son entourage et l'absence d'élément masculin n'était en rien responsable de cette attente fébrile, de ce sentiment de vide qui avait envahi son existence.

Pour rien au monde, Katie n'aurait voulu s'apitoyer sur son sort, elle s'interdit donc de se laisser aller à ces sinistres réflexions. Elle n'avait aucun droit de se prétendre malheureuse, absolument aucun droit ! Elle avait une veine insolente ! Aux quatre coins de la planète, d'innombrables femmes n'aspiraient qu'à une chose : avoir un métier. Elles se battaient pour obtenir leur indépendance, rêvaient de pouvoir subvenir à leurs besoins, et elle, Katie Connelly, n'avait plus rien à désirer. À vingt-trois ans...

— Je suis comblée par l'existence, se dit-elle résolument en ouvrant le livre oublié sur ses genoux, mais les mots se brouillaient devant ses yeux tandis qu'une petite voix s'élevait au plus profond d'elle-même pour crier : *Ça ne suffit pas. Ça ne veut rien dire, tout ça. Ma vie n'a aucun sens*.

4

Ils décidèrent d'aller pique-niquer à Forest Park. Ramon étendit la couverture qu'avait apportée Katie sous un bosquet de chênes géants et ils se régalèrent de tranches de bœuf fines comme de la dentelle et de jambon ; Ramon avait également trouvé une baguette bien croustillante.

Katie avait vaguement conscience qu'il l'observait ; elle était pleine d'entrain et ce spectacle ne semblait pas lui déplaire. Il paraissait fasciné, également, par l'or rouge de ses cheveux qui ondoyaient sur ses épaules lorsqu'elle se penchait vers le panier en osier. Mais peu importait, cet après-midi était un véritable ravissement.

— Aux États-Unis, on ne conçoit pas un pique-nique sans poulet frit, à ce qu'il me semble ? fit Ramon en profitant d'un instant de silence. C'est dommage, je ne sais pas faire la cuisine mais la prochaine fois, si prochaine fois il y a, j'achèterai tout ce qu'il faut et vous préparerez le pique-nique.

Katie faillit s'étrangler avec le délicieux chianti qu'elle savourait à petites gorgées.

— Je n'ai jamais rien entendu de plus sexiste, fulmina-t-elle en riant. Qu'est-ce qui vous permet de penser que je sais cuisiner ?

Prenant appui sur un coude, Ramon s'étendit sur le côté et la considéra avec une feinte gravité.

— Mais parce que vous êtes une femme !

— C'est... sérieux ? bredouilla-t-elle.

— Quoi donc ? Que vous êtes une femme ? Que vous savez faire la cuisine ? Ou bien... nous deux ?

Le timbre de Ramon s'était fait plus grave et la sensualité un peu rauque de sa voix n'avait pas échappé à la jeune femme.

— Je faisais allusion à nos prétendus talents culinaires, riposta-t-elle sèchement.

Le sourire de Ramon s'épanouit ; il semblait très amusé de la voir saisir ainsi la première échappatoire pour éluder sa question.

— Je n'ai pas dit que les femmes savaient faire la cuisine mais qu'elles devraient la faire. Et le rôle des hommes est de travailler pour nourrir leur famille. Du moins, il devrait en être ainsi.

Katie resta sans voix ; elle l'observait, dubitative, et se demandait s'il n'essayait pas de la faire sortir de ses gonds.

— Vous serez probablement surpris d'apprendre que certaines femmes n'adorent pas émincer des oignons ou râper du fromage, ce n'est pas un don inné chez elles.

Ramon étouffa un gloussement et changea brusquement de sujet.

— En quoi consiste votre travail ?

— J'appartiens à une grosse société, je suis au service du personnel. Je fais passer les entretiens d'embauche, enfin, vous voyez...

— Cela vous plaît ?

— Oh, beaucoup ! répondit-elle en prenant une énorme pomme rouge dans le panier.

Puis, remontant les jambes sous son menton, elle blottit ses genoux au creux de ses bras et mordit dans le fruit juteux.

— Délicieux, vraiment !

— Dommage...

— Quoi donc ? Que je savoure cette pomme ? fit-elle, éberluée.

— Non, il est dommage que vous aimiez tant votre travail. Il vous sera difficile de le quitter le jour où vous vous marierez.

— Le quitter pour... ! s'exclama Katie avec un petit rire tout en hochant la tête. Vous savez, Ramon, vous avez de la chance de ne pas être américain. À votre place, je ne me sentirais pas en sécurité dans ce pays.

Je connais des tas de femmes qui vous mettraient à la broche si elles entendaient des raisonnements pareils.

— Je suis américain, reprit-il sans se soucier de cette terrible mise en garde.

— Je vous croyais portoricain.

— Je vous ai dit que j'étais né à Porto Rico. En fait, je suis espagnol.

— Mais vous venez de me dire que vous étiez américain et portoricain.

— Katie, reprit-il, et l'émoi délicieux qu'elle ressentit en l'entendant prononcer son prénom la laissa perplexe, Porto Rico fait partie intégrante des États-Unis. Tout natif de l'île devient automatiquement citoyen américain. Pourtant, tous mes ancêtres sont espagnols et non portoricains. Je suis américain, originaire de Porto Rico et d'ascendance espagnole. Tout comme vous...

Il laissa errer son regard sur le visage de Katie, observant sa peau laiteuse, ses yeux bleus et ses cheveux blonds tirant sur le roux.

— Tout comme vous, qui êtes américaine, native de ce pays et d'ascendance irlandaise.

Quelque peu agacée par son docte exposé et le ton supérieur qu'il venait de prendre, Katie rétorqua :

— Espagnol, portoricain ou américain, quoi qu'il en soit, vous n'êtes qu'un macho... et de la pire espèce !

— Pourquoi ce ton, tout à coup ? Parce que, à mon sens, une femme mariée se doit de se consacrer à son époux ?

Katie le toisa d'un air condescendant.

— Peu importe ce que vous pouvez penser, il n'en demeure pas moins que beaucoup de femmes ne sauraient se contenter de leur foyer. Elles ont besoin de varier leurs centres d'intérêt, aspirent à s'épanouir autrement, tout comme leurs maris. C'est formidable de pouvoir être fière de sa carrière !

— Vous n'êtes donc pas fières de vous occuper de vos maris et de vos enfants ?

Exaspérée, Katie était fermement décidée à lui faire regretter ce sourire suffisant, à n'importe quel prix.

— Fort heureusement pour nous, les Américains nés dans ce pays ne voient aucun inconvénient à ce que leur femme ait un métier. Ils se montrent un peu plus compréhensifs et font preuve de certains égards !

— Oh oui, ils se montrent très compréhensifs et pleins d'égards, ironisa Ramon. Ils vous laissent travailler, vous avez le droit de leur rapporter un salaire, de porter leurs enfants, de trouver quelqu'un qui les élève, qui se charge du ménage, et pourtant, persifla-t-il, vous faites toujours la cuisine !

Quelque peu ahurie par ce discours, Katie finit par s'affaler sur le sol dans un grand éclat de rire.

— C'est tout à fait vrai !

Ramon s'étendit à ses côtés, les mains croisées sous la nuque, le regard perdu dans les nuages qui parsemaient le ciel bleu pastel, comme autant de petits flocons.

— Vous avez un rire superbe, Katie.

Katie mordit dans sa pomme et poursuivit gaiement :

— Je sais bien pourquoi vous me dites ça, mais ne vous faites pas d'illusion, vous ne m'avez pas convaincue pour autant. Si les femmes souhaitent travailler, elles doivent en garder la possibilité. N'oubliez pas, non plus, que la plupart d'entre nous ont des goûts que leurs maris ne sauraient satisfaire avec leur seul salaire.

— Et voilà ! Pourvu qu'elles puissent s'offrir de

belles voitures, de belles maisons, peu importe le mari. Quant à son amour-propre... Car, en travaillant, elles lui donnent bien la preuve qu'il est incapable de leur offrir tout ce dont elles ont envie.

— En Amérique, les maris n'ont pas tant d'orgueil.

— Évidemment, ils sont incapables d'assumer leurs responsabilités, il n'y a vraiment pas de quoi être fiers.

— C'est idiot ! répondit Katie d'un ton sans réplique. Vous préféreriez voir la femme de votre vie dans un quartier comme Harlem, faute de pouvoir lui offrir autre chose avec votre salaire de routier ? Et tout en sachant pertinemment qu'il lui suffirait de travailler, d'avoir un métier qui lui plaise pour vivre à l'aise, tous les deux !

— Ma femme devra se contenter de ce que je pourrai lui donner.

Katie entrevit le tableau : une adorable petite Espagnole, contrainte de vivre dans un taudis pour ne pas entacher l'honneur de son mari. Elle en frémit d'horreur.

Ramon, qui se laissait gagner par le sommeil, ajouta :

— Et je n'admettrai pas une attitude telle que la vôtre, je n'aimerais pas que ma femme méprise mon métier.

Il venait de lui dire tranquillement son fait, Katie en était bien consciente, mais elle n'abandonna pas la partie pour autant :

— Routier... Vous n'avez jamais eu envie de faire autre chose ?

Ramon ne répondit pas tout de suite et Katie le suspecta de l'avoir déjà cataloguée : l'Américaine ambitieuse et arriviste.

— Mais si. Je suis également agriculteur.

Katie prit appui sur ses coudes.

— Vous êtes employé dans une exploitation agricole ? Dans le Missouri ?

— À Porto Rico, rectifia-t-il.

La réaction de Katie fut ambiguë. Dans un sens, elle était soulagée à l'idée qu'il s'en aille mais elle en était aussi un peu déçue. Les paupières de Ramon se fermaient malgré lui et elle laissa errer son regard sur la chevelure sombre, épaisse et légèrement bouclée, puis elle étudia ses traits. Ce visage hâlé, très espagnol, n'était pas dépourvu de noblesse, et la mâchoire volontaire, le nez droit et le menton un peu proéminent trahissaient une grande autorité et même une certaine arrogance. Pourtant, cette petite fossette au menton ainsi que les longs cils très drus qui ombraient les paupières adoucissaient l'expression, songea-t-elle en souriant. Les lèvres ne manquaient pas de fermeté et leur courbe sensuelle fit naître chez elle un frisson délicieux lorsqu'elle imagina leur tiède caresse sur sa bouche. La veille au soir, Ramon lui avait dit qu'il avait trente-quatre ans mais ainsi assoupi, détendu, il lui parut beaucoup plus jeune.

Lentement, elle laissa errer son regard sur la longue silhouette, le corps musclé, parfaitement entraîné, étendu à ses côtés sur la couverture. Le polo rouge moulait les épaules larges et le torse de Ramon, et les manches courtes révélaient les bras musclés dans toute leur puissance. Le jean mettait en valeur le ventre plat, la fermeté des cuisses et l'étroitesse des hanches. Même dans le sommeil, il émanait de cet homme une mâle vigueur qui ne la rebutait plus, à présent. Dès l'instant où elle avait admis que son physique évoquait vaguement celui de David, elle avait compris à quel point les deux hommes étaient différents.

Ramon ne remua pas un cil mais un demi-sourire déforma curieusement sa bouche si expressive.

— Le spectacle vous semble-t-il intéressant ?

Dépitée, Katie détourna vivement les yeux pour s'absorber dans la contemplation du parc vallonné qui s'étendait devant elle.

— Tout à fait. Je trouve le parc superbe en ce moment, les arbres sont...

— Ce n'étaient pas les arbres que vous regardiez, *señorita*.

Ravie qu'il l'ait appelée ainsi, Katie préféra ne pas relever. Ces consonances étrangères résonnaient curieusement à son oreille et elle reprit conscience du fossé qui les séparait. Du coup, la fascination qu'il exerçait sur elle s'en trouva diminuée.

Comment avait-elle pu souhaiter ce baiser ? Il lui fallait en rester là, sinon elle courait à la catastrophe. Tout les séparait, son univers était totalement étranger au sien. Socialement, ils étaient à des années-lumière l'un de l'autre. Elle y songea alors : le lendemain, ses parents organisaient un barbecue dans leur élégante demeure située sur le domaine du Country Club de Forest Oaks. Katie était conviée, bien sûr, mais Ramon détonnerait dans ce milieu et il s'y sentirait très mal à l'aise. Impossible de l'emmener, sa présence serait parfaitement déplacée. Si ses parents venaient à découvrir qu'un ouvrier agricole, conducteur de poids lourds à ses heures, sortait avec leur fille, ils ne manqueraient certainement pas de lui faire sentir qu'il n'était pas de leur monde.

Non, ce serait leur dernière sortie, sa décision était prise. Il n'y aurait jamais rien de sérieux entre eux, c'était impossible, et elle vit, dans le semblant d'attirance qu'elle éprouvait à son égard, un avertissement à ne pas négliger. Il fallait rompre les ponts, et sans plus tarder. Leur relation n'avait aucun avenir, cette histoire ne les mènerait nulle part.

— Katie, pourquoi êtes-vous si lointaine tout à coup ?

Il avait soulevé les paupières et ses yeux noirs, inquisiteurs, étudiaient attentivement le visage de la jeune femme. Katie se mit à lisser la couverture avec le plus grand soin avant de s'étendre à nouveau.

— Qu'allez-vous imaginer ! répliqua-t-elle en fermant les yeux pour lui ôter toute envie de poursuivre le débat.

— Vous savez ce que je vois quand je vous regarde ? reprit-il un ton plus bas et d'une voix amoureuse.

— Non, répondit-elle sèchement, et si vous devez jouer les don Juan méditerranéens enamourés, je préfère ne pas le savoir. Car j'imagine, au son de votre voix, que telle était votre intention.

Katie tenta de se détendre. En vain. Son petit discours s'était achevé dans un silence lourd de sous-entendus. Au bout de quelques minutes, elle s'assit brusquement sur la couverture.

— Je crois que je ferais mieux de rentrer, déclara-t-elle en opérant un rétablissement sur les genoux pour ranger les restes du pique-nique dans le panier.

Ramon se leva sans un mot et se mit à replier la couverture.

Au retour, l'ambiance fut très tendue. À deux reprises, Katie essaya de relancer la conversation dans l'espoir de faire oublier un peu sa grossièreté mais se heurta, à chaque fois, au mutisme de Ramon qui lui répondit par monosyllabes. Elle n'était pas très fière du snobisme de son attitude, ni de la façon dont elle l'avait rembarré, mais elle était également furieuse qu'il ne lui facilite pas la tâche.

Il n'était que trois heures lorsque la Buick Regal s'engagea enfin sur le parking, Katie n'aspirait qu'à une chose : que prenne fin cette journée de vacances ! Ramon n'eut pas le temps de lui ouvrir la portière : elle l'avait déjà poussée pour bondir de la voiture.

— Donnez-moi vos clés, je vous précède, ainsi que l'exige la courtoisie, dit-il d'un ton sans réplique.

Katie comprit à cet instant qu'il était absolument furieux et son insistance la mit dans une rage folle.

— Vous ne me croirez probablement pas, lança-t-elle en grimpant les marches quatre à quatre pour se précipiter sur la serrure où elle enfonça brutalement sa clé, mais je sais me servir de mes mains et je suis parfaitement capable d'ouvrir une porte. D'ailleurs, cette courtoisie est sans objet puisque je me suis montrée odieuse à votre égard !

L'humour cinglant de cette remarque atteignit son but mais Ramon l'oublia aussitôt. Rageusement, Katie avait ouvert et elle se retournait pour lui décocher un dernier trait :

— Merci, Ramon. J'ai vraiment passé une très bonne journée.

La raison de sa soudaine hilarité lui échappa mais elle fut soulagée. Du moins n'était-il plus fâché. Soudain sur ses gardes, elle le vit pénétrer dans l'appartement, très décidé. Il referma la porte derrière lui. Impossible de se méprendre sur son expression.

— Venez, Katie, fit-il doucement.

Autant qu'une invite, c'était bien un ordre.

Katie hocha vivement la tête et recula prudemment

d'un pas mais sa réaction fut immédiate. Un frisson lui parcourait déjà l'échine.

— Après avoir passé « une très bonne journée », les Américaines libérées n'ont-elles pas pour habitude de manifester leur satisfaction par un baiser ? insista Ramon.

— Pas toutes, souffla-t-elle, d'une voix sourde. Il leur arrive aussi de se contenter d'un simple « merci ».

Il esquissa un sourire mais son regard, que voilaient les paupières mi-closes, s'attarda sur les lèvres généreuses.

— Allons, Katie...

Comme elle essayait encore de se dérober, il ajouta tout doucement :

— N'êtes-vous pas curieuse de savoir comment on embrasse en Espagne ? De découvrir les techniques amoureuses des Portoricains ?

— Non, murmura-t-elle, la gorge nouée.

— Allons, Katie, venez, je vais vous montrer.

Hypnotisée par la voix de velours, fascinée par le regard sombre, elle s'avança vers lui dans une sorte de transe, une exaltation mêlée de crainte.

Mais jamais elle n'aurait imaginé, en le rejoignant, que les bras de Ramon se refermeraient sur elle comme un cercle d'acier, qu'elle se laisserait emporter dans ce néant délicieux pour ne plus percevoir que la caresse de ses lèvres entrouvertes prenant inlassablement les siennes. Dans son inconscience, elle n'était sensible qu'à la fièvre qui l'envahissait sous ses mains.

— Katie, murmura-t-il sourdement, ne la libérant que pour déposer une pluie de baisers sur ses paupières, sa tempe, sa joue. Katie, souffla-t-il encore, douloureusement, tout en reprenant possession de sa bouche.

Des siècles plus tard, il finit par se redresser. Tremblante, Katie sentait ses forces la trahir. Elle blottit sa joue contre son torse et perçut le martèlement violent de son cœur. Elle était atterrée. Combien de fois l'avait-on embrassée ? Elle aurait été bien incapable de le dire mais ses soupirants, parfaitement entraînés, avaient une technique si éprouvée qu'ils étaient passés maîtres dans « l'art du baiser ». Certes, elle avait éprouvé du plaisir dans leurs bras... mais rien de comparable à cette explosion d'allégresse absolument insensée, à ce désir lancinant qui la taraudait.

Les lèvres de Ramon frôlèrent ses cheveux lumineux.

— Et maintenant, tu veux savoir à quoi je pense quand je te regarde ?

Katie s'efforça de garder un ton léger mais c'est d'une voix sourde, aussi voilée que la sienne, qu'elle répondit :

— Aurai-je droit au don Juan méditerranéen ?

— Oui !

— Bon !

Il eut un rire de gorge, grave, chaleureux.

— Je contemple une authentique beauté, aux cheveux d'or rouge et au sourire d'ange. Je me souviens aussi d'une princesse, seule dans ce bar pour célibataires et fort mécontente de ses sujets, et je vois également une sorcière qui prétendait vivre avec deux lesbiennes pour décourager un soupirant trop pressant.

Ramon posa une main légère sur sa joue, l'effleurant d'une tendre caresse.

— Je te regarde, mon ange, et j'ai devant moi la princesse et la sorcière à la fois.

« Mon » ange ?

Oubliant son humeur vagabonde, Katie eut tôt fait

de revenir à la réalité. Elle s'arracha à son étreinte et lança de son ton le plus enjoué :

— Que dirais-tu d'aller faire un tour à la piscine ? C'est l'ouverture, aujourd'hui, et nous y retrouverons mes voisins au grand complet.

Machinalement, Katie avait plongé ses mains dans les poches arrière de son pantalon, mais elle rectifia aussitôt la position en voyant le regard de Ramon s'égarer vers sa poitrine que soulignait la maille du T-shirt tendu sur ses seins.

Perplexe, Ramon leva un sourcil en une muette interrogation. Pourquoi refusait-elle d'affronter son regard quand ses mains venaient d'explorer son corps ?

— Bien sûr, je serais ravi de voir à quoi ressemble cette piscine et de rencontrer tes amis.

Katie retrouva la sensation de malaise qu'elle éprouvait en sa présence. Soudain, elle ne vit plus que l'étranger, l'inconnu trop brun dont l'intérêt pour elle était trop vif, trop manifeste. Et puis, l'expérience lui avait appris à rester sur ses gardes. Elle avait fort bien compris où il voulait en venir, et Ramon était pressé d'arriver à ses fins.

Les portes coulissantes du salon s'ouvraient sur un petit patio parfaitement abrité des regards par une palissade. Au milieu, deux chaises longues en bois exotique garnies de coussins fleuris invitaient au bain de soleil dans un écrin de verdure. Katie avait en effet disposé çà et là une profusion de plantes luxuriantes qui commençaient d'ailleurs à fleurir.

Elle s'arrêta près d'une jardinière débordant de pétunias rouge et blanc, la main sur la poignée du portillon qui fermait le patio, et eut un instant d'hésitation. Il lui fallait parler à Ramon, mais comment lui faire comprendre ?

— C'est un bel appartement, remarqua-t-il, le loyer en est certainement très élevé.

Katie se retourna brusquement dans l'intention de relever sa remarque innocente. Elle tenait à lui rappeler tout ce qui les séparait et il venait de lui fournir le prétexte rêvé. Peut-être parviendrait-elle enfin à calmer ses ardeurs ?

— Merci. Oui, en effet. Mais mes parents sont rassurés de me savoir ici, le voisinage est idéal.

— Tes amis ont beaucoup d'argent ?

— Pas tous, mais ce sont des gens qui ont réussi et ils sont de « notre monde ».

Ramon lui opposa un masque impénétrable, vide de toute expression.

— Alors, il vaudrait peut-être mieux que tu ne me présentes pas.

Katie leva les yeux vers le beau visage, si distant tout à coup. Une fois de plus, elle ne se sentait pas très fière d'elle-même. Elle passa nerveusement la main dans ses cheveux, inspira profondément et, résolument, se décida enfin à parler franchement.

— Écoute, Ramon, ce qui vient de se passer ne changera rien entre nous et je n'ai pas l'intention de partager ton lit, ni aujourd'hui ni un autre jour. Tu dois le comprendre.

— Tu dis ça parce que je suis espagnol ? fit-il d'un ton détaché.

Les joues de porcelaine s'embrasèrent sous l'effet d'une vive contrariété.

— Non. Bien sûr que non ! C'est parce que...

Katie eut un petit sourire moqueur.

— La formule est un peu éculée mais « je ne suis pas celle que vous croyez », voilà tout.

Terriblement soulagée d'avoir enfin mis cartes sur table, elle s'apprêta à ouvrir le portillon.

— Si nous allions faire un tour à la piscine, maintenant ?

— Cela ne me paraît pas très sage, persifla-t-il. Je risquerais de te faire honte devant tous ces amis qui « ont réussi » et qui sont de « votre monde ».

Katie tourna la tête et son regard se posa sur le nez patricien de Ramon qui la dominait de toute sa hauteur et la considérait d'un air méprisant, une lueur sarcastique au fond des yeux.

— Ce n'est pas parce que je me suis comportée en crétine prétentieuse que tu dois en faire autant. Tu viens ?

Ramon l'observait avec insistance mais Katie reconnut le frémissement qui parcourait son visage : il riait. Sans un mot, il tendit la main au-dessus de son épaule et lui ouvrit le portillon.

La piscine, aussi vaste qu'un bassin olympique, avait des allures de champ de bataille. Katie n'en fut pas surprise. Il ne s'y livrait pas moins de quatre parties de water-polo et les joueurs hurlaient à qui mieux mieux en faisant jaillir des gerbes d'eau. Sur les chaises longues, les serviettes, des filles en bikinis et des garçons en caleçons de bain échancrés se doraient au soleil, tout luisants de crème. Ce n'était que canettes de bière et transistors, on n'entendait que les beuglements des haut-parleurs.

Katie s'avança vers la table la plus proche, sous un parasol, et tira une chaise de jardin. Ramon s'assit auprès d'elle.

— Alors, que penses-tu d'une piscine typiquement américaine, le jour de l'ouverture ?

Impassible, il balaya du regard le chahut haut en couleur qui s'offrait à ses yeux.

— Ça ne manque pas d'intérêt...

— Salut, Katie !

Ravissante sirène, Karen émergeait de la piscine et de minuscules filets d'eau faisaient scintiller son corps voluptueux. Comme à l'accoutumée, elle était flanquée de deux admirateurs tout ruisselants qui s'approchèrent sur la pointe des pieds.

— Tu connais Don et Brad, Katie ? fit Karen en désignant, pour la forme, ses deux compagnons qui habitaient également la résidence.

Katie, qui les connaissait aussi bien que Karen, ou presque, fut quelque peu surprise. Mais elle comprit aussitôt que ces mondanités étaient bien le dernier souci de son amie ; ce qu'elle voulait, c'était rencontrer Ramon.

Bien malgré elle, Katie se vit contrainte de faire les présentations. Elle s'efforça d'ignorer le sourire étincelant de Ramon qui semblait, manifestement, beaucoup apprécier Karen. Elle ne voulut pas voir, non plus, la petite étincelle dans les yeux de son amie lorsqu'elle lui tendit la main.

— Allez donc vous changer, vous deux, et venez nous rejoindre dans la piscine, proposa-t-elle, sans pouvoir détacher son regard de celui de Ramon. On organise une fête monstre, ce soir. Il faut que vous restiez !

— Ramon n'a pas apporté son maillot, dit Katie en s'emparant du premier prétexte qui lui vint à l'esprit.

— Ça ne fait rien, répliqua Karen, jamais à court d'arguments.

Elle parvint enfin à s'arracher à sa fascination.

— Brad va lui en prêter un. N'est-ce pas Brad ?

À en juger par sa mine, Brad, qui lui faisait une cour assidue depuis près d'un an, aurait bien édicté une interdiction de séjour à l'intention de Ramon.

Toutefois, il réitéra très courtoisement l'offre de Karen. Il n'avait guère le choix d'ailleurs. Comment ne pas accéder à ses désirs ? Son physique laissait entrevoir aux hommes de telles compensations ! Elle était de la même taille que Katie, un mètre soixante-sept, mais il émanait de sa personne une sensualité épanouie. Très brune, un corps appétissant : Karen évoquait un fruit de la passion ne demandant qu'à être cueilli... mais tenant à rester maître de son choix. Et, à en juger par la façon dont elle suivait des yeux Ramon qui s'éloignait en compagnie de Brad, Katie n'eut aucun mal à deviner sur qui son choix venait de se porter.

— Mais où, murmura-t-elle avec une admiration mêlée de respect, où as-tu déniché cet Adonis... ? À moins qu'Adonis n'ait été blond ? Enfin, peu importe, blond ou pas, il a l'air d'un dieu grec.

Katie eut la tentation, peu charitable, de doucher son enthousiasme en lui révélant que le dieu grec était espagnol et ouvrier agricole, mais elle s'en abstint.

— J'ai fait sa connaissance vendredi soir, au Canyon Inn, préféra-t-elle répondre.

— Ah bon ? Je ne l'ai pas vu. Pourtant, il lui serait difficile de passer inaperçu. Il est vraiment superbe et très sexy. Tu sais ce qu'il fait, dans la vie ?

— Il...

Katie eut un instant d'hésitation mais elle ne tenait pas à placer Ramon dans une situation embarrassante.

— Il est dans les transports. Les poids lourds, si tu veux tout savoir.

— C'est vrai ? fit Karen qui, de toute évidence, attendait moins la réponse que la réaction de Katie.

— Chasse gardée ou peut-on tenter sa chance ?

Katie ne put s'empêcher de sourire, Karen n'y allait pas par quatre chemins.

— Ça changerait quelque chose pour toi ?

— Tu le sais très bien ! Nous sommes amies, non ? Si tu me dis que tu tiens à lui, je ne ferai rien pour te l'enlever.

Elle était sincère, Katie en avait déjà eu la preuve. Karen avait un code de conduite bien à elle, elle ne s'attaquait jamais aux petits amis de ses copines. Quoi qu'il en soit, elle n'appréciait guère la certitude sereine de Karen : pas un instant, elle n'avait douté de pouvoir lui souffler Ramon. À moins, bien sûr, qu'elle décide de n'en rien faire, par loyauté.

— Ne te gêne surtout pas, répondit Katie en affectant une indifférence un peu forcée. Si tu le veux, je te le laisse. Je vais mettre mon maillot.

Mais, une fois chez elle, Katie s'en voulut de ce manque de franchise. Elle aurait dû dire à Karen de laisser Ramon en paix, songea-t-elle en passant son bikini. Ce qui l'agaçait, c'est qu'elle attachait beaucoup trop d'importance à cette histoire. Ramon n'avait pas cherché à dissimuler son admiration en découvrant la pulpeuse Karen vêtue de son seul bikini et Katie avait été un peu vexée.

Postée devant le miroir, elle étudia sa silhouette d'un œil critique. Le deux-pièces bleu vif dévoilait son corps superbe dans toute sa perfection : la poitrine ferme, généreuse, la taille fine et les rondeurs discrètes des hanches, les longues jambes au galbe idéal. Écœurée, elle songea à cet instant qu'elle devait bien être la seule à garder une telle réserve sans rien, ou presque, sur le dos !

Les hommes réservaient aux Karen Wilson leurs sifflements admiratifs, mais elle, Katie Connelly, on se contentait de la regarder. La tranquille assurance que révélait son port de tête, et la grâce très naturelle de ses mouvements, lui donnaient l'air un peu altier. L'eût-elle voulu, il lui aurait été impossible de modifier cette image qui lui convenait d'ailleurs assez bien.

En dehors des bars de rencontres, les inconnus ne se risquaient guère à l'aborder, elle leur semblait hors d'atteinte. D'ordinaire, les hommes ne voyaient en elle que la beauté classique, la perfection de sa peau et la transparence de son regard, et n'étaient guère sensibles à son sex-appeal. Ils la jugeaient distante, inaccessible, et lui témoignaient une admiration mêlée de respect. Ils comprenaient ensuite qu'elle avait une nature chaleureuse, sympathique et un imbattable sens de l'humour. Mais alors, ils la connaissaient suffisamment pour deviner qu'il était inutile d'insister : elle ne leur accorderait jamais que ce qu'elle avait envie d'accorder. On bavardait avec Katie, on pouvait s'amuser avec elle et même l'inviter, mais les propositions plus précises restaient en général lettre morte... des allusions susurrées à l'oreille auxquelles elle opposait en souriant un silence particulièrement éloquent.

Elle donna un rapide coup de brosse à sa crinière souple et secoua vivement la tête pour retrouver le style « décoiffé » et décontracté de sa coupe de cheveux. Puis, fort peu satisfaite d'elle-même, elle jeta un dernier coup d'œil au miroir.

Elle trouva Ramon au bord de la piscine, étendu sur un matelas de plage en compagnie de trois jeunes femmes qui, de toute évidence, flirtaient avec lui, installées sur le rebord en ciment du bassin. À ses côtés, Karen était assise à la table qu'ils venaient de quitter, toujours flanquée de Don et de Brad.

— Me permettrais-tu de rejoindre ton harem, Ramon ? ironisa Katie avec un petit sourire lorsqu'elle fut auprès de lui.

Il leva les yeux vers elle et le plus langoureux, le plus irrésistible des sourires éclaira son visage, puis il roula sur lui-même et se releva d'un mouvement souple pour lui offrir le matelas si convoité. Katie ravala sa déception. Elle aurait tout aussi bien pu se promener en pardessus : pas une seconde le regard de Ramon ne s'était égaré au-dessous de son cou.

Il rejoignit Karen et les deux garçons.

Katie essaya d'ignorer les sentiments contradictoires qui la troublaient et entreprit de passer de la lotion solaire sur sa jambe.

— Tu n'as pas besoin d'aide, Katie ? lança Don avec un grand sourire. Je fais ça très bien.

Katie releva la tête et déclina son offre en souriant...

— Je n'ai pas les jambes si longues, tu sais.

Au contraire de Brad, Don parvenait à oublier Karen de temps à autre, Katie s'en était rendu compte, dernièrement. Il ne demandait qu'à lui consacrer toute son attention, encore eût-il fallu qu'elle lui laissât quelque espoir. Elle enduisait consciencieusement son bras gauche d'huile solaire lorsque Karen intervint :

— Katie m'a dit que vous étiez dans les transports, Ramon.

— Oh, vraiment ?

Il avait accentué les syllabes avec une telle nonchalance, et pris un ton d'une telle dérision qu'elle interrompit son geste pour le regarder. Calé au fond de son fauteuil, il tenait un cigare très fin entre ses dents blanches et son regard inquisiteur était rivé sur elle. Elle s'empourpra et détourna vivement les yeux.

Au bout de quelques minutes, Karen usa de toute sa force de persuasion pour le convaincre de la suivre dans l'eau. Ramon resta très courtois mais lui opposa un refus très net.

— *Sais*-tu nager, au moins ? demanda Katie quand les autres se furent éloignés.

— Porto Rico est une île, Katie, répliqua-t-il sèchement. Nous avons l'océan Atlantique d'un côté et la mer des Caraïbes de l'autre. Nous n'avons donc pas à nous plaindre...

Katie le considéra avec une moue perplexe. À l'instant même où il l'avait embrassée, chez elle, les rôles s'étaient inversés. Elle qui, jusque-là, détenait le pouvoir et maîtrisait parfaitement la situation, avec une belle assurance, ne savait plus où elle en était à présent. Face à la détermination de Ramon, très sûr de lui, elle se sentait étrangement vulnérable.

Elle rétorqua avec un haussement d'épaules :

— Je voulais seulement te proposer de t'apprendre à nager, dans le cas contraire. Tu aurais pu m'épargner ce cours de géographie.

Il ne parut pas se formaliser du ton acerbe sur lequel elle avait riposté et proposa :

— Allons nous baigner, si tu en as envie.

Le souffle court, Katie le regarda se lever. Vêtu du maillot blanc de Brad, Ramon la dominait maintenant de son mètre quatre-vingt-dix, superbe de virilité. Des épaules larges, des hanches étroites, des muscles puissants, il était bâti en athlète. Un léger duvet brun courait sur sa poitrine et, en se relevant, Katie garda prudemment les yeux sur la médaille d'argent qu'il avait au cou.

Désemparée, terriblement gênée par les ravages qu'opérait sur elle ce corps doré par le soleil, elle n'osait croiser son regard. Mais il se tenait devant elle, sans nulle intention de bouger, et elle se risqua enfin à lever les yeux vers lui.

— Moi aussi, je te trouve très belle, dit-il doucement.

Bien malgré elle, un sourire s'épanouit sur ses lèvres.

— Je ne pensais pas que tu l'avais remarqué, s'étonna-t-elle en le suivant jusqu'à la piscine.

— Et moi, je croyais que tu n'aimais pas les regards trop appuyés.

Katie s'entendit répliquer à son corps défendant :

— Tu ne t'es pourtant pas privé d'admirer Karen...

Interdite, elle hocha la tête et poursuivit néanmoins, sans réfléchir :

— Oh, ce n'est pas ce que je voulais dire !

— Non, en effet, fit Ramon d'un air amusé. Je n'en doute pas.

Bien décidée à en rester là, Katie s'avança tout au bord de la piscine, à l'extrémité la plus profonde, et fendit l'eau dans un plongeon d'une parfaite élégance. Ramon la suivit aussitôt et régla son allure sur son crawl vigoureux avec une aisance, une facilité qu'elle ne put s'empêcher d'admirer. Ils parcoururent vingt longueurs côte à côte et Katie reprit pied pour le regarder continuer. Il couvrit encore dix longueurs de bassin et elle finit par lui lancer en riant :

— Quel cinéma !

Ramon disparut sous la surface de l'eau dans un plongeon impeccable mais Katie ne put retenir un cri de surprise lorsqu'elle perdit pied. On l'entraînait au fond ! Suffoquant, elle remonta enfin à la surface ; le chlore lui piquait les yeux et Ramon, ravi, passait la main dans ses boucles brunes pour dégager son visage.

— Vraiment digne d'un gosse de cinq ans ! lança-t-elle avec une feinte sévérité. Et ça... aussi !

Elle fendit l'eau d'un revers de main et en souleva une gerbe pour l'éclabousser avant de plonger à droite, à gauche, pour tenter d'échapper aux représailles. S'ensuivit une course poursuite et ils barbotèrent en riant pendant un bon quart d'heure.

Épuisée, à bout de souffle, Katie se hissa sur le bord, regagna son transat sur la pointe des pieds et tendit à Ramon la serviette qu'elle lui avait apportée. Penchée en avant, elle tordit ses longs cheveux, si épais.

— Tu y vas un peu fort ! gronda-t-elle en riant.

Ramon reprenait son souffle ; il passa la serviette derrière sa nuque et se campa devant elle, les poings sur les hanches, pour affirmer tranquillement :

— Je saurai me montrer aussi doux que tu le voudras.

Saisissant l'allusion, Katie se sentit fondre. C'était bien à l'amour qu'il pensait, elle en était quasi certaine. Elle s'écroula sur le matelas de plage, étendue sur le ventre et enfouit sa tête au creux de ses bras ; lorsque les gouttelettes d'huile solaire s'écrasèrent sur son dos, elle tressaillit. Ramon s'assit auprès d'elle et elle se raidit aussitôt sous la lente caresse des mains qui parcouraient sa peau de satin, en cadence, pour faire pénétrer le baume.

— Tu veux que je dégrafe ton soutien-gorge ? demanda-t-il.

— Si jamais tu t'avises de faire ça... !

Les mains de Ramon remontèrent jusqu'à ses épaules. De son pouce, il lui massait la base du cou à présent, et sa respiration s'accéléra, le seul contact de ces mains faisait naître sur sa peau des sensations nouvelles.

— Je ne t'ennuie pas, au moins ? souffla-t-il d'une voix rauque.

— Tu sais très bien que si, ne put-elle s'empêcher de murmurer, à demi assoupie.

En entendant le petit rire satisfait de Ramon, elle tourna la tête pour ne plus le voir.

— Tu es parfaitement conscient de ce que tu fais et tu n'ignores pas à quel point je suis mal à l'aise.

— Alors, je te laisse. Tu vas pouvoir te détendre.

Elle ne sentait plus son poids sur la chaise longue, il était parti. Katie s'interdit de penser à lui. Qu'il fasse donc ce qu'il lui plaise ! Et elle ferma les yeux pour se protéger du soleil brûlant de l'après-midi.

De temps à autre, elle distinguait son timbre grave, un éclat de rire féminin lui faisait écho ou bien l'un des garçons lui criait quelque chose. Katie constata qu'il s'était très bien intégré à son groupe d'amis. Pourquoi en serait-il autrement d'ailleurs ? songea-t-elle, maussade. Un corps séduisant... Que vous demandait-on de plus ici ? Des traits agréables ne gâtaient rien, non plus. Pour un homme, il était préférable d'avoir une bonne situation. Grâce à son pieux mensonge, Ramon possédait tous les atouts.

Que m'arrive-t-il ? se demanda-t-elle dans un demi-sommeil. Elle n'avait aucune raison de se plaindre. Elle avait bien ressassé quelques griefs contre les poseurs, les relations sans intérêt qui semblaient peupler son univers ces derniers temps, mais, en définitive, le badinage subtil auquel excellaient ces hommes sûrs d'eux-mêmes et de leur réussite lui convenait parfaitement. Elle aimait les beaux vêtements, ainsi que son superbe appartement, et il était très agréable d'attirer tous les regards. Ses fréquentations masculines ne lui déplaisaient nullement mais elle fuyait toute intimité car elle se cramponnait désespérément aux lambeaux de fierté, au peu de dignité que David n'avait pas réussi à lui ôter. Et cela, rien ne l'y ferait renoncer, pas même le vertige des sens.

À Rob, et à lui seul, elle avait été tentée de céder. Heureusement, elle avait découvert à temps qu'il était marié. Elle finirait bien par rencontrer celui qu'elle attendait et, ce jour-là, elle se donnerait à lui sans réserve. Mais à aucun autre et certainement pas au premier venu. Jamais, au grand jamais, Katie Connelly ne tolérerait de retrouver au bord de la piscine, ou dans un bar quelconque, trois ou quatre partenaires pour lesquels son corps n'aurait plus de secret. Quoi de plus courant, pourtant ? Mais elle trouvait cela dégradant et écœurant.

— Oh, Katie, réveille-toi. Allons, tourne-toi, lui intima Don.

Katie cligna des paupières, très étonnée de s'être endormie ainsi, et s'exécuta docilement.

— Il va être six heures. On va chercher de la bière avec Brad, ainsi que des pizzas pour la fête. Vous voulez qu'on vous rapporte quelque chose de plus fort, Ramon et toi ?

Katie crut déceler un soupçon de sarcasme dans son ton lorsqu'il prononça son prénom.

Elle toisa son admirateur en souriant avec une petite grimace.

— Plus fort que les pizzas de Mama Romano ? Dieu du Ciel, non !

Elle chercha Ramon des yeux et le vit s'approcher, toujours accompagné de Karen et d'une autre fille. Ignorant résolument un pincement de jalousie stupide qui l'étreignit soudain, elle lui annonça :

— On organise une petite fête, ce soir... on dansera, enfin, tu vois. Tu veux rester ?

— Mais bien sûr Katie, répliqua vivement Karen sans lui laisser le temps de répondre.

— Bon, d'accord, conclut-elle avec un haussement d'épaules.

Elle avait bien l'intention de profiter de la soirée. Quant à Ramon, il pourrait s'amuser avec Karen ou toute autre personne de son choix.

À neuf heures et demie, il ne restait plus rien à manger, et l'on avait vidé plusieurs caisses de bière et de nombreuses bouteilles d'alcool. Les spots éclairaient la piscine en l'irradiant d'une lumière verte tandis que les haut-parleurs diffusaient de la musique disco. Depuis une heure, Katie, tout à la joie de la danse, changeait sans cesse de partenaire. C'est alors qu'elle vit la silhouette solitaire de Ramon se profiler dans l'obscurité. Appuyé contre la barrière, le regard perdu dans le lointain, il se tenait à l'écart des réjouissances ; seule la bande blanche du maillot trouait la nuit d'encre. Il lui parut très distant et, curieusement, très seul.

— Ramon ? fit-elle, un peu inquiète, en arrivant à sa hauteur avant de poser sa main sur son bras.

Lentement, il se tourna vers elle et Katie lut dans son sourire tout le plaisir que ce simple contact lui procurait. Prudente, elle préféra retirer sa main.

— Qu'est-ce que tu fais là, dans ton coin ?

— J'avais besoin d'un peu de silence, de réflexion. Tu n'apprécies pas la solitude par moments ?

— Oh si ! Mais, d'habitude, j'attends que la fête soit finie.

— Rien ne nous retient ici, fit-il observer d'un ton lourd de sous-entendus.

Curieusement, elle eut un petit pincement au cœur qu'elle décida résolument d'ignorer pour lui proposer aussitôt :

— Tu veux danser ?

D'un signe de tête, il montra les baffles qui laissaient échapper les hurlements de Neil Diamond.

— Je préfère serrer ma partenaire dans mes bras, répliqua-t-il. Et puis, il faut prendre son tour pour danser avec toi !

— Dis-moi, Ramon, tu sais danser ? insista Katie qui était fermement convaincue du contraire.

Elle allait d'ailleurs lui proposer de le lui apprendre lorsqu'il lança son cigare au loin, traçant un arc incandescent dans la nuit, avant de répondre brusquement :

— Mais oui, je sais danser ! Je sais nager. Et je suis capable de nouer mes lacets. J'ai un petit accent, bien sûr, ce qui fait de moi un ignare et un arriéré à tes yeux, mais sache que bon nombre de femmes le trouvent très séduisant.

Furieuse, Katie se raidit tout à coup et redressa le menton pour planter son regard dans le sien :

— Va te faire voir ! articula-t-elle le plus tranquillement du monde en détachant soigneusement chaque syllabe.

Elle tourna les talons mais ne put retenir un petit cri de surprise. Les doigts de Ramon s'étaient brutalement refermés sur son bras, et il l'obligea à lui faire face. Il gronda alors, furieux :

— Ne t'avise jamais plus de me parler sur ce ton, ni de jurer, d'ailleurs. Ce n'est vraiment pas ton genre !

— Je n'ai pas d'ordre à recevoir de toi, fulmina-t-elle. Et puisque la gent féminine te trouve si séduisant, je cède volontiers ma place !

Ramon plongea son regard dans les yeux bleus, étincelants de colère, observa le beau visage, si fier, et, oubliant ses griefs, céda à l'admiration. Comme à regret, un sourire s'épanouit sur son visage.

— Quelle petite furie ! ironisa-t-il avec un gloussement amusé. Et lorsque tu te mets en colère...

— Petite ! s'exclama-t-elle, écumant de rage. Sache que je mesure un mètre soixante-huit, ou presque. Et si tu as le malheur de me sortir que je suis ravissante lorsque je me mets en colère, je n'ai pas fini de m'esclaffer, je te préviens. C'est toujours le même boniment avec vous ! Je me demande dans quel vieux navet vous avez été chercher ça et...

— Katie, murmura Ramon.

Ses lèvres fermes, sensuelles, se rapprochaient.

— Tu es ravissante quand tu te mets en colère et, si jamais je t'entends rire, je te jette dans la piscine !

Ce fut un véritable choc qui ébranla tout son être ; les lèvres tièdes de Ramon se posèrent sur les siennes pour le plus long des baisers. Il se redressa enfin, emprisonna sa taille et l'attira tout contre lui. Elle ne lui opposa aucune résistance et se laissa entraîner vers les danseurs tandis que s'élevaient les accents langoureux d'une mélodie romantique.

Ramon lui susurra quelques mots à l'oreille qu'elle ne comprit pas, envoûtée par le timbre grave de sa voix. Son univers s'était réduit à l'obsédante sensation des jambes nues de Ramon, de ses hanches qui la frôlaient si intimement tandis qu'ils se mouvaient en cadence. Une onde de désir la submergea, annihilant toute volonté. Elle n'avait plus qu'un souhait : tendre son visage vers lui et sentir sa bouche prendre possession de ses lèvres comme auparavant, chez elle. Elle n'aspirait qu'à se retrouver prisonnière de son étreinte d'acier, qu'à se laisser emporter dans un fol élan vers ce néant délicieux qu'il lui avait fait entrevoir.

Elle ferma les yeux. À son grand désespoir, il lui fallait admettre la vérité : ils ne se connaissaient que depuis quarante-huit heures à peine, et elle n'avait plus qu'un souhait : qu'il lui fasse l'amour, ce soir. Elle était atterrée, l'intensité de son désir la laissait désorientée... Cette attirance physique était concevable, mais ce qui l'était beaucoup moins, et semblait d'autant plus effrayant, était le sentiment étrange, l'attraction quasi magnétique, qui l'entraînait vers lui. Quand la voix de Ramon se faisait plus chaude, quand ses yeux noirs, intenses, l'observaient ainsi, il lui arrivait d'imaginer qu'il tendait la main vers elle pour l'attirer plus près, toujours plus près.

Faisant appel à toute sa raison, Katie s'adressa une sévère mise en garde : toute relation avec cet homme tournerait au désastre. Difficile de trouver plus incompatibles que ces deux êtres. Il était pauvre, orgueilleux et dominateur. Quant à elle, elle était également orgueilleuse, mais riche, aux yeux de Ramon du moins, et farouchement indépendante. Ils finiraient tous deux par se blesser, en arriveraient à se détester. En un mot, ils couraient à la catastrophe.

Intelligente, raisonnable, Katie résolut donc de l'éviter pour fuir le danger. Elle tâcherait de garder ses distances jusqu'à la fin de la soirée et ensuite, elle n'accepterait plus aucun rendez-vous. C'était aussi simple que cela. Mais quand Ramon lui effleura la tempe et balaya son front d'un baiser, elle sut qu'il allait l'embrasser. Oubliant ses résolutions, elle lui tendit ses lèvres pour recevoir la brûlante caresse de sa bouche.

Lorsque retentirent les dernières notes, elle se dégagea brusquement. Affichant une parfaite désinvolture, elle arbora son plus beau sourire et répondit à la muette interrogation qu'elle lut dans son regard :

— Tu ne vas pas faire bande à part, maintenant ! Amuse-toi bien. À plus tard...

Dans l'heure qui suivit, Katie flirta avec tous les garçons qu'elle connaissait et ajouta même quelques inconnus à son tableau de chasse. Difficile de se montrer plus sociable ! Elle fut éblouissante, traînant dans son sillage ses admirateurs qui ne demandaient qu'à danser, se baigner, boire en sa compagnie, ou même lui faire l'amour si elle en manifestait le moindre désir. Elle rit, elle but et dansa...

Mais pas un instant elle ne relâcha sa discrète surveillance. De toute évidence, Ramon avait pris son conseil au pied de la lettre. Entouré de quatre filles au moins, il s'amusait comme un fou et, bien sûr, Karen ne le lâchait pas d'un pouce.

Elle sentit le souffle chaud de Don tout contre son oreille, et devina ce qu'il lui murmurait malgré les martèlements du disco :

— Allons-nous-en, Katie. Trouvons un coin tranquille !

— Un coin tranquille ? Quelle horreur ! lança-t-elle en le quittant sur une pirouette pour se précipiter dans les bras de Brad, assez surpris, mais ravi, de la voir s'asseoir sur ses genoux.

— Tu es bien de mon avis, Brad ? Non ?

— Oh, bien sûr ! acquiesça ce dernier, une lueur égrillarde au fond des yeux. Viens donc chez moi, on pourra faire tout le bruit qu'on voudra.

Mais Katie ne l'écoutait plus. Elle surveillait du coin de l'œil Karen qui dansait avec Ramon. Pendue à son cou, elle ondulait lascivement contre lui. Elle venait probablement de faire une bonne plaisanterie car Ramon, qui se contentait jusque-là de lui sourire, renversa brusquement la tête en arrière et éclata de rire. Katie fut étrangement blessée par un revirement aussi soudain. Redoublant d'efforts pour bien montrer qu'elle s'amusait, elle se leva et obligea Brad, qui renâcla quelque peu, à en faire autant.

— Allez debout flemmard ! Viens danser !

Renonçant à sa canette de bière, il passa son bras autour des épaules de Katie et se glissa parmi les danseurs. Mais, brusquement, il l'étreignit brutalement, la serrant à l'étouffer.

— Bon sang, mais qu'est-ce qui t'arrive ? lui murmura-t-il à l'oreille. Je ne t'ai encore jamais vue comme ça...

Muette, Katie cherchait désespérément Karen et Ramon mais il lui fallut bien vite se rendre à l'évidence : ils avaient disparu. Le cœur serré, elle comprit qu'ils étaient partis ensemble.

Une demi-heure plus tard, ils n'avaient toujours pas reparu et Katie, incapable de feindre, ne s'amusait plus le moins du monde. L'estomac noué, elle continuait à danser, à bavarder, sans quitter des yeux les couples qui évoluaient autour d'elle dans l'espoir d'apercevoir la haute silhouette de Ramon.

La disparition de Karen n'était pas passée inaperçue. Katie se retrouva, une fois de plus, dans les bras de Brad, tendant le cou, trop occupée à essayer de retrouver le couple pour accorder la moindre attention à son cavalier. Brad laissa alors tomber, méprisant :

— Tu ne vas tout de même pas me dire que tu t'es entichée, toi aussi, de ce métèque que Karen a emmené chez elle ?

— Je te défends de le traiter de métèque ! répliqua-t-elle, furieuse, en se dégageant brusquement.

Les larmes aux yeux, elle lui tourna le dos pour se noyer dans la foule des danseurs.

— Peut-on savoir où tu vas ? lança la voix impérieuse.

Katie fit volte-face : Ramon était là, devant elle. Les poings sur les hanches, elle l'affronta, désemparée.

— Mais où étais-tu passé ?

— Jalouse ? dit-il en haussant le sourcil.

Katie manqua s'étouffer.

— Encore faudrait-il que tu me plaises, figure-toi !

— Toi non plus, tu ne me plais guère ce soir, rétorqua-t-il, très calme.

Puis, l'observant de plus près :

— Mais tu as les yeux pleins de larmes. Qu'est-ce qui se passe ?

— Ce qui se passe, répondit-elle dans un souffle, furieuse, c'est que ce salaud, ce crétin, t'a traité de métèque.

Ramon la prit dans ses bras en éclatant de rire.

— Oh, Katie, fit-il, riant toujours. Il est tout simplement exaspéré, je suis allé faire un tour avec la femme de ses rêves, murmura-t-il tout contre ses cheveux.

Renversant la tête en arrière, Katie l'observa attentivement.

— Un tour, c'est tout ?

Soudain très sérieux, Ramon répéta docilement :

— Juste un tour, rien de plus.

Il resserra son étreinte et ils suivirent le rythme de la musique.

Katie blottit sa joue contre son torse puissant, si rassurant, et s'abandonna avec ravissement à la caresse de ses doigts sur ses épaules nues. Les mains de Ramon s'aventurèrent plus bas, suivirent la courbe de son dos pour la serrer contre lui ; elle ne lui opposa aucune résistance et son corps épousa étroitement le galbe puissant de ses cuisses, la fermeté de ses hanches. Puis il emprisonna sa nuque au creux de sa paume, l'effleura voluptueusement mais, soudain, ses doigts se firent plus exigeants.

Un peu hors d'haleine, Katie leva docilement la tête pour accueillir son baiser. Les mains de Ramon se perdirent dans la masse soyeuse de ses cheveux, la retenant captive, et sa bouche insatiable s'empara de ses lèvres.

Lorsqu'il s'écarta enfin, le souffle court, Katie n'entendait plus que le martèlement affolé de son propre cœur. Elle leva les yeux et fit d'une toute petite voix :

— Ramon, j'ai très peur...

— Je sais, *querida*, dit-il doucement. Tout ça va si vite, beaucoup trop vite pour toi.

— Que signifie *querida* ?

— Chérie.

Les yeux clos, la gorge nouée, Katie épousait les mouvements de Ramon, ses jambes la portaient à peine.

— Quand dois-tu repartir ?

Ramon eut un long moment d'hésitation.

— Je pourrais rester huit jours de plus, jusqu'à dimanche. Au-delà, c'est impossible, mais j'ai bien l'intention de te consacrer toutes mes journées jusqu'à cette date.

La déception de Katie fut telle qu'elle ne chercha même pas à la dissimuler.

— Il ne faut pas y penser. Demain, mes parents donnent une grande réception pour le Jour des morts et ils comptent sur moi. Je suis libre mardi mais, ensuite, il me faut retourner au bureau.

Ramon allait protester lorsque Katie, désirant profiter du moindre instant qui leur serait accordé, proposa :

— Tu aimerais m'accompagner demain ?

Il sembla brusquement très mal à l'aise et sa réaction la ramena à la raison.

— Non, c'est idiot. Mes parents ne te plairont pas et je pense que ce sera réciproque.

Il esquissa un sourire.

— Parce qu'ils ont de l'argent et que je n'en ai pas ? Qui sait ? Peut-être les trouverai-je sympathiques, malgré tout ?

Amusée par la façon dont il inversait les rôles, Katie lui sourit en retour et il la serra dans ses bras, l'attirant tout contre lui dans une étreinte possessive. Son sourire, d'un charme fou, faisait oublier sa mâle séduction. À cet instant, il avait l'air d'un gamin.

— On retourne chez moi ? demanda Katie.

Ramon acquiesça d'un signe de tête et elle alla chercher ses affaires tandis qu'il leur servait un scotch dans des gobelets en carton avant de la rejoindre.

À sa grande surprise, Ramon ne voulut pas entrer lorsqu'ils retrouvèrent l'intimité du patio ; il posa les verres sur la petite table, entre les deux chaises longues, et s'installa sur l'une d'elles. Katie s'attendait plutôt à ce qu'il veuille poursuivre la conversation dans son lit.

Tout à la fois déçue et soulagée, elle se lova sur la seconde chaise longue et se tourna vers lui pour le voir allumer un cigare dont elle ne distingua bientôt plus que l'extrémité incandescente.

— Parle-moi de tes parents, Katie.

Prenant une gorgée de whisky pour se donner du courage, elle se lança :

— Ils ont beaucoup d'argent, en effet, c'est du moins ce que pensent la plupart des gens. Mais il n'en a pas toujours été ainsi. Mon père ne possédait qu'une simple épicerie, il y a dix ans. Mais, un jour, il a demandé un prêt à la banque pour la transformer en supermarché de luxe. Il a magnifiquement réussi et il ne lui restait plus qu'à en ouvrir vingt autres. Tu n'as jamais remarqué, sur la route, un de ces supermarchés ultramodernes à l'enseigne de « Connelly » ?

— Si, il me semble.

— Eh bien, c'est nous. Il y a quatre ans, papa est entré au Country Club de Forest Oaks, qui n'est pas aussi prestigieux que celui d'Old Warson ou de Saint Louis, même si ses membres se plaisent à le croire... Enfin, mon père a fait construire la plus grande maison qu'on ait jamais vue sur les terres du club, sur le parcours même du golf.

— Ce sont tes parents qui m'intéressent, pas leur argent. Parle-moi d'eux.

Katie essaya de les décrire en toute honnêteté, et de garder une parfaite objectivité.

— Ils m'adorent. Ma mère joue au golf et mon père travaille beaucoup. À mon sens, ce qui importe le plus à leur yeux, leurs enfants mis à part, c'est leur magnifique demeure, leur domestique et les deux Mercedes. Ah, le Country Club également ! Ils sont très fiers d'en faire partie. Papa est encore très bien pour ses cinquante-huit ans et ma mère est toujours superbe, en toutes circonstances.

— Tu as des frères et sœurs ?

— Un frère et une sœur. Je suis la plus jeune. Maureen, ma sœur, a trente ans et elle est mariée. Papa a nommé son mari vice-président de la société Connelly et mon beau-frère n'attend qu'une chose, prendre l'affaire en main quand mon père se retirera. Mon frère Mark a vingt-cinq ans, il est charmant et ne ressemble en rien à Maureen, il n'a ni son ambition ni son avidité. Maureen, elle, ne redoute qu'une chose : que papa favorise Mark aux dépens de son mari, lorsqu'il prendra sa retraite. Tu veux toujours venir maintenant que tu les connais sous leur plus mauvais jour ? Bon nombre d'amis et de voisins seront là également, et ils ne sont guère différents de mes parents.

Ramon éteignit son cigare et appuya sa tête contre la chaise longue, trahissant une certaine lassitude.

— Tu aimerais que je vienne ?

— Oh oui, répondit-elle avec un bel enthousiasme, mais c'est très égoïste de ma part. Si ma sœur découvre que tu es agriculteur, elle se montrera probablement très méprisante. Quant à Mark, il en rajoutera pour te prouver qu'il ne ressemble pas à Maureen, et ce sera encore plus pénible.

De ce timbre profond, de cette voix de velours qu'elle adorait déjà, Ramon lui demanda :

— Et toi Katie, quelle attitude comptes-tu adopter ?

— Je, je... n'en sais trop rien.

— J'en conclus donc qu'il faut que je t'accompagne pour me faire une opinion, déclara-t-il en posant son verre.

Il se levait déjà pour partir. À peine eut-elle compris son intention qu'elle insista pour lui offrir une tasse de café. Non, il n'allait pas s'en aller ainsi... elle ne pouvait s'y résoudre ! Elle revint bientôt avec un petit plateau et servit le café au salon avant de rejoindre Ramon sur le divan. Ils burent leur café sans un mot, dans un silence de plus en plus pesant. Incapable de proférer un son, Katie ne savait plus que penser.

— À quoi songes-tu ? finit-elle par demander en essayant de percer le secret de ce profil sévère qu'éclairait la faible lueur de la lampe, posée sur la console.

— Et toi, répliqua-t-il avec une certaine brusquerie.

Ces valeurs, si chères à tes parents... ont-elles la même importance pour toi ?

— En un certain sens, oui, je crois, admit-elle.

— Quelle importance leur accordes-tu ?

— Par rapport à quoi ?

— Ceci, murmura-t-il brutalement. Il s'empara brusquement de sa bouche, labourant d'une âpre caresse les lèvres de Katie qui dut se soumettre à l'intrusion de sa langue. Il l'avait fait basculer sur le divan et l'emprisonnait à demi sous le poids de son corps.

Devant son gémissement indigné, ses lèvres se firent plus douces. Incapable de lui résister, elle se mit à onduler tout contre lui, ivre de désir. Ramon ne capturait sa langue que pour la libérer et la reprendre aussitôt, opérant ensuite une lente retraite lorsqu'elle tentait de le retenir. Bientôt, ce fut elle qui lui offrit ses lèvres, se pressa fiévreusement contre lui, oubliant le reste de l'univers, anéantie par la passion.

Quand il voulut se redresser, elle referma sa main sur sa nuque pour tenter de garder sa bouche captive, mais lorsqu'il la débarrassa prestement du haut de son bikini pour libérer ses seins, elle ne put retenir un petit cri, étonnée et ravie à la fois. Il s'aventura jusqu'aux pointes délicates ; ses lèvres capturèrent la première, puis la seconde qu'il savoura lentement comme un fruit mûr. Katie se sentit sombrer tant son corps éperdu de désir était douloureux.

Il prit appui sur ses mains et s'écarta légèrement, laissant errer son regard sur la poitrine gonflée, les mamelons tendus que venaient d'agacer sa langue, ses lèvres, ses dents.

— Je veux sentir tes mains sur ma peau, souffla-t-il d'une voix rauque.

Les nerfs à vif, elle effleura du bout des doigts le torse puissant qui se contractait instinctivement pour se détendre ensuite.

— Tu es beau, murmura-t-elle, en promenant ses paumes sur la poitrine ferme, hâlée, où courait le duvet, sur les épaules athlétiques, sur les muscles saillants de ses bras.

— Un homme n'est pas « beau », ironisa-t-il, mais la langueur qu'elle perçut dans sa voix témoignait assez de l'effet que ses caresses lui produisaient.

— Si, tu as la beauté des montagnes et des océans.

Elle traça distraitement le « V » de la toison brune qui disparaissait sous la ceinture basse du maillot blanc.

— Non ! lui intima-t-il d'une voix sourde.

Katie interrompit son geste et leva les yeux vers lui, vers ce visage qu'assombrissait la passion, maîtrisée à grand-peine.

— Si, tu es beau et fort, murmura-t-elle sans faiblir sous ce regard qui la consumait. Mais il y a en toi beaucoup de douceur. Tu es l'homme le plus doux que j'aie jamais rencontré... Ne me demande pas pourquoi mais... je le sais.

— Oh, Seigneur ! fit Ramon et, perdant tout contrôle de lui-même, il laissa échapper une plainte sourde.

Il s'empara de sa bouche sans la moindre retenue, avec une telle fougue qu'elle sentit déferler sur elle les vagues du désir. Les mains de Ramon se perdirent dans la masse de ses cheveux, se refermèrent sur elle pour la soumettre aux assauts de ses lèvres, inlassablement. Avec délices, Katie le sentait palpiter tout contre elle, tendu, triomphant, et elle gémit, dans sa fièvre, lorsqu'il se mit à la caresser de ses hanches en cercles lents et voluptueux.

— Je veux que tu me désires, lui ordonna-t-il farouchement. Plus que tout ce que l'argent pourra jamais te procurer. Que tu me désires autant que je te veux.

Ivre de passion, elle sanglotait presque quand Ramon s'arracha brusquement à ses bras, s'assit sur le divan et se renversa contre le dossier, les yeux clos. Il lui fallut quelques minutes pour retrouver son souffle. Katie l'observait mais elle finit par se rajuster, passa une main tremblante dans ses cheveux fous et se redressa, elle aussi. Blessée, elle se sentait rejetée et elle se recroquevilla tout au bout du divan, ses jambes repliées sous elle.

— Katie, commença-t-il, d'un ton sinistre, cassant.

Katie lui lança un regard noir. Toujours appuyé contre le divan, il n'avait pas ouvert les yeux.

— Je ne voulais rien dire, tu étais là, dans mes bras, et le désir nous égarait, tous les deux. En fait, j'aurais préféré pouvoir garder le silence, mais cette conviction s'est imposée à moi, dès le premier soir, et je ne repartirai pas sans t'avoir...

Katie eut l'impression que son cœur allait lâcher, il allait lui avouer qu'il était marié et... ses nerfs tendus à se rompre allaient la trahir.

— Je veux t'emmener avec moi, à Porto Rico.

— *Quoi* ? murmura-t-elle dans un souffle.

— Je te demande de m'épouser.

Katie resta bouche bée ; il lui fallut quelques instants pour recouvrer l'usage de la parole.

— Mais je... je ne peux pas. C'est impossible. J'ai mon métier, ma famille, mes amis... je ne peux les abandonner ainsi. Je suis chez moi ici...

— Non, répliqua-t-il avec violence, le regard rivé au sien. Tu n'es pas chez toi. Je t'ai observée, ce fameux soir où je t'ai rencontrée, au bar, et aujourd'hui encore. Ces gens, tu ne les apprécies même pas, tu ne fais pas partie de leur monde.

Une inquiétude grandissante s'était emparée d'elle, faisant paraître ses yeux plus grands encore. Conscient de son trouble, Ramon tendit le bras vers elle.

— Viens, fit-il doucement. Viens près de moi maintenant.

Abasourdie, incapable de la moindre réaction, Katie se glissa jusqu'à lui et se blottit contre son épaule.

— Tu es beaucoup trop délicate, poursuivit-il tendrement. Ces « amis », comme tu dis, tu ne fais pas partie de leur monde.

Lentement, Katie hocha la tête.

— Mais tu ne me connais pas, enfin, pas vraiment. Ce n'est pas possible, tu n'es pas sérieux !

D'une main légère, Ramon lui releva le menton et se perdit dans ses yeux bleus, un peu égarés.

— À l'instant même où tu as fait tomber cette fleur, sur le sol, où je t'ai vue au bord des larmes, rougissante de honte, j'ai compris qui tu étais vraiment. J'ai trente-quatre ans, Katie, et je sais parfaitement ce que je veux.

Il s'empara de ses lèvres et ce baiser la bouleversa jusqu'au tréfonds de son être.

— Épouse-moi, Katie, murmura-t-il.

— Tu pourrais... Tu pourrais rester ici, à Saint Louis ? Nous aurions le temps d'apprendre à nous connaître ? Et ensuite, peut-être...

— Non, l'interrompit-il avec fermeté. C'est impossible !

Il se leva ; elle l'imita aussitôt.

— Ne prends aucune décision, pas encore. Tu as tout le temps de réfléchir.

Il jeta un coup d'œil à la pendulette de verre, près de la lampe.

— Il se fait tard, il faut que je m'habille, j'ai encore du travail ce soir. À quelle heure veux-tu que je passe te prendre demain ?

Dans un état second, Katie répondit :

— Oh, ma mère a dit qu'elle organisait un barbecue je crois ; nous serons très bien en jean.

Après son départ, Katie se mit à errer dans l'appartement comme un automate. Elle débarrassa machinalement les tasses, éteignit la lampe, et se déshabilla pour se mettre au lit.

Une fois couchée, elle s'absorba dans la contemplation du plafond, essayant désespérément de comprendre. Ramon voulait l'épouser et l'emmener à Porto Rico ! C'était absolument hors de question ! L'idée même de mariage était inconcevable, il était beaucoup trop tôt.

Trop tôt pour envisager un choix si définitif ? Lui eût-il laissé tout le loisir de réfléchir à sa proposition, l'aurait-elle pris au sérieux pour autant ?

Katie enfouit sa tête au creux de l'oreiller, elle sentait toujours les mains de Ramon sur son visage, violentes et si tendres pourtant, et ne pouvait oublier l'avidité de ses lèvres à s'emparer de sa bouche. Jamais personne n'avait su la faire vibrer ainsi, n'avait su éveiller tous ses sens, et elle doutait fort que cela fût possible de nouveau. Bien sûr, Ramon maîtrisait parfaitement la science des caresses, mais surtout, il agissait d'instinct. Cette sensualité exigeante, dominatrice, lui était absolument naturelle. De par ses origines, de par sa culture, il entendait rester le maître.

C'était curieux, tout de même, qu'elle ait pris plaisir à se laisser dominer ainsi. Elle avait même ressenti un étrange frisson d'excitation lorsqu'il avait laissé tomber, très calme : « Viens près de moi, maintenant », lui intimant l'ordre de le rejoindre. Et pourtant, il savait se montrer si doux !

Elle ferma les yeux pour tenter de mettre de l'ordre dans ses pensées. S'il se montrait patient, accepterait-elle un jour de l'épouser ? *En aucun cas !* tranchait sa raison, pragmatique. Mais son cœur murmurait aussitôt, *peut-être...*

Comment, mais comment pouvait-elle envisager un seul instant de se marier avec lui ? Elle ne le savait que trop bien... N'était-ce pas cette étrange impression qu'elle avait parfois, quand ils bavardaient ou riaient ensemble, ce sentiment irraisonné d'être en parfaite symbiose. Il lui semblait que du plus profond de son être, Ramon s'ouvrait à elle et trouvait un écho, qu'elle répondait à son attente. Une puissante attraction, une force magnétique, semblait les rapprocher, lentement, inexorablement.

Sa logique s'insurgea aussitôt contre ces arguments, ces errements du cœur. Si elle l'épousait, si elle commettait cette impardonnable sottise, il lui faudrait se contenter de son salaire. Mais cette vie de princesse américaine, l'avait-elle rendue très heureuse jusque-là ?

Ramon était le type même du macho espagnol et, cependant, son instinct lui criait qu'il était d'une grande sensibilité, qu'il recelait des trésors de douceur et de force.

Katie étouffa un gémissement. Dans quel guêpier s'était-elle fourrée ? Elle ferma les yeux et finit par s'assoupir, épuisée. Les sentiments et la raison restaient à armes égales.

5

Tout au long de la matinée, Katie sentit monter l'angoisse en attendant Ramon. Sa présence à ses côtés, à la réception que donnaient ses parents, l'inquiétait suffisamment pour lui faire oublier l'essentiel : sa demande en mariage.

Ce barbecue avait toutes les chances de tourner à la catastrophe. Il lui importait peu que Ramon plaise à sa famille, et l'opinion des siens n'influerait en rien sur sa décision. Elle les aimait mais elle était assez grande pour savoir ce qu'elle avait à faire. Elle redoutait, en revanche, quelque réflexion blessante. Maureen, sa sœur, était pour le moins snob, elle avait très vite oublié que la fortune des Connelly était assez récente. Si elle venait à découvrir qu'il était ouvrier agricole et qu'il roulait en camion, elle serait capable d'afficher son mépris devant toute une assemblée de convives.

Ses parents, elle n'en doutait pas un seul instant, l'accueilleraient avec la courtoisie qu'ils témoignaient à tous leurs invités, sans se soucier le moins du monde de la situation de leur hôte... tant qu'ils n'auraient aucun soupçon sur l'amitié bien innocente qui le liait à leur fille. Mais, s'ils venaient à deviner qu'il s'était mis en tête de l'épouser, ils étaient fort capables de lui manifester le mépris le plus glacé, de le traiter en parasite et en arriviste, et ce, devant tous les convives. À la minute même où ils découvriraient que Ramon était incapable d'assurer à Katie aisance et standing, il verrait s'envoler toutes ses chances de devenir le gendre idéal. Ils n'hésiteraient pas, au besoin, à lui mettre les points sur les i.

Ramon arriva à trois heures et demie très précises. Katie affichait son sourire le plus radieux, le plus insouciant, mais elle ne parvint pas à le tromper très longtemps. Deux secondes plus tard, il l'attira dans ses bras et lui releva le menton. Plongeant son regard dans le sien, il ironisa, sans perdre sa gravité pour autant :

— C'est ta famille que nous allons affronter, pas le peloton d'exécution.

Il l'embrassa doucement, tendre et réconfortant, et, curieusement, Katie se sentit beaucoup plus sûre d'elle quand il la libéra. Forte de cette belle confiance, elle franchit sans appréhension le portail de pierre du Country Club de Forest Oaks.

Un peu à l'écart du chemin privé, sur trois hectares de pelouse soigneusement peignés, s'élevait la demeure de style colonial. Avec sa colonnade blanche et l'allée circulaire qui menait au perron, elle avait grande allure. Katie observa Ramon, guettant sa réaction, mais il se contenta d'un coup d'œil neutre en direction du vaste bâtiment avant de descendre de voiture pour ouvrir la portière. Des maisons comme celle-ci, il semblait en avoir vu des centaines.

Ils remontèrent l'allée de brique menant à l'imposante porte d'entrée. Ramon n'avait toujours rien dit et quelque mauvais génie la poussa à esquisser un petit sourire en biais en se tournant vers lui.

— Alors, qu'est-ce que tu en penses ? lança-t-elle, un peu provocatrice, en enfonçant ses mains dans les poches arrière de son jean.

Elle avança de quelques pas avant de se rendre compte que Ramon, toujours silencieux, s'était arrêté. Elle s'aperçut, en se retournant, qu'il l'évaluait tout à loisir. Une lueur inhabituelle au fond des yeux, il semblait beaucoup s'amuser. Son regard descendit lentement des cheveux lumineux jusqu'aux lèvres et à la poitrine généreuse, amplement révélée, sur laquelle il s'attarda intentionnellement. Il suivit ensuite les courbes gracieuses de la taille, des hanches et des cuisses, sans se laisser distraire, et s'égara enfin sur le galbe parfait des jambes, sur les pieds, chaussés de sandales. Puis il remonta vivement jusqu'au visage.

— Je pense, répondit-il enfin, imperturbable et très solennel, que ton sourire a le pouvoir de percer les ténèbres, que ton rire sonne telle une douce mélodie et que la lourde soie de tes cheveux scintille au soleil.

Fascinée par ce timbre profond, Katie était incapable de bouger ; une douce chaleur s'insinuait dans ses veines.

— Le bleu de tes yeux est sans pareil, j'adore cette petite étincelle, dans ton regard, quand tu es heureuse, et j'aime le voir s'assombrir sous l'effet du désir lorsque tu es dans mes bras.

Un sourire coquin vint jouer sur ses lèvres quand son regard se posa sur ses seins, bien innocemment mis en valeur par son attitude involontairement provocante.

— Et je trouve que ce pantalon te va à ravir. Mais si tu restes ainsi, les mains dans les poches, je te ramène à la voiture, mes mains ne demandent qu'à remplacer les tiennes...

Envoûtée, Katie retira lentement ses mains, s'arrachant comme à regret à l'univers de sensualité où il la retenait captive. Il lui avait suffi de quelques mots...

— Non, souffla-t-elle d'une voix sourde, je parlais de la maison.

Il leva les yeux vers l'imposante bâtisse et eut un petit hochement de tête ironique.

— Tout droit sortie d'*Autant en emporte le vent* !

Le carillon majestueux de la sonnette couvrit les rires et les éclats de voix que l'on entendait derrière la porte.

— Katie, ma chérie ! s'exclama sa mère en la serrant sur son cœur. Allez, entre ! Tout le monde est là.

Elle eut un sourire pour Ramon qui se tenait aux côtés de sa fille, et lui tendit la main avec beaucoup d'élégance tandis que Katie faisait les présentations.

— Nous sommes très heureux de vous accueillir chez nous, monsieur Galverra, dit-elle avec une parfaite courtoisie.

Galamment, Ramon répondit qu'il était enchanté, et Katie, qui retenait son souffle sans trop savoir pourquoi, se sentit beaucoup plus légère.

Sa mère les ayant priés de l'excuser pour se rendre aux cuisines, Katie guida Ramon jusqu'au superbe jardin paysager où l'on avait dressé le bar sur la pelouse. De petits groupes d'invités bavardaient et riaient.

En fait de barbecue, il s'agissait d'un cocktail suivi d'un dîner très officiel de trente couverts. Ramon était bien le seul homme en jean, Katie le remarqua tout de suite mais il était absolument sublime à ses yeux.

Amusée, mais néanmoins très fière, elle se rendit compte qu'elle n'était pas la seule à le trouver superbe, plusieurs amies de sa mère tombèrent en admiration devant ce bel homme brun, très élancé, qui circulait aimablement de groupe en groupe, à ses côtés. D'ailleurs, elles ne s'en cachèrent pas.

Katie présenta Ramon aux amis, aux voisins qu'elle connaissait, tout en observant la façon dont il conquérait les femmes avec son sourire éclatant et son charme désinvolte. Cela ne la surprit guère. Ce qui l'étonna davantage fut l'aisance avec laquelle il s'intégra dans cette assemblée d'hommes d'affaires et de notabilités locales. Il fallait bien qu'il ait acquis, dans le passé, ce vernis social, cette exquise courtoisie, à un moment ou à un autre. Abasourdie, elle put constater qu'il était parfaitement à l'aise dans cette réunion huppée ; il abordait tous les sujets sans difficulté aucune, qu'il s'agisse de sport, de politique intérieure ou internationale. De politique internationale, en particulier, remarqua-t-elle.

— Les événements mondiaux n'ont vraiment aucun secret pour toi, observa-t-elle lorsqu'ils se retrouvèrent quelques instants en tête à tête.

Ramon eut un petit sourire en coin.

— Mais je sais lire, Katie !

Mouchée, elle détourna les yeux mais, comme s'il avait deviné ce qu'elle avait en tête, Ramon poursuivit :

— Cette réception ressemble à beaucoup d'autres. S'ils sont dans la même branche, les hommes parlent affaires, sinon ils discutent sport, politique ou actualité internationale. Les sujets de conversation ne varient guère, d'un pays à un autre.

Cette réponse ne la satisfaisait qu'à moitié mais elle préféra en rester là.

— Tu sais, je vais être jalouse ! lança-t-elle en riant un peu plus tard.

Une mère de famille de quarante-cinq ans, accompagnée de deux grandes filles ayant atteint l'âge de raison, venait de monopoliser l'attention de Ramon durant dix bonnes minutes.

— Tu n'as aucune raison de l'être, rétorqua celui-ci, un tantinet narquois.

Katie en déduisit que l'adulation des femmes

n'avait rien d'exceptionnel aux yeux de Ramon Galverra.

— Quand elles apprendront que je ne suis qu'un fermier, je perdrai tout intérêt à leurs yeux...

Malheureusement, il n'en fut rien, ainsi que Katie put le constater deux heures plus tard. Jamais elle ne s'était trouvée dans une situation aussi embarrassante. Les convives étaient réunis dans l'élégante salle à manger autour d'un menu de choix quand, soudain, la sœur de Katie lança du bout de la table :

— Que faites-vous dans la vie, monsieur Galverra ?

Katie eut l'impression que le cliquetis de l'argenterie sur la porcelaine anglaise s'était brusquement arrêté, que toutes les conversations s'étaient interrompues.

— Il est dans les transports routiers... et dans l'épicerie, également, improvisa-t-elle, affolée, avant que Ramon n'ait pu intervenir.

— Les transports routiers ? Et comment cela ? insista Maureen.

— Il n'y a pas trente-six façons d'être dans les transports routiers, répliqua sèchement Katie pour éluder la question tout en gratifiant sa sœur d'un regard meurtrier.

— L'épicerie, dis-tu ? intervint M. Connelly, de toute évidence très intéressé, en haussant les sourcils. Gros ou détail ?

— Le commerce de gros, affirma très vite Katie sans laisser à Ramon le temps de répondre.

Ce dernier, assis à ses côtés, se pencha vers elle et lui glissa, furibond, mais avec le plus charmant des sourires :

— Tu vas te taire ! Ton père va s'imaginer que je suis incapable d'ouvrir la bouche.

— De gros ? fit M. Connelly, songeur.

Pour rien au monde, il n'aurait manqué une occasion de parler épicerie.

— À quel niveau vous situez-vous... dans la distribution ?

— Non, je suis producteur, répondit très posément Ramon qui, pour se faire pardonner sa brutalité, s'était emparé de la main glacée de Katie, sous la table.

— À l'échelle industrielle, je suppose ? reprit le père de Katie. Une grosse affaire ?

Ramon répondit, tout en coupant son escalope de veau le plus calmement du monde :

— Il s'agit d'une petite exploitation qui atteint tout juste le seuil de rentabilité.

— Vous n'êtes qu'un petit agriculteur ? C'est bien ce que vous venez de dire ?

Maureen dissimulait très mal son indignation.

— Vous êtes installé dans le Missouri ?

— Non, à Porto Rico.

Mark, le frère de Katie, profita du bref silence qui suivit pour s'immiscer dans la conversation avec sa finesse légendaire.

— Jake Masters me disait l'autre jour qu'il avait trouvé dans une cargaison d'ananas en provenance de Porto Rico une araignée de la taille d'un...

Un convive qui, de toute évidence, n'avait cure des araignées, interrompit cette tirade éperdue pour demander à Ramon :

— Galverra... c'est courant en Espagne ? J'ai lu quelque chose au sujet d'un « Galverra » mais le prénom ne me revient pas...

Bien qu'elle ne puisse se permettre de le regarder, Katie perçut une certaine tension chez Ramon, assis à ses côtés.

— C'est un nom assez commun, répliqua-t-il. Et mon prénom est très courant.

Katie s'excusa d'un sourire pour essayer de le réconforter mais elle surprit, à cet instant, le regard contrarié de sa mère... Impossible de se méprendre. Elle sentit son estomac se nouer, un peu plus encore, et se tordre littéralement lorsqu'ils purent enfin s'éclipser.

Ses parents se montrèrent courtois en prenant congé de Ramon, dans le hall d'entrée, mais Katie vit le regard calculateur que sa mère laissa peser sur lui. Sans un mot, elle parvint à signifier nettement sa désapprobation à sa fille et Ramon ne fut pas dupe non plus ; il comprit qu'une relation suivie avec Katie ne serait pas du goût de Mme Connelly.

Pour couronner le tout, le fils de Maureen, un gamin de sept ans, se précipita derrière elle au moment du départ et lança à la cantonade :

— M'man, il a une drôle de façon de parler ce monsieur !

Au retour, Ramon ne se montra guère communicatif. Il semblait perdu dans ses pensées.

— Je m'en veux de t'avoir dit de te mettre en jean, finit par avancer Katie quand ils furent sur le point d'arriver chez elle. J'aurais juré que ma mère m'avait parlé d'un barbecue, il y a quinze jours.

— Ça n'a aucune importance, répondit Ramon. Qu'importent les vêtements ? Ils n'ont jamais transformé un homme !

Elle fit une seconde tentative pour relancer la conversation.

— Pour Maureen... je suis navrée.

— Arrête de t'excuser, Katie. Tu ne peux pas le faire pour elle, c'est ridicule !

— Je sais, mais ma sœur est franchement pénible, quant à mes parents...

Ramon acheva à sa place :

— Ils t'adorent ! Ils ne désirent que ton bonheur et ils veulent te voir un avenir assuré, être certains que tu ne manqueras jamais de rien, matériellement. L'ennui, c'est qu'ils sont comme tous les parents, ils s'imaginent que la sécurité suffira à ton bonheur. Et ils sont persuadés que, dans le cas contraire, tu seras obligatoirement malheureuse.

Katie fut sidérée de le voir prendre ainsi leur défense. Une fois chez elle, elle se retourna brusquement vers lui pour essayer de percer le mystère de ce masque sombre, impénétrable.

— Mais quel homme es-tu donc ? demanda-t-elle. Oui, qui, au juste ? Tu voles au secours de mes parents tout en sachant très bien que si je décidais de te suivre à Porto Rico, ils feraient tout ce qui est en leur pouvoir pour m'en empêcher. Loin de t'impressionner, les gens que tu as rencontrés ce soir t'ont plutôt amusé, ainsi que la maison de mes parents d'ailleurs. Tu as un accent étranger mais je connais beaucoup de diplômés dont l'anglais est loin d'être aussi châtié que le tien. Mais enfin, *qui* es-tu ?

Les mains de Ramon vinrent se poser sur ses épaules contractées et il répondit doucement :

— Celui qui veut t'arracher à ton univers familier, à ceux qui t'aiment. Celui qui veut t'emmener dans un drôle de pays où, toi, tu auras à subir le handicap de la langue. Celui qui veut te faire vivre dans la petite ferme où il est né, composée seulement de quatre pièces. Celui, enfin, qui a conscience d'être un parfait égoïste mais qui fera tout pour parvenir à ses fins.

— Pourquoi ? demanda-t-elle dans un souffle.

Il se pencha vers elle pour effleurer tendrement ses lèvres.

— Parce que je suis capable de t'offrir un bonheur que tu n'imagines même pas. Du moins, je le pense.

Comment le simple contact de sa bouche pouvait-il la troubler à ce point ? Katie essaya de suivre son raisonnement.

— Mais comment pourrais-je être heureuse dans une ferme au confort sommaire, isolée et incapable de communiquer avec qui que ce soit ?

— Je te l'expliquerai plus tard...

Mais il ajouta brusquement avec un grand sourire :

— Et aujourd'hui, j'ai apporté mon maillot.

— Tu... tu veux te baigner ?

Katie en bafouillait de surprise.

Le sourire de Ramon se fit carnassier.

— Je veux te voir aussi peu vêtue que possible et il n'y a qu'un endroit où nous soyons tous deux en sécurité : la piscine.

Elle se retira dans sa chambre, se débarrassa rapidement de ses vêtements et passa un bikini du plus éclatant, du plus extravagant des jaunes. Avec un petit sourire, elle observa sa silhouette dans le miroir ; c'était bien le maillot le plus indécent qu'elle ait jamais acheté : deux bandes d'étoffe d'un jaune intense, réduites à leur plus simple expression, et qui ne dissimulaient nullement ses formes gracieuses. Elle n'avait jamais eu l'audace de le porter jusque-là, mais c'était exactement ce qui convenait aujourd'hui. Ramon avait brusquement décidé de garder ses distances. Fort bien ! Qu'il ne s'attende tout de même pas à ce qu'elle lui facilite la tâche ! décida-t-elle, un brin perverse. Elle brossa ses cheveux en tous sens et, quand ils furent étincelants, regagna le salon. Ramon sortait tout juste de la salle de bains. La gorge sèche, Katie le regarda s'avancer vers elle. Le maillot noir épousait étroitement ses hanches et révélait son corps superbe.

La tenue de Katie, en revanche, ne souleva pas son enthousiasme. Son regard s'assombrit tandis qu'il étudiait à loisir son corps quasiment nu.

— Va te changer, ordonna-t-il avec une dureté qu'elle ne lui connaissait pas.

Il finit tout de même par ajouter :

— S'il te plaît...

— Non, répliqua-t-elle fermement. Il n'en est pas question ! Et pour quelle raison, je te prie ?

— Parce que je te le demande.

— Disons plutôt que tu m'en *as donné l'ordre* !

— Je te le demande, à présent, insista-t-il, inflexible. Enlève ce maillot, je t'en prie !

Katie le fusilla du regard.

— Je ne me changerai pas pour aller me baigner.

— Dans ce cas, tu te baigneras seule.

Elle eut soudain l'humiliante impression de se promener toute nue et lui en voulut de la rabaisser ainsi. Retournant dans sa chambre, elle enleva prestement le bikini et en enfila un autre, vert, cette fois.

— Merci, fit-il posément lorsqu'elle le rejoignit dans la salle de séjour.

Furieuse, Katie tira brutalement la porte vitrée du salon, et, sans un mot, fit claquer le portillon du patio pour se diriger au pas de charge vers la piscine quasi déserte. La plupart des locataires devaient passer le Jour des morts en famille. Sans un regard pour Ramon qui l'observait, les mains sur les hanches, elle s'installa avec beaucoup de grâce sur une chaise longue, au bout du bassin.

— Tu as l'intention de te baigner ? finit-il par demander.

Elle secoua vivement la tête sans desserrer les mâchoires.

Ramon prit la chaise qui lui faisait face, alluma un de ces cigarillos très fins qu'il semblait affectionner et se pencha vers elle.

— Écoute-moi, Katie.

— Je n'en ai pas la moindre envie ! Ce que tu as à dire n'a rien de très agréable en général.

— Peu importe, tu vas m'écouter.

Elle se tourna vers lui si brusquement que ses longs cheveux vinrent balayer son épaule.

— C'est la deuxième fois ce soir que tu me dictes ma conduite et je n'aime pas ça du tout. Si j'avais eu la moindre intention de t'épouser, ce qui n'a jamais été le cas, ces vingt dernières minutes m'en auraient franchement dissuadée !...

Elle se leva, ravie de le dominer pour une fois de toute sa taille.

— Autant ne pas gâcher les quelques heures qui nous restent, c'est notre *dernière* soirée, alors je vais me baigner. Je suis convaincue, de toute façon, que tu t'apprêtais à m'en donner l'ordre.

Sans décolérer, elle fut au bord de la piscine en trois enjambées et exécuta un plongeon de surface digne d'une nageuse professionnelle. Quelques instants plus tard, elle perçut un remous ; Ramon venait de fendre l'eau derrière elle. Katie se donna à fond, filant aussi vite qu'elle le pouvait mais ne fut guère surprise de le voir la rattraper, et guère étonnée, non plus, lorsqu'il la serra contre lui malgré sa résistance, pliant son corps rétif à sa volonté.

— Il y a quatre baigneurs dans cette piscine,

Ramon. Alors, si tu ne me lâches pas, je me mets à hurler.

— Tu vas te taire et me laisser...

— Troisième essai ! siffla Katie, tranchante. Tu es hors jeu !

— Bon Dieu ! fit-il, hors de lui.

Il plongea sa main dans ses cheveux et lui empoigna la nuque, la faisant ployer pour s'emparer de sa bouche.

Au comble de la fureur, Katie se détourna pour s'essuyer les lèvres d'un revers de main et se rebiffa aussitôt :

— Ça n'avait rien d'agréable !

— Pour moi non plus, rétorqua Ramon. Maintenant, écoute-moi, je t'en prie.

— Il me semble que je n'ai guère le choix. Je n'ai même pas pied.

Mais Ramon poursuivit, imperturbable :

— Ce maillot est très joli, Katie, et je t'ai trouvée irrésistible, tout à l'heure ; tu étais à couper le souffle. Maintenant, si tu veux bien me laisser parler, je vais t'expliquer pourquoi je n'ai pas voulu que tu te montres ainsi. Hier soir, il y en a plus d'un qui m'a demandé si j'avais l'espoir d'arriver à mes fins et de conquérir leur « innocente vestale »... c'est ainsi que t'ont surnommée tes voisins.

— Ils m'ont... quoi ? lui lança-t-elle au visage, au comble de l'indignation.

Elle était écœurée.

— C'est le désir qui les a poussés à t'affubler de ce surnom, et le dépit de n'avoir su te séduire.

— Et tu n'en as pas cru un mot, j'imagine, répliqua-t-elle avec aigreur. Évidemment, quand on est capable de s'exhiber dans une tenue aussi vulgaire, on prête le flanc aux pires critiques !

— Je n'ai ressenti qu'une immense fierté, l'interrompit-il très posément.

Cette fois, la coupe était pleine. Katie fit une vaine tentative pour le repousser.

— Crois bien que je suis navrée de décevoir cette « immense fierté » mais je ne suis pas vierge.

La mâchoire de Ramon s'était brusquement crispée, et elle en déduisit que l'argument avait porté. Il s'abstint de tout commentaire mais constata en revanche :

— Ils t'ont toujours manifesté beaucoup de respect, jusqu'à présent. Tu es, pour eux, une petite sœur, ravissante, bien sûr. Mais si tu t'affubles de ces ficelles et de ces minuscules triangles de tissu — je n'ai jamais rien vu d'aussi petit — que l'on ose appeler bikini, ils se mettront en chasse comme une véritable meute.

— Je n'en ai vraiment rien à cirer ! Et puis, reprit-elle en le voyant ouvrir la bouche, ne t'avise pas d'essayer de m'empêcher de jurer ou je t'envoie une gifle si retentissante que tu t'en souviendras, tu peux me croire !

Ramon laissa retomber ses bras et Katie atteignit l'échelle en quelques brasses, sortit de la piscine et s'arrêta un instant devant la chaise longue pour ramasser vivement sa serviette avant de regagner son appartement. Seule. Elle eut la tentation de verrouiller la porte mais Ramon avait laissé ses vêtements à l'intérieur, elle se contenta donc de fermer sa chambre à clé.

Une demi-heure plus tard, elle était déjà couchée lorsqu'elle l'entendit frapper.

Elle n'allait tout de même pas lui ouvrir pour lui donner l'occasion de la prendre dans ses bras ! Il n'avait qu'à apparaître pour que son corps oublie toute raison... En quelques minutes il l'aurait réduite à sa merci, faisant fondre toutes ses belles résolutions.

— Allons, Katie, ouvre cette porte ! Arrête de faire la tête !

— Tu trouveras bien le chemin de la sortie, je ne me fais pas de souci, répliqua-t-elle froidement. J'ai sommeil maintenant.

Sur ce, elle éteignit sa lampe de chevet pour bien marquer sa volonté de ne pas céder.

— Pour l'amour du Ciel, ne fais pas cela, Katie ! C'est trop injuste ! Pour tous les deux.

— « Tous les deux » ? Il n'y a jamais eu de « tous les deux » !

Mais souffrant déjà d'avoir formulé à haute voix ce qu'elle pensait dans son for intérieur, elle poursuivit :

— Je ne comprends vraiment pas pourquoi tu veux m'épouser mais je pourrais, en revanche, t'énumérer mille excellentes raisons de renoncer à ce mariage. Et puis, à quoi bon ? Cela ne changerait rien. Va-t'en, je t'en prie. C'est beaucoup mieux ainsi, j'en suis persuadée. Pour tous les deux.

Seul lui répondit le silence, un silence de mort. Katie resta dans l'obscurité, surveillant le réveil sans oser faire le moindre mouvement. Au bout de trois quarts d'heure, elle ouvrit la porte avec d'infinies précautions et inspecta l'appartement plongé dans l'obscurité. Ramon avait éteint les lumières avant de s'en aller et il avait fermé la porte à clé derrière lui. Elle retourna dans sa chambre et se glissa sous la fraîcheur du drap, remonta les oreillers et alluma la lampe de chevet.

Seigneur, elle l'avait échappé belle ! Enfin, il ne

fallait rien exagérer... En réalité, elle n'avait jamais envisagé sérieusement d'épouser Ramon. Elle avait connu, dans ses bras, une sorte de frénésie sensuelle. Bon, et après ? Quelle femme, de nos jours, aurait la bêtise de se marier pour assouvir ses besoins sexuels ? Certainement pas Katie Connelly ! Ramon avait su enflammer ses sens comme aucun autre n'avait su le faire... pas même Rob.

Cette constatation la laissa confondue. Peut-être était-elle prête à rendre les armes après tout ? Son travail était gratifiant, mais sans plus, ses fréquentations masculines sans grande envergure et assez égocentriques. Ramon, lui, ne leur ressemblait en rien... Il n'avait qu'une hâte : satisfaire ses moindres envies. Il avait devancé tous ses désirs au zoo. Qu'elle manifestât la plus légère fatigue, il la faisait asseoir et insistait pour qu'elle se repose. Si elle regardait une buvette avec un peu d'insistance, il s'inquiétait aussitôt de savoir si elle avait faim ou soif. Avait-elle envie de se baigner, de danser ? Il se baignait, dansait, lui aussi... Évidemment, du moment qu'il la serrait contre lui ! songea-t-elle, furieuse.

Il était inconcevable qu'il lui laisse porter un sac de provisions, aussi léger soit-il, ou son nécessaire de voyage. Ce n'était pas lui qui pousserait une porte pour passer devant elle et lui renverrait le battant sur le nez, comme beaucoup de ses semblables... pour lui signifier ensuite, d'un coup d'œil éloquent :

— Eh bien, mesdames, l'avez-vous assez réclamée, l'égalité des sexes ! Vous devez savoir ouvrir une porte maintenant !

Katie hocha vivement la tête. Mais enfin, que lui arrivait-il ? Fallait-il envisager le mariage chaque fois qu'un homme s'emparait d'un sac ou vous tenait une porte ? Mais non, ces petites galanteries ne lui rendaient pas justice. Ramon doutait si peu de sa virilité qu'il pouvait faire preuve de la plus grande douceur sans se sentir menacé. Sûr de lui et très orgueilleux, il se montrait cependant étrangement vulnérable en sa présence.

Elle en vint à évoquer un autre aspect de sa personnalité. Il semblait curieusement au fait des usages de la bonne société pour quelqu'un qui vivait dans un quasi-dénuement. En dépit du service impressionnant, il n'avait pas hésité un instant et savait exactement quel couvert utiliser lorsqu'on lui proposait un plat. Et il n'avait manifesté aucune gêne en présence de leurs amis fortunés.

Pourquoi voulait-il l'épouser ? Il aurait pu se contenter de faire l'amour avec elle. La veille au soir, sur le sofa, il avait certainement compris qu'elle n'était plus en mesure de lui refuser quoi que ce soit.

« Je veux que tu me désires autant que je te veux », avait-il imploré à deux reprises. Elle le désirait en effet, ainsi qu'il le souhaitait, et pourtant il s'était arraché à ses bras, s'était écarté d'elle et, fermant les yeux, l'avait demandée en mariage sans trahir la moindre émotion. Avait-il pensé, à cet instant, qu'elle était vierge ? Les Latins attachaient toujours un grand prix à la virginité, libération sexuelle ou pas. Lui aurait-il proposé le mariage s'il avait eu le moindre doute ? Certes pas. Mortifiée, Katie s'étrangla de rage. C'est avec un art consommé que Ramon Galverra avait su déchaîner son désir, la veille au soir, avec une technique qui n'avait rien de livresque ! Et lui, alors ? Il y avait beau temps qu'il avait perdu son innocence !

Katie éteignit la lumière et se laissa choir sur les oreillers. Dieu merci, elle avait su mettre le holà ! Il était hors de question qu'elle le suive à Porto Rico. Ramon n'aurait de cesse de régner en maître absolu sur son foyer, il le lui avait d'ailleurs laissé entendre, le jour du pique-nique. Pour lui, une épouse devait se cantonner aux cuisines, faire le ménage et satisfaire les moindres désirs de son mari. Il veillerait, sans nul doute, à la garder « enceinte et sans un sou ».

Enfin, quelle Américaine, en pleine possession de ses moyens, envisagerait de se marier avec un macho de son acabit... ? Un macho qui défendrait farouchement son bien... qui la traiterait telle une poupée de porcelaine... Qui se tuerait à la tâche pour lui offrir tout ce dont elle aurait envie... Qui recelait des trésors de passion... et savait faire preuve de tant de douceur...

6

Ce fut la sonnerie lancinante du téléphone mural qui la réveilla, le lendemain matin. Dans un état second, Katie tendit la main pour décrocher et amena le récepteur jusqu'à son oreille. La voix de sa mère lui parvint avant qu'elle n'ait pu proférer un son.

— Katie, ma chérie, mais enfin qui était cet homme ?

— Ramon Galverra, répondit-elle sans ouvrir les yeux.

— Ça, je le *sais*, tu nous l'as présenté. Que faisait-il avec toi ?

— Avec moi ? marmonna Katie. Mais rien !

— Enfin, Katie, ne fais pas l'idiote ! Cet homme

sait très bien que tu as de l'argent — que nous avons de l'argent, — c'est l'évidence même, et j'ai bien l'impression qu'il a une idée derrière la tête.

— Ce n'est pas l'argent qui l'intéresse, il veut se marier, répondit Katie, désireuse de le défendre malgré sa torpeur.

La réponse se fit quelque peu attendre mais sa mère finit par laisser tomber avec un mépris glacé :

— Cet agriculteur portoricain s'est imaginé que tu allais *l'épouser* ?

— Espagnol, rectifia la jeune femme qui retrouvait peu à peu sa lucidité en entendant sa mère.

— Quoi ?

— Il est espagnol et non portoricain. À vrai dire, il est américain.

— Katherine, reprit sèchement sa mère, tu ne te serais tout de même pas mis en tête d'épouser cet homme ?

Mme Connelly exigeait une réponse.

Katie eut un instant d'hésitation ; elle se redressa et ramena ses jambes au bord du lit.

— Non, je ne crois pas.

— Tu ne *crois pas* ? Ne bouge pas, Katherine, et surtout ne laisse pas cet individu t'approcher avant que nous ne soyons là. Seigneur, mais tu veux tuer ton père ! Le temps de prendre le petit déjeuner et nous arrivons.

— Non, surtout pas ! répliqua Katie qui émergea tout à fait de sa torpeur. Écoute-moi, maman. Tu m'as réveillée et je n'ai vraiment pas les idées claires mais tu n'as aucune raison de t'inquiéter. Je n'ai pas l'intention d'épouser Ramon. D'ailleurs, je ne le reverrai probablement pas.

— C'est bien vrai, Katherine ? Tu n'essaierais pas de me rassurer par hasard ?

— Pas du tout, je t'assure !

— Bon, d'accord, ma chérie mais si cet Espagnol venait t'importuner, tu n'as qu'à nous appeler. En une demi-heure, nous serons chez toi.

— Mam...

— Surtout, n'hésite pas, Katie. Nous t'aimons, ton père et moi, et nous ne voulons pas qu'on te fasse de mal. Préviens-nous si tu n'arrives pas à tenir cet Espagnol en respect, il n'y a aucune honte à ça, enfin, ce Portoricain... Oh, et puis, peu importe sa nationalité !

Katie fut sur le point de lui dire qu'elle n'avait nul besoin qu'on la « protège » de Ramon, mais se ravisa ; sa mère refuserait probablement de la croire et elle n'avait pas la moindre envie de se lancer dans une querelle oiseuse.

— D'accord, fit-elle en soupirant. Je vous appellerai si j'ai besoin d'aide. Au revoir, maman.

Mais enfin, qu'allaient-ils imaginer ? se demandait-elle une demi-heure plus tard en enfilant un pantalon de velours jaune et un boléro assorti. Pourquoi s'étaient-ils mis en tête que Ramon pouvait lui faire du mal ? Qu'il lui faudrait les appeler à la rescousse dès qu'il apparaîtrait ? D'un coup de brosse, elle dégagea son front et fixa une barrette d'écaille pour retenir ses cheveux. Une touche de rouge à lèvres corail, un soupçon de mascara, elle était prête à faire les boutiques et bien décidée à s'offrir quelque fantaisie ruineuse, à oublier Ramon... et ses parents.

Elle était en train de ranger sa tasse dans le lave-vaisselle quand retentit le coup de sonnette tant redouté. Ses parents, bien sûr ! La dernière bouchée avalée, ils avaient dû se mettre en route dans la ferme intention d'en finir avec Ramon. Façon de parler, évidemment.

Résignée, elle traversa la salle de séjour pour aller ouvrir mais eut un mouvement de recul et resta sans voix. Une haute silhouette élancée lui masquait soudain l'éclat du soleil.

— Je... j'étais sur le point de sortir, fit-elle.

Ignorant délibérément l'allusion, Ramon s'avança dans l'entrée et referma résolument la porte derrière lui en esquissant un petit sourire.

— C'est ce que je constate, en effet.

Katie ne pouvait détacher son regard de ce visage à l'âpre séduction qui ne manquait certes pas d'assurance. Les épaules puissantes lui parurent plus larges encore, tant il semblait déterminé. Face à cette volonté de fer, à la puissance virile qui se dégageait de lui, Katie préféra opérer une prudente retraite, le temps de retrouver ses esprits. Elle fit demi-tour et lança par-dessus son épaule :

— Je vais chercher le café.

Tandis qu'elle lui en servait une tasse, il posa ses mains sur sa taille et l'attira contre sa poitrine. Sans se retourner, Katie sentit son souffle léger dans ses cheveux.

— Je ne veux pas de café, dit-il.

— Un petit déjeuner ?

— Non.

— Mais... quoi donc, alors ?

— Retourne-toi, je vais te montrer.

Katie hocha vivement la tête et agrippa le rebord du comptoir de formica avec une telle violence que ses phalanges blanchirent.

— Je n'ai pas été tout à fait franc, hier soir... j'ai eu assez de mal à l'admettre moi-même, mais si je t'ai empêchée de porter ce maillot... Je sais que ça ne va pas te plaire, mais nous devons faire preuve d'une parfaite honnêteté, l'un envers l'autre.

Il sembla hésiter puis laissa échapper un soupir et poursuivit comme à regret :

— Je dois avouer que j'étais jaloux... jamais je ne pourrai supporter de voir ton corps ainsi offert aux regards des autres.

La gorge nouée par l'émotion, Katie était incapable de proférer un son. Elle n'osait se retourner tant elle était bouleversée par ce corps ferme, musclé, qui épousait étroitement son dos, ses jambes.

— Je ne mets pas ta parole en doute, répondit-elle enfin, mais tu as vu juste... ça ne me plaît pas du tout. Je m'habille comme bon me semble. Enfin, ça n'a plus d'importance. Je me suis conduite comme une gamine hier soir, et je te prie de m'excuser, j'aurais dû te dire bonsoir. Pour ce qui est du mariage, n'y pensons plus, Ramon, ça ne marchera jamais.

Katie espérait innocemment qu'il se contenterait de ce refus mais ses mains remontèrent lentement jusqu'à ses épaules et, d'une pression très douce, mais ferme, il la fit pivoter. Les yeux rivés sur le bronze de sa gorge, elle n'osait les lever plus haut que le col de sa chemise bleue.

— Regarde-moi, *querida*.

Comment résister à ce timbre grave, un peu rauque, quand il l'appelait « chérie » ?

Lentement, elle leva vers lui ses grands yeux bleus que voilait l'inquiétude et croisa les siens.

— Ce mariage est *possible*, il *marchera*. Je ferai en sorte que ça marche.

— Mais un gouffre nous sépare ; culturellement, nous sommes à des milliers de kilomètres l'un de l'autre ! s'exclama-t-elle. Comment peux-tu croire un seul instant que tu y parviendras ?

Il la garda prisonnière de son regard.

— Parce que je te rejoindrai, chaque soir, pour te faire l'amour jusqu'à ce que tu demandes grâce. Et le matin, tu auras encore le goût de mes baisers sur tes lèvres lorsque je te quitterai. Je ne vivrai que pour toi. Je te comblerai de bonheur, jour après jour. Et si jamais Dieu nous éprouve, je te garderai dans mes bras jusqu'à ce que tu aies séché tes larmes, alors je te réapprendrai à rire.

Fascinée, Katie regarda sa bouche ferme, sensuelle, se rapprocher.

— Nos disputes seraient terribles, avança-t-elle d'une voix mal assurée.

— Ce n'est qu'une façon un peu violente d'aimer, répondit-il en effleurant sa bouche.

— Nous... nous ne pourrons nous entendre. Tu es tyrannique, et moi, indépendante.

Ses lèvres se firent plus exigeantes.

— Nous apprendrons à faire des concessions...

— Tu ne saurais être le seul à donner. Qu'exigeras-tu en échange ?

Ramon l'étreignit, la retint prisonnière au creux de ses bras.

— Tout ce que j'ai à t'offrir, ni plus ni moins... tout ce que tu pourras donner.

Il s'empara de ses lèvres qui s'entrouvrirent sous sa tendre caresse.

Katie s'embrasa peu à peu ; la fièvre l'envahissait et elle s'abandonna à une passion qui la consuma tout entière. Frémissant de tout son être, elle modela son corps à celui de Ramon, et répondit avec passion à ses baisers enivrants. Elle ne put retenir un petit gémissement lorsqu'il captura ses seins qui s'épanouirent au creux de ses paumes.

— Nous sommes faits l'un pour l'autre, murmura-t-il. Tu le sais, dis-le-moi, ordonna-t-il d'une voix sourde tandis que sa main se frayait un passage sous la taille élastique du pantalon jaune pour la blottir tout contre lui.

Elle le sentit tendu, palpitant, et devina la force de son désir.

— Nos corps l'ont compris, Katie.

Affolée par le contact de ses mains sur sa peau nue, par ce corps viril, triomphant, dont elle ne pouvait ignorer la fièvre tant il épousait étroitement le sien, Katie oublia ses ultimes réticences et rendit les armes. Elle noua ses mains derrière la nuque de Ramon, effleura ses épaules, lissa du bout des doigts son épaisse chevelure et finit par enfoncer ses ongles dans son dos musclé. Et quand il lui ordonna : « Dis-le-moi », ce fut au bord des larmes qu'elle lui murmura contre ses lèvres :

— Nous sommes faits l'un pour l'autre...

Il lui sembla que les murs lui renvoyaient l'écho de son chuchotement. Abasourdie, elle eut l'impression de recevoir une douche glacée et s'écarta pour plonger son regard dans le sien.

Ramon vit s'empourprer les joues au modelé délicat et il lut la panique dans le bleu si profond de ses yeux, soudain dilatés par la peur. Il enfouit ses mains dans les longs cheveux, dégagea tendrement ses tempes pour prendre son visage au creux de ses paumes.

— Ne crains rien, *querida*, fit-il tout doucement. Je sais, tout va beaucoup trop vite, c'est cela qui t'effraie à ce point.

Il caressa de ses pouces les pommettes brûlantes avant d'ajouter :

— Je ne sais ce que je donnerais pour te laisser un peu de temps, mais c'est impossible. Il nous faut absolument partir dimanche. Tu auras quatre longs jours pour faire tes bagages. Il y a deux jours, déjà, que j'aurais dû rentrer et je ne peux m'attarder plus longtemps.

— Mais je... je dois aller au bureau demain, objecta-t-elle, un peu distraite.

— Oui, tu vas leur annoncer ton départ et les prévenir que tu les quitteras à la fin de la semaine.

Ignorant délibérément les obstacles autrement plus sérieux qui rendaient ce mariage impossible, Katie se raccrocha à son travail, prétexte somme toute assez futile.

— Je ne peux tout de même pas arriver la bouche en cœur, donner ma démission et m'en aller dans quatre jours. Je dois un préavis de quinze jours à mon employeur. Non, vraiment, je ne peux pas.

— Mais si, Katie, répondit-il très posément, cela n'a rien d'impossible.

— Et puis, songe un peu à mes parents... Oh non ! Il nous faut filer d'ici, s'écria-t-elle comme si elle avait le diable aux trousses. Je les avais oubliés ! J'espère seulement qu'ils ne vont pas débarquer et te trouver ici. J'ai déjà eu droit à « Katherine », au téléphone, ce matin.

S'agitant soudain en tous sens, Katie s'arracha aux bras de Ramon, l'entraîna brusquement vers la salle de séjour, attrapa vivement son sac et ne se détendit un peu qu'une fois dans la voiture.

— Qu'entends-tu par « avoir droit à Katherine » ? s'enquit Ramon, coulant un regard amusé dans sa direction tout en mettant le contact.

Katie observait ses longues mains fines, masculines ; elle ne pouvait qu'admirer sa parfaite aisance au volant.

— Quand mes parents se mettent à m'appeler

Katherine, et non plus Katie, cela signifie que le plan de bataille est établi, que l'artillerie est en position et qu'ils vont ouvrir le feu. Dans ce cas, il vaut mieux se dépêcher d'agiter le drapeau blanc.

Ramon eut un grand sourire qui lui fit oublier ses craintes.

— Où allons-nous ? demanda-t-elle négligemment en le voyant prendre la voie express pour rejoindre la A 40.

— À l'Arche. Je n'ai jamais trouvé le temps de la visiter.

— Monsieur veut jouer les touristes ! se moqua-t-elle gentiment.

Tout au long de la matinée, ainsi qu'une bonne partie de l'après-midi, ils se conduisirent effectivement comme tels. Ils embarquèrent sur un bateau à aubes pour une courte croisière sur les eaux boueuses du Mississippi. Katie regardait défiler le paysage sur la rive de l'Illinois mais elle était ailleurs, emportée par le tourbillon fou de ses pensées.

Appuyé au bastingage, Ramon l'observait.

— Quand comptes-tu annoncer la nouvelle à tes parents ?

Les paumes moites à l'idée de l'épreuve qui l'attendait, elle passa les mains sur son pantalon et hocha la tête.

— Je ne sais pas trop, répondit-elle égarée.

Ils se promenèrent dans le vieux quartier du débarcadère de Laclede, admirant les maisons de brique, près de la rivière, et s'arrêtèrent dans un adorable petit pub. Les sandwiches qu'on leur servit étaient de véritables merveilles mais Katie n'avait guère d'appétit et elle laissa errer son regard sur la foule des employés de bureau qui envahissaient le débarcadère, à l'heure du déjeuner.

Ramon se cala sur sa chaise, un cigare entre les dents. Les yeux mi-clos, il l'observait derrière un écran de fumée.

— Tu aimerais mieux que je sois à tes côtés, pour leur faire part de ta décision ?

— Je n'y ai pas réfléchi.

Ils flânèrent dans le parc paysager que dominait l'Arche, dressée vers le ciel. Sans grande conviction, Katie se mit en devoir de jouer les guides et lui expliqua qu'avec ses cent quatre-vingt-douze mètres de haut, l'Arche était le monument le plus élevé des États-Unis. Puis elle retomba dans son mutisme et contempla, sans le voir, le fleuve qui coulait à leurs pieds. Se laissant guider par ses pas, elle alla s'asseoir sur les marches qui menaient à la berge, songeuse, l'air hagard.

Ramon vint poser son pied sur la marche où elle était installée et l'observa avec insistance.

— Plus tu attendras, plus tu redouteras cet instant, et ce sera d'autant plus difficile.

— Tu voulais vraiment monter au sommet de l'Arche ? demanda-t-elle pour esquiver sa question. Je ne sais pas si le téléphérique est en service mais on dit que la vue est extraordinaire de là-haut. Je ne peux le confirmer... j'ai toujours été incapable d'ouvrir les yeux tant j'ai le vertige.

— Nous n'avons plus beaucoup de temps, Katie.

— Je sais...

Ils retournèrent à la voiture. Une fois dans Market Street, elle lui proposa sans réfléchir d'aller faire un tour sur Lindell Boulevard. Machinalement, Ramon suivit les indications qu'elle lui donna. Ils descendaient l'avenue en direction de l'ouest lorsqu'il demanda :

— Qu'est-ce que c'est ?

Levant les yeux, Katie regarda sur sa droite.

— La cathédrale.

Quand il rangea la voiture devant l'édifice à la façade ouvragée, elle s'exclama, médusée :

— Pourquoi diable t'arrêtes-tu ici ?

Ramon se tourna vers elle et glissa le bras autour de ses épaules.

— Nous n'avons plus que quelques jours avant le départ, il reste beaucoup à faire et n'oublie pas que tu as un certain nombre de décisions à prendre. Tu peux compter sur moi pour les bagages, je t'aiderai autant qu'il me sera possible, mais je ne peux ni annoncer la nouvelle à tes parents, ni démissionner à ta place. C'est à toi de le faire.

— Oui, j'en suis consciente.

De sa main libre, il lui releva doucement le menton pour prendre ses lèvres, tendre, persuasif.

— Enfin, que vas-tu faire dans cette église ? demanda-t-elle lorsqu'il lui ouvrit la portière.

— C'est dans les églises, en général, que les artisans donnent toute la mesure de leur talent. Et ce dans n'importe quelle région du monde.

Mais Katie n'était guère convaincue. Crispée, les nerfs tendus à se rompre, elle gravit à sa suite les marches basses qui menaient à la cathédrale coiffée de son dôme. Ramon poussa la lourde porte sculptée et s'écarta pour la laisser entrer. À peine eut-elle pénétré dans l'immense nef, si fraîche, éclairée par les flammes des chandelles et inondée de gerbes de fleurs, que les souvenirs l'assaillirent.

Ramon s'empara de son coude et elle remonta l'allée centrale à ses côtés. Elle promena son regard sur les bancs, alignés en rangées interminables, parcourut des yeux les hautes voûtes où scintillait l'or des magnifiques mosaïques, sans jamais regarder l'autel. Elle ne pouvait s'y résoudre. Lorsqu'elle s'agenouilla auprès de Ramon, sur le premier banc, elle eut le sentiment de commettre une véritable imposture ; sa présence en cet endroit était parfaitement déplacée. Elle s'obligea à poser son regard sur l'autel mais dut fermer les yeux, prise d'un malaise. Elle offensait Dieu, elle n'avait pas le droit de s'agenouiller ainsi aux côtés de Ramon. Pas en ces circonstances. C'était trop douloureux, trop immoral. Elle désirait son corps mais ne voulait pas de l'existence qu'il lui offrait.

Horrifiée, elle eut le sentiment qu'il priait. Et elle savait à quoi s'adressaient ses prières. Prise de panique, elle se mit à prier, elle aussi, de façon désordonnée, avec l'espoir insensé d'annuler sa requête. *Mon Dieu, je vous en prie, ne l'écoutez pas. Vous ne pouvez permettre cela. Faites qu'il m'aime un peu moins. Je suis incapable de faire ce qu'il me demande. Je le sais bien. Je m'y refuse. Mon Dieu* — sanglota-t-elle dans le secret de son âme —, *entendez-vous ma prière ? Vous arrive-t-il jamais de m'écouter ?*

Elle se leva brusquement. Se tournant vers lui, elle se heurta au rempart massif de son corps tant les larmes l'aveuglaient.

— Katie ? fit-il à mi-voix, inquiet, en la prenant tendrement dans ses bras.

— Laisse-moi, Ramon. Je t'en supplie ! Il faut que je sorte d'ici.

Sur le parvis de la cathédrale, inondé de soleil, elle observait les voitures qui descendaient Lindell Boulevard. Trop bouleversée, trop gênée pour oser le regarder en face, elle avança en guise d'explication :

— Je... je ne sais pas ce qui m'a pris, s'excusa-t-elle

en écrasant une larme. C'est la première fois que je rentre dans une église depuis mon mariage.

Elle se mit à descendre les marches, mais s'arrêta aussitôt en l'entendant s'exclamer dans son dos :

— Tu as été mariée ?

Elle acquiesça d'un signe de tête, sans se retourner.

— Oui. Il y a deux ans, quelques jours après avoir obtenu mon diplôme, j'avais alors vingt et un ans. Un an plus tard, j'étais divorcée.

Cet aveu lui était toujours aussi douloureux. Elle poursuivit son chemin pour s'apercevoir bientôt que Ramon ne l'avait pas suivie et elle croisa, en se retournant, son regard inquisiteur, impitoyable.

— Tu t'es mariée à l'église ?

La sécheresse avec laquelle il l'avait apostrophée la laissa sans voix. Quelle importance, après tout ? C'était curieux : le fait qu'elle ait été mariée selon le rite catholique semblait le perturber au plus haut point. Et, brusquement, la réponse s'imposa comme une douche glacée, revigorante mais douloureuse : Ramon était probablement catholique et il lui serait impossible d'épouser une femme unie par les liens sacrés du mariage, divorcée ou pas.

Le Tout-Puissant avait entendu sa prière ! songea-t-elle avec reconnaissance avant qu'un sentiment de malaise ne la submerge. Elle s'en voulait de lui mentir et de le faire souffrir. Il y avait bien eu divorce mais David était décédé six mois plus tard ; rien ne s'opposait donc à ce qu'il l'épouse. Mais il l'ignorait et elle décida de ne pas le lui révéler.

— Oui, je me suis mariée à l'église, répondit-elle posément.

Katie remonta en voiture dans un état second. Perdue dans les méandres douloureux du passé, elle fut à peine consciente qu'ils rejoignaient la voie express. David. David... pas vraiment beau mais terriblement séduisant. Il s'était fiancé à Katherine Connelly pour faire taire la rumeur qui lui attribuait comme maîtresse la femme de l'associé principal de son cabinet juridique, ainsi qu'un certain nombre de clientes. Elle était superbe, divinement intelligente, et naïve à souhait. Un seul regard suffisait pour vous dissuader d'ajouter foi aux ragots. Enfin, il faudrait être fou pour s'encombrer de maîtresses avec Katie pour épouse !

Mais David Caldwell était assez fou pour cela. Avocat, membre de l'équipe de foot à l'université, David était le raffinement fait homme et il ne manquait pas de charisme. Toutefois, il ne pouvait se passer des femmes pour conforter son ego. Chaque rencontre représentait un nouveau défi et, à chaque conquête, il se prouvait à lui-même qu'il était le meilleur. Un homme absolument charmant... tant qu'il gardait son calme. Mais lorsqu'il le perdait, il ne restait plus qu'un monstre de brutalité, de violence, qui se déchaînait sans aucune retenue.

Six mois de mariage... Katie avait pris son après-midi pour fêter dignement cet anniversaire. Elle était passée au marché pour composer un menu sortant de l'ordinaire et elle était rentrée chez elle, tout émoustillée à l'idée de la surprise qu'elle réservait à David. Elle put constater, en poussant la porte, que David « célébrait » l'événement à sa façon, dans les bras de la séduisante épouse de l'associé principal, une femme déjà mûre. Aussi longtemps qu'elle vivrait, il lui serait impossible d'oublier cet instant où elle les avait découverts en pénétrant dans la chambre. Aujourd'hui encore, la simple évocation de cette scène lui donnait la nausée.

Mais le cauchemar qui l'attendait était plus pénible encore à évoquer.

Les ecchymoses que lui avait laissées David s'étaient vite estompées mais, des blessures morales, elle avait toujours la cicatrice. Elle s'était remise, sans doute, mais cette expérience lui avait laissé des séquelles.

Katie se souvenait des coups de téléphone, au beau milieu de la nuit, après qu'elle eut quitté David : il lui jurait ses grands dieux qu'il l'aimait et qu'il allait changer. Puis elle se souvint avec quelle haine il l'avait maudite, l'avait menacée des pires représailles si elle osait révéler ce qui s'était passé. Elle avait espéré qu'ils pourraient divorcer sans perdre leur dignité, mais elle avait dû renoncer à cette illusion. Ils avaient invoqué l'incompatibilité d'humeur et le divorce se déroula dans le calme, mais David était loin d'être serein. Furieux, redoutant qu'elle n'étale sa conduite au grand jour, il entreprit de la déconsidérer, elle et sa famille, auprès de qui voulait l'entendre. Il colportait de telles horreurs, avec une telle malveillance, que la plupart des gens, écœurés, refusaient probablement de l'écouter ou finissaient par se demander s'il était sain d'esprit. Mais Katie était trop humiliée, trop anéantie pour le comprendre.

Et puis, un beau jour, quatre mois après le divorce, elle parvint à s'arracher au cauchemar et émergea des abîmes de souffrance où elle avait sombré. S'adressant à son reflet, elle se tint ce discours :

— Katherine Elisabeth Connelly, tu ne vas tout de même pas laisser ce David Caldwell gâcher le reste de ton existence ? Tu veux vraiment lui faire ce plaisir ?

Elle retrouva quelque peu sa bonne humeur et son entrain habituels et se mit en devoir de réorganiser sa vie. Elle changea de travail et quitta la maison familiale pour emménager dans son appartement, parvint de nouveau à sourire et même à rire, à revivre, enfin, et à profiter des atouts que le destin lui avait mis en main. Résolument optimiste, elle se montrait toujours gaie mais ce bel enthousiasme venait parfois à retomber. Cette vie n'avait aucun sens. Son existence était vide, absolument vide.

— Qui ? lança sèchement Ramon, assis à ses côtés.

Appuyant sa tête contre le dossier de son siège, Katie ferma les yeux.

— David Caldwell. Il était avocat. Nous sommes restés six mois ensemble et, six mois plus tard, nous divorcions.

— Parle-moi de lui, fit-il, cassant.

— Cela m'est très pénible. Je t'avouerai que la seule évocation de David m'est intolérable.

— Je veux savoir, marmonna-t-il entre ses dents.

Hantée par les souvenirs sordides qui l'assaillaient, Katie se sentit prise de panique devant l'acharnement que mettait Ramon à vouloir l'épouser. Sans plus réfléchir, elle saisit la première échappatoire qui lui vint à l'esprit. Elle s'en voulait de se montrer aussi lâche mais elle préféra lui laisser croire que David était toujours en vie. Plus question de mariage, ni de départ à Porto Rico, le débat serait clos. S'efforçant de parler de David au présent, elle reprit :

— Que veux-tu que je te dise ? Il a trente-deux ans... il est grand, très brun et aussi très séduisant. D'ailleurs, tu me fais penser à lui.

— Pourquoi as-tu demandé le divorce ?

— Je le méprisais et j'avais peur de lui.

— Il t'avait menacée ?

— Non, il ne m'a jamais menacée.

— Alors, il t'a frappée ? demanda-t-il, furieux et vibrant d'indignation.

— Pour David, il s'agissait de « m'apprendre les bonnes manières », répondit Katie qui voulait éviter à tout prix de dramatiser.

— Et tu me dis que je te fais penser à lui ?

Le voyant prêt à sortir de ses gonds, elle s'empressa d'ajouter :

— Oh, il y a une vague ressemblance... Tu es brun et tu as les yeux noirs, comme lui, et la peau mate. David faisait partie de l'équipe de football, à l'université, et toi...

Elle coula prudemment un regard dans sa direction mais il lui suffit d'entrevoir son profil pour comprendre qu'il était furibond.

— ... toi, tu as l'air d'un joueur de tennis, conclut-elle maladroitement.

Ils s'arrêtèrent devant sa porte et Katie se rendit compte, à cet instant, qu'ils vivaient leurs dernières heures. Si Ramon était aussi fervent catholique que les Espagnols avaient la réputation de l'être, il ne saurait songer à présent au mariage.

Curieusement, elle ressentit un pincement au cœur. Un étrange abattement s'empara d'elle, ainsi qu'un terrible sentiment d'abandon. Elle aurait voulu que cette journée n'ait pas de fin, ne demandait que quelques heures en compagnie de Ramon. Mais elle ne pouvait se permettre de rester seule en tête à tête avec lui... Une fois chez elle, elle se retrouverait dans ses bras et cinq minutes plus tard, ivre de désir, elle lui avouerait toute la vérité. Elle serait prise au piège.

— Tu sais ce que j'aimerais faire ce soir ? avança-t-elle prudemment, tandis qu'il la raccompagnait jusqu'à sa porte. Enfin, si tu es libre...

— Non. Quoi donc ? répondit-il de mauvaise grâce.

— J'aimerais aller écouter de la musique et danser, peut-être.

Ces quelques mots suffirent à le plonger dans une fureur noire. La mâchoire volontaire se contracta, à tel point qu'une veine vint battre sur sa tempe. Katie eut un coup au cœur et comprit qu'il était hors de lui. Elle voulut s'excuser et reprit très vite :

— J'aurais dû me douter que tu étais catholique et qu'un mariage religieux nous interdisait tout projet d'union. Je n'ai pas pensé à te le dire et j'en suis désolée.

— Si « désolée » que tu ne penses qu'à aller danser ! répliqua-t-il avec une ironie cinglante.

Prenant sur lui, il parvint à se maîtriser suffisamment pour lui proposer avec raideur :

— À quelle heure veux-tu que je passe te chercher ?

— Disons dans quatre heures... à huit heures, répondit-elle après avoir jeté un coup d'œil en direction du soleil.

Katie arrêta son choix sur une robe bain de soleil bleu roi, de l'exacte nuance de ses yeux et contrastant avec l'or roux de ses cheveux. L'effet était saisissant. Elle étudia sans complaisance dans le miroir le décolleté qui révélait discrètement la naissance de ses seins pour s'assurer qu'il n'avait rien d'indécent. Si elle ne devait jamais revoir Ramon, elle ne voulait surtout pas provoquer la moindre querelle et risquer de gâcher leur dernière soirée. Une paire de créoles en or vint compléter sa toilette et elle passa un large cercle d'or à son bras, au-dessus du coude, avant d'enfiler d'élégantes sandales assorties à sa toilette. D'un brusque coup de tête, elle rejeta ses cheveux en arrière, nappe soyeuse qui vint lui balayer les épaules, puis regagna le salon pour l'attendre.

Leur dernière soirée... D'humeur très sombre, Katie passa dans la cuisine et se servit un fond de cognac avant de retourner s'asseoir sur le divan de velours. Huit heures moins le quart. Les yeux rivés sur la pendule qui lui faisait face, elle but l'alcool à petites gorgées. À huit heures précises, elle sursauta en entendant le timbre de la sonnette, et fit prestement disparaître son verre.

La surprise fut totale. Elle ne s'attendait vraiment pas au Ramon Galverra qui se tenait devant elle. Ils se connaissaient depuis si peu de temps !...

Il était d'une élégance... Katie en eut le souffle coupé. Ce costume trois-pièces bleu marine lui allait à ravir et mettait en valeur, sur sa chemise immaculée, la cravate rayée, très classique.

Subjuguée, elle l'accueillit avec un sourire radieux.

— Tu es superbe ! Tu me fais penser à un directeur de banque, fit-elle en reculant d'un pas pour admirer à loisir la silhouette athlétique.

Sardonique, Ramon déclara :

— Il se trouve que je n'apprécie pas beaucoup ces messieurs !

— Oh ! fit Katie, un peu confuse. En tout cas, ils savent s'habiller.

— Tu sembles très bien informée, répliqua-t-il. Y aurait-il un mari que tu aurais oublié de me signaler ? Un banquier, cette fois ?

Katie, qui tendait la main vers le châle de soie imprimée assorti à sa robe, se figea aussitôt.

— Non, bien sûr que non.

Ils allèrent écouter du Dixieland jazz sur un bateau à aubes et retournèrent ensuite au débarcadère de Laclede où ils traînèrent de club en club. Au fil des heures, Ramon paraissait de plus en plus froid, de plus en plus lointain, et, face à cette indifférence, Katie but un peu plus que de raison en voulant jouer les bouffons.

Ils terminèrent leur tournée dans un night-club très en vogue, situé non loin de l'aéroport. Katie était un peu rouge, très nerveuse, et terriblement malheureuse.

C'était elle qui avait eu l'idée de finir la soirée dans cette boîte. Il y avait foule, pour un mardi soir, mais ils réussirent à trouver une table au bord de la piste. La soirée tourna au désastre. Ramon refusa de danser et Katie doutait fort de pouvoir supporter plus longtemps cette indifférence glacée qui dissimulait mal son mépris. Impitoyable, il l'observait avec un intérêt cynique, un détachement qui la mettait au supplice.

Feignant une curiosité qu'elle était loin de ressentir, elle accorda toute son attention à son entourage pour éviter ces yeux qui la considéraient avec une telle froideur et croisa le regard d'un homme séduisant assis près du bar. L'inconnu accentua le mouvement de ses lèvres en haussant les sourcils et Katie déchiffra l'interrogation muette : « Vous dansez ? » Accablée, elle acquiesça d'un signe de tête.

Le danseur s'approcha de leur table en jaugeant, non sans agressivité, la haute silhouette de Ramon et la souplesse de son corps avant d'inviter courtoisement Katie.

— Cela ne t'ennuie pas ? demanda-t-elle à Ramon, dans sa hâte à le fuir.

— Pas le moins du monde, répliqua-t-il avec un haussement d'épaules indifférent.

Katie adorait danser, elle avait une grâce naturelle qui accrochait le regard et on ne pouvait s'empêcher de la suivre des yeux. Quant à son partenaire, il aimait la danse, elle s'en rendit très vite compte, mais c'était un véritable exhibitionniste. Les flashes des spots colorés les éclaboussaient de lumière, et Katie épousa spontanément les battements de la musique, s'abandonnant au rythme.

— Dites donc, vous êtes très douée ! lança son partenaire dont elle suivait naturellement les mouvements.

— Vous en faites un peu trop, protesta Katie en voyant la foule des danseurs reculer pour leur faire place et s'arrêter enfin pour les observer.

Une formidable salve d'applaudissements salua la fin de leur démonstration, et danseurs et spectateurs les encouragèrent à continuer.

— Ils en redemandent, fit l'étranger en accentuant sa pression sur son bras lorsqu'elle voulut regagner sa table.

À cet instant, les accents du disco se mirent à résonner de nouveau dans la salle bondée et elle n'eut d'autre issue que de céder de bonne grâce, tout en ayant conscience de se prêter à un numéro de cirque. Elle jeta discrètement un coup d'œil vers Ramon pour détourner aussitôt le regard. Sa chaise était dirigée vers la piste et il la suivait des yeux avec l'enthousiasme d'un conquistador lassé de l'existence, qui regarderait une fille payée pour le divertir.

Les dernières notes de musique furent suivies d'un tonnerre d'applaudissements flatteurs. L'inconnu fit une vaine tentative pour la convaincre de lui accorder une autre danse mais elle lui opposa, cette fois, un refus déterminé.

Elle retourna s'asseoir auprès de Ramon et se mit à siroter sa boisson, de plus en plus agacée par son comportement.

— Eh bien ? lança-t-elle, un brin agressive devant son absence de réaction.

— Pas mal, laissa-t-il tomber, sarcastique, en haussant les sourcils.

Elle l'aurait giflé ! Les accents d'un slow romantique s'élevaient déjà et, parcourant l'assistance du regard, Katie vit s'approcher deux candidats. Elle se raidit aussitôt et Ramon comprit le manège, il se leva comme à regret et lui prit le coude sans un mot pour la guider jusqu'à la piste.

La mélodie sentimentale, l'exquise torture qu'elle éprouvait à se retrouver dans ses bras, la menèrent à sa perte. Elle se rapprocha et vint poser sa joue contre l'étoffe sombre de sa veste. Elle aurait voulu qu'il la serre dans ses bras, qu'il la blottisse tout contre sa poitrine et qu'il effleure sa tempe d'un baiser, comme il l'avait fait au bord de la piscine, l'autre soir. Elle aurait voulu... elle ne savait trop... Mais il ne fallait pas y songer.

En arrivant chez elle, elle n'avait toujours pas renoncé à ces chimères. Ramon la raccompagna jusqu'à sa porte et elle dut presque le supplier de venir prendre un verre.

La dernière gorgée avalée, il se leva et se dirigea vers la porte sans desserrer les dents.

— Je t'en supplie, Ramon, ne pars pas ! Pas comme ça, implora-t-elle.

Ramon se retourna et posa son regard sur elle sans trahir la moindre émotion.

Katie s'avança vers lui mais resta à bonne distance, éperdue de passion et submergée, soudain, par une atroce détresse.

— Je ne veux pas que tu t'en ailles, s'entendit-elle supplier avant de nouer ses mains sur sa nuque et de se serrer contre lui sans le faire fléchir pour autant.

Dans son désespoir, elle couvrit ses lèvres de baisers

mais il n'eut aucune réaction et resta de marbre, les bras le long du corps.

Blessée, mortifiée, elle recula d'un pas et leva vers lui ses grands yeux bleus noyés de larmes.

— Pas même un baiser d'adieu ? parvint-elle à articuler en suffoquant.

Ramon parut se figer dans une attitude de rejet mais, tout à coup, il l'attira dans ses bras.

— Va au diable ! siffla-t-il, furibond, tandis qu'il s'emparait brutalement de sa bouche, lui labourait impitoyablement les lèvres, en exerçant tous ses talents de séducteur.

La réponse de Katie fut immédiate : elle s'agrippa à lui et lui rendit ses baisers, ivre de désir et entièrement à sa merci. Les mains de Ramon s'égarèrent sur son corps, le modelèrent brutalement au sien. Et, soudain, il la repoussa.

Tremblante, hors d'haleine, Katie leva les yeux vers lui mais battit aussitôt en retraite tant elle lut de fureur meurtrière dans son regard.

— C'est là tout ce que tu attends de moi ? fit-il, cinglant.

Katie s'empressa de le détromper.

— Non ! Enfin... je n'attends rien. Je... j'ai bien compris que tu n'avais pas passé une très bonne soirée et alors...

— Et alors, l'interrompit-il en accentuant délibérément les syllabes pour bien marquer son mépris, tu m'as fait entrer chez toi pour me faire passer un bon petit moment ?

— Non ! bafouilla-t-elle, je...

Il lui fut impossible de poursuivre. Ramon lui lança un regard noir, la toisa de la tête aux pieds, et elle comprit qu'il allait tourner les talons et s'en aller. Il se ravisa cependant et atteignit la table en trois enjambées. S'emparant du crayon que Katie laissait près du téléphone, il traça quelques signes sur le petit bloc-notes avant de se diriger hâtivement vers la sortie. La main sur la poignée de la porte, il se retourna :

— J'ai noté le numéro où tu pourras me joindre jusqu'à jeudi. Appelle-moi, si tu as quelque chose à me dire.

Son regard s'attarda quelques instants sur le visage de Katie. L'instant d'après, il était parti.

Incapable du moindre mouvement, elle resta atterrée. Elle n'était plus que détresse, atomes de détresse, jetés çà et là sans cohésion aucune. Cet ultime regard que Ramon lui avait lancé... Il semblait vouloir graver son visage dans sa mémoire. Il était dans une fureur noire, et la haïssait à cet instant. Cependant, il avait désiré garder son image. Katie n'aurait jamais cru que son départ la laisserait aussi désespérée, les yeux brûlants de larmes, la gorge serrée tant la douleur l'étouffait.

Elle fit demi-tour et regagna lentement sa chambre. Mais enfin, c'était absurde... elle avait obtenu ce qu'elle souhaitait ! Non, pas vraiment. Elle le désirait de toute son âme, inutile de se le dissimuler plus longtemps, mais elle tenait à rester maîtresse du jeu : elle le voulait ici, à Saint Louis, et nanti d'un métier digne de ce nom.

7

Le jour suivant, Katie affichait un bel entrain en arrivant au bureau, mais les cernes bleuâtres la trahissaient, et son sourire, d'ordinaire si spontané, semblait un peu contraint ce matin-là. La nuit d'insomnie avait laissé des traces.

— Bonjour, Katie, lança chaleureusement sa secrétaire. Vous avez bien profité de ce long week-end ?

— À fond ! répondit-elle en s'emparant de la liasse de messages qu'elle lui tendait.

— Un peu de café ? proposa Donna. On dirait que vous ne vous êtes pas beaucoup couchée, depuis vendredi. Ou serait-ce plutôt, poursuivit-elle sans pouvoir dissimuler son amusement, que vous n'avez pas beaucoup *dormi* depuis quatre jours ?

— Je prendrais bien volontiers un café ! fit-elle en esquissant un pâle sourire pour saluer la plaisanterie.

Elle pénétra dans son petit bureau en feuilletant les messages et jeta un coup d'œil autour d'elle en s'installant à sa table de travail. À Technical Dynamics, disposer d'un bureau, aussi minuscule soit-il, était symbolique de la position acquise dans l'entreprise, et Katie avait toujours été très fière de ce signe de réussite. Pourtant, ce matin-là, cela lui semblait vain et dérisoire.

Lorsqu'elle avait refermé la porte de son bureau, vendredi soir, Ramon n'avait aucune existence pour elle. Et à présent, elle se rongeait les sangs à l'idée de ne jamais le revoir. Était-ce possible ? Elle se consumait de désir, rectifia-t-elle fermement.

Donna venait de poser devant elle un gobelet de café brûlant.

— Miss Johnson désire vous voir à neuf heures et quart.

Virginia Johnson, dont elle dépendait directement, portait très bien ses quarante ans. Brillante, compétente, elle était restée célibataire et occupait le poste de directeur du personnel. De toutes les femmes

« ambitieuses » qu'elle avait approchées, c'était Virginia qu'elle admirait le plus.

À l'inverse du petit bureau fonctionnel de Katie, celui de Virginia était vaste et joliment décoré, l'épaisse moquette vert pré mettait en valeur les meubles régionaux, « à la française ». Katie savait très bien que Virginia la préparait à reprendre sa place, qu'elle aimerait la voir un jour à la tête du service du personnel, sur ce même fauteuil qu'elle occupait aujourd'hui.

— Et ces courtes vacances ? Ça s'est bien passé ? demanda Virginia avec un sourire en la voyant s'avancer vers elle.

— Très bien, répondit Katie en s'asseyant face à elle. Je ne pourrais pas en dire autant aujourd'hui. Je n'arrive pas à me remettre dans le bain.

— Eh bien, j'ai une nouvelle propre à ranimer votre enthousiasme.

Avec un silence éloquent, Virginia fit glisser sur le bureau un dossier que Katie connaissait bien.

— Votre demande d'augmentation a été acceptée, annonça-t-elle avec un grand sourire.

— Oh, c'est formidable ! Merci, Virginia, répondit Katie en jetant distraitement un coup d'œil au dossier pour découvrir qu'elle se voyait accorder une augmentation de salaire absolument inespérée : dix-huit pour cent !

— Vous aviez autre chose à me dire, Virginia ?

— Enfin, Katie ! s'exclama Virginia avec un petit rire impatient. J'ai dû me battre bec et ongles pour décrocher une telle augmentation !

— J'en suis consciente, reprit Katie qui s'efforçait de manifester de la reconnaissance. Vous avez toujours été formidable avec moi et je suis sincèrement ravie, croyez-le bien.

— Augmentation tout à fait méritée et que vous auriez déjà obtenue si vous étiez un homme, je n'ai pas manqué de le faire remarquer à notre très estimé vice-président...

Katie s'agita sur sa chaise.

— Autre chose, Virginia ? J'ai un rendez-vous, le candidat attend devant mon bureau.

— Non, ce sera tout.

Katie se dirigeait vers la porte lorsque Virginia reprit, préoccupée :

— Qu'est-ce qui ne va pas, Katie ? Vous aimeriez m'en dire deux mots ?

Elle eut un instant d'hésitation. Certes, elle aurait voulu se confier, et Virginia ne manquait pas de discernement... Elle représentait même une sorte de modèle à ses yeux. Elle s'approcha des larges baies vitrées et laissa errer son regard sur le flot ininterrompu des voitures, sept étages plus bas.

— Virginia, avez-vous jamais eu la tentation de renoncer à votre carrière pour vous marier ?

Se retournant brusquement, elle vit que Virginia l'observait avec une acuité inhabituelle, le front soucieux.

— Soyons franches, Katie. Pensez-vous à quelqu'un de précis ou rêvez-vous sur un avenir incertain ?

— Incertain... mon avenir auprès de lui le serait, en effet, plaisanta Katie qui ne voulait rien laisser paraître de sa nervosité et de son abattement.

Tendue, elle rectifia machinalement son chignon qui n'en avait guère besoin et poursuivit :

— J'ai rencontré un homme. Je n'ai fait sa connaissance que très récemment et il veut m'épouser, ce qui signifierait quitter le Missouri. Il n'est pas d'ici.

— Récemment, c'est-à-dire ? s'enquit Virginia, fine mouche.

Katie ne put s'empêcher de rougir.

— Je ne le connais que depuis vendredi soir.

Virginia avait un rire de gorge, superbe, qui contrastait curieusement avec sa petite taille.

— Je dois avouer que vous m'avez fait très peur, pendant quelques instants. Mais je crois comprendre à présent. Il y a quatre jours, vous avez fait la connaissance d'un homme superbe, c'est bien la première fois que vous rencontrez quelqu'un d'aussi extraordinaire et l'idée de le perdre vous est insupportable. Je ne me trompe pas ? Évidemment, c'est la séduction faite homme et le charme incarné. Et il sait enflammer votre désir comme aucun autre n'a jamais su le faire. C'est bien ça ?

— Oui, en quelque sorte, dut admettre Katie, de plus en plus mal à l'aise.

— En ce cas, je connais un très bon remède contre ce genre de maladie. Voilà : surtout, ne le quittez pas une seconde, sauf en cas d'absolue nécessité. Partagez ses repas, dormez à ses côtés, partagez sa vie. Ne faites *rien* l'un sans l'autre.

— Vous croyez donc que ça pourrait marcher... je devrais l'épouser, à votre avis ? fit Katie, abasourdie.

— En aucun cas ! C'est un remède que je prescris, je ne vous dis pas d'épouser le mal ! Je recommande, comme traitement, des doses massives de ce spécimen masculin, à prendre vingt-quatre heures sur vingt-quatre... tel un antibiotique. Une médication infaillible sans trop d'effets secondaires, mis à part une légère désillusion. Faites-moi confiance, Katie, je sais ce que je dis ! Vivez donc ensemble si cela vous chante, mais le grand amour au bout de quatre jours... Non, renoncez à cette idée de mariage et de bonheur éternel. Et d'abord, pourquoi faut-il toujours « tomber » amoureux ? On tombe dans un escalier, d'une échelle, à l'eau ou sur une pente. Si c'est aussi merveilleux qu'on le prétend, pourquoi ne s'élève-t-on pas en amour ? Pourquoi ne s'envole-t-on pas ou... ?

Le rire communicatif de Katie interrompit net cette envolée.

— Parfait, je suis ravie de constater que vous avez retrouvé votre belle humeur, conclut Virginia.

Elle s'empara d'une note de service qui trônait sur la pile de courrier, devant elle, et expédia Katie d'un petit signe de main.

— Allez, allez, n'oubliez pas votre rendez-vous, il est temps de mériter votre augmentation.

À voir la déception du jeune homme qui sortit de son bureau, vingt minutes plus tard, Katie songea, écœurée, que sa secrétaire aurait certainement conduit l'entretien avec plus de compétence. Ses questions n'avaient rien de percutant, elle était restée vague, floue, et n'avait pas accordé le moindre intérêt aux réponses du malheureux candidat. Mais surtout, cet entretien lamentable s'était achevé piteusement. Elle s'était levée et avait tendu la main à son interlocuteur pour lui annoncer qu'elle ne pouvait malheureusement lui laisser beaucoup d'espoir et qu'il n'avait guère de chances de se voir accorder le poste d'ingénieur qu'il briguait.

Le jeune homme lui avait répondu, plutôt pincé :

— C'est un poste d'expert-comptable que je recherche...

— Eh bien, je crois que vous n'aurez guère plus de chance dans ce domaine, avait-elle marmonné sans le moindre tact.

Mortifiée d'avoir pu commettre une telle gaffe, Katie empoigna le téléphone et appela le bureau de Karen.

— Alors, comment va la presse ce matin ? lança-t-elle.

— Bien, bien. Et toi, ça boume ? Je sais que l'on travaille beaucoup au service du personnel de la toute-puissante Technical Dynamics ! fit-elle en plaisantant.

— Un vrai cauchemar ! Je viens d'annoncer au dernier postulant qu'il n'avait pas la moindre chance d'être embauché, et ce, dans aucun service.

— Et alors ?

Katie expliqua avec un petit soupir :

— On est censé faire preuve d'un peu plus de finesse dans ce service. On répond, selon la formule consacrée : « En ce moment, nous n'avons rien qui puisse correspondre à votre formation et à votre expérience. » Ce qui revient strictement au même mais a, toutefois, le mérite de ne blesser personne.

Du bout des doigts, Katie effleura sa nuque et massa légèrement ses muscles douloureux.

— Écoute, je t'appelais pour savoir quels sont tes projets pour ce soir. Je ne me sens pas d'humeur à rester seule.

Et à penser à Ramon, songea-t-elle.

— Je dois retrouver quelques amis à la *Fiole Pourpre*, répondit Karen. Tu n'as qu'à venir nous rejoindre. Mais je préfère te prévenir, l'établissement est exclusivement réservé aux célibataires. Enfin, ils ont une bonne chanteuse et la musique n'est pas mauvaise.

Après cet intermède, Katie retrouva quelque peu son efficacité, sinon son enthousiasme. Elle résolut les problèmes habituels et trouva un compromis pour régler chaque conflit. Comme à l'accoutumée, elle écouta patiemment le chef de service qui se répandit en récriminations sans fin sur la documentaliste, puis elle prêta une oreille attentive aux gémissements larmoyants de celle-ci. Elle décida enfin de ne pas donner suite à la demande de renvoi du chef de service et transféra la documentaliste dans un autre département. Après avoir compulsé ses dossiers, elle arrêta son choix sur une candidate dont l'aplomb et l'assurance l'avaient impressionnée et elle organisa un second entretien, cette fois en présence du chef de service.

Elle dut calmer la fureur d'une comptable, prête à intenter une action en justice pour discrimination sexuelle, sous prétexte que Technical Dynamics lui avait refusé une promotion. Elle acheva également un rapport visant à démontrer que les consignes de sécurité officielles étaient strictement respectées par l'entreprise.

Sans oublier les entretiens d'embauche... Katie ne vit pas passer le temps. Morose, elle se cala dans son fauteuil lorsqu'elle eut terminé et envisagea toute une vie pleine de journées comme celle-ci. C'était cela « faire carrière ». Virginia Johnson « faisait carrière », elle avait même consacré toute son énergie, toute son existence à... cela.

Ce sentiment de vide, d'insatisfaction qui ne cessait de la hanter depuis des mois, vint la submerger une fois de plus. Résolument, elle refusa d'y céder et se pencha pour verrouiller les tiroirs de son bureau.

Cette soirée à la *Fiole Pourpre* fut un cauchemar. Feignant d'écouter la musique, Katie observait les stratégies d'approche des clients. Elle avait conscience des trois regards masculins posés sur elle et son malaise allait grandissant. À la table voisine, les trois hommes l'examinaient... passaient en revue ses nombreux atouts, essayaient d'évaluer si le jeu en valait la chandelle. Que donnerait-elle au lit ? Le résultat serait-il à la hauteur des efforts qu'exigerait sa conquête ?

Dans son for intérieur, Katie se disait qu'il faudrait instaurer un règlement obligeant toutes les candidates au divorce à passer une soirée dans un bar comme celui-ci. Elles courraient retrouver leur mari après avoir goûté une expérience aussi dégradante, aussi déprimante.

Une heure plus tard, elle quittait le bar pour rentrer chez elle. Neuf heures et demie. Dans la voiture, l'image de Ramon vint l'assaillir. Son univers était ici et Ramon ne saurait en faire partie. Il était si loin, et l'existence qu'il menait lui était complètement étrangère. Comment pouvait-elle imaginer un seul instant de la partager ?

Elle se coucha à dix heures et demie. Après de longues heures d'insomnie, elle finit par sombrer dans le sommeil, épuisée.

8

Elle dormit si profondément qu'elle n'entendit pas le réveil sonner et dut s'habiller en toute hâte. Malgré tout, elle arriva au bureau avec un quart d'heure de retard.

Jeudi 3 juin. La date qu'affichait le calendrier lui sauta brutalement aux yeux tandis qu'elle ouvrait son bureau ; elle tendit la main vers le gobelet de café que Donna lui avait apporté.

Jeudi.

Il ne lui restait qu'une journée pour appeler Ramon. Jusqu'à quand serait-il possible de le joindre ? Aux heures de bureau ? À moins qu'il ne travaille tard ce soir ? Quelle importance, après tout ? Il faudrait être prête à tout quitter et à l'épouser pour se risquer à l'appeler. Et décidément, c'était hors de question.

3 juin.

Katie buvait très lentement son café brûlant. Elle eut un petit sourire triste : au train d'enfer où il la menait, elle serait probablement mariée avant la fin du mois. En juin, cette fois encore.

Hochant résolument la tête, elle fit appel à cette aptitude bien particulière dont elle avait eu la révélation au moment du divorce : à l'instant même où une idée importune venait la perturber, elle s'obligeait à penser à autre chose et parvenait à la chasser définitivement.

Ce jour-là, véritable tourbillon d'énergie et d'efficacité, elle mena trois entretiens d'embauche imprévus en plus de ses rendez-vous habituels.

Elle tint à faire passer les tests de dactylographie elle-même, donnant ses instructions aux candidats comme s'il s'agissait là du sujet le plus passionnant qu'elle ait jamais traité. Apparemment fascinée, elle surveillait ensuite le chronomètre comme s'il s'agissait d'un authentique chef-d'œuvre de technologie.

Elle passa chez Virginia en coup de vent pour lui témoigner sa gratitude ; elle se devait de la remercier de la promotion fabuleuse qu'elle avait obtenue, ainsi que de ses conseils éclairés. Puis elle referma doucement la porte de son bureau et rentra chez elle sans enthousiasme.

Une fois retrouvée la solitude de son appartement, Katie constata que sa technique habituelle avait perdu de son efficacité, d'autant plus que la radio se chargeait de lui rappeler l'heure toutes les cinq minutes.

— Vous êtes sur KMOX et il est six heures quarante, annonça l'animateur.

S'il est encore possible de le joindre à ce numéro, il ne te reste que très peu de temps, ajouta un speaker imaginaire.

Furieuse, elle coupa brusquement le son et alluma la télévision, puis se mit à errer dans l'appartement, incapable de s'asseoir, ne serait-ce qu'un instant. Aucune dérobade ne lui serait permise si elle se décidait à appeler Ramon. Elle ne pourrait lui cacher la vérité plus longtemps ; mais cette franchise serait peut-être inutile. Voudrait-il encore l'épouser ? Rien n'était moins certain. Il s'était mis dans une rage folle en apprenant qu'elle avait été mariée ; mais ce mariage religieux lui importait-il ? Et si le « second choix » ne le tentait guère ? Pourtant, lui aurait-il laissé un numéro s'il avait décidé d'en finir ?

L'image vacilla sur l'écran.

— Six heures quarante-cinq, il fait 25 degrés à Saint Louis.

La voix du speaker interrompit le cours de ses pensées. Avant d'appeler Ramon, il lui fallait se décider à donner sa démission avec un préavis de vingt-quatre heures. Elle n'aurait d'autre issue, maintenant. Elle se voyait déjà pénétrer dans le bureau de Virginia pour annoncer à cette femme qui avait toujours été merveilleuse pour elle :

— Je suis navrée de vous laisser tomber, Virginia, mais voilà, c'est ainsi.

Et ses parents ! Elle n'osait même pas y songer. Ils seraient furieux, terriblement inquiets et malheureux. Comme elle leur manquerait si elle décidait d'aller s'installer à Porto Rico ! Katie composa leur numéro mais l'employée lui répondit que M. et Mme Connelly dînaient au Country Club. *Et puis flûte !* songea-t-elle. Pourquoi fallait-il qu'ils s'absentent juste au moment où elle avait besoin d'eux ? Ils auraient dû rester à se morfondre et à attendre l'appel de leur petite Katie qui faisait une apparition toutes les deux ou trois semaines. Leur manquerait-elle à ce point s'ils ne la voyaient plus que tous les deux ou trois mois ?

Katie se leva brusquement et passa un maillot ; il fallait absolument qu'elle s'occupe. Le bikini jaune ! Elle s'assit devant sa coiffeuse, dans la chambre spacieuse, et entreprit de se brosser vigoureusement les cheveux. Comment pouvait-elle envisager un seul instant d'abandonner tout cela pour se contenter de l'existence et du foyer que Ramon avait à lui proposer ? Mais c'était de la folie ! Quelle jeune Américaine n'aurait rêvé de l'univers dans lequel elle évoluait ? Une carrière gratifiante, un bel appartement, des vêtements de prix et pas le plus petit souci financier... Elle était jeune, séduisante, et indépendante.

Tout. Elle possédait absolument tout.

À cet instant, le rythme auquel se succédaient les coups de brosse se ralentit et Katie étudia calmement son reflet dans le miroir. Grands dieux, était-ce là *tout* ce qu'on pouvait attendre de la vie ? Soudain, le désespoir vint assombrir son regard. Elle vit son existence se dérouler devant elle, une fois de plus, une existence en tout point semblable à celle qu'elle menait aujourd'hui. Serait-ce là tout ce que le destin avait à lui offrir ? Non, elle ne voulait pas le croire. Il *fallait* qu'il y ait autre chose !

Écartant résolument ces sinistres réflexions, elle attrapa une serviette et se dirigea vers la piscine où elle retrouva une trentaine de voisins ; les uns se baignaient, les autres se délassaient sous les parasols, installés à une table. Don et Brad buvaient de la bière en compagnie de quelques amis. Katie leur fit un petit signe lorsqu'ils lui crièrent de se joindre à eux mais refusa leur invitation d'un hochement de tête. Elle laissa sa serviette sur la chaise longue la plus éloignée et s'avança vers le bassin. Puis elle parcourut vingt longueurs avant de s'affaler sur son matelas de plage.

C'est alors qu'un transistor lança :

— Sept heures et quart à Saint Louis et la température est très douce, ce soir : 25 degrés.

Katie ferma les yeux pour essayer de faire le vide mais il lui sembla, tout à coup, sentir sur ses lèvres la douce caresse de la bouche ferme de Ramon qui se faisait bientôt plus exigeante. Elle cédait peu à peu à la sensualité sauvage de ce baiser, se soumettait volontiers à ces lèvres impérieuses, à ces mains fiévreuses, avides de son corps, et elle entendait, dans le secret de son cœur, la voix au timbre profond :

— Je ne vivrai que pour toi... je te ferai l'amour jusqu'à ce que tu demandes grâce... près de moi, tes jours ne seront que bonheur.

L'air lui manqua, elle avait la sensation de suffoquer lentement.

— Nous sommes faits l'un pour l'autre, avait-il dit, d'une voix lourde de désir. Dis-moi que tu le sais. Dis-le.

Et elle l'avait répété après lui. Elle en avait même la certitude, à cet instant... comme elle avait l'absolue conviction qu'il leur était *impossible* de vivre ensemble.

Qu'il était séduisant ! Il incarnait la virilité avec ses magnifiques cheveux noirs et son sourire éblouissant. L'image de la petite fossette qui lui fendait le menton s'imposa soudain à son esprit, ainsi que la façon dont ses yeux...

Katie poussa un cri de saisissement et se redressa d'un bond.

— Ouille ! glapit-elle.

Un filet d'eau glacée courait le long de sa cuisse.

— Réveillez-vous, ô Belle au bois dormant, fit Don avec un grand sourire en s'installant sur le matelas de plage tandis que Katie se recroquevillait pour lui faire de la place tout en restant sur ses gardes.

Il avait le regard vague et semblait un peu rouge, il avait probablement passé l'après-midi à boire.

— Katie, reprit-il en coulant un regard vers son décolleté généreux — le minuscule bikini ne dissimulait pas grand-chose —, tu sais que tu me fais un effet incroyable ?

— Ça ne semble pas très difficile, répliqua-t-elle avec un sourire crispé tout en repoussant sa main lorsqu'il suivit du doigt le mince filet d'eau, sur sa cuisse gauche.

Don se mit à rire.

— Sois gentille, Katie, et moi je saurai me montrer très, très gentil.

— Mais je ne suis pas si vieille, et toi, tu n'as rien d'un boy-scout, persifla-t-elle pour dissimuler sa gêne.

— Tu as la langue bien pendue, jolie rousse, mais je pourrais proposer à cette langue d'autres exercices beaucoup plus passionnants. Allons, laisse-moi te montrer.

Il se pencha vers elle ; Katie se raidit brusquement et tourna la tête.

— Don, implora-t-elle. Je n'ai nullement l'intention de faire une scène mais si tu continues, je me mets à hurler et nous n'aurons pas l'air malin tous les deux !...

Don se redressa aussitôt et la toisa, furibond.

— Mais enfin qu'est-ce qu'il y a ?

— Rien !

Katie n'avait pas la moindre intention d'entamer les hostilités. Qu'il s'en aille ! C'était tout ce qu'elle désirait.

— Qu'est-ce que tu veux ? finit-elle par lui demander.

— Tu plaisantes ? La créature étendue là, devant moi ! Ce visage superbe, ce corps voluptueux et cette petite âme innocente.

Katie plongea son regard dans celui de Don.

— Tu peux me dire pourquoi ? fit-elle hardiment.

— Mon petit cœur, voilà une question stupide, répliqua-t-il, provocant, tout en dévorant des yeux le corps superbe offert à son regard. Je te répondrai ce qu'a répondu cet homme à qui on demandait pourquoi il voulait grimper tout en haut de la montagne : « Mais parce qu'elle est là ! » Puisqu'il faut te mettre les points sur les i, j'ai envie de te sauter, à moins que tu ne préfères prendre l'initiative...

— Laisse-moi tranquille ! fulmina-t-elle. Tu es saoul et répugnant.

— Je ne suis pas ivre ! affirma-t-il, vexé.

— Alors, tu es tout simplement répugnant ! Et maintenant, va-t'en.

Don se leva avec un haussement d'épaules résigné.

— Bon, d'accord. Tu veux que je t'envoie Brad ? Il ne dirait pas non. Ou bien Dean, qu'en dis-tu ? Il est...

— Ni l'un ni l'autre ! lança Katie, hors d'elle.

Don parut sincèrement étonné.

— Mais enfin, pourquoi ? Nous en valons bien d'autres. Nous sommes même très bien, après tout !

Katie se redressa lentement, les yeux rivés au visage de Don dont les derniers mots résonnaient, tel un écho.

— Qu'est-ce que tu viens de dire ? murmura-t-elle.

— Que nous en valions bien d'autres et que nous étions même très bien.

— Tu as raison... dit-elle dans un souffle. Mais oui, c'est tout à fait vrai !

— Eh bien, alors, qu'est-ce qui te prend ? Pourquoi gardes-tu ce précieux trésor ? Ou plus exactement, pour qui ?

Mais soudain, la réponse s'imposa dans toute son évidence. Oh Seigneur, elle savait pourquoi !

Pour un peu, Don l'aurait fait trébucher tant elle avait hâte de s'échapper.

— Ce ne serait tout de même pas pour ce maudit Espagnol ? lança-t-il derrière elle.

Qu'il en tire les conclusions qu'il voulait ! Katie remontait déjà l'allée en courant, se ruait dans le patio après avoir ouvert le portillon à toute volée. Elle se cassa même un ongle dans sa hâte à tirer la porte coulissante de la baie vitrée.

Hors d'haleine, terrifiée à l'idée qu'il ne soit déjà trop tard, elle composa le numéro laissé sur le bloc, et se mit à compter les sonneries, perdant peu à peu tout espoir tandis que le timbre résonnait dans le vide.

Elle était sur le point de raccrocher lorsqu'elle entendit une voix féminine.

— Allô ?

— Je... Je voudrais parler à Ramon Galverra. Serait-ce possible ?

Une femme ! Il s'agissait, de toute évidence, d'une résidence particulière... Décontenancée, Katie faillit oublier le principal, mais son interlocutrice attendait au bout de la ligne et elle finit par ajouter :

— Katherine Connelly, à l'appareil.

— Je regrette, miss Connelly, mais M. Galverra est absent, nous l'attendons d'un moment à l'autre. Désirez-vous qu'il vous rappelle ?

— Oui, merci. Puis-je compter sur vous pour lui transmettre mon message dès qu'il rentrera ?

— Dès son retour, je n'y manquerai pas.

Katie raccrocha et resta quelques instants à contempler pensivement le téléphone. Ramon était-il réellement absent ou avait-il chargé cette femme, a priori sympathique, de se débarrasser d'elle ? Il s'était mis dans une telle fureur quand elle avait parlé de son mariage... peut-être sa passion s'était-elle singulièrement refroidie après deux jours de réflexion. Peut-être la perspective de prendre une « seconde main » pour épouse n'avait-elle plus rien d'attrayant. Que faire si le téléphone restait muet ? Faudrait-il en déduire qu'on ne lui avait pas passé le message et le rappeler ? Ou faudrait-il interpréter ce silence comme un abandon ?

Vingt minutes plus tard, la sonnerie retentit.

Katie s'empara immédiatement du combiné et parvint à articuler un « Allô ? » hésitant.

— Katie ?

Le téléphone faisait paraître la voix de basse plus grave encore.

Katie serrait si désespérément le récepteur que ses doigts en étaient douloureux.

— Tu m'as dit de t'appeler si... si je voulais te parler.

Elle attendit quelques secondes, dans le secret espoir qu'il dirait quelques mots, qu'il essaierait de lui faciliter les choses, mais il n'en fit rien. Katie inspira profondément avant de reprendre :

— Eh bien, j'aimerais te parler, en effet, mais pas au téléphone. Enfin, je préférerais te voir. Ramon, te serait-il possible de passer ?

Il se contenta d'un « Oui » laconique. Impossible de déceler la moindre trace d'émotion dans sa voix.

Katie n'en demandait pas plus. Un simple coup d'œil au bikini jaune lui suffit pour se précipiter dans sa chambre et se changer.

Elle hésita longuement sur le choix de sa tenue ; il lui semblait que l'issue de sa rencontre avec Ramon en dépendait. Finalement, elle se décida pour un chandail pêche à col boule et pour un pantalon assorti. Elle sécha ses cheveux, les brossa en tous sens et ajouta une touche de rouge pêche sur ses lèvres, un peu de fard sur ses joues ainsi qu'un soupçon de mascara. Cramoisie, les yeux brillants, elle observa son reflet dans le miroir et lui confia :

— Tu peux me souhaiter bonne chance !

Elle allait s'asseoir dans le salon lorsqu'elle claqua des doigts et lança tout haut :

— Du scotch !

Ramon aimait le whisky et elle n'en avait plus une goutte.

Laissant la porte entrouverte, elle se précipita vers l'appartement d'à côté et en emprunta une bouteille à son voisin.

Elle s'attendait presque à le trouver chez elle en rentrant. Mais non. Elle se mit en devoir de préparer le whisky comme Ramon l'aimait, ainsi qu'elle avait pu le constater... avec un trait d'eau gazeuse. Levant le verre en pleine lumière, elle en étudia le contenu d'un œil critique. Un trait d'eau gazeuse... mais à quoi cela correspondait-il ? Et quelle idée de préparer cette boisson si longtemps à l'avance ! La glace aurait largement le temps de fondre avant qu'il n'arrive. Elle trempa ses lèvres dans l'alcool avec une moue de dégoût et emporta le verre au salon.

À neuf heures moins le quart, le timbre strident de la sonnette la fit bondir de son siège.

Parvenant à maîtriser son impatience, elle prit le temps de se composer un masque souriant et mondain. L'éclairage très doux du bec de gaz dessinait la haute silhouette et il lui parut immense. Comment ne pas succomber ? Dans ce costume gris clair, avec cette cravate marron, il était absolument irrésistible. Impassible, il plongea son regard dans le sien ; elle n'aurait su dire si ses yeux étaient froids ou chaleureux.

— Merci d'être venu, dit-elle en reculant d'un pas.

Par où commencer ? Elle était si mal à l'aise qu'elle opta pour un compromis.

— Assieds-toi, je te sers quelque chose.

— Merci, répondit-il en s'avançant dans le salon.

Sans un regard pour elle, il enleva sa veste et la jeta négligemment sur le dos d'une chaise.

Décontenancée par son attitude, Katie déduisit de son geste qu'il avait probablement l'intention de rester un petit moment. Quand elle revint de la cuisine, il était posté près de la fenêtre, les mains dans les poches. Lorsqu'il se retourna, elle remarqua les profonds sillons qu'avaient creusés la tension et la fatigue au coin de ses yeux et à la commissure des lèvres. Inquiète, elle l'observa attentivement :

— Mais tu as l'air épuisé !

Ramon desserra sa cravate et prit le verre qu'elle lui tendait.

— Je ne suis pas venu pour parler de ma santé, déclara-t-il brusquement.

— Non, je sais, soupira-t-elle.

Il semblait lointain, glacial. Il lui en voulait terriblement, elle s'en rendait bien compte.

— Tu n'as pas l'intention de me faciliter les choses, n'est-ce pas ? demanda-t-elle, préférant soudain la franchise la plus brutale.

Impossible de deviner ce que recelaient ces yeux sombres.

— Cela dépendra entièrement de toi. Je te l'ai déjà dit, Katie ; si tu décides de m'épouser, je n'ai pas grand-chose à t'offrir. Mais, en tout cas, je serai honnête envers toi. Toujours. Et je n'en attends pas moins de ta part.

Katie acquiesça d'un signe de tête et se détourna pour agripper le dossier d'une chaise ; elle ressentait le besoin de se raccrocher à quelque chose... Il était évident qu'elle ne pouvait compter sur le soutien de cet homme à qui elle tournait le dos. Soudain, l'air lui manqua, elle inspira profondément et ferma les yeux.

— Tu sais Ramon... mardi, à la cathédrale, je... j'ai compris que tu avais très certainement de solides convictions religieuses, et il m'est venu à l'esprit qu'en ce cas, tu ne pourrais... que tu ne voudrais plus m'épouser, sachant que j'avais divorcé après un mariage religieux. Je ne t'ai pas menti, je *suis* bien divorcée mais David est décédé à présent.

La voix qui s'éleva derrière elle ne trahissait nulle émotion :

— Je sais.

Les doigts de Katie se crispèrent sur le dossier de la chaise avec une telle violence qu'elle ne ressentit plus rien.

— Tu le savais ? Mais, comment ça ?

— Un jour, tu m'as dit que je te rappelais quelqu'un, et tu as ajouté que la mort de cette personne t'avait apporté un immense soulagement. Tu as de nouveau fait allusion à cette ressemblance en évoquant ton mari. J'en ai déduit qu'il ne pouvait s'agir que du même homme. Et puis, tu mens très mal, tu sais.

Déchirée par une telle froideur, Katie parvint à répondre :

— Je comprends...

Les larmes l'étouffaient. Ramon n'avait que faire de la femme d'un autre, qu'elle soit veuve ou divorcée.

Quelque malin démon semblait la pousser à aller au-devant de la souffrance. Sinon, lui aurait-elle demandé de préciser sa pensée ? Elle murmura :

— Pourrais-tu me dire pourquoi tu m'en veux à ce point, maintenant que tu sais la vérité ? Tu es furieux, je le vois bien, seulement je ne comprends pas très bien pourquoi, et...

Les mains de Ramon se refermèrent sur ses bras et il la fit brusquement pivoter, lui labourant la chair de ses doigts.

— Parce que je t'aime ! marmonna-t-il entre ses dents, presque brutal. Et depuis deux jours, tu me fais vivre un véritable enfer.

Il semblait que chaque son lui était douloureusement arraché et il poursuivit d'une voix qu'altérait l'émotion :

— Je t'aime et cela fait quarante-huit heures, ou peu s'en faut, que j'attends ton appel. Chaque heure qui passait était une véritable torture.

Souriant à travers ses larmes, Katie effleura du bout des doigts sa joue, sa mâchoire, pour effacer d'une caresse la tension qui marquait ses traits.

— Pour moi aussi, ces deux jours furent un vrai cauchemar.

Les bras de Ramon se refermèrent sur elle, l'enserrant dans un étau d'acier, et ses lèvres s'entrouvrirent pour s'emparer des siennes, exigeant en retour la même passion, la même ardeur. Alors, il prit possession de son corps, laissa errer ses mains sur son cou, sur son dos, sur ses seins, pour redescendre ensuite jusqu'au creux de ses reins et l'étreindre plus étroitement encore. Sensible à l'urgence de son désir, d'instinct, elle se mit à onduler contre lui. Dans sa fièvre, Ramon laissa échapper un gémissement sourd, ses doigts se perdirent dans les cheveux de Katie et il retint sa langue captive, rythmant ses baisers sur la danse lascive de ses hanches.

Il ne la libéra que pour semer sur son visage, ses yeux, son cou, une pluie de baisers brûlants.

— Tu sais que tu vas me rendre fou ? murmura-t-il sourdement sans lui laisser le loisir de répondre.

Prisonnière de ses lèvres, elle se dissolvait une fois de plus dans un océan de plaisir, se laissait emporter par les vagues de volupté qui l'entraînaient toujours plus loin à chaque caresse de ces mains, de ces lèvres avides.

Elle reprit pied peu à peu, la bouche de Ramon se fit moins exigeante et il lui rendit sa liberté. Un sentiment de frustration et d'abandon la submergea à cet instant et elle blottit sa joue contre sa poitrine, les battements affolés de son cœur martelant un troublant duo avec les siens.

Sa paume se referma sur sa joue et elle leva les yeux

vers lui, bouleversée par la tendresse toute neuve qu'elle lut dans son regard.

— Aurais-tu épousé ce monstre dans toutes les églises de la planète, et divorcé devant tous les tribunaux, je t'aurais tout de même prise pour femme.

Katie eut peine à reconnaître sa voix dans ce murmure un peu rauque :

— Je pensais que tu m'en voulais terriblement de m'être laissé entraîner aussi loin sans jamais faire allusion à ce mariage.

— Non, reprit-il en hochant vivement la tête, tu me cachais la vérité, je l'avais bien compris, et cela me rendait furieux. Un mari bien vivant... quelle excuse idéale pour ne pas t'engager ! Furieux, également, parce que tu avais très peur de tes sentiments et que je ne pouvais rester pour t'aider à vaincre cette peur.

Katie se dressa sur la pointe des pieds et posa un baiser sur les lèvres de Ramon, tendrement consentantes, mais lorsqu'il resserra son étreinte, elle se déroba. Reculant de quelques pas tant était forte la tentation de se réfugier dans ses bras, elle lui expliqua :

— Je crois que je ferais mieux de prévenir mes parents avant que tu ne me fasses perdre la tête. Ensuite, il ne nous restera plus que trois jours pour les faire changer d'avis si nous voulons obtenir leur bénédiction.

Elle décrocha le téléphone ; alors qu'elle composait le numéro, elle leva les yeux.

— Je m'apprêtais à leur dire que nous arrivions mais il vaudrait peut-être mieux leur demander de nous rejoindre... fit-elle un peu gênée, avec un petit sourire penaud. Ils seraient capables de te mettre à la porte ! Chez moi, ce sera plus difficile.

Ne sachant trop comment présenter les choses, Katie passa machinalement sa main dans ses cheveux fous en attendant que quelqu'un décroche. Mais, en entendant la voix de sa mère, elle fut incapable de trouver ses mots.

— Bonsoir maman. C'est moi...

— Katie ? Ça ne va pas ? Il est neuf heures et demie, tu sais.

— Non, rassure-toi, tout va très bien.

Elle eut un instant d'hésitation.

— Je pensais que vous pourriez passer prendre un verre, papa et toi. Enfin, s'il n'est pas trop tard...

— Oh, pourquoi pas ? répondit sa mère, amusée. Nous rentrons tout juste du club où nous avons dîné. On arrive !

Alors qu'elle se demandait comment aiguiller la conversation sur Ramon et comment retenir sa mère au téléphone, elle ajouta :

— Au fait, vous feriez bien d'apporter quelque chose à boire. Je n'ai que du scotch.

— Entendu, mon cœur. Rien d'autre ?

— Si ce n'est des sels et des tranquillisants, marmonna Katie pour elle-même.

— Quoi donc, chérie ?

— Non, rien, maman. J'ai quelque chose à vous annoncer mais je voudrais d'abord te poser une question : tu te souviens, quand j'étais petite, vous me disiez que vous m'aimeriez toujours, papa et toi, quoi que je puisse faire ? Vous disiez qu'aussi grave que ce soit, vous...

— Katie, coupa brusquement sa mère, je peux te dire que si tu essaies de m'affoler, c'est très réussi.

— Et pourtant, ce n'est qu'un début, soupira-t-elle d'un air pitoyable. Ramon est ici, maman. Dimanche, nous partons tous les deux pour Porto Rico, je vais l'épouser et nous aurions voulu vous en parler ce soir.

Seul lui répondit le silence. Mme Connelly finit toutefois par répondre :

— Nous aussi, nous aimerions avoir une petite conversation avec toi, Katherine.

Katie raccrocha et croisa le regard de Ramon qui affichait une mimique perplexe.

— Et me voilà redevenue Katherine !

Elle avait beau essayer de garder son sens de l'humour, elle était malheureusement consciente du coup qu'elle s'apprêtait à porter à ses parents. Rien ne la ferait revenir sur sa décision mais, malgré tout, elle les adorait. Comme elle aurait voulu leur éviter cette peine !

Sous la tendre protection du bras de Ramon, elle se posta derrière la fenêtre pour guetter leur arrivée. À la vitesse à laquelle les phares balayèrent le parking, en tournant à l'entrée de la résidence, elle reconnut immédiatement leur voiture.

Les nerfs tendus à se rompre et l'âme en peine, elle s'apprêtait à aller ouvrir lorsque Ramon l'arrêta dans son élan.

— Comme je voudrais t'éviter cette épreuve, Katie, si tu savais ! Si je pouvais porter ce fardeau, je n'hésiterais pas un seul instant. Malheureusement, c'est impossible... mais je fais le serment de ne plus jamais te faire souffrir. Ou alors, ce sera bien malgré moi.

— Merci, murmura-t-elle dans son désarroi.

Elle glissa sa main dans la sienne et puisa une énergie nouvelle dans la ferme pression de ses doigts.

— T'ai-je jamais dit combien tes paroles m'étaient douces ?

— Non, répondit Ramon avec un pâle sourire. Mais il n'est jamais trop tard pour bien faire.

Katie n'eut pas le loisir de savourer ses derniers mots : des coups de sonnette impérieux la ramenèrent à la réalité.

M. Connelly, réputé pour son charme et sa courtoisie, fit irruption chez elle comme un ouragan. Acceptant toutefois la main que lui tendait Ramon, il lui lança :

— Ravi de vous revoir, Galverra, nous avons été heureux de vous avoir à notre table, l'autre jour, mais vous avez tout de même un sacré culot de proposer le mariage à ma fille et, si vous vous imaginez que nous allons laisser faire, c'est que vous avez perdu la boule.

La mère de Katie, connue pour ce calme légendaire qu'elle n'abandonnait en aucune circonstance, déboula dans l'appartement à la suite de son mari, brandissant une bouteille d'alcool dans chaque main, telle une jongleuse.

— Non, nous ne le permettrons pas, déclara-t-elle. M. Galverra, je me vois dans l'obligation de vous demander de sortir, ajouta-t-elle en lui montrant la porte avec superbe. Quant à toi, Katherine, tu as perdu l'esprit. Va dans ta chambre.

Le flacon qu'elle tenait dans sa main gauche décrivit un arc majestueux en direction du couloir.

Pétrifiée, Katie observait la scène sans mot dire. Elle finit cependant par reprendre quelque peu ses esprits.

— Assieds-toi, papa. Toi aussi, maman.

Quand ils eurent obtempéré, elle avisa les deux bouteilles au garde-à-vous sur les genoux de sa mère et préféra les lui retirer.

— Allons, maman, donne-moi ça. Tu vas finir par te blesser...

Mais après l'avoir débarrassée de ses munitions,

elle se demandait toujours comment leur présenter les choses. Les mains moites, elle lança à Ramon un regard désespéré.

Celui-ci glissa un bras autour de sa taille fine et déclara avec le plus grand calme sans se soucier le moins du monde du regard furibond que lui jetait le père :

— Katie a accepté de m'épouser et de me suivre à Porto Rico ; nous partons dimanche. J'imagine sans peine qu'il vous est difficile de la comprendre mais elle tient absolument à obtenir votre assentiment.

— Elle peut toujours compter là-dessus ! fit sèchement M. Connelly.

— En ce cas, reprit très posément Ramon, elle sera dans l'obligation de faire un choix et nous n'avons rien à y gagner, ni l'un ni l'autre. Ne vous méprenez pas : elle me suivra à Porto Rico, mais m'en voudra terriblement de cette rupture... et elle vous tiendra rigueur de n'avoir pas su la comprendre et d'avoir négligé son bonheur. Un bonheur qui me tient très à cœur.

— Nous aussi figurez-vous ! Son bonheur est fichtrement important à nos yeux ! gronda M. Connelly. Et quel genre de vie comptez-vous lui offrir dans une ferme minable ?

Katie vit blêmir Ramon. Comment son père pouvait-il piétiner sa fierté comme il venait de le faire ? Elle l'aurait giflé ! Mais c'est d'une voix égale que Ramon répliqua :

— Nous devrons nous contenter d'un petit cottage mais le toit ne prend pas l'eau, et votre fille mangera à sa faim et sera décemment vêtue. Je lui donnerai des enfants mais je ne peux rien lui promettre de plus... Si ! Chaque matin que Dieu fera, elle s'éveillera avec la certitude d'être aimée.

Les yeux brillants de larmes, Mme Connelly ne pouvait détacher son regard de Ramon.

— Oh, Seigneur !... souffla-t-elle, oubliant toutes ses rancœurs.

En revanche, le père fourbissait ses armes avant de se lancer dans la bataille.

— Vous allez donc faire de Katie une souillon, une fille de ferme, si je ne m'abuse ?

— Non, je ferai d'elle ma femme.

— Et il lui faudra trimer comme une paysanne ! laissa tomber M. Connelly avec dédain.

Ramon serra les dents, décomposé.

— Bien sûr, elle ne restera pas inactive...

— Katie n'a mis les pieds dans une ferme qu'une seule fois dans sa vie, le saviez-vous, M. Galverra ? Et cet épisode reste gravé dans ma mémoire, vous pouvez me croire, ajouta-t-il en foudroyant sa fille du regard. Tu préfères le raconter toi-même, Katie ? Ou veux-tu que je m'en charge ?

— Mais enfin, papa, je n'avais que douze ans !

— Tes trois amies n'étaient pas plus vieilles, Katherine. Mais elles ne se sont pas mises à hurler pour autant quand le fermier a tordu le cou de ce poulet. Elles ne l'ont pas traité d'assassin à sa propre table et n'ont pas refusé d'avaler le plus petit morceau de volaille pendant deux longues années. Elles n'ont pas trouvé que les chevaux « sentaient » et que la traite des vaches était « répugnante ». Sans oublier que, pour toi, une exploitation agricole de plusieurs millions de dollars n'est « qu'un endroit qui sent mauvais, plein d'animaux dégoûtants ».

— Il faut dire, répliqua malicieusement Katie, qu'elles ne sont pas tombées dans un tas de fumier, qu'elles ne se sont pas fait mordre par une oie et que je suis la seule à avoir reçu un coup de sabot d'un cheval aveugle !

Elle se tourna vivement vers Ramon pour essayer de se justifier mais quelle ne fut pas sa surprise lorsqu'elle vit son petit sourire en biais.

— Riez tant qu'il vous plaira, Galverra, gronda M. Connelly. Quand vous comprendrez ce que ma fille entend par « budget serré », vous trouverez cela beaucoup moins drôle. Sachez qu'elle dépense son salaire jusqu'au dernier sou et qu'elle fait mettre toutes ses autres fantaisies sur mon compte. Il n'entre jamais dans sa cuisine que des sachets, des barquettes ou des boîtes, et elle se demande encore par quel bout on enfile une aiguille. Elle...

— Enfin, Ryan, tu exagères ! s'interposa contre toute attente Mme Connelly. Depuis le jour où elle est sortie de l'université, Katie s'est toujours contentée de son salaire et elle sait parfaitement coudre.

Ryan Connelly semblait à bout.

— Ah oui, des tapisseries au petit point ou quelque idiotie de ce style ! Et encore, ce n'est guère réussi ! Je n'ai toujours pas compris si ce truc qu'elle nous a offert représentait un poisson ou un hibou. Toi non plus, d'ailleurs !

Une irrépressible envie de rire s'empara de Katie.

— C'est un... un champignon, fit-elle d'une voix de fausset en se réfugiant en riant dans les bras complices de Ramon. Je... je n'avais que quatorze ans.

Écrasant une larme, elle se blottit contre sa poitrine et leva vers lui des yeux pétillants de gaieté.

— Tu imagines... ? Et moi qui croyais que c'était toi qu'ils ne trouveraient pas assez bien !

— Ce que nous pensons..., avança sèchement M. Connelly.

— C'est que Katie n'a pas été préparée à mener le genre d'existence que vous lui proposez, M. Galverra, intervint la mère de Katie pour prévenir l'éclat de son mari. Elle ne connaît le monde du « travail » que par ses études et son emploi au service du personnel, mais ses mains, son dos, ignorent tout des tâches matérielles. Elle a obtenu son diplôme avec mention et je sais qu'elle se donne totalement à sa carrière, mais elle n'a aucune idée de ce que représente le labeur physique, elle ne sait pas à quel point cela peut être éreintant.

— Elle continuera à l'ignorer si elle m'épouse, répondit Ramon.

De toute évidence, Ryan Connelly ne pouvait se maîtriser plus longtemps. Il se leva d'un bond, traversa le salon en deux enjambées, manifestement furieux. Puis il fit brusquement volte-face et foudroya Ramon du regard, le provoquant.

— L'autre jour, je me suis trompé sur votre compte, Galverra. Je me suis dit que vous aviez votre fierté et un certain sens de l'honneur, mais j'étais dans l'erreur.

Ramon semblait pétrifié ; il resta de marbre tandis que le père de Katie poursuivait son réquisitoire implacable.

— Oh, je savais bien que vous n'aviez pas d'argent, vous l'avez admis vous-même, mais enfin, je vous ai cru capable d'une certaine décence ! Et maintenant, vous nous annoncez tranquillement que vous allez nous arracher notre fille, l'arracher à son univers, à sa famille, à ses amis, tout en sachant très bien que vous n'avez rien à lui offrir. Est-ce bien digne d'un homme d'honneur, je vous le demande ? Répondez donc à ma question si vous en avez l'audace.

Katie voulut s'interposer mais l'expression redoutable de Ramon la fit battre en retraite. D'une voix sourde, terrible, il répliqua, soulignant chaque syllabe avec mépris :

— Je l'arracherais aux mains de mon propre frère, s'il le fallait ! Pourrez-vous vous contenter de *cette* réponse ?

— Pour ça oui, je m'en contenterai ! Je vois bien, maintenant, quel genre de...

— Ryan, assieds-toi, fit sèchement Mme Connelly. Katie, emmène donc Ramon, et allez dans la cuisine nous servir quelque chose. J'ai deux mots à dire à ton père. En tête à tête.

Katie se posta sur le seuil de la cuisine, espionnant ses parents sans la moindre vergogne. Elle vit sa mère s'approcher de son père et lui poser la main sur le bras.

— Nous avons perdu, Ryan. Tu t'acharnes sur le vainqueur, à présent. Ce garçon fait l'impossible pour éviter l'affrontement mais toi, tu t'obstines à le pousser dans ses derniers retranchements sans lui laisser aucune échappatoire.

— Mais Bon Dieu, il n'a pas encore gagné la partie ! Tant que Katie n'aura pas gravi la passerelle de cet avion, je le considérerai comme un adversaire, et je n'ai pas dit mon dernier mot.

— Il n'est pas notre ennemi, rétorqua-t-elle en souriant doucement. Pas le mien, en tout cas. J'ai changé de camp à la minute même où il t'a regardé droit dans les yeux pour te promettre que Katie serait aimée jusqu'à son dernier souffle.

— De belles paroles ! Rien que de belles paroles !

— C'est à nous qu'il s'adressait, Ryan, aux parents, avec la plus grande sincérité et sans la moindre gêne...

Il ne s'agit pas d'un aveu étourdiment arraché dans le feu de la passion. Je ne connais pas un homme capable de faire une telle promesse aux parents de sa fiancée. Il veillera jalousement sur son bonheur. Toujours. S'il est incapable de la combler matériellement, il saura lui assurer ce qui compte réellement. J'en suis certaine. Allons, rends-toi à ses raisons et sois beau joueur. Crois-moi, tu as beaucoup à perdre à t'entêter ainsi.

Comme son mari faisait mine de se détourner, Mme Connelly posa sa main sur sa joue pour l'en empêcher. Ses yeux bleus, ceux de Katie, brillaient de larmes.

— Ryan, dit-elle dans un souffle, ce n'est pas l'homme lui-même contre lequel tu t'obstines, n'est-ce pas ?

La gorge serrée, M. Connelly laissa échapper un profond soupir.

— Non, avoua-t-il d'une voix sourde. Pas vraiment, en effet. En fait je... je ne veux pas qu'il m'enlève ma Katie. Elle a toujours été ma préférée, tu le sais, Rosemary. De nos trois enfants, elle a toujours été la seule à se soucier vraiment de *moi*, à ne pas considérer mon compte en banque, la seule à comprendre que j'étais fatigué, soucieux, la seule à essayer de me réconforter.

Il inspira profondément, presque douloureusement.

— Katie a toujours été mon rayon de soleil et jamais plus je ne le verrai briller si cet homme l'emmène loin de nous.

Sans même se rendre compte que Ramon se tenait derrière elle, Katie dut poser son front contre le chambranle de la porte, le visage noyé de larmes.

Ryan releva le menton de sa femme et sortit son mouchoir pour sécher ses pleurs.

— Nous aurions dû nous y attendre, pourtant... c'est tout à fait son style, dit Mme Connelly en esquissant un sourire. Elle a toujours été d'une telle sensibilité... d'une telle générosité ! Elle est toujours allée vers l'enfant qui restait dans son coin, s'est toujours entichée du premier chien perdu. J'ai cru, un temps, que David avait réussi à étouffer ces merveilleux trésors de générosité et je lui en ai terriblement voulu. Jusqu'à aujourd'hui... je vois bien que je me suis trompée.

Les larmes ruisselaient à présent sur son visage.

— Oh, Ryan, ne vois-tu donc pas qu'elle vient de retrouver un « chien perdu » ?

— Le dernier en date l'a mordue, fit Ryan avec un petit rire sans joie.

— Mais il n'y a rien à craindre de celui-ci. Il la défendra.

Prenant dans ses bras sa femme en pleurs, Ryan Connelly leva les yeux et aperçut Katie, éplorée, dans ceux de Ramon dont elle serrait le mouchoir. Ryan esquissa un sourire, proposant un armistice à cet homme qui protégeait de sa haute silhouette sa fille, blottie contre sa poitrine.

— Vous n'auriez pas un autre mouchoir, Ramon ? demanda-t-il.

L'ombre d'un sourire illumina le visage de Ramon ; il acceptait la trêve.

— Pour nos femmes, ce mouchoir, ou pour nous ?

Après le départ de ses parents, Ramon demanda à Katie s'il pouvait passer un coup de fil ; elle s'éclipsa discrètement dans le patio. Désœuvrée, elle caressa d'une main distraite les plantes qui s'épanouissaient dans les énormes bacs de bois tropical, puis se percha sur le dossier d'une chaise longue pour contempler les étoiles qui pailletaient le ciel comme autant de petits diamants.

Ramon s'arrêta sur le seuil de la pièce, fasciné par la beauté du tableau qui s'offrait à ses yeux. À la clarté de la lampe du salon, la silhouette de Katie se dessinait sur la pénombre veloutée. Sa superbe chevelure, qui tombait en cascade sur ses épaules, donnait à son profil une sorte de plénitude. Avec ce port de tête un peu altier, qui ajoutait encore à sa séduction, et la sérénité qui l'enveloppait, elle était infiniment désirable tout en semblant inaccessible.

Devinant sa présence, Katie tourna légèrement la tête.

— Un ennui ? demanda-t-elle, en songeant au coup de téléphone qu'il venait de passer.

— Oui, fit Ramon, tendre et grave. Je n'ose faire un pas de plus, j'ai bien peur de découvrir que tu n'étais qu'un rêve.

— Mais non, je n'ai rien d'une illusion, répondit-elle avec un petit sourire très doux et sensuel.

— Les anges sont-ils bien réels ? Il serait vain de rêver prendre un ange dans ses bras...

Le sourire de Katie s'épanouit ; elle était tout simplement exquise en cet instant.

— Mes pensées n'ont rien d'angélique lorsque je suis dans tes bras.

Ramon traversa le patio pour la rejoindre, les yeux rivés aux siens.

— Pourrait-on savoir à quoi tu songes, assise là, toute seule, le regard perdu dans les étoiles ?

Le seul timbre de cette voix, profonde, sereine, suffisait à l'émouvoir, mais, curieusement, elle éprouvait une sorte de timidité depuis qu'elle s'était engagée.

— Je songeais à quel point ces sept derniers jours ont pu bouleverser ma vie, c'est à peine croyable. Que dis-je ? Sept secondes ont suffi, et non sept jours. Mon existence a basculé à l'instant précis où tu m'as demandé l'adresse du Canyon Inn. Que serait-il advenu si j'avais traversé ce hall cinq minutes plus tard, je ne peux m'empêcher d'y penser...

Très doucement, Ramon l'aida à se relever.

— Tu ne crois pas au destin, Katie ?

— Uniquement en cas de catastrophe.

— Et quand tout va bien ?

Elle leva malicieusement les yeux au ciel.

— Alors, j'en attribue le mérite à mon travail acharné et à mon organisation sans faille.

— Merci, répliqua Ramon avec un sourire mutin.

— De quoi ?

— De tous ces sourires que je te dois, depuis une semaine.

Et il s'empara de ses lèvres, très tendre, affectueux.

Katie comprit qu'il n'avait pas l'intention de lui faire l'amour ce soir-là. Elle fut touchée de cette réserve, et même reconnaissante ; elle était à bout de forces et les émotions de ces dernières heures l'avaient épuisée.

— Qu'as-tu décidé pour demain ? lui demanda-t-elle quelques minutes plus tard lorsqu'il fut sur le point de s'en aller.

— Tu peux disposer de mon temps comme il te plaira. Initialement, je devais rentrer demain mais nous ne partons que dimanche, je n'ai donc aucune obligation... Si ! J'ai rendez-vous avec ton père pour le petit déjeuner.

— Tu aimerais m'accompagner au bureau avant de le retrouver ? Cela nous permettrait de passer quelques minutes ensemble et tu pourrais venir me chercher demain soir.

Ramon resserra son étreinte.

— Bien sûr, murmura-t-il.

9

Assise à son bureau, Katie jouait distraitement avec son stylo. Ce matin-là, Virginia assistait à la réunion de service du vendredi, elle avait donc jusqu'à dix heures et demie pour prendre une décision. Une heure et demie... Fallait-il démissionner ou demander à Virginia de lui accorder deux semaines de vacances et quinze jours de congés sans solde ?

Elle savait parfaitement ce que Ramon voulait, ou plutôt attendait qu'elle fasse... Qu'elle donne sa démission, qu'elle tranche une fois pour toutes et qu'elle brûle ses vaisseaux. Si elle se contentait de solliciter un congé d'un mois, il aurait le sentiment qu'elle ne s'engageait qu'à demi, qu'elle se réservait une porte de sortie.

Elle se remémorait à présent la façon dont il l'avait observée ce matin-là, en venant la chercher. Le regard sombre, il avait étudié son visage avec une telle insistance !

— Tu as changé d'avis ? avait-il demandé.

Katie lui avait répondu qu'il n'en était rien et il l'avait serrée contre lui, l'avait embrassée avec une fougue, une tendresse... et un soulagement si manifeste !

À chaque rendez-vous, elle se sentait un peu plus

proche de lui. Au plus profond de son cœur, elle avait l'absurde conviction qu'il lui était destiné, que son choix était le bon. Mais sa raison lui criait de prendre garde. Tout allait trop vite, beaucoup trop vite. Et un doute lancinant la torturait : Ramon n'était pas celui qu'il prétendait être, il lui dissimulait quelque chose.

Un voile vint assombrir le bleu de ses yeux. Ce jour-là Ramon portait un superbe chandail de golf, aux larges emmanchures, et elle lui connaissait également deux complets de la meilleure coupe. Curieux pour un fermier... et qui plus est, un petit fermier nécessiteux. Comment pouvait-il s'offrir de tels vêtements ? Katie lui avait d'ailleurs posé cette question sans détour.

Il avait répondu en souriant que les agriculteurs, eux aussi, comptaient quelques costumes dans leur garde-robe ainsi que des chandails. Elle s'était contentée de cette explication, mais il avait éludé ses questions lorsqu'elle avait essayé d'en savoir un peu plus.

— Je comprends, je demeure une énigme à tes yeux et l'avenir t'inquiète, mais la clé de cette énigme, c'est à Porto Rico que tu la trouveras, avait-il déclaré.

Morose, Katie se cala au fond de son fauteuil et jeta un coup d'œil au hall d'accueil. Dans une effervescence feutrée, les candidats remplissaient des formulaires, passaient les tests et attendaient d'être reçus par elle ou par l'un de ses cinq collègues masculins travaillant sous les ordres de Ginny.

Ce sentiment de malaise était peut-être parfaitement irraisonné. Si Ramon se montrait aussi évasif, sans doute était-ce involontaire ? L'horreur de sa première expérience conjugale n'était-elle pas responsable de cette angoisse insidieuse, lancinante ?

Toutefois, il se pouvait fort bien qu'elle soit dans le vrai. Il lui faudrait tirer tout cela au clair à Porto Rico. En attendant, elle ne pouvait prendre le risque de démissionner, de quitter son poste sans préavis, en s'interdisant tout espoir de réintégration. Comment obtenir un autre emploi sans références sérieuses ? Et puis il y avait Ginny. De quoi aurait-elle l'air quand il lui faudrait lui expliquer que Katie, sa protégée, démissionnait sans plus de conscience que la dernière intérimaire de l'équipe de nettoyage ! On venait tout de même d'accepter l'énorme augmentation de salaire proposée par Virginia !

Katie se leva, lissa machinalement son chignon élégant et gagna le hall d'accueil. Elle s'installa dans une des cabines réservées aux tests de dactylographie, glissa une feuille vierge dans la machine et plaça ses mains sur les touches. Les yeux rivés à la page blanche, elle ne savait que décider.

Ramon s'attendait à ce qu'elle démissionne. Il lui avait dit qu'il l'aimait. Et surtout, Katie comprenait d'instinct qu'il avait besoin d'elle. Désespérément. Elle avait conscience de se montrer déloyale en ne sollicitant qu'un congé et elle songea un instant à lui cacher la vérité. Mais tous deux accordaient de l'importance à l'honnêteté. Non, elle ne lui mentirait pas. Et pourtant, ce matin, il lui était impossible de lui faire part de ses craintes, de ses doutes, et ce, après avoir accepté de l'épouser et de le suivre à Porto Rico la veille au soir... Elle commençait même à douter de l'opportunité d'un tel aveu. Si David avait su qu'elle devinait en lui quelque aspect ténébreux, il aurait probablement fait l'impossible pour lui dissimuler sa vraie nature et la convaincre du contraire. Sans doute vaudrait-il mieux s'envoler pour Porto Rico aux côtés de Ramon, elle aurait ainsi tout le loisir d'apprendre à le connaître. Avec le temps, elle verrait ses doutes s'envoler, ou ses soupçons se confirmer...

Elle ne put retenir un soupir : il faudrait un bon prétexte pour justifier sa décision à ses yeux. Et soudain, elle eut un éclair de génie : il lui suffirait de s'en tenir à la vérité ! Mais oui, il comprendrait ! Soulagée, oubliant ses remords, Katie se demanda comment elle avait pu envisager un seul instant de donner sa démission sans préavis.

Elle rédigea une demande officielle de congé en bonne et due forme en un tournemain. Ce soir, il lui suffirait de lui expliquer qu'il lui était absolument impossible de démissionner pour raison personnelle, en l'occurrence un mariage, sans le moindre préavis. Jamais un homme ne songerait à agir ainsi et un tel procédé aurait des conséquences fâcheuses pour toutes les femmes qui briguaient des postes de responsabilité et s'acharnaient à obtenir l'égalité des chances. L'argument le plus communément invoqué pour refuser aux femmes l'accès aux postes d'encadrement n'était-il pas qu'elles démissionnaient pour se marier, élever leurs enfants ou suivre leur mari dans une nouvelle affectation ? Bien qu'il ne veuille pas l'admettre, le directeur était un authentique macho. Si elle quittait ainsi l'entreprise, il se chargerait de le rappeler à la pauvre Virginia et il tiendrait enfin une raison officielle, irréfutable, de refuser toutes les candidates que Virginia lui proposerait pour remplacer Katie. En revanche, si elle faisait parvenir sa démission durant ses vacances à Porto Rico, les quinze jours de congés sans solde qu'elle avait sollicités tiendraient lieu de préavis. Il ne lui restait donc que deux semaines pour vaincre sa peur.

Quoi qu'il en soit, quel soulagement ! Tout bien considéré, elle n'invoquerait pas le mariage dans sa lettre de démission. Si elle démissionnait. Elle calquerait sa conduite sur celle que ses homologues masculins adoptaient en pareil cas : elle aurait « reçu une proposition plus intéressante ».

Sa décision prise, Katie glissa une autre feuille dans la machine et postdata de quinze jours la fameuse lettre de démission.

Lorsqu'elle en eut enfin terminé avec les entretiens d'embauche prévus ce matin-là, il était près de onze heures et demie. Ramassant précipitamment sa demande de congé et sa lettre, elle pénétra dans le bureau de Virginia mais hésita quelques secondes avant de la déranger.

Penchée sur une immense feuille de classeur, absorbée par sa tâche, Virginia notait des chiffres ; on ne voyait que ses cheveux bruns, coupés très court. Une vraie femme d'affaires, mais toujours aussi féminine, songea Katie. *La Ravissante Dynamo*, se dit-elle avec affection.

Elle rectifia le tombant de son blazer et lissa les plis de sa jupe écossaise rouge et bleu avant de se jeter à l'eau.

— Pourriez-vous m'accorder quelques instants, Ginny ? demanda-t-elle, mal à l'aise, en employant le diminutif réservé d'ordinaire aux moments de loisir.

— J'aimerais autant que vous me laissiez une demi-heure pour terminer ce rapport si cela ne vous ennuie pas, répondit Virginia sans lever les yeux de son travail.

Chaque seconde écoulée ajoutait encore à sa nervosité. Elle ne se sentait pas la force d'attendre ainsi une demi-heure de plus.

— C'est... c'est assez important.

Intriguée par le tremblement de sa voix, Virginia se redressa vivement. Elle posa lentement son crayon et, perplexe, la regarda s'avancer vers elle d'un air soucieux.

Mise au pied du mur, Katie ne savait plus comment présenter sa requête ; elle se contenta donc de lui tendre sa demande de congé.

Oubliant ses craintes passagères, Virginia parcourut rapidement la lettre et se détendit aussitôt.

— C'est un peu court pour solliciter un mois de congé, fit-elle en posant la demande sur son bureau. Mais il vous reste quelques jours de vacances, vous avez donc mon accord. En revanche, je ne vois pas pourquoi vous demandez un congé sans solde ?

Katie se laissa choir sur le fauteuil, face au bureau.

— J'ai l'intention de suivre Ramon à Porto Rico. Là-bas, je serai à même de prendre une décision, d'accepter le mariage ou de renoncer. Et, dans cette éventualité... voici ma lettre de démission. Les quinze jours de mise en disponibilité tiendront lieu de préavis, enfin, si vous ne vous y opposez pas.

Virginia se cala au fond de son fauteuil et l'observa, médusée.

— De qui s'agit-il ?

— De cet homme dont je vous ai parlé mercredi.

Comme Virginia la dévisageait toujours, décontenancée, elle poursuivit :

— Ramon a une petite exploitation agricole à Porto Rico. Il a l'intention de m'épouser et de m'emmener vivre là-bas.

— Seigneur ! fit Virginia.

Jamais Katie n'avait vu son amie dans un tel état.

— En fait, il est espagnol, reprit-elle obligeamment.

— Seigneur ! fit encore Virginia.

— Ginny ! implora-t-elle éperdue. Cela doit vous paraître un peu précipité, je sais, mais enfin, ce n'est pas si invraisemblable, c'est...

— Absolument insensé ! se contenta de conclure son interlocutrice.

Virginia avait fini par retrouver son sang-froid et son franc-parler. Elle hocha vivement la tête, cherchant, semblait-il, à mettre de l'ordre dans ses pensées.

— Katie, lorsque vous m'avez parlé de cet homme, il y a deux jours, je l'imaginais bien sûr séduisant, mais je le voyais également raffiné, ayant de la classe, comme vous. Et vous m'annoncez maintenant que vous avez l'intention d'épouser un fermier portoricain ?

Katie acquiesça d'un signe de tête.

— À mon avis, vous avez perdu l'esprit. Enfin, il vous reste tout de même assez de bon sens pour ne pas saborder votre carrière. Dans quatre semaines, bien avant peut-être, vous aurez regretté votre folie romantique. Une toquade parfaitement ridicule ! D'ailleurs, vous savez très bien que j'ai raison, sinon vous auriez démissionné, vous n'auriez pas demandé un congé sans solde.

— Cela n'a rien de ridicule et je n'ai pas agi sur un coup de tête, plaida Katie, implorant du regard son assentiment. Ramon est différent...

— Ah ça, je veux bien le croire ! répondit-elle avec mépris. Ces Latins sont d'insupportables machos.

Sachant à quel point Ramon pouvait correspondre à cette image, Katie préféra ne pas répondre.

— Ramon n'est pas comme les autres, objecta-t-elle, un peu gênée.

Comment formuler ce qu'elle éprouvait pour lui ?

— Et je me sens différente avec lui. Il ne ressemble en rien aux hommes que j'ai rencontrés jusqu'à présent, il n'a rien de superficiel, il n'est pas égocentrique.

Comprenant que Ginny n'était pas convaincue pour autant, elle reprit :

— Il m'aime, Ginny, je le sais. Et il a besoin de moi. Je...

— Ça, évidemment ! pouffa Virginia. Un petit fermier minable ne peut payer les services d'une cuisinière, d'une femme de ménage et d'une maîtresse. Il lui faut donc une épouse à qui il suffit d'assurer le gîte et le couvert pour s'offrir les trois à la fois.

Mais elle eut aussitôt un petit geste pour s'excuser.

— Pardon, Katie. Je ne devrais pas essayer de vous imposer ma propre conception du mariage. Mais enfin, je suis absolument convaincue que vous ne pourrez vous contenter de ce genre d'existence, surtout avec votre style de vie.

— Il ne me suffit plus Ginny, affirma Katie avec une tranquille assurance. J'avais déjà ce sentiment bien avant de rencontrer Ramon. Je n'ai qu'un souci : moi... ma carrière, ma future promotion, mon avenir, et je ne suis pas heureuse. Ce n'est pas que la solitude me pèse, je ne suis pas seule. Mais ma vie est absolument vide, je me sens inutile... tout cela n'a aucun sens.

— Avez-vous seulement idée du nombre de femmes qui vous envieraient ? Beaucoup n'aspirent qu'à une chose : s'occuper d'elles-mêmes, et de rien d'autre.

Katie approuva, mal à l'aise. Elle avait conscience, en rejetant ce mode de vie, de condamner par la même occasion celui de Virginia.

— Je sais. Peut-être pourraient-elles s'en contenter, mais moi, cela ne saurait me suffire.

Virginia jeta un coup d'œil à sa montre et se leva comme à regret.

— Il faut que je vous quitte, j'ai une réunion en ville et je ne repasserai au bureau qu'après votre départ. Inutile de m'appeler dans quinze jours, ne vous en faites pas. Prenez votre temps. Et si, dans un mois, vous tenez toujours à démissionner, je classerai ceci dans votre dossier en alléguant que vous m'aviez confié votre lettre de démission. C'est assez peu orthodoxe comme procédé, mais il faut bien que les amies servent à quelque chose !

Parcourant la lettre de Katie, elle eut un petit sourire en découvrant le motif invoqué.

— « ... reçu une proposition plus intéressante », lut-elle en la citant. Très astucieux...

Katie s'était levée, elle aussi, très émue.

— Dans ce cas, l'heure est venue de nous dire au revoir, dit-elle, les yeux brillants de larmes.

— Non, Katie, répliqua Virginia en riant tout en rangeant rapidement ses documents dans sa serviette. Je vous donne deux semaines pour vous lasser de votre nouvelle existence. Et dans un mois, vous regretterez les défis quotidiens que vous apporte votre carrière et vous nous reviendrez. Mais en attendant, passez de bonnes vacances... C'est exactement ce dont vous avez besoin. Un peu de fatigue, c'est tout. Nous nous reverrons dans un mois... ou peut-être avant.

À 17 h 05, Katie s'engouffra dans le tambour vitré de la porte d'entrée et rejoignit la voiture où l'attendait Ramon. Elle se glissa auprès de lui et affronta bravement son regard.

— Je n'ai pas démissionné mais j'ai pris un mois de vacances.

Voyant ses mâchoires se contracter, elle pivota sur son siège pour l'affronter.

— Si je l'ai fait c'est que...

— Pas maintenant ! la rembarra-t-il sèchement. Attendons d'être chez toi pour en parler.

Ils pénétrèrent ensemble dans l'appartement ; ils n'avaient pas desserré les dents de tout le trajet. Katie, dont les nerfs avaient été mis à rude épreuve, était à bout. Elle posa son sac et se débarrassa de son blazer avant d'oser lui faire face. Consciente de la fureur qu'il parvenait mal à maîtriser, elle avança prudemment :

— Par où veux-tu que je commence ?

Brusquement, il tendit les mains vers elle et lui agrippa les bras.

— Tu pourrais déjà m'expliquer pourquoi, gronda-t-il en la secouant brutalement. Pourquoi ? Dis-le-moi !

Les prunelles dilatées par la peur, Katie réussit toutefois à soutenir son regard.

— Ne me regarde pas ainsi, je t'en prie ! Tu es blessé, je le sais, et tu m'en veux, mais tu te trompes, crois-moi.

Elle glissa ses doigts sous la maille souple du polo et laissa errer ses paumes sur son torse pour essayer de l'apaiser, de l'amadouer.

Mal lui en prit. Il s'empara de ses mains pour la repousser violemment.

— N'essaie pas de me distraire avec tes caresses, ça ne marche pas. Je n'aime pas ce petit jeu !

— De quel petit jeu parles-tu ? répliqua-t-elle vivement en s'arrachant brusquement à son étreinte.

Elle écumait de rage.

— Si vraiment j'avais voulu te faire marcher, je

t'aurais fait croire que j'avais donné ma démission, lança-t-elle avant de s'écarter vivement pour faire brusquement volte-face au milieu du salon. Et si j'ai demandé un mois de congé pour pouvoir démissionner une fois dans l'île, ce n'est pas sans raison. Sache, pour commencer, que Virginia Johnson n'est pas seulement mon supérieur mais que je l'aime beaucoup et que j'ai un immense respect pour elle. De quoi aurait-elle l'air si j'abandonnais mon poste sans donner de préavis ?

Levant crânement le menton, elle poursuivit son discours enflammé.

— Et mes collègues masculins ? En démissionnant sans préavis, je justifierais tous leurs arguments, je leur offrirais sur un plateau la preuve de leur supériorité professionnelle. A-t-on jamais vu un *homme* prendre la clé des champs pour se marier ? Qu'on ne me demande pas de trahir la cause des femmes ! Tandis que... en envoyant ma démission, j'alléguerai « avoir accepté une proposition plus intéressante ». Ce qui, à mon avis, définit parfaitement mon mariage avec toi ! conclut-elle sur le ton du défi.

— Merci, fit Ramon presque avec humilité avant de s'avancer vers elle en souriant.

Katie, qui était à présent dans une rage folle, recula d'un pas.

— Ce n'est pas tout, lança-t-elle, les joues en feu, les yeux étincelants d'indignation. Tu m'as dit que tu attendais que je sois parfaitement honnête. Mais, précisément, quand je fais preuve d'honnêteté, tu me malmènes au point de me terroriser. Si tu exiges la vérité en toutes circonstances, aussi pénible soit-elle, j'aimerais au moins avoir l'assurance que tu ne vas pas te mettre dans une fureur noire. Franchement, tu as dépassé la mesure et tu t'es montré injuste aujourd'hui. Tu as vraiment un caractère impossible !

— C'est tout ? demanda-t-il doucement.

— Non, ce n'est pas tout ! ajouta-t-elle, trépignant de rage. Je ne cherchais, par ces caresses, qu'à me rapprocher de toi. Je n'avais nullement l'intention de te faire marcher et je n'ai pas du tout apprécié la façon dont tu m'as rejetée !

À bout d'arguments, furibonde, Katie détourna les yeux.

La voix chaude de Ramon se fit enjôleuse :

— Et maintenant, aurai-je droit à tes caresses ?

— Pas question.

— Et si je te disais à quel point je regrette ? À quel point je désire sentir tes mains sur mon corps ?

— Non !

— Alors, tu refuses de faire la paix ?

— Parfaitement !

— Regarde-moi, Katie...

Il lui effleura le menton et l'obligea à lever la tête.

— Je t'ai blessée, et tu m'as rendu la pareille, nous sommes donc malheureux tous les deux. Nous avons le choix : nous renvoyer coup pour coup jusqu'à ce que nous soyons calmés, ou cesser les hostilités. Je pourrais te montrer et tu pourrais me dire comment panser nos blessures. Que préfères-tu ?

Plongeant ses yeux dans son regard de braise, Katie comprit qu'il était sérieux : il ne tenait qu'à elle de faire dégénérer cette escarmouche jusqu'à épuisement ou de lui indiquer les gestes, les mots qui sauraient l'apaiser. Ses yeux bleus rivés aux siens, elle parut désemparée. Son visage aux traits délicats, si exquisement féminin, semblait soudain vulnérable. La gorge nouée, elle finit par répondre, non sans courage :

— Je... je voudrais que tu me prennes dans tes bras.

Ramon s'exécuta avec une douceur presque intolérable.

— J'aimerais aussi que tu m'embrasses.

— Comment ? fit-il dans un souffle.

— Je voudrais sentir tes lèvres sur les miennes, répondit-elle, déconcertée.

Leurs caresses se firent plus sensuelles, mais il ne desserra pas les lèvres.

— Non, pas ainsi, rectifia-t-elle, le souffle court.

— Serais-tu prête à t'abandonner totalement ? demanda-t-il, lui indiquant enfin comment adoucir sa peine.

Katie acquiesça ; il s'empara avidement de sa bouche, laissant errer fiévreusement ses mains sur ses épaules, le long de son dos, jusqu'au creux de ses reins, et la plaquant contre ses hanches palpitantes de désir. Tout en la dévorant des lèvres, il l'entraîna vers le divan et la blottit sur ses genoux. Ses doigts impatients se prirent dans les boutons du corsage de soie et il finit par renoncer pour s'emparer à nouveau de ses seins.

— Dégrafe ton chemisier, souffla-t-il d'une voix sourde, dans sa hâte.

Sous le feu de ses baisers, Katie n'en finissait plus de déboutonner sa blouse tant ses mains tremblaient. Lorsqu'elle eut réussi à faire sauter le dernier bouton, Ramon s'écarta un instant pour murmurer, fébrile :

— Je veux que tu enlèves ton corsage.

Elle dégagea ses bras, une manche, puis l'autre. Elle n'entendait plus que le martèlement de son cœur tandis que la soie blanche coulait entre ses doigts mal assurés. Le regard de Ramon glissa jusqu'au soutien-gorge de dentelle.

— Ça aussi.

Katie dégrafa la lingerie délicate et la fit glisser le long de ses bras. Une lave brûlante courait dans ses veines. Ses deux seins d'ivoire s'épanouirent fièrement devant les yeux de Ramon et les pointes se dressèrent lentement sous leur caresse possessive, comme s'il les effleurait de ses doigts. Fasciné, dévoré par la passion qui faisait flamboyer son regard et altérait sa voix, il murmura :

— Je veux voir mon enfant à ton sein.

La gêne qu'elle avait furtivement éprouvée face aux réactions de son corps s'effaça devant la violence du désir qui la submergea.

— À cet instant, j'aimerais sentir la caresse de tes lèvres.

— Donne-moi ton sein, Katie.

Rien n'aurait pu endiguer cette vague de désir qui la laissa frémissante tandis que sa main se refermait sur la nuque de Ramon ; elle l'attira tout contre elle et lui offrit son sein. Lorsque Ramon se mit à agacer de sa langue la pointe dressée, elle faillit hurler de plaisir et quand il s'écarta, la fièvre la consumait.

Les lèvres de Ramon emprisonnèrent l'autre bourgeon et il lui sembla qu'elle s'embrasait tout entière.

— Arrête, je t'en supplie, cria-t-elle doucement. Prends-moi, je n'en peux plus.

— Vraiment ? souffla-t-il en l'allongeant prestement sur le divan, explorant de sa bouche une oreille, le creux du cou et la joue en une caresse délicieuse tandis qu'il s'étendait à ses côtés.

Éperdue, Katie se laissa emporter par la passion, sauvage, dévastatrice, les mains de Ramon s'étaient glissées sous sa jupe et il faisait descendre la culotte de dentelle sur ses cuisses.

Il émit une plainte sourde tandis que ses caresses se faisaient plus précises.

— Tu me *désires*, rectifia-t-il. Tu me désires mais ne me dis pas que tu n'en peux plus. Pas encore, murmura-t-il en tourmentant sa bouche avec une insatiable exigence.

Suffoquant, tant l'attente était intolérable, Katie laissait errer ses doigts sur les épaules, le dos de Ramon, parcourant les muscles noués de ses caresses fébriles.

— J'ai besoin de toi, fit-elle, farouche, en rivant ses lèvres aux siennes. Je t'en supplie...

Ramon redressa la tête et assena, presque brutal :

— Non, ce n'est pas vrai.

S'emparant d'une main qu'elle avait nouée autour de son cou, il la plaqua fermement sur son membre raidi.

— *Voilà* ce que « besoin » veut dire.

Katie ouvrit des yeux que noyait la fièvre et parvint enfin à distinguer son visage tendu, douloureux.

— Tu me désires quand je te prends dans mes bras mais, moi, j'ai *besoin* de toi, à chaque instant, à chaque seconde. C'est une souffrance sans fin. Ce besoin de posséder ton corps... Tu me rends fou !

Brusquement, il lui demanda :

— Sais-tu seulement ce qu'est la peur ?

Abasourdie par le tour que prenait la conversation, incapable de proférer un son, Katie se contenta d'étudier ce beau visage, si sombre à présent.

— C'est de savoir que je n'ai aucun droit de vouloir te faire mienne, sans pouvoir refréner ce désir. C'est redouter le moment où tu découvriras la petite ferme où il te faudra vivre, le moment où tu comprendras que ta passion ne saurait suffire et où tu t'en iras.

— Ne dis pas cela, implora-t-elle, lissant du bout des doigts les petites mèches, sur sa tempe. Je t'en supplie, ne dis pas cela.

— C'est de ne pouvoir trouver le sommeil, de passer mes nuits à me demander si tu accepteras de m'épouser et, dans le cas contraire, si je serai capable d'affronter la souffrance.

Tout doucement, Ramon écrasa une larme qui perlait au coin de la paupière de Katie.

— Je suis terrifié à l'idée de te perdre et si je « dépasse la mesure », si je suis « impossible », je t'en demande humblement pardon mais ce n'est qu'une réaction d'angoisse.

Katie se sentit fondre. Avec une infinie tendresse, elle posa sa main sur la joue de Ramon et plongea son regard dans le sien, cherchant à pénétrer le secret de ces yeux noirs.

— Jusqu'à ce jour, murmura-t-elle, je n'ai jamais rencontré un homme qui ait assez de courage pour admettre sa peur.

— Katie..., gémit-il.

La plainte sourde sembla jaillir du plus profond de son être et il s'empara avec avidité de sa bouche. Prises d'une véritable frénésie, ses lèvres, ses mains, la guidèrent fébrilement vers l'extase, l'amenèrent jusqu'aux rives du plaisir tandis qu'elle l'entraînait vers les mêmes délices.

C'est alors que retentit la sonnette de l'entrée.

— Ne réponds pas ! marmonna-t-elle quand il s'arracha à ses bras pour s'asseoir sur le divan. Ils finiront par s'en aller.

Soudain dégrisé, Ramon eut un sourire désenchanté.

— Non, n'y compte pas, dit-il en passant ses doigts

dans son épaisse chevelure pour la discipliner. J'étais trop... troublé... j'ai oublié de te dire que tes parents devaient passer pour nous aider à faire les bagages et dîner avec nous.

Katie se redressa d'un bond, ramassa vivement ses vêtements épars et se précipita vers sa chambre.

— Va vite leur ouvrir, sinon ils vont deviner ce que nous faisions, lança-t-elle en le voyant campé près du divan, les mains sur les hanches.

— Katie, suggéra-t-il avec un petit sourire canaille, si je les fais entrer maintenant, ils *comprendront* tout de suite.

— Quoi ? demanda Katie en balayant la pièce d'un œil perplexe, cherchant des preuves de leur culpabilité sur le divan, sur le sol, pour revenir à lui.

— Oh ! s'exclama-t-elle en rougissant comme une écolière.

Elle se débarrassa de ses vêtements en toute hâte, tout en se répétant qu'à vingt-trois ans, son comportement était franchement ridicule. Elle allait épouser Ramon après tout, et elle n'en était pas à son premier mariage. Ses parents s'imaginaient probablement qu'ils avaient fait l'amour, et plus d'une fois ! Elle avait des parents modernes, sensés. Très modernes, même, et très sensés, mais en ce qui concernait leurs enfants...

Quatre minutes après leur coup de sonnette, Katie sortit de sa chambre sans se hâter après avoir passé un pantalon brun et un pull beige ras du cou. Soigneusement brossés, ses cheveux recouvraient ses épaules de leur masse soyeuse. Elle parvint à embrasser sa mère avec beaucoup de chaleur mais ses joues trop rouges, ses yeux étrangement langoureux la trahissaient. La force de son désir l'avait laissée pantelante et elle en frémissait secrètement.

Elle trouva Ramon dans la cuisine ; il ne semblait nullement troublé par les mêmes émois et préparait les cocktails en compagnie de son père. D'ailleurs, ils riaient tous les deux.

— Je porte les boissons au salon, annonça Ryan Connelly en prenant un verre dans chaque main.

C'est alors qu'il aperçut sa fille en se retournant. Katie, interdite, contemplait le profil de son fiancé.

— Tu es rayonnante, ma chérie, fit-il en déposant sur son front un baiser affectueux. Il semblerait que Ramon te réussisse.

Désarmée, Katie se contenta de sourire en s'empourprant. Lorsque son père eut disparu dans la salle de séjour, elle se tourna vers Ramon qui remplissait les deux autres verres de glaçons. Sans un regard pour elle, il eut un petit sourire en coin :

— Tu rougis, *querida*. Et c'est vrai, tu es rayonnante.

— Je te remercie, répliqua-t-elle, tout à la fois exaspérée et amusée. J'ai l'air d'avoir été violentée et toi, on dirait que tu viens de poser ton journal ! Comment fais-tu pour rester aussi calme ?

Elle tendit la main vers le verre que Ramon venait de lui préparer mais il le reposa auprès du sien sur le plan de travail, avant de se retourner pour la serrer contre lui pour le plus long, le plus enivrant des baisers.

— Calme ? souffla-t-il tout contre sa bouche. Si tu savais comme j'ai faim de toi !

— Katie ? lança Mme Connelly depuis le salon.

Elle s'arracha aux bras de Ramon, un peu gênée.

— Vous venez nous rejoindre ou voulez-vous que nous vous attendions dans le patio ?

— Nous arrivons, répondit-elle vivement et elle

ajouta à l'intention de Ramon, le regard pétillant de malice :

— Je me souviens d'un roman : il suffisait que les deux héros aient envie de faire l'amour pour que le téléphone se mette à sonner, que l'on frappe à la porte ou qu'intervienne Dieu sait quelle catastrophe.

— Cela ne nous arrivera pas. J'y veillerai, répondit-il amusé, avec un sourire nonchalant.

10

L'éclat aveuglant du soleil se refléta sur l'aile de l'énorme jet qui piquait vers le sud-est à dix mille mètres d'altitude.

Prenant soin de ne pas déranger Katie endormie sur son épaule et dont les cheveux flamboyaient dans le faisceau de lumière, Ramon se pencha devant elle pour baisser le store et protéger le ravissant visage des rayons éblouissants. Le vol avait été particulièrement éprouvant et bon nombre de passagers parvenaient mal à dissimuler leur angoisse. Katie était restée sereine, songea-t-il en souriant tendrement à la femme reposant près de lui. Sous des dehors très féminins, elle alliait à une douceur exquise un courage, une force remarquables et beaucoup de détermination, il le découvrait à présent.

La veille, le matin même, la tristesse de ses parents à l'approche du départ avait encore exacerbé le sentiment de culpabilité qui l'étreignait. Mais elle avait affronté leur chagrin avec un calme admirable et beaucoup de compréhension. Souriante, elle n'avait pas faibli. Pourtant, il avait bien compris à quel point elle était bouleversée.

Vendredi soir, ses parents avaient proposé de se charger de sous-louer l'appartement et d'expédier le reste de ses bagages à Porto Rico. Ils avaient tenu à ce qu'elle passe ce dernier week-end chez eux ; Ramon était invité. Mais, depuis la soirée du vendredi, il n'avait pas eu l'occasion de se retrouver en tête à tête avec elle, ou plutôt, il n'avait su trouver de prétexte valable pour qu'ils s'isolent.

D'heure en heure, il la sentait plus tendue et il avait dû mobiliser toute sa volonté tant il redoutait l'instant fatidique où elle mettrait dans la balance l'avenir incertain qu'il lui offrait et l'affection de ses parents, la sécurité de son univers... l'instant où elle lui annoncerait qu'elle avait changé d'avis, qu'elle renonçait à le suivre. Très égoïstement, il avait regretté de ne pouvoir la ramener chez elle pour la prendre dans ses bras. Là, dans l'intimité de son appartement, il aurait tout le loisir de déchaîner sa passion et de faire taire sa raison. Toutefois, son courage, sa détermination n'avaient pas faibli : elle partirait avec lui, et l'aiguillon du désir n'avait nullement influencé sa décision.

Les longs cils recourbés ombraient sa joue de porcelaine et Ramon contempla avec délices son profil. Il se félicitait d'avoir réservé en première classe, ils avaient ainsi beaucoup plus d'espace. Katie avait cru que la compagnie avait vendu toutes les places de seconde et leur avait offert des premières pour le même prix ; Ramon ne l'avait pas détrompée.

Une sourde amertume le tenailla soudain. Serrant les mâchoires, il se tourna vers le hublot et son regard se perdit dans les nuages. Quelques mois plus tôt, Katie se serait envolée pour Porto Rico, dans le

Boeing 727 de Galverra International ; elle aurait sans doute apprécié la somptueuse chambre à coucher, la salle à manger et le vaste salon au mobilier ancien, inestimable, tout moquetté de blanc. Mais son Lear Jet personnel, au fuselage racé, l'avion dans lequel il était arrivé à Saint Louis, l'aurait certainement enchantée. À présent, il était cloué au sol dans un hangar de l'aéroport.

Bien que le Lear soit à lui et non à la société, il avait dû l'offrir en garantie comme tous ses biens quand le groupe avait manqué de liquidités, et maintenant il était en cessation de paiement.

Il eût été ridicule de l'utiliser pour emmener Katie à Porto Rico. Pourquoi lui faire goûter, un bref instant, au luxe qu'il aurait pu lui offrir... ? L'existence qui l'attendait n'en paraîtrait que plus terne et misérable.

Soudain très las, Ramon appuya sa tête contre son siège et ferma les yeux. Il n'avait aucun droit de lui demander de partager son exil, de l'arracher au décor raffiné, moderne de son appartement, à sa carrière, pour la faire vivre dans un petit cottage restauré. C'était très égoïste de sa part. Non, il n'aurait pas dû... mais la seule idée de vivre sans elle lui était intolérable.

Quelques mois auparavant, il aurait pu mettre le monde à ses pieds. À présent, il n'avait plus rien à lui offrir, pas même l'honnêteté. Pas encore.

Le lendemain, plusieurs rendez-vous l'attendaient : il devait voir son comptable et il se raccrochait au mince espoir que sa situation se révélerait moins catastrophique qu'il n'y paraissait. Demain, il saurait à quoi s'en tenir. Ensuite, il faudrait bien trouver le moyen d'expliquer à Katie qui il était et ce qu'il avait perdu. Il avait exigé une parfaite honnêteté. Il ne lui avait pas vraiment menti, bien sûr, mais il lui devait maintenant la vérité... toute la vérité. À la seule pensée de lui avouer son échec, il sentait son estomac se nouer. On pouvait bien le tenir pour un perdant aux quatre coins de la planète, il ne s'en souciait guère. Mais apparaître comme tel aux yeux de Katie lui était insupportable.

Les explications qu'il avait dû fournir à son père étaient déjà assez pénibles... Ramon évoqua le petit déjeuner qu'ils avaient partagé, le vendredi matin, et une expression de profonde sympathie vint adoucir ses traits. Contre toute attente, l'entretien avait débuté dans un climat de franche hostilité.

Lorsque Ramon était apparu à la porte du club privé où ils avaient décidé de se retrouver, Ryan Connelly ne parvenait pas à dissimuler sa fureur ; il bouillait de rage.

— À quel petit jeu vous livrez-vous, Galverra ? avait-il grondé d'une voix sourde, furibond, dès que Ramon se fut installé à sa table. Vous n'êtes pas plus bouseux, pas plus portoricain que je ne le suis ! Je me demandais aussi pourquoi vous me paraissiez si familier, ça fait un petit moment que ça me turlupine. Votre nom ne m'était pas inconnu mais j'avais également le sentiment de vous avoir vu quelque part. Et puis, hier soir, je me suis souvenu de cet article que vous a consacré *Time*, et...

Lorsque Ramon lui avait fait part de la faillite imminente de Galverra International, la colère avait cédé devant la stupéfaction et le père de Katie lui avait immédiatement manifesté sa sympathie ; il avait même fait preuve d'une grande compréhension. Ramon s'était bien gardé de sourire lorsqu'il lui avait proposé son soutien financier. Certes, Ryan Connelly avait du répondant mais, ainsi que le lui expliqua Ramon, renflouer la société aurait nécessité l'engagement d'une bonne centaine d'investisseurs de son calibre. Sinon, la compagnie s'effondrerait, victime de son propre gigantisme, et entraînerait dans sa chute tous ses investisseurs.

À cet instant, l'énorme jet s'abîma dans un trou d'air, puis remonta tout aussi brusquement ; Ramon en eut le cœur au bord des lèvres.

— On atterrit ? marmonna Katie.

— Non, fit-il en effleurant d'un baiser ses cheveux délicieusement parfumés. Rendors-toi. Je te réveillerai lorsque nous commencerons à descendre sur Miami.

Katie referma docilement les yeux et se blottit tout contre lui.

Le commandant de bord sortit du cockpit ; il remontait l'allée pour se rendre au salon lorsque le passager qui se trouvait devant Ramon l'arrêta pour lui poser quelques questions. Le pilote se pencha pour lui répondre et Ramon vit son regard se poser, puis s'attarder avec ravissement sur le visage de Katie. Il reconnut immédiatement cette pointe de contrariété qui vint le tarauder : la jalousie...

La jalousie... un sentiment inconnu qu'il lui faudrait bien apprendre à apprivoiser. Foudroyant du regard le malheureux pilote, il s'empara de la main de Katie et noua ses doigts autour des siens. À ce rythme, la jalousie serait bientôt sa fidèle compagne d'infortune.

Ce matin déjà, à l'aéroport, il avait été agacé de voir tous les passagers masculins se retourner sur son passage et la suivre du regard. Avec cette robe de soie turquoise qui révélait généreusement ses longues jambes au galbe parfait et ses talons hauts, elle avait tout d'un mannequin. Non... les mannequins qu'il avait fréquentés lui auraient envié ses formes voluptueuses et la perfection racée de ses traits. Ces femmes étaient séduisantes. Katie, elle, était belle.

Elle remua les doigts et Ramon se rendit compte qu'il avait resserré possessivement son étreinte. De son pouce, il effleura sa paume en une lente, une voluptueuse caresse. Et, dans son sommeil, Katie répondit à ce frôlement sensuel et se rapprocha encore. Oh, Seigneur ! comme il la voulait sienne ! Le seul contact de ce corps, lové contre lui, le laissait pantelant de désir et frémissant de tendresse.

Il renversa la tête en arrière et laissa échapper un soupir de volupté. Il avait réussi ! Il était parvenu à la faire monter dans cet avion ! Il l'emmenait dans son île et, bientôt, elle serait à lui.

Il admirait son esprit d'indépendance, son intelligence, et il adorait sa douceur, sa vulnérabilité. Katie incarnait à elle seule tout ce qui l'attirait chez une femme : elle était féminine sans être fade ni désarmée, fière mais nullement hautaine, sûre d'elle mais sans agressivité. Sur le plan sexuel, elle était beaucoup plus libérée en paroles qu'en actes et Ramon en était ravi. Il n'aurait pas apprécié qu'elle ait galvaudé ce corps auprès d'autres que lui. Elle lui semblait d'autant plus exceptionnelle, lui était d'autant plus précieuse qu'elle avait refusé de céder aux aventures d'un soir. Ce qui ne plaidait guère en faveur de sa propre objectivité en matière de moralité. Si l'on en jugeait par le nombre de ses conquêtes, de Saint-Moritz à Sainte-Croix, ces dix dernières années, il avait une curieuse conception de l'égalité sexuelle.

Riant sous cape, il imagina son indignation si elle

venait à connaître son opinion à ce sujet. Elle ne se priverait pas de l'abreuver de qualificatifs peu flatteurs : incroyablement vieux jeu, macho irrécupérable. Cela ne manquait pas de sel car, enfin, ce qui l'attirait en lui, précisément...

Ces brefs instants d'euphorie cédèrent bientôt la place aux doutes qui l'assaillaient depuis quelques jours. Il ignorait en quoi il pouvait bien la séduire et se demandait pourquoi elle désirait l'épouser. Comment en était-elle arrivée à prendre une telle décision ? Il ne voyait à cela qu'une explication : il fallait bien qu'elle l'aime !

Mais il savait qu'il n'en était rien.

Ramon se refusait secrètement à admettre la vérité tout en sachant, pourtant, qu'il lui faudrait bien l'accepter un jour. Pas une fois Katie n'avait prononcé le mot fatidique. Lorsqu'il lui avait fait cet aveu, ce fameux vendredi soir, ce cri lui avait échappé mais elle avait délibérément feint de n'avoir pas entendu. Quelle ironie du sort ! C'était bien la première fois qu'il se risquait à une telle déclaration et elle n'avait pas su lui dire qu'elle l'aimait, elle aussi.

Morose, Ramon se demanda s'il ne s'agissait pas d'un de ces coups du sort... combien de ses conquêtes lui avaient avoué leur amour ? Il leur avait toujours opposé le silence ou s'était contenté d'un sourire, se refusant à feindre un sentiment qui lui était étranger.

Mais enfin, si Katie était persuadée qu'elle ne l'aimait pas, que faisait-elle dans cet avion, auprès de lui ? Elle le désirait physiquement, il en avait la conviction. Dès l'instant où il l'avait serrée dans ses bras, il avait délibérément attisé son désir, ranimant sans relâche les flammes de sa passion. Mais elle n'éprouvait nul autre sentiment pour lui. Seule cette soif inextinguible qu'elle avait de son corps pouvait expliquer sa présence à ses côtés.

Mais non, bon sang ! C'était impossible ! Katie était trop intelligente pour ne rechercher dans ce mariage que le plaisir des sens. Il fallait tout de même qu'elle éprouvât quelque sentiment pour lui. Il avait toujours ressenti cette attraction magnétique, d'une puissance exceptionnelle, qui les liait l'un à l'autre. Un lien affectif tout autant que physique. Pourrait-il vraiment l'enchaîner en jouant avec ses sens si elle ne l'aimait pas ? Et, à supposer qu'il y parvienne, comment vivre auprès d'elle en sachant que son amour ne serait aucunement payé de retour ?

11

Après s'être rafraîchie en arrivant à l'aéroport de San Juan, Katie se dirigea vers le tapis roulant sur lequel défilaient les bagages du vol de Miami.

Un frisson d'appréhension lui parcourut l'échine : dans ce flot d'espagnol, incompréhensible, elle distinguait quelques mots d'anglais. À sa gauche, un groupe de messieurs distingués, aux cheveux blonds, s'exprimaient en suédois, lui sembla-t-il. Et, derrière elle, un essaim de touristes bavardaient en français. Surprise et ravie à la fois, elle se rendit compte que Porto Rico n'était pas un lieu de villégiature réservé aux seuls Américains.

Balayant du regard les hordes de voyageurs, elle vit Ramon arrêter un porteur d'un signe de tête. Celui-ci s'exécuta sur-le-champ et poussa son chariot dans sa direction pour y charger aussitôt les six valises de Katie. Secrètement amusée, elle constata que les autres passagers se démenaient pour attirer l'attention des porteurs débordés. Ramon, lui, s'était contenté d'un hochement de tête. Rien d'étonnant à cela, songea-t-elle non sans une certaine fierté. Difficile d'imaginer plus impressionnant que Ramon Galverra, dans ce costume sombre, avec sa cravate très classique. Il se dégageait de sa personne une autorité et une calme détermination, même un simple porteur ne pouvait s'y tromper. Katie songea qu'il avait tout de l'homme d'affaires aisé et qu'il ne ressemblait en rien à un petit fermier besogneux. D'ailleurs, le porteur avait dû faire le même raisonnement et il s'attendait probablement à un généreux pourboire. Un peu mal à l'aise, Katie se demanda si Ramon en était conscient.

Elle aurait dû suggérer qu'ils se chargent eux-mêmes de leurs bagages. Ramon n'ayant que deux valises, deux ou trois allers-retours auraient suffi. Il faudrait se montrer un peu plus économe, à l'avenir, et tâcher de ne pas oublier qu'il n'était vraiment pas riche, qu'il lui arrivait même de jouer les routiers pour arrondir ses fins de mois.

— Prête ? fit-il en lui prenant le coude pour la guider à travers la foule.

La file de taxis attendait les voyageurs devant l'aérogare et le porteur se dirigeait vers la voiture de tête, les précédant de quelques pas.

— Fait-il toujours aussi beau ? demanda-t-elle, levant les yeux vers l'azur du ciel que parsemaient çà et là de légers nuages blancs.

Au sourire ravi de Ramon, elle comprit à quel point il était important, pour lui, que son futur foyer lui plaise.

Ramon attendit que le chauffeur ait refermé la portière mais le ton sur lequel il lui répondit était éloquent : il tentait, en vain, de maîtriser une inexplicable colère.

— Le propriétaire de cette voiture possède une villa sur l'île mais il n'y séjourne guère et Garcia, le chauffeur, est un vieil ami de ma famille. Dès qu'il a su que nous arrivions, il a eu l'idée de venir nous accueillir.

— Comme c'est gentil ! répliqua-t-elle gaiement.

— J'avais clairement fait comprendre que je n'y tenais pas.

— Oh, bredouilla Katie, je suis persuadée qu'il a voulu bien faire, tu sais.

Croisant le regard perplexe du chauffeur dans le rétroviseur, Ramon appuya sur un bouton et fit glisser la cloison de verre qui l'isolait des passagers. D'un ton bref, il donna ses instructions en espagnol ; la vitre se referma aussitôt et la Rolls s'éloigna en douceur.

Katie n'était jamais montée dans une Rolls-Royce. Toute à la joie de la découverte, elle laissa errer ses doigts sur la banquette, caressant voluptueusement le cuir souple au grain d'une incroyable finesse.

— Qu'est-ce que c'est ? demanda-t-elle en se penchant pour enfoncer un bouton, devant elle.

Avec un petit rire, elle regarda la petite écritoire de bois de rose se dégager du siège avant, puis se rabattre sur ses genoux. Elle souleva le couvercle et découvrit un bloc de papier à lettres d'un beau grain, des stylos en or, et même une minuscule agrafeuse, en or également.

— Comment la remettre en place ? demanda-t-elle après plusieurs tentatives infructueuses.

— Il faut actionner cette commande.

Ce qu'elle fit. L'écritoire se releva avec un faible bourdonnement mécanique. Elle se rabattit d'un coup sec tandis que le panneau gainé de cuir blanc glissait lentement pour la faire disparaître.

— Et celle-là, à quoi sert-elle ? fit-elle en souriant, désignant d'un signe de tête la commande placée au-dessus des genoux de Ramon.

Ramon l'observait, le visage impénétrable.

— À ouvrir le bar dissimulé dans le siège, devant moi.

— Tu pourrais me dire où sont la télévision et la chaîne stéréo ? plaisanta Katie.

— Entre le bar et l'écritoire.

Son sourire réjoui s'évanouit aussitôt. De toute évidence, les merveilleux agencements de la luxueuse limousine ne soulevaient pas l'enthousiasme de Ramon. Elle eut un instant d'hésitation, puis avança timidement :

— Le propriétaire de cette voiture doit être fabuleusement riche.

— Il l'était.

— Était ? Serait-il mort ?

— Financièrement, en effet, lança-t-il sèchement.

Sur cette réponse sibylline, il se détourna pour contempler le paysage.

Médusée, blessée par cette froideur, Katie se tourna elle aussi vers la vitre. Mais la tiédeur de la main qui vint fermement se poser sur la sienne, mollement abandonnée sur la banquette, interrompit ses sinistres réflexions et Ramon lui avoua sans se retourner.

— J'aimerais pouvoir t'offrir une douzaine de voitures comme celle-ci.

Alertée par la dureté avec laquelle il lui répondit,

Katie comprit soudain et la stupeur la laissa sans voix. Elle ressentit tout d'abord un immense soulagement mais cette situation lui parut bientôt si drôle qu'elle répliqua, sans se laisser démonter :

— Je me contenterais d'*un seul* exemplaire. Évidemment, une voiture de luxe... c'est un gage de bonheur.

Ramon braqua aussitôt son regard vers elle, inquiet de connaître ses pensées et Katie ouvrit tout grands des yeux pleins d'innocence.

— David m'a offert une Porsche en cadeau de mariage et tu vois comme il m'a rendue heureuse !

Les lèvres de Ramon perdirent leur pli amer et il esquissa l'ombre d'un sourire.

— Mais s'il m'avait offert une Rolls, mon bonheur aurait été complet. À la réflexion, poursuivit-elle tandis que Ramon glissait un bras autour de ses épaules et la serrait contre lui, la seule chose qui aurait pu transformer mon existence...

Ramon s'était brusquement penché vers Katie, interrompant cette tirade pour s'emparer de ses lèvres. Son baiser se fit profond... un baiser plein de gratitude, lui sembla-t-il.

Lorsqu'il s'écarta, elle resta sous l'enchantement de ce sourire si tendre.

— ... qui aurait pu transformer ton existence ? demanda-t-il d'une voix qu'altérait le désir.

Une petite flamme dansa dans les yeux de Katie et elle se blottit tout contre lui.

— C'est une Ferrari !

Ramon éclata de rire et Katie sentit que toute tension l'abandonnait. Elle avait réussi à ramener cet incident à de justes proportions et ils pouvaient en rire à présent. C'était exactement ce qu'elle voulait !

Le paysage qu'elle découvrait ne correspondait pas du tout à l'idée qu'elle se faisait de Porto Rico. Elle ne s'attendait pas à trouver des montagnes dans ce paradis tropical, ni ce foisonnement de verdure dans les vallées, ni la sérénité de ces lacs azurés qui scintillaient au soleil. La Rolls gravissait toujours la route magnifiquement entretenue que surplombaient des arbres superbes, ployant sous les fleurs jaunes ou roses.

Ils franchirent d'innombrables virages, traversèrent de pittoresques petits bourgs nichés au creux des vallées, admirèrent de ravissantes églises, plantées sur la place du village, dressant leur clocher vers les cieux. Katie tendait le cou pour ne rien manquer du spectacle, s'émerveillait devant ces couleurs éclatantes dont la nature avait généreusement éclaboussé collines et vallons, et s'extasiait devant la moindre ferme, la moindre touffe de fougère. Mais elle avait conscience du regard insistant que Ramon faisait peser sur elle. Les paupières mi-closes, il ne la quittait pas des yeux. À deux reprises, elle s'était tournée vivement vers lui pour lui faire partager son enthousiasme et son inquiétude ne lui avait pas échappé. Bien sûr, il avait aussitôt affiché un de ces sourires flegmatiques dont il avait le secret... Il n'avait qu'un désir : qu'elle se laissât séduire par sa terre natale mais, pour quelque obscure raison, il semblait persuadé qu'elle en serait incapable.

Au bout d'une heure environ, ils dépassèrent un petit village semblable aux autres et laissèrent derrière eux les pavés de la chaussée pour s'engager sur un chemin de terre. La route montait toujours mais Katie étouffa un cri de stupeur. Une telle splendeur la laissait sans voix : ils s'étaient engagés dans un tunnel de soie rouge où filtraient des rais de lumière, tels des fils de la Vierge. Les poincianas royaux formaient une haie d'honneur de chaque côté de la piste et la Rolls s'avançait sous le dais pourpre de leurs rameaux fleuris dont les pétales d'un rouge éclatant tapissaient le sol d'incarnat.

— C'est tout simplement extraordinaire ! fit-elle dans un souffle. Nous sommes encore loin ?

— Il nous reste un peu plus de deux kilomètres, en suivant ce chemin.

De nouveau crispé, Ramon regardait droit devant lui et son pâle sourire ne parvenait pas à adoucir le pli amer de sa bouche. Il semblait très inquiet, lui aussi, de découvrir ce qui les attendait au bout du chemin.

Katie s'apprêtait à lui demander si ces jolies fleurs aux corolles rouges étaient une variété de tulipes quand la Rolls émergea de son dais écarlate pour s'arrêter dans un enclos sordide envahi d'herbes folles, devant un cottage en brique délabré. Prenant garde de ne rien laisser paraître de sa déception et de son effarement, Katie se tourna vers Ramon ; elle lut une telle fureur sur son visage qu'elle recula instinctivement au fond de la banquette.

Sans attendre que la Rolls s'arrête, il ouvrit brutalement la portière qui claqua violemment derrière lui, et sauta prestement hors du véhicule. En trois enjambées furieuses, il avait déjà traversé le misérable jardin envahi par la végétation.

Le chauffeur, un homme d'un certain âge, aida Katie à descendre de voiture et ils se retournèrent tous deux d'un seul mouvement lorsque Ramon essaya de pousser la porte d'entrée qui émit un raclement de protestation. C'est alors qu'il se lança contre le panneau de bois avec une telle force, une telle violence, qu'il l'arracha d'un coup d'épaule et l'envoya s'écraser sur le sol.

Pétrifiée, Katie contemplait le trou béant à l'endroit même où se dressait quelques instants auparavant la porte d'entrée. Son regard se posa sur les volets qui pendaient lamentablement, sur la peinture écaillée qui laissait deviner le bois.

Envolé son bel optimisme ; elle sentait subitement son courage l'abandonner. Que n'aurait-elle donné pour revoir sa superbe résidence, les lampadaires et les patios privatifs ! Jamais elle ne pourrait vivre dans un endroit pareil. Quelle folie d'avoir voulu ignorer ses goûts de luxe et renier tout ce à quoi l'avait habituée son éducation !

La brise fit voleter les petites mèches soyeuses qui s'étaient échappées de son chignon et elle dégagea son visage d'un revers de main comme pour effacer la vision qui venait de surgir devant ses yeux : elle se voyait au centre de ce carré d'herbes folles, aussi minable, aussi négligée que cette affreuse masure. Dans un an ou deux, elle serait à l'image de cette maison, transformée en souillon. À vivre dans un tel environnement, on finissait sans doute par perdre toute dignité et puis, un beau jour, plus rien n'avait d'importance...

Katie s'engagea sans enthousiasme dans l'ancienne allée de brique détériorée conduisant à la porte d'entrée. Des tuiles tombées du toit s'étaient écrasées à terre et elle évita soigneusement de poser les fines semelles de ses coûteuses sandales italiennes sur les débris épars.

Elle hésita sur le seuil du cottage et cligna des paupières pour essayer de distinguer quelque chose dans l'obscurité. Soudain, écœurée, elle sentit monter la nausée. Le cottage, vide de tout mobilier, disparaissait sous les couches de saleté et les toiles d'araignées. La poussière dansait dans les rayons de soleil filtrant à travers les volets auxquels il manquait quelques lattes. Mais comment Ramon pouvait-il vivre ainsi ? se demanda-t-elle, horrifiée. Lui qui était toujours si impeccable... elle ne pouvait l'imaginer dans un tel... un tel taudis.

Au prix d'un immense effort, Katie parvint à faire taire la panique qui s'emparait d'elle. Surtout, ne pas perdre son sang-froid ! De toute évidence, cette maison était inhabitée. Depuis des années, on n'avait pas touché à la poussière, ni aux souris d'ailleurs, songeat-elle avec un frisson en percevant les craquements qui s'élevaient de toutes parts.

Ramon, dont elle ne voyait que le dos, se tenait au centre de la pièce, très raide.

— Ramon ? murmura-t-elle, pas très rassurée.

— Ne reste pas ici, marmonna-t-il entre ses dents, frémissant de rage. Même si tu ne touches à rien, la saleté va s'accrocher à tes vêtements.

S'en aller ? Katie ne demandait que ça ! Quitter cet endroit, retourner à l'aéroport et chez elle. Retrouver son bel appartement moderne !

Comme elle s'apprêtait à sortir, elle comprit qu'il ne l'avait pas suivie ; elle se tourna alors vers lui et constata qu'il n'avait pas bougé. Il semblait refuser d'affronter son regard, ou peut-être en était-il incapable... Une vague de compassion presque douloureuse la submergea. Comme il avait dû redouter cet instant ! Elle comprenait pourquoi il paraissait si tendu en remontant l'allée de poincianas. Et il était gêné, à présent, mortifié même, de n'avoir que ce cottage en ruine à lui offrir. Sa fureur était compréhensible.

— Tu... tu m'as dit que tu étais né ici, avança-t-elle pour rompre le silence oppressant qui s'était installé entre eux.

Ramon se retourna lentement, le regard vide de toute expression, comme si elle n'existait pas.

Refusant de se laisser impressionner, Katie poursuivit bravement :

— J'ai cru comprendre que tu avais toujours vécu dans cette maison mais il y a des années qu'elle est inoccupée, n'est-ce pas ?

— Oui, répliqua-t-il sèchement.

Katie tressaillit devant une telle froideur.

— Ça fait longtemps que tu n'es pas venu ?

— Oui, fit-il, cassant.

— Les endroits... les maisons inhabitées ont toujours l'air un peu sinistre, aussi charmantes soient-elles.

C'était elle, tout de même, qui aurait eu besoin de réconfort ! Elle n'avait pourtant qu'un désir : le rasséréner.

— Ce cottage était probablement très différent dans tes souvenirs.

— Oh non, c'est bien ainsi que je le voyais !

Depuis quelques minutes, la sensibilité de Katie était mise à rude épreuve, mais ce dernier sarcasme, d'une ironie cinglante, la blessa cruellement. Elle ne s'avoua pas vaincue pour autant.

— Dans... dans ce cas, pourquoi te mets-tu dans cette ra... dans cet état ? rectifia-t-elle prestement.

— Parce que, gronda-t-il, voilà quatre jours que mon télégramme est parti. Je demandais qu'on m'envoie une équipe d'ouvriers capables de nettoyer cette maison et de commencer les travaux.

Katie ne put dissimuler son soulagement.

— Ah ! murmura-t-elle.

Mais, devant sa réaction, Ramon se figea de nouveau. Il la transperça de son regard sombre, tranchant.

— C'est donc là toute l'estime que tu as pour moi ? Tu imaginais que j'avais l'intention de te faire vivre dans ce... cette baraque répugnante ? Il n'en est plus question maintenant que tu l'as vue dans cet état ! Rien ne saurait effacer cette première impression.

Médusée, Katie l'observa sans mot dire, sentant monter sa colère. Quelques instants plus tôt, l'avenir lui semblait assuré. Certaine d'être désirée, aimée, elle était sécurisée par les sentiments de Ramon. Et voilà que s'effondraient toutes ses certitudes. Oui, elle était furieuse et elle lui en voulait de lui faire payer sa terrible désillusion.

Une bonne douzaine de répliques bien senties lui traversèrent l'esprit mais elle fut incapable de proférer un son. Une tendre compassion lui nouait la gorge, elle suffoquait presque devant ce spectacle : Ramon, perdu dans cette misérable masure entièrement vide. Bien que vaincu, il mettait un tel acharnement à ne pas admettre sa défaite que son cœur se serra.

— Il faut vraiment que tu aies une piètre opinion de ma personne pour en être arrivé à cette conclusion ! répliqua-t-elle dans le silence oppressant.

Échappant à son regard inquisiteur, elle s'avança vers les deux portes cintrées, à droite de la salle de séjour, et jeta un coup d'œil dans les pièces adjacentes. Deux chambres jouxtaient la pièce principale, la plus grande en façade et l'autre donnant à l'arrière de la maison.

— La vue est superbe depuis les fenêtres des chambres, constata-t-elle.

— Mais elles n'ont plus de carreaux ni l'une ni l'autre, lui rétorqua-t-il brusquement.

Elle préféra ignorer cette remarque et se dirigea vers une autre porte. Une salle de bains, semblait-il. Elle retint une grimace de dégoût en découvrant le lavabo et la baignoire rouillée. La vision fugitive, et importune, de la baignoire de marbre encastrée dans le sol, chez ses parents, lui traversa l'esprit, et elle revit également sa propre salle de bains. Repoussant ces images, elle actionna un interrupteur.

— Et nous avons l'électricité, lança-t-elle avec enthousiasme.

— Mais elle n'est pas branchée, objecta sèchement Ramon.

Consciente du ridicule de la situation, Katie ne pouvait s'empêcher de jouer les agents d'affaires trop persuasifs.

— Et là, ce doit être la cuisine..., fit-elle en s'approchant de l'évier de faïence, une véritable antiquité reposant sur des pieds de métal, équipée d'eau chaude et d'eau froide !

Elle tendit la main pour prouver ce qu'elle avançait.

— Ne te fatigue pas, lança-t-il d'un ton irrité, les robinets ne fonctionnent pas.

Elle redressa le menton, rassemblant tout son courage pour se retourner et l'affronter, mais elle se trouva soudain face à une large baie vitrée aux carreaux poussiéreux.

— Ramon, murmura-t-elle, j'ignore qui a conçu cette maison, mais nous avons les mêmes goûts. Tu imagines à quel point il devait apprécier la vue ?

Un paysage de collines verdoyantes s'étendait à ses pieds et l'on découvrait les pentes couvertes de fleurs roses et jaunes dans leur plein éclat.

Katie fit volte-face, sincèrement ravie.

— C'est magnifique, absolument splendide ! Je me mettrais bien à la plonge si j'avais l'assurance de contempler un tel spectacle en lavant mes assiettes.

Elle balaya vivement du regard la vaste cuisine rectangulaire. Au bout de la pièce, la cloison était entièrement vitrée et une grande verrière prolongeait cette baie sur le mur opposé. Une table en bois, rustique, et quelques chaises, étaient disposées face aux fenêtres.

— On se croirait sur une terrasse, ce doit être merveilleux de prendre ses repas devant un tel paysage, la vue est dégagée à des kilomètres à la ronde dans les deux directions, commenta-t-elle tout en constatant que la froide détermination de Ramon commençait à vaciller légèrement. Écoute, il serait facile de rendre cette cuisine claire et spacieuse !

Évitant soigneusement de regarder le linoléum décollé qui laissait deviner le sol inégal, Katie fit demi-tour et regagna la salle de séjour. Elle s'avança vers les larges baies vitrées qui occupaient les deux parois et se pencha pour admirer le paysage par le petit coin de vitre qu'elle avait réussi à dégager en frottant le carreau du bout des doigts.

— Je vois le village ! s'exclama-t-elle, fascinée. Je peux même distinguer l'église. D'ici, on dirait un petit village de poupées dans son écrin de collines, j'ai l'impression de regarder une... une carte postale. Celui qui a percé ces ouvertures n'avait probablement qu'un souci : pouvoir contempler la splendeur de cette nature, et ce, de toutes les pièces de la maison. Tu veux que je te dise... ?

Katie n'avait pas entendu Ramon s'approcher et elle se heurta à lui en se retournant brusquement.

— Ce cottage est plein de ressources ! lança-t-elle, avec un grand sourire en affrontant son cynisme glacé. Un bon coup de peinture, des rideaux neufs, et le tour sera joué.

— Oui, et une équipe de désinsectisation, toute une armée de menuisiers, répliqua-t-il, acerbe. Mais je crois qu'il vaudrait mieux faire appel à un pyromane.

— Bon d'accord... une couche de peinture, des rideaux neufs, une désinsectisation et... toi ! Je te vois bien exercer tes talents armé d'un marteau et d'une boîte de clous.

Katie se mordit la lèvre ; elle se demandait tout d'un coup si...

— Tu t'y connais *vraiment* en menuiserie, n'est-ce pas ?

Un soupçon d'humour dérida enfin le séduisant visage.

— Pas plus que toi en couture j'imagine...

— Formidable ! bluffa Katie qui n'avait pas la plus petite idée de la façon dont on confectionnait un rideau. Il te sera facile de retaper cette maison de fond en comble alors ?

Ramon parut un instant sur le point de se laisser fléchir mais il balaya aussitôt la pièce sordide d'un regard plein de mépris et il se raidit de nouveau, retrouvant son masque de marbre. Le voyant sur le point de refuser, Katie posa sa main sur son bras :

— Il nous serait très facile de faire de cette maison un foyer douillet et accueillant. Cela te gêne que je l'ai vue dans cet état, je le comprends, mais ce sera d'autant plus passionnant. Imagine, quelle récompense quand nous arriverons enfin à lui redonner fière allure ! Je serai ravie de t'aider à restaurer ce cottage... Je t'assure, Ramon, murmura-t-elle, enjôleuse, comme il l'observait avec la plus grande attention. Je t'en prie, arrête de le déprécier à mes yeux.

— De le déprécier ? fulmina-t-il en passant nerveusement ses doigts dans ses cheveux. Le déprécier à tes yeux ?

Soudain, ses bras se tendirent vers elle ; il l'écrasa contre sa poitrine et resserra son étreinte.

— Je sais très bien que je n'aurais pas dû t'emmener ici, Katie, chuchota-t-il, crucifié. C'était très égoïste de ma part, j'en étais conscient, mais comment te résister ? Je devrais te renvoyer chez toi à présent, dans ton univers...

Il eut du mal à retrouver son souffle.

— Mais... Que le Ciel me pardonne... je n'en ai pas la force !

Katie glissa ses mains autour de sa taille et posa sa joue contre sa poitrine.

— Je ne veux pas retourner chez moi, je veux rester auprès de toi.

Et, en cet instant précis, elle était absolument sûre de sa décision.

Ramon retenait son souffle ; elle le comprit et eut conscience de la tension qui noua soudain ses muscles. Il s'écarta légèrement et blottit son visage au creux de ses paumes avec beaucoup de tendresse.

— Pourquoi ? murmura-t-il, quêtant une réponse dans ses yeux. Pourquoi veux-tu rester avec moi ?

Un sourire radieux s'épanouit sur les lèvres de Katie, illuminant ses traits.

— Mais pour te prouver que cette maison peut devenir le foyer de tes rêves !

À ces mots, une étrange tristesse vint voiler le regard de Ramon et s'attarda au fond des prunelles sombres tandis qu'il se penchait vers elle.

— Non, Katie, voilà la vraie raison.

Il effleura sa bouche de ses lèvres, affolantes de douceur, de tiédeur, puis laissa errer ses mains sur ses épaules, sur son dos, en une troublante caresse, faisant naître des sensations toujours nouvelles.

Les nerfs tendus à se rompre, elle frissonnait de tout son être dans l'attente du plaisir. Cela faisait des semaines, lui semblait-il, qu'elle n'avait goûté à ces caresses brûlantes, à ces baisers passionnés. Et, à présent, il ne paraissait nullement pressé, prolongeait l'attente, se faisait tentateur. Elle noua ses bras derrière sa nuque et se plaqua contre le corps musclé, chercha sa bouche pour le plus ardent des baisers. Elle aurait raison de sa parfaite maîtrise. Elle sentit contre sa chair le désir renaissant, la tension qui le faisait vibrer. Mais, en guise de représailles, il s'écarta légèrement, délibérément, pour semer une pluie de baisers au coin de ses lèvres, sur sa joue, s'égarant sur la peau si sensible du cou et remontant vers l'oreille. Du bout de sa langue, il explora chaque courbe, chaque repli de sa chair.

— Non, arrête ! supplia-t-elle dans un sanglot douloureux. Ne me tourmente pas ainsi. Pas maintenant...

Elle doutait fort de pouvoir le faire fléchir mais il s'empara de ses lèvres avec une frénésie sauvage, une farouche impatience, plus violente encore que la sienne. Il laissa courir ses mains sur son corps, remontant le long de sa nuque, glissant sur ses épaules et jusqu'au creux des reins pour la plaquer contre ses cuisses tendues, frémissantes de désir.

Avec un frisson de volupté, Katie enfouit ses doigts dans les muscles que nouait la tension, s'abandonnant volontiers à l'avidité de ses lèvres. D'instinct, elle se cambra tandis qu'il se tendait vers elle, triomphant, palpitant contre ses hanches.

Au bout d'un long, très long moment, la bouche de Ramon se fit moins exigeante ; il finit par se redresser. Dans un état second, Katie reconnut néanmoins la passion qui faisait flamboyer ses yeux. Elle savait également qu'il lisait dans les siens une fièvre égale à la sienne. Tremblante, elle vit son regard voluptueux s'égarer vers ses lèvres entrouvertes et il la serra impétueusement contre lui pour se pencher de nouveau vers elle. Il eut un instant d'hésitation, voulut résister, mais un gémissement sourd s'étrangla dans sa gorge :

— Oh, Seigneur !

Insatiable, il reprit possession de sa bouche.

À maintes reprises, il voulut s'arracher à ses bras pour happer aussitôt ses lèvres et l'enivrer de ses baisers brûlants.

Lorsqu'il la libéra enfin, elle était rompue, flottait à demi consciente dans un océan de volupté, anéantie par la frénésie qu'ils venaient de partager, l'intensité du plaisir qu'ils avaient atteint ensemble. Ramon posa sa joue contre les cheveux lumineux, la serra contre son cœur dont elle percevait les battements affolés. Tremblante, elle vacillait entre ses bras, incapable de dénouer ses mains de sa nuque.

Un long moment plus tard, elle crut l'entendre murmurer. Elle parvint à lever la tête et à soulever ses paupières alanguies, et posa sur lui un regard que noyait la passion. Égarée dans une douce euphorie, elle observa, fascinée, les traits de cet homme qui la contemplait. Dieu, qu'il était beau ! Il se dégageait une telle virilité de ce rude visage qui semblait ciselé dans la pierre ! Elle adorait ses mâchoires fermes, son menton décidé, cette fossette si attirante et la courbe de ses lèvres sensuelles. Quant à ses yeux... les yeux les plus irrésistibles, les plus séduisants qu'on puisse imaginer... d'ailleurs, elle fondait littéralement sous ce regard, qui savait aussi parfois la pétrifier. Ses cheveux magnifiques, brillants, des cheveux de jais, étaient impeccablement coupés. Très courts sur les tempes, ils étaient assez longs sur la nuque pour lui permettre d'y faire jouer ses doigts.

Elle tendit la main et lissa les petites mèches, sur sa tempe, puis fit glisser sa main sur sa joue et, songeuse, suivit du bout de son pouce le petit sillon qui fendait son menton.

Ramon ne l'avait pas quittée des yeux. Le regard rivé au sien, il tourna la tête et effleura de ses lèvres le creux de sa main en un va-et-vient très troublant. Lorsqu'il retrouva l'usage de la parole, son timbre profond semblait plus âpre, altéré non par la fièvre mais par une grande émotion.

— Katie, si tu savais comme tu me rends heureux !

Elle aurait voulu sourire mais soudain les larmes lui brûlèrent les yeux tant elle perçut de tristesse dans sa voix. La tourmente affective de ces trois derniers jours l'avait bouleversée et le tourbillon d'émotions qui l'emportait, depuis son arrivée à Porto Rico, la laissait brisée.

— Je suis très heureuse, moi aussi, fit-elle dans un souffle sans pouvoir retenir les deux larmes qui perlaient sous ses cils.

— Oh oui, répliqua Ramon, tout à la fois amusé et grave, je vois ça !

Ébahie, Katie se demanda si elle n'était pas en train de perdre la raison. Un instant plus tôt, elle avait cru deviner des larmes dans sa voix, elle l'aurait juré. Et voilà qu'*il* riait, à présent et c'était *elle* qui pleurait. Mais non, maintenant elle riait.

— Il faut... il faut toujours que je pleure quand je suis heureuse, dit-elle pour se justifier en effaçant ses larmes d'un revers de main.

— Ne me dis pas ça ! s'exclama-t-il en feignant l'effarement. Et quand tu es triste, tu ris, j'imagine ?

— Sans doute, reconnut-elle avec un sourire radieux. Je ne sais plus où j'en suis depuis ce jour où je t'ai rencontré.

Dans un élan spontané, elle leva son visage vers lui et plaqua un baiser sur ses lèvres avant de se blottir de nouveau au creux de ses bras.

— Garcia doit se demander ce que nous pouvons bien faire. Nous ferions mieux de partir, tu ne crois pas ?

Le soupir qu'elle laissa échapper était si lourd de regret que Ramon expliqua avec un grand sourire :

— Garcia est la dignité faite homme, il ne s'abaisserait jamais à ce genre de spéculations.

Toutefois, il la libéra de bonne grâce et glissa un bras autour de sa taille pour franchir le seuil du cottage.

Elle aurait voulu savoir quand ils s'attaqueraient aux travaux mais s'aperçut que Ramon avait les yeux rivés sur un homme d'une soixantaine d'années qui s'avançait dans l'enclos.

À sa vue, le visage parcheminé, tanné, esquissa un sourire.

— J'ai reçu ton télégramme il y a une heure à peine... quelques minutes avant de voir passer la Rolls. Serait-ce l'âge qui me jouerait des tours ? Est-ce bien toi, Ramon, qui es là devant moi ?

Ramon tendit la main au visiteur en souriant.

— Tes yeux ne t'ont jamais trompé, Rafael. Tu te souviens de cette nuit où tu as vu de la fumée filtrer d'une fenêtre et où tu m'as surpris dans la grange avec un paquet de cigarettes ?

— Ces cigarettes étaient à moi, lui rappela le dénommé Rafael qui serrait la main de Ramon tout en lui tapant sur le bras.

— Les seules cigarettes, malheureusement, que j'avais réussi à me procurer, fit Ramon avec un clin d'œil à l'intention de Katie.

— Il faut dire qu'il n'avait que neuf ans, il était un peu jeune pour en acheter, commenta Rafael avec un sourire de connivence destiné à Katie. Vous auriez vu ça, *señorita* ! Il était vautré sur une balle de foin, les mains derrière la tête, on aurait dit un grand de ce monde profitant d'un moment de loisir. Je lui ai fait avaler trois de mes cigarettes.

— Le remède a-t-il été efficace ? s'esclaffa Katie.

— Il m'en a fait passer l'envie, admit Ramon. À compter de ce jour, je me suis mis aux cigares.

— Et puis il s'est tourné vers les filles, dit Rafael, avec une feinte sévérité.

Il ajouta à l'intention de Katie :

— Lorsque le *padre* Gregorio a donné lecture des bans, ce matin, à l'église, toutes les *señoritas* ont fondu en larmes. Le *padre*, lui, a pu enfin pousser un soupir de soulagement. Le salut de l'âme de Ramon a toujours été son principal souci.

Rafael interrompit cette tirade bon enfant pour jouir de son effet ; Ramon semblait visiblement mal à l'aise.

— Mais vous n'avez pas à vous inquiéter, *señorita*, reprit-il. À présent qu'il vous a donné sa parole, ce coquin va s'amender, n'en doutez pas. Il n'accordera plus un regard aux femmes légères qui le traquent sans répit depuis des années.

Ramon foudroya le vieil homme du regard.

— Si tu n'as rien à ajouter pour achever de me démolir, Rafael, je pourrais te présenter à ma fiancée... enfin, si Katie veut toujours m'épouser après avoir entendu ton petit discours.

Médusée, Katie songea que les bans, l'annonce officielle de leur mariage, avaient été proclamés le matin même, lors de la messe du dimanche. Comment Ramon avait-il réussi ce tour de force alors qu'il était à Saint Louis ? Elle parvint à esquisser un pâle sourire tandis qu'il lui décrivait Rafael Villegas comme « son second père ». Il lui fallut néanmoins quelques minutes pour reprendre ses esprits et s'intéresser à la conversation.

— En voyant la voiture prendre le chemin du cottage, poursuivait Rafael, j'ai été heureux de constater que tu n'avais pas honte d'amener ta *novia* ici et de lui montrer la terre à laquelle tu appartiens, même si aujourd'hui...

— Katie, intervint brusquement Ramon. Tu n'as pas l'habitude de ce soleil. Peut-être pourrais-tu nous attendre dans la voiture ? Il y fait plus frais.

Quelque peu surprise de se voir renvoyer ainsi — même très courtoisement — Katie prit congé de Rafael et regagna docilement la Rolls climatisée. Dieu seul sait ce que pouvait raconter Ramon au *señor* Villegas, mais la stupéfaction du vieil homme semblait telle qu'il en était presque comique. Il parut ensuite proprement abasourdi et, pour finir, très sombre. À tel point qu'elle fut soulagée de les voir sourire lorsqu'ils se serrèrent la main et se séparèrent.

— Excuse-moi de t'avoir éloignée de cette façon, se justifia Ramon en se glissant à ses côtés. Nous avions à discuter des travaux et Rafael aurait été embarrassé par ta présence quand nous en sommes venus à parler argent.

Il appuya sur le bouton qui commandait l'ouverture de la vitre de séparation et donna ses ordres au chauffeur en espagnol, puis il enleva vivement sa veste, dénoua sa cravate et desserra le col de sa chemise avant d'étendre ses jambes.

« Il semblerait qu'il vienne de subir une terrible épreuve mais il paraît satisfait de la tournure que prennent les événements », songea-t-elle.

Les questions se bousculaient dans son esprit mais elle préféra commencer par la plus anodine.

— Et maintenant, où allons-nous ?

— Dîner tranquillement au village.

Ramon glissa son bras autour de ses épaules et se mit à jouer avec le petit clou en turquoise qui ornait son oreille.

— Pendant ce temps, la fille de Rafael, qui est mariée, préparera la chambre d'amis où elle t'accueillera ce soir. J'avais imaginé que tu pourrais rester au cottage mais il n'en est pas question. Il ne m'était pas non plus venu à l'esprit qu'il te faudrait un chaperon, mais Rafael s'est chargé de me le rappeler.

— Un chaperon ! Enfin, ce n'est pas sérieux ? bredouilla-t-elle. C'est... c'est...

Ramon acheva à sa place.

— Indispensable.

— Stupide, démodé et du dernier des victoriens ! voilà ce que j'avais sur le bout de la langue.

— Tu n'as pas tort. Mais nous ne pourrons néanmoins nous en passer.

Katie haussa ses sourcils délicats.

— Et pour quelle raison ?

— Katie, il n'arrive jamais rien dans cette petite

bourgade, aussi les faits et gestes de chacun sont-ils épiés et dûment commentés. Je suis célibataire donc la cible privilégiée de leurs ragots.

— Oui, le *señor* Villegas a été très explicite à ce sujet, rétorqua-t-elle sèchement.

Seule la crispation de ses lèvres trahit son agacement ; Ramon s'abstint de tout commentaire.

— Tu es ma fiancée et, à ce titre, tu susciteras très vite l'intérêt. Qui plus est, tu es américaine et les critiques ne te seront pas ménagées. On ne tient pas votre moralité en très haute estime ici...

Le superbe visage de Katie trahissait toute sa révolte. Ses pommettes bien dessinées s'empourprèrent et l'éclat de ses yeux bleus n'augurait rien de bon. Reconnaissant ces signaux d'alarme, Ramon l'attira vivement contre lui et effleura ses tempes d'un baiser.

— Ce terme de « chaperon » ne signifie nullement qu'on te suivra pas à pas. Tu ne peux pas rester seule, c'est ce que je voudrais que tu comprennes, il suffira que je franchisse le seuil de ta porte pour déchaîner les cancans. On dira que tu m'as ouvert ton lit, ce qui paraîtra tout à fait normal de la part d'une Américaine. Aux yeux du village tout entier, cela ne fera aucun doute. Tu t'en moques probablement mais c'est ici que tu vas vivre. Crois-moi, ce ne sera guère agréable d'entendre les gens chuchoter dans ton dos, des années durant, en traversant la grand-place.

— Peu importe, cette idée ne me dit rien qui vaille. Question de principe ! objecta-t-elle sans beaucoup de conviction.

Tandis qu'elle parlait, Ramon s'était lancé dans une exploration très sensuelle de son oreille et son rire étouffé, tout contre sa peau, fit courir un frisson délicieux le long de son échine.

— Moi qui croyais que tu voulais te débarrasser de ce « chaperon » pour pouvoir me... retrouver en tête à tête !

— Il y a de ça, avoua-t-elle avec beaucoup d'innocence.

Le souffle lui manquait, tout à coup.

Ramon eut un petit rire de gorge, profond, sensuel.

— Je vais habiter chez Rafael. La maison de Gabriella, où tu seras hébergée, est à un peu plus d'un kilomètre.

Il laissa doucement glisser sa main sur sa joue satinée, jusqu'à la torsade compliquée de son chignon et ajouta d'un timbre que voilait le désir :

— Nous saurons trouver le temps et l'endroit où nous abandonner l'un à l'autre.

Une belle définition des jeux de l'amour, songea-t-elle : deux êtres s'abandonnant pour que chacun puisse connaître la volupté dans les bras de l'autre. Elle se demanda en souriant si elle parviendrait jamais à comprendre cet homme. Il était la force et la douceur, alliant une virilité puissante, ainsi qu'une expérience consommée, à la plus tendre réserve. Il était unique. Rien d'étonnant à ce qu'elle ait perdu tous ses repères le jour où elle avait fait sa connaissance. Jamais, au grand jamais, elle n'avait rencontré quelqu'un qui puisse soutenir la comparaison, même de loin !

Garcia arrêta la Rolls aux abords de la place du village.

— J'ai pensé que tu aimerais marcher, déclara Ramon en l'aidant à descendre de voiture. Garcia va porter tes bagages chez Gabriella avant de rentrer chez lui, à Mayagüez.

Le soleil commençait à décliner, embrasant le ciel

bleu d'or et de rose tandis qu'ils traversaient lentement la place du petit bourg. Au centre s'élevait une vieille église espagnole, un superbe édifice.

— C'est ici qu'aura lieu la cérémonie, dit Ramon.

Katie découvrit avec ravissement l'église et les petits bâtiments qui l'entouraient, l'ensemble composant la place du village. Les porches, les fenêtres cintrées et les grilles noires en fer forgé, sur les boutiques, témoignaient de l'influence espagnole. On trouvait de tout dans ces échoppes, du pain frais à la statuette religieuse magnifiquement ouvragée. Une débauche de fleurs s'épanouissaient aux fenêtres, aux balcons ou dans d'immenses vasques, devant les boutiques, notes de couleurs éclatantes sur cette pittoresque petite place. Des touristes y flânaient, appareil en bandoulière, s'arrêtaient en curieux devant les vitrines ou s'asseyaient au petit café, sur l'allée, pour siroter des cocktails au rhum bien frais en regardant les villageois.

Katie jeta un bref coup d'œil à Ramon, à ses côtés. Il avait passé son pouce dans le col de sa veste, négligemment jetée sur son épaule, mais cette nonchalance étudiée ne la trompait pas, son anxiété était presque palpable et il guettait sa réaction.

— Ce village est ravissant, dit-elle en toute bonne foi. Très pittoresque et tout à fait charmant.

Au regard en biais qu'il lui lança, elle comprit néanmoins qu'il n'était guère convaincu.

— Mais minuscule. Avoue que tu ne t'attendais pas à ça...

— Il est plus joli et plus animé que je ne l'avais imaginé, insista-t-elle sans se laisser décontenancer. Voilà même un bazar !

Elle ajouta, avec un regard moqueur :

— Et deux hôtels ! Là, je suis très impressionnée !

Plus sûrement que le compliment, très sincère, cette boutade parvint à le rassurer. Il lui prit la taille avec un grand sourire et la serra contre lui dans une brève étreinte.

— La Casa Grande, expliqua-t-il en désignant un petit bâtiment de trois étages aux balcons de fer forgé. L'hôtel s'enorgueillit de posséder dix chambres. Les concurrents n'en ont que sept, mais ils ont une petite salle à manger et leur cuisine était autrefois réputée. C'est là que nous dînerons.

Il n'y avait que cinq tables, dans le restaurant ; quatre d'entre elles étaient occupées par un groupe de touristes qui riaient beaucoup et on leur donna la dernière. Le serveur alluma la bougie sur la nappe à petits carreaux rouges et blancs avant de prendre leur commande. Ramon se cala au fond de son siège et sourit à Katie qui l'observait, songeuse.

— À quoi penses-tu ?

— Je me demandais où tu habitais, jusqu'à maintenant, et ce que tu faisais. Tu n'exploitais pas la ferme, sinon tu n'aurais pas eu à demander l'hospitalité de Rafael.

Ramon répondit prudemment, choisissant soigneusement ses mots.

— Pendant un temps, j'ai vécu dans les environs de Mayagüez, et la société qui m'employait jusqu'à ce jour vient de déposer son bilan.

— Tu travaillais dans le secteur agricole ?

Ramon eut un instant d'hésitation et finit par acquiescer.

— La compagnie a des activités très diverses, dont une conserverie, effectivement. Avant même de te rencontrer, j'avais pris la décision de ne pas chercher d'autre emploi. Je préfère exploiter la ferme moi-même, il est inutile de payer quelqu'un pour un travail dont je peux très bien me charger. Je consacrerai encore quelques heures à la société, durant les deux semaines à venir, mais je vais également m'attaquer à la restauration de notre maison, avec les ouvriers.

Notre maison. À ces mots, Katie sentit son estomac se serrer. Ces quelques syllabes sonnaient étrangement à ses oreilles, elles semblaient si peu familières et si fatales ! Fuyant son regard, elle se mit à jouer avec son verre, le fit tourner lentement entre ses doigts.

— Qu'est-ce qui t'effraie ainsi, Katie ? finit-il par lui demander.

— Rien. Je... je me demandais juste ce que j'allais bien pouvoir faire quand tu seras absent.

— Des emplettes ! Nous aurons besoin de pas mal de choses pour la maison. Tu verras, les villages ne manquent pas de ressources mais il te faudra aller à San Juan pour le mobilier. Gabriella te servira de guide, et d'interprète, au besoin.

— Du mobilier ? fit-elle, perplexe. Tu n'as pas de meubles à Mayagüez ?

— Je préfère m'en débarrasser. De toute façon, il n'y a rien qui puisse convenir pour le cottage, ajouta-t-il en pinçant les lèvres.

Katie comprit qu'il avait le sentiment qu'elle méritait mieux que ce mobilier, mieux que ce cottage. Il ne pouvait lui offrir un séjour de trois semaines à l'hôtel et l'avait donc installée chez la fille de Rafael, elle n'était pas dupe, les cancans du village avaient bon dos... Il était fort probable, dans ce cas, qu'il ne puisse se permettre de renouveler entièrement son mobilier. Il en avait pourtant l'intention, pour lui faire plaisir. À cette pensée, elle éprouva un horrible sentiment de malaise.

Et si elle en arrivait à la conclusion qu'il lui était impossible de l'épouser ? Mais comment lui annoncer froidement sa décision après l'avoir laissé dilapider son argent dans l'espoir vain de la combler... ? Elle sentait le piège se refermer, se retrouvait prisonnière d'une cage où elle était entrée de sòn plein gré, mais elle voyait les portes prêtes à se verrouiller et la panique s'emparait d'elle. L'issue définitive, terrifiante, se profilait à l'horizon, et une certitude se fit jour dans son esprit : si jamais elle venait à changer d'avis dans les semaines à venir, il lui fallait trouver le moyen de reprendre sa liberté, sans se sentir pieds et poings liés.

— Je veux prendre une partie des meubles à ma charge, lâcha-t-elle brusquement.

Ramon attendit que le garçon se soit éloigné pour répondre.

— Non, fit-il, sans plus d'explications.

— Mais...

— Si je n'avais pas les moyens de meubler le cottage, je ne te l'aurais pas proposé.

Pour lui, le débat était clos.

— Mais tu n'y es pas du tout, reprit-elle dans son affolement.

— Ah non ? Et que voulais-tu me faire comprendre alors ?

— Eh bien, la réfection de la maison va coûter une fortune et le mobilier est hors de prix.

— Dès demain, je te donnerai trois mille dollars...

— Trois mille dollars ? l'interrompit-elle, médusée. Mais comment peux-tu envisager de telles dépenses ? Où vas-tu trouver une telle somme ?

Ramon hésita un instant avant de répondre :

— Ma société me doit plusieurs mois de salaire que je vais récupérer.

— Mais...

Katie vit sa mâchoire se crisper et elle comprit que sa décision était sans appel.

Il reprit avec une calme détermination :

— Il est de mon devoir d'époux de t'offrir un foyer et de le meubler. Il n'est pas question que tu débourses le moindre sou.

Dans un battement de cils, Katie baissa les yeux pour dissimuler la révolte qui flamboyait dans son regard. Qu'à cela ne tienne, il allait découvrir qu'elle était la reine des soldes. Ses meubles lui reviendraient à moitié prix... car elle en réglerait la moitié !

— Je ne plaisante pas, Katie. Que ce soit aujourd'hui ou après la cérémonie, je t'interdis de toucher à ton argent. Tu le laisseras sur ton compte, à Saint Louis.

Seul lui importait de parvenir à ses fins, aussi ne songea-t-elle pas à s'offusquer de son injonction.

— Tu ne comprends pas... je n'en ai aucunement besoin. J'ai non seulement mes économies mais je peux également compter sur le legs que mon père a établi à mon nom, il y a des années, et je détiens aussi une participation sur les bénéfices de la société familiale. Ces deux comptes sont très largement approvisionnés, crois-moi. Je n'aurai même pas à entamer le capital, je me contenterai de puiser dans les intérêts et...

— Non, fit-il de nouveau, inflexible. Je ne suis pas dans la misère. Et quand bien même ce serait le cas, je ne toucherais pas à ton argent. Tu sais très bien ce que j'en pense, j'ai toujours été très clair à ce sujet, il me semble.

— En effet, murmura-t-elle.

Ramon laissa échapper un soupir qui trahissait toute sa colère mais elle eut l'impression que ce ressentiment était dirigé contre lui.

— Tu sais, je n'ai jamais compté sur les seuls revenus de la ferme et j'ignore encore combien il me faudra investir pour rendre les terres productives. Nous disposerons d'une relative aisance quand nous tournerons à plein rendement, mais, en attendant, je devrai consacrer toutes mes économies à la propriété. Seule cette exploitation me permettra d'assurer notre subsistance, il faudra donc sacrifier tous les luxes pour la rendre rentable. Je trouve assez humiliant d'avoir à t'expliquer tout ça après t'avoir demandé de me suivre ici. Mais j'imaginais que tu savais quel genre d'existence t'attendait à Porto Rico...

— Je le savais, en effet, et renoncer au luxe est bien le cadet de mes soucis.

— Qu'est-ce qui t'inquiète alors ?

Katie décida de feindre.

— Mais rien, répondit-elle, plus décidée que jamais à assumer une partie des dépenses.

Décidément, cette affaire d'honneur finissait par les mener un peu loin. Ramon dépassait les bornes, cette attitude parfaitement irréaliste était d'un vieux jeu ! Cette histoire d'argent demeurait un sujet si sensible qu'elle se contenterait tout bonnement de ne rien lui dire.

Ramon parut se radoucir quelque peu.

— Si tu veux, tu pourras placer ton argent pour les enfants, instituer un legs à leur nom, tu auras la possibilité de bénéficier d'avantages fiscaux, je crois.

Des enfants ? Son pouls s'accéléra sous l'effet conjugué du plaisir et de l'affolement. Au train où allaient les choses, elle serait mère d'ici un an. Pourquoi fallait-il que les événements se précipitent à ce point ? La remarque de Rafael concernant la proclamation des bans lui revint en mémoire et elle sentit la panique la gagner. Cette proclamation avait obligatoirement lieu trois dimanches de suite avant la célébration du mariage. Dieu seul savait comment Ramon était parvenu à obtenir une première lecture ce jour-là. Il avait ainsi réussi à soustraire sept jours aux précieuses semaines sur lesquelles elle comptait pour prendre sa décision. Elle fit une dernière tentative pour s'intéresser au contenu de son assiette mais fut incapable d'avaler quoi que ce soit.

— Ramon, comment t'es-tu arrangé pour que le curé publie les bans dès ce matin, nous ne sommes sur l'île que depuis quelques heures ?

Au timbre de sa voix, il comprit à quel point elle était secrètement bouleversée. Il repoussa son assiette, et la transperça du regard, un regard si acéré qu'elle fut incapable de dissimuler son trouble.

— Tu étais encore au bureau lorsque j'ai appelé le *padre* Gregorio pour lui annoncer que nous avions l'intention de nous marier au village et que nous tenions à célébrer la cérémonie au plus vite. Il m'a vu naître, il sait donc que rien ne s'oppose à ce que je me marie à l'église. Je lui ai donné l'assurance qu'il en était de même pour toi. Quand nous nous sommes rencontrés, ton père et moi, Ryan m'a communiqué le nom du pasteur qui t'a vue grandir. J'ai fait part de ce renseignement au *padre* Gregorio afin de lui permettre de prendre toutes les assurances qu'il jugerait nécessaires. C'est aussi simple que cela.

Katie voulut fuir son regard. Peine perdue.

— Il semblerait que quelque chose te déplaise, constata-t-il froidement. Pourrais-tu me dire quoi ?

S'ensuivirent quelques instants de silence très tendu.

— Oh rien, je t'assure ! Mais ce qui m'étonne un peu c'est que tu ne m'aies rien dit...

— Je n'avais pas l'intention de te dissimuler quoi que ce soit. Je pensais que ton père t'en avait parlé et lui, de son côté, a cru que tu étais au courant.

D'une main mal assurée, elle repoussa son assiette à son tour.

— Ne devrais-je pas... enfin, ne devrions-nous pas rencontrer le *padre* Gregorio, avant qu'il ne nous donne son consentement ? demanda-t-elle.

— Si, en effet.

Ramon alluma un de ses minces cigares et s'appuya contre le dossier de sa chaise, guettant sa réaction.

Mal à l'aise, celle-ci lissa machinalement l'or roux de ses cheveux, disciplinant une mèche imaginaire.

— Je t'en prie, arrête de me regarder ainsi, implora-t-elle dans un souffle.

Ramon jeta un coup d'œil par-dessus son épaule et, d'un bref signe de tête, ordonna au serveur de leur apporter l'addition.

— Il me paraît difficile de t'obéir, Katie. Tu es très belle. Et tu sembles terrifiée.

Il s'était exprimé avec un tel détachement qu'elle eut un long moment d'hésitation. Avait-elle bien entendu ? Lorsqu'elle fut certaine de l'avoir compris, Ramon jetait déjà quelques billets sur la nappe. Il quitta aussitôt la table et vint l'aider à se lever.

Sans un mot, ils sortirent de l'auberge et la nuit de velours se referma sur eux tandis qu'ils traversaient la place déserte. Le ciel était constellé d'étoiles et, après la tiédeur de l'après-midi, Katie fut surprise par la fraîcheur de la brise nocturne qui jouait dans les plis de sa robe de soie. Mais, plus que le froid, les émotions de la soirée la laissaient frissonnante et bouleversée. Ramon retira sa veste pour la draper sur ses épaules.

Ses paroles lui revinrent à l'esprit lorsqu'elle passa devant l'église : « C'est ici qu'aura lieu la cérémonie. »

Dans deux semaines exactement, il se pourrait qu'elle descende ces marches à son bras... mariée.

Ce ne serait pas la première fois... Elle se revit sur le parvis de l'immense cathédrale gothique, ce samedi-là ; une longue file de limousines bloquaient la circulation. David, à ses côtés, avait attendu sous le soleil que les photographes aient achevé leur travail. David, dans un superbe smoking, et elle, sous son voile, parée de sa merveilleuse robe blanche. Ils s'étaient précipités vers la voiture sous les vivats des amis, fendant la foule en riant, essayant d'éviter l'avalanche de grains de riz. David... il était si séduisant, comme elle l'aimait ce jour-là ! Dieu sait si elle l'avait aimé !

Tandis qu'elle remontait la petite route de campagne au long de laquelle scintillaient les fenêtres des maisons, des souvenirs qu'elle croyait enfouis à jamais revinrent la hanter.

David.

Les six mois qu'avait duré leur union, il n'avait cessé de l'humilier, de la maintenir dans le désarroi. Ensuite, il l'avait terrorisée. Durant leurs courtes fiançailles, déjà, Katie avait remarqué les coups d'œil intéressés qu'il lui arrivait parfois de lancer aux autres femmes, mais elle avait réussi à faire taire un pénible sentiment de jalousie. David avait trente ans, après tout, il ne fallait pas l'oublier, et il l'aurait certainement trouvée bien possessive et bien puérile. Et puis, il se contentait de regarder. Jamais il n'en arriverait à la tromper.

Ils étaient mariés depuis deux mois lorsqu'elle osa enfin une critique, et ce, après avoir été blessée et après avoir eu à rougir de sa conduite. Ils étaient conviés à un dîner dansant très officiel organisé par les membres du barreau du Missouri, soirée au cours de laquelle la femme fort séduisante d'un avocat en vue de Kansas City avait éveillé l'intérêt de David. Ils avaient commencé à flirter aux cocktails ; les choses s'étaient précisées durant le dîner où ils s'étaient assis côte à côte et l'idylle avait éclaté au grand jour sur la piste de danse. Ils n'avaient pas tardé à s'éclipser durant une heure et demie tandis que Katie subissait la commisération de leurs connaissances et essuyait la fureur du mari.

Sa rancœur était telle, en arrivant chez eux, qu'elle en avait l'estomac noué. Elle avait éclaté en larmes et n'avait pu maîtriser sa colère et son indignation. Sans un mot, David l'avait laissée dire, seul son poing se serrait convulsivement. Katie ne devait comprendre que quatre mois plus tard ce que présageait cette crispation spasmodique.

Après cet éclat, elle s'attendait à ce qu'il s'excuse ou à ce qu'il nie tout en bloc. Mais il se contenta de se lever, la toisa avec un profond mépris et alla se coucher.

Le lendemain commencèrent les représailles. David lui avait concocté un châtiment digne des plus grands sadiques. Il se contentait en fait de jouer les maris harassés par la présence importune d'une épouse mais, psychologiquement, la torture était très au point.

Il saisissait le moindre prétexte pour critiquer ses

défauts, réels ou imaginaires. Rien ne trouvait grâce à ses yeux ; il remarquait sur le ton le plus anodin :

— Tes hanches semblent encore un peu plus larges avec ces jupes plissées.

Katie avait objecté qu'il n'en était rien mais elle s'était inscrite à un cours de gym sur-le-champ.

— Tu devrais te faire couper les cheveux pour gommer un peu ton menton.

Katie avait protesté, mais elle avait néanmoins adopté une nouvelle coupe.

— Si tu serrais un peu les genoux, tu ne tortillerais pas le derrière en marchant.

Katie avait serré les genoux en se demandant si elle se « tortillait » toujours.

Sans cesse aux aguets, il ne la quittait pas des yeux. Elle en était si gênée qu'elle n'était plus capable de traverser une pièce sans se cogner à une table ou sans heurter une chaise. Et David ne manquait pas de le remarquer. Ses commentaires n'épargnaient ni les repas brûlés, ni les vêtements qu'elle oubliait de porter chez le teinturier, ni la poussière qu'elle n'avait pas vue.

— Il y a des femmes qui sont capables de mener une carrière et de tenir une maison, observa-t-il un soir tandis qu'elle faisait briller les meubles. De toute évidence, ce n'est pas dans tes cordes. Il va falloir que tu renonces à ton travail.

Avec le recul, Katie se demanda comment elle avait pu se laisser manipuler aussi facilement. Deux semaines durant, David avait « été retardé au bureau ». Quand il rentrait, il ne desserrait pas les dents et, lorsqu'il se décidait à ouvrir la bouche, elle devait subir son ironie glacée ou la fausse courtoisie de ses sarcasmes. À maintes reprises, elle avait tenté de mettre un terme aux hostilités, mais n'avait eu droit qu'à son froid dédain. Deux malheureuses semaines avaient suffi à David pour la transformer en paquet de nerfs, la réduire à l'état de loque larmoyante, et il avait réussi à la persuader qu'elle était gauche, idiote, stupide... À l'époque, elle n'avait que vingt et un ans, et elle sortait tout juste de l'université. David, lui, avait neuf ans de plus, il était le raffinement fait homme et avait un terrible ascendant sur les autres.

Toutefois, à la perspective d'abandonner son emploi, elle était sortie de ses gonds.

— Mais j'adore mon travail ! avait-elle répliqué, le visage ruisselant de larmes.

— Je pensais que tu « aimais » ton mari, avait-il rétorqué, glacial.

Son regard s'était posé sur les mains de Katie qui s'était mise à frotter la table avec l'énergie du désespoir.

— Je tiens beaucoup à cette coupe de Steuben, avait-il déclaré très lentement avec une insistance méprisante. Enlève-la avant de la renverser.

Alors elle s'était déchaînée.

— Pourquoi la renverserais-je ? avait-elle hurlé à travers ses larmes.

Et elle avait balayé la précieuse coupe de verre qui s'était écrasée sur le sol dans un épouvantable fracas. Anéantie, elle s'était précipitée dans ses bras, incapable de maîtriser ses sanglots déchirants.

— Je t'aime, David... Je ne sais pas ce qui m'arrive, ces derniers temps. Pardonne-moi. Je vais démissionner, et je...

David tenait sa revanche. Tout était oublié. Il lui tapota le dos pour la consoler, la rassura. Elle l'aimait, c'était l'essentiel ; il ne fut plus question de démission. Leur union était de nouveau au beau fixe et elle retrouva le mari prévenant, attentionné, l'homme charmant qu'elle avait toujours connu.

Quatre mois plus tard, Katie quitta le bureau très tôt pour lui préparer une surprise, un dîner particulièrement soigné pour fêter leurs six mois de mariage. L'effet de surprise fut très réussi. Elle le trouva au lit, adossé aux oreillers, grillant nonchalamment une cigarette. L'épouse du principal associé de son cabinet d'avocats était blottie contre lui, entièrement nue. L'estomac noué, Katie sentit néanmoins un calme effrayant l'envahir.

— Il semble que vous en ayez terminé, lança-t-elle posément sur le seuil de la porte. Je vous serais donc reconnaissante de quitter cette chambre. Tous les deux.

Elle s'était dirigée vers la cuisine dans un état second, avait pris les champignons dans le sac à provisions et s'était mise à les émincer pour le dîner. À deux reprises, elle s'était entaillé le doigt sans prendre garde au sang qui perlait. Quelques minutes plus tard, elle avait entendu David vitupérer dans son dos :

— Sale petite garce, je vais t'apprendre les bonnes manières, et dès ce soir, fit-il à mi-voix, hors de lui. Il se trouve que le mari de Sylvia Conner est mon patron. Alors tu vas sortir de là et lui faire des excuses.

— Va te faire voir ! était-elle parvenue à répliquer tandis que la douleur et la honte la suffoquaient.

David avait brusquement agrippé ses cheveux, lui renversant brutalement la tête en arrière.

— Tu ferais mieux de m'obéir, je te préviens, ou tu t'en repentiras après le départ de Sylvia.

Katie mourait d'angoisse, les larmes lui brûlaient les yeux mais elle réussit à affronter sans faiblir son regard étincelant de rage.

— Non !

Il la relâcha et, d'un pas nonchalant, regagna la salle de séjour.

— Sylvia, l'entendit-elle dire, Katie est désolée de t'avoir contrariée ainsi, elle te présentera ses excuses dès demain. Viens, je vais te raccompagner à ta voiture.

Après leur départ, Katie retourna dans la chambre qu'elle avait partagée avec David. Comme un automate, elle sortit ses valises des placards. Elle vidait machinalement ses tiroirs lorsqu'elle l'entendit rentrer.

— Tu sais, chérie, fit-il sur le ton le plus suave, le plus doucereux, j'ai cru que tu avais compris la leçon la dernière fois. Il ne faut pas me mettre en colère. J'ai essayé la manière douce mais apparemment sans grand résultat. J'ai bien peur qu'il ne me faille me montrer plus persuasif aujourd'hui.

Katie, qui entassait mécaniquement ses affaires dans les valises, leva la tête pour le voir déboucler très calmement sa ceinture. Il la fit glisser hors des passants. Pétrifiée, éperdue de terreur, elle était incapable de proférer un son.

— Si tu oses lever la main sur moi, souffla-t-elle d'une voix étouffée, je te fais arrêter pour coups et blessures.

Sans hâte, David la pourchassa à travers la pièce, la regardant fuir devant lui avec un plaisir pervers.

— Oh non ! Tu vas pleurer, tu vas sangloter même, et tu vas me demander pardon. Tu vas me dire que tu m'aimes.

Il n'en fut pas autrement. Une demi-heure plus tard, elle criait encore : « je t'aime », la tête enfoncée dans l'oreiller, quand elle entendit la porte d'entrée se refermer.

Combien de temps était-elle restée ainsi avant de pouvoir se traîner hors du lit ? Elle passa un manteau, saisit son sac et quitta l'appartement. Elle n'avait aucun souvenir d'avoir pris sa voiture pour retourner chez ses parents. Elle ne remit jamais les pieds chez David.

Il l'avait ensuite appelée jour et nuit, essayant de l'amadouer pour la menacer l'instant d'après si elle refusait de reprendre la vie commune. Il regrettait, comme il regrettait ! Mais le procès en cours avait mis ses nerfs à rude épreuve, cela ne se produirait plus, il en faisait le serment.

Elle le revit pour la dernière fois le jour du divorce.

Katie leva les yeux ; Ramon venait de tourner dans une étroite allée de terre. Un peu plus loin, à flanc de coteau, brillait une lumière. La maison de Gabriella, songea-t-elle. Elle embrassa du regard les collines alentour, toutes piquetées de petites lumières scintillant dans la nuit. Ces lueurs éparses, les unes plus hautes, les autres plus basses, certaines lointaines, rendaient cette nature accueillante et étaient comme autant de havres tranquilles dans la nuit d'encre. Katie aurait voulu profiter de ce spectacle sans arrière-pensées, pouvoir jouir de l'instant présent ou songer à l'avenir, mais elle restait prisonnière du passé...

Certes, David Caldwell l'avait abusée, mais c'était bien elle qui s'était *laissé* abuser. Malgré la candeur virginale de ses vingt et un ans, elle avait eu le pressentiment que derrière cet être charmant se dissimulait un autre personnage.

Gravé dans son subconscient, elle se remémorait l'éclair de fureur bien maîtrisé qu'elle avait perçu dans son regard quand un serveur n'accourait pas à son appel ; la crispation de ses mains sur le volant lorsqu'une voiture lui bloquait le passage ne lui avait pas échappé non plus. Elle avait même surpris dans ses yeux cette lueur calculatrice qu'il prenait garde de dissimuler lorsqu'il regardait une femme. Cet homme était-il vraiment celui qu'il prétendait être ? Elle se l'était demandé mais elle était amoureuse et l'avait épousé.

Dans quelques jours, elle épouserait Ramon... Comment ignorer ce doute lancinant qui la taraudait ? Elle le soupçonnait, lui aussi, de se composer un personnage. Il lui semblait que les morceaux du puzzle qu'elle avait devant elle ne s'emboîtaient pas vraiment. Ses hésitations, ses réponses laconiques, lorsqu'elle voulait en savoir un peu plus sur son passé, lui paraissaient suspectes. Si vraiment il n'avait rien à cacher, pourquoi cette répugnance à parler de lui ?

Mais son cœur se rebellait devant ces arguments. Bien sûr, Ramon ne se montrait guère loquace en ce qui le concernait. Mais dissimulait-il pour autant quelque sinistre trait de caractère ? David parlait de lui avec la plus grande complaisance ; sur ce point, ils ne se ressemblaient guère.

Ils étaient d'ailleurs très différents, décida-t-elle résolument. Enfin... l'étaient-ils vraiment ?

Katie en vint à la conclusion qu'il lui fallait tout simplement s'habituer à ce projet de remariage. Un peu de temps... c'était tout ce dont elle avait besoin. Les événements se précipitaient à une telle vitesse qu'elle cédait à l'affolement. Les deux semaines à venir auraient raison de ses craintes irraisonnées. Du moins l'espérait-elle...

Ils approchaient de la maison de Gabriella lorsque Ramon, s'avançant d'un pas, lui barra soudain la route.

— Pourquoi ? demanda-t-il brusquement, irrité. Qu'est-ce qui t'effraie à ce point ?

— Rien... absolument rien, se défendit-elle, interdite.

— Si, insista-t-il d'un ton brusque. Tu as peur.

Katie leva les yeux vers ce visage que baignait le clair de lune. Contre toute attente, elle lut dans son regard beaucoup de douceur et il lui parut calme, déterminé. David, lui, n'avait aucune gentillesse, aucune force de caractère. C'était un pleutre et un être malfaisant.

— Tout cela est si soudain, tu comprends..., dit-elle, se contentant d'une demi-vérité.

Ramon fronça les sourcils et un pli soucieux lui barra le front.

— C'est vraiment tout ce qui te préoccupe ?

Elle eut un instant d'hésitation. Impossible de lui avouer ce qui l'effrayait à ce point... elle-même était incapable de le formuler. Du moins, pas encore.

Aussi préféra-t-elle biaiser :

— Il y a tant à faire et il ne reste que si peu de temps !

Ramon ne put retenir un soupir de soulagement et laissa très lentement remonter ses mains jusqu'à ses épaules pour la serrer sur son cœur.

— Je sais bien que la cérémonie aura lieu dans deux semaines. Tes parents seront là et je me chargerai de tous les détails pratiques. Toi, tu n'as qu'une chose à faire : prendre rendez-vous avec le *padre* Gregorio.

Sa voix de velours, son souffle tout contre ses cheveux, sa senteur musquée, si masculine, tout se liguait contre elle. Le charme opéra.

— Tu veux dire, pour organiser la cérémonie ? demanda-t-elle en se renversant légèrement pour le regarder.

— Non, pour le persuader que tu feras une épouse parfaite, rectifia-t-il en l'étreignant.

— Tu es sérieux ? murmura-t-elle, fascinée par les lèvres voluptueuses qui venaient à sa rencontre.

Son pouls s'accéléra, le désir la submergeait une fois de plus, balayant tous les doutes, toutes les angoisses.

— Sérieux... pour nous deux ? Tu le sais bien, lui glissa-t-il tout bas.

Katie sentit son souffle tiède contre ses lèvres.

— Non, je parlais du *padre* Gregorio. Dois-je réellement le convaincre que je ferai une bonne épouse ?

— Oui, murmura-t-il d'une voix sourde. Et maintenant, c'est moi qu'il faut convaincre.

Katie esquissa un sourire et sa main se referma sur la nuque de Ramon pour l'attirer, plus près encore.

— Seras-tu difficile à convaincre ? demanda-t-elle, mutine.

— Je vais m'y employer, répondit-il d'un ton que voilait la passion.

Katie se fit tentatrice, elle laissa courir ses doigts sur sa poitrine en une troublante caresse.

— Combien de temps me donnes-tu pour y parvenir ? susurra-t-elle, enjôleuse, en sentant les muscles de Ramon se tendre sous ses paumes.

— Trois secondes environ, chuchota-t-il ardemment, le souffle court.

12

Katie se retourna dans son lit et eut une curieuse impression en ouvrant les yeux. La veille au soir, elle avait sombré dans un sommeil de plomb, épuisée. La chambre dans laquelle elle venait de se réveiller était inondée de soleil et d'une propreté impeccable. Le mobilier rudimentaire se résumait à une vieille commode en érable et à une table de nuit rutilantes.

— Bonjour ! lança la voix douce de Gabriella.

Elle se tenait sur le seuil de la chambre et Katie retrouva brusquement ses esprits en la voyant s'avancer vers elle et poser une tasse de café bien chaud sur la table de nuit. À vingt-quatre ans, Gabriella était éblouissante. Quel photographe de mode n'aurait rêvé d'immortaliser ses pommettes hautes et l'éclat de ses yeux bruns ? La veille, elle avait confié à Katie qu'un célèbre photographe, après l'avoir aperçue dans les rues du village, lui avait demandé de poser pour lui, mais Eduardo, son mari, s'y était opposé. Qu'attendre d'autre, en effet, de ce bel homme qui ne desserrait pas les dents ? songea Katie avec agacement.

Elle remercia Gabriella qui lui expliqua, avec un sourire :

— Ramon est venu te voir avant de partir, ce matin, mais quand je lui ai dit que tu dormais, il n'a pas voulu te déranger. Il m'a chargée d'un message : il passera ce soir, en rentrant.

— De Mayagüez, ajouta-t-elle pour dire quelque chose.

— Non, de San Juan, rectifia Gabriella.

Elle parut si effrayée, tout à coup, que c'en était presque comique.

— ... ou peut-être Mayagüez. Je suis désolée, je ne m'en souviens pas.

— Ce n'est pas grave, lui assura Katie, intriguée par la violence de sa réaction.

Le soulagement de Gabriella fut manifeste.

— Ramon t'a laissé beaucoup d'argent et il a dit que nous ferions bien de commencer nos achats, si tu t'en sens le courage.

Katie acquiesça d'un signe de tête et jeta un coup d'œil au réveil en plastique, sur la table de nuit. Dix heures ! Elle n'aurait jamais cru qu'il était aussi tard. Demain, elle veillerait à se lever assez tôt, avant que Ramon ne parte pour cette entreprise en dépôt de bilan, à Mayagüez.

Un silence oppressant pesait, tel un funeste linceul, sur les sept hommes réunis dans la salle de conférences de Galverra International, au siège de la compagnie, à San Juan.

Silence que vint troubler la vieille horloge baroque ; les dix coups de dix heures sonnèrent comme un glas, saluant les derniers sursauts d'agonie de la multinationale, jadis si prospère.

Ramon, qui siégeait au bout de la table, balaya du regard les cinq hommes assis à sa gauche : le conseil d'administration. Son père avait su les choisir avec le plus grand soin ; ils étaient nantis, tous les cinq, des trois qualités indispensables à ses yeux : l'intelligence, l'avidité et le manque de caractère. Durant vingt longues années, Simon avait exploité leur intelligence, tiré profit de leur avidité et joué de leur absence de combativité. Ils ne l'avaient jamais contredit, n'avaient jamais remis ses décisions en question.

— Je vous demande, dit-il encore une fois, d'un ton

bref, glacial, si l'un d'entre vous aurait une solution à me soumettre, viable pour l'entreprise, afin de nous éviter la faillite.

Deux des administrateurs se raclèrent nerveusement la gorge, un autre s'empara de la carafe d'eau glacée placée au centre de la table.

Leurs regards fuyants, la lâcheté de leur silence, déchaînèrent la fureur qu'il n'avait réussi à maîtriser qu'à grand-peine jusque-là.

— Aucune suggestion ? demanda-t-il, d'un ton trop amène pour ne pas dissimuler quelque menace. Bien ! Si l'un d'entre vous recouvre l'usage de la parole, peut-être pourrait-il m'expliquer pourquoi je n'ai pas été informé des décisions catastrophiques prises par mon père, ou de l'étrangeté de son comportement durant ces dix derniers mois ?

Passant un doigt dans le col de sa chemise, un des membres du conseil avança :

— Votre père ne voulait pas que l'on vous ennuie avec les problèmes de la société, ici, au siège. Il nous l'a bien spécifié, n'est-ce pas, Charles ? fit-il en sollicitant d'un signe de tête l'appui de son voisin, un Français. Il nous a dit textuellement : « Les six prochains mois, Ramon va prendre la direction de nos opérations en France et en Belgique, puis il participera à la conférence sur le commerce international, en Suisse. Ensuite, il sera pris par les négociations avec l'Égypte. Il ne faut pas l'importuner avec les décisions mineures que nous prenons ici. » Il s'est bien exprimé en ces termes, n'est-ce pas ?

Les cinq têtes acquiescèrent à l'unisson.

Ramon les observa tous les cinq en faisant rouler très lentement un crayon entre ses doigts.

— Ainsi, conclut-il d'un ton doucereux, pas un d'entre vous n'a osé « m'ennuyer » ? Pas même le jour où mon père a bradé une flotte de pétroliers et une compagnie aérienne pour la moitié de leur valeur... Pas même lorsqu'il a décidé d'offrir tous nos avoirs miniers à un gouvernement sud-américain ?

— Cet... cet argent était le vôtre, Ramon, et celui de votre père.

À l'extrémité de la table, le dernier participant leva les bras en signe d'impuissance.

— À nous tous, nous ne représentons qu'un petit pourcentage d'actions dans la société. C'est votre famille qui détient la majorité du capital. Nous avions conscience qu'il n'agissait pas au mieux des intérêts de la compagnie, mais c'est vous qui en étiez les *propriétaires*. Et votre père désirait, paraît-il, obtenir des réductions fiscales.

Ramon sentait monter la rage qui le suffoquait à présent. Au creux de sa paume, le crayon se brisa net.

— Des déductions fiscales ? fit-il, cinglant.

— Oui... oui, répondit un autre administrateur. Vous savez... des déductions fiscales pour la société.

Le poing de Ramon s'abattit sur la table de conférences dans un fracas assourdissant ; il se leva d'un bond.

— Vous n'allez tout de même pas me faire croire qu'il vous a paru logique de dilapider les avoirs de la société pour éviter de payer des impôts ?

Serrant les mâchoires, il fit saillir un muscle sur sa joue tandis qu'il foudroyait les cinq hommes du regard.

— Vous comprendrez, j'en suis persuadé, que la société est dans l'incapacité de vous rembourser vos frais de déplacement...

Il attendit quelques instants, savourant l'effet de surprise : la stupéfaction se peignait sur tous les visages.

— ... et que je ne puis approuver le paiement de vos honoraires pour les services rendus par ce « conseil d'administration » ces douze derniers mois. La séance est levée !

L'un des participants choisit cet instant pour retrouver un peu d'assurance.

— Euh... Ramon, les statuts de la société stipulent que les membres du conseil d'administration reçoivent une rétribution annuelle de...

Mal lui en prit.

— Vous n'avez qu'à me traîner en justice ! fulmina Ramon qui tourna les talons et quitta la salle du conseil en trois enjambées pour regagner son bureau.

L'homme qui était assis à sa droite et avait assisté à la réunion sans mot dire lui emboîta le pas.

— Sers-toi quelque chose, Miguel, marmonna-t-il entre ses dents en se débarrassant immédiatement de sa veste.

D'un geste sec, il desserra son nœud de cravate et alla se poster derrière la baie vitrée.

Miguel Villegas jeta un bref regard au bar raffiné inséré dans les boiseries du mur pour s'asseoir aussitôt dans un des fauteuils de velours, face à l'impressionnant bureau directorial. Morose, il se rembrunit encore en levant les yeux vers Ramon, n'osant lui témoigner sa sympathie. Appuyé contre le montant de la fenêtre, ce dernier lui tournait le dos, le poing crispé.

Un silence oppressant s'installait. Au bout de quelques minutes, Ramon parut se détendre ; il ouvrit le poing et laissa retomber son bras. Ses larges épaules se voûtèrent, trahissant sa lassitude et sa résignation, et il massa du bout des doigts sa nuque contractée avant de se tourner vers son ami.

— Cela fait des semaines que je croyais avoir

accepté la défaite, dit-il avec amertume en laissant échapper un soupir. Il semble que je me sois trompé.

Il s'approcha du bureau et prit place sur l'imposant fauteuil à haut dossier. Croisant le regard du fils de Rafael Villegas, il reprit, impassible :

— J'imagine que les résultats de ton enquête ne sont guère encourageants ?

— Ramon, répondit Miguel, s'excusant presque, je ne suis qu'un petit comptable, je ne traite qu'avec la clientèle locale. Tu aurais dû faire appel aux experts de la société... tu ne peux te fier à mes conclusions.

Ramon ne se laissa pas impressionner par ces dérobades.

— Les experts de New York sont en route, ils seront là d'une minute à l'autre, mais je n'ai pas l'intention de leur livrer les archives personnelles de mon père. Alors, qu'as-tu découvert ?

— C'est bien ce que tu redoutais, répondit Miguel avec lassitude. Ton père a bradé tous les secteurs d'activité qui dégageaient des bénéfices, il n'a gardé que les sociétés qui enregistraient des pertes. Et ensuite, ne sachant que faire des liquidités, il a distribué ses millions à toutes les organisations caritatives possibles et imaginables.

Miguel sortit plusieurs extraits comptables de son porte-documents et les fit glisser, comme à regret, sur l'immense bureau de Ramon.

— Le plus désolant, à mes yeux, concerne les chantiers de Saint Louis et de Chicago. Tu as investi quarante millions de dollars dans ces deux tours. Si seulement les banques consentaient à te prêter les fonds nécessaires pour mener à bien ces projets, tu pourrais commercialiser les deux bâtiments, récupérer ta mise et en retirer de coquets bénéfices.

— Les banquiers me refuseront leur soutien, fit laconiquement Ramon. J'ai déjà pris contact avec eux, à Chicago et à Saint Louis.

— Bon Dieu, mais pourquoi ?

Incapable de se maîtriser plus longtemps, Miguel laissa tomber son masque. Rongé par l'angoisse, il observait le visage impassible, impénétrable, de celui qu'il aimait comme un frère.

— Enfin, ils ont financé en partie la construction de ces deux buildings, pourquoi refuseraient-ils de te prêter les fonds nécessaires à l'achèvement du chantier ?

— Parce qu'ils n'ont plus confiance en moi et doutent de mes capacités, répliqua Ramon en parcourant les chiffres communiqués par Miguel. Ils me croient incapable de mener à bien ce projet et de rembourser les emprunts. Ils ne voient qu'une chose : du vivant de mon père, ils recevaient un million de dollars d'intérêts mensuels. Depuis que j'ai repris la société en main, nous accumulons brusquement quatre mois d'arriérés.

— Enfin, c'est à cause de ton père que la société n'a plus une seule rentrée ! marmonna Miguel entre ses dents.

— Essaie donc d'expliquer ça à un banquier ! Il changera son fusil d'épaule et te dira que si mon père était président du conseil d'administration, moi, j'étais directeur général du groupe. Et qu'à ce titre, j'aurais dû l'empêcher de commettre des erreurs !

— Des erreurs ! fulmina Miguel. Il ne s'agit nullement d'erreurs ! Il a agi de propos délibéré afin de te dépouiller de tout. Ton père avait un plan bien précis : faire croire au monde entier que sans lui la société ne pourrait survivre.

Un éclair glacé traversa soudain le regard de Ramon.

— Il était atteint d'une tumeur au cerveau et n'était plus responsable de ses actes.

Miguel Villegas s'était rembruni. Il se raidit brusquement sur son siège et son visage à la peau mate ne fut plus qu'un masque farouche.

— C'était un salaud, un misérable, un petit tyran minable, et un égocentrique. Tu le sais parfaitement ! D'ailleurs, personne ne l'ignore. Il n'a jamais accepté ta réussite et il t'en voulait de ton succès. Cette tumeur n'a eu qu'une faible incidence sur son comportement. Mais, dans ses derniers jours, il était incapable de maîtriser sa jalousie.

Constatant que Ramon perdait lui aussi son contrôle, Miguel se radoucit quelque peu :

— Je sais, tu te refuses à l'admettre mais c'est néanmoins la triste réalité. Tu es entré dans l'entreprise et, quelques années plus tard, tu avais bâti un empire financier international, tu as multiplié les avoirs de la compagnie par trois cents. C'est ton œuvre, Ramon, pas la sienne. La presse ne s'intéressait qu'à toi, c'est à toi qu'on a décerné le titre de « chef d'entreprise le plus dynamique du monde », toi que l'on a sollicité pour participer à la conférence de Genève. Je déjeunais à la table voisine de ton père, le jour où il a appris la nouvelle. Loin d'être fier, il était tout bonnement furieux ! Et il a essayé de faire croire aux gens qui partageaient sa table que cette invitation t'était adressée parce qu'il ne pouvait se permettre d'aller perdre son temps à Genève.

— Assez ! l'interrompit brutalement Ramon.

Il était livide, blême de rage, et la douleur l'étreignait.

— Quoi qu'il en soit, c'était mon père, et il est mort à présent. Nos relations n'étaient pas très tendres, de son vivant, alors n'essaie pas de réduire à néant le peu de sentiments que j'éprouve encore à son égard.

Dans le morne silence qui s'ensuivit, Ramon reporta son attention sur les extraits comptables que Miguel lui avait apportés. Il leva les yeux après avoir parcouru la dernière rubrique.

— Quel est cet avoir de trois millions de dollars dont tu me crédites ?

— Si l'on peut parler d'un avoir ! répliqua Miguel d'un ton lugubre. J'ai trouvé ce dossier dans les affaires personnelles de ton père, à la maison de Mayagüez. À mon avis, il s'agit d'un prêt que tu aurais accordé, il y a neuf ans, à un certain Sidney Green, à Saint Louis du Missouri. Ce type est toujours ton débiteur mais tu n'as plus la possibilité de le poursuivre ou d'intenter une action en justice à son encontre. Selon les termes de la loi, toute requête doit être enregistrée dans un délai de sept ans... Il est donc trop tard.

— Le prêt a été remboursé, fit Ramon en haussant les épaules.

— Les archives que j'ai compulsées n'en font pas mention.

— Si tu cherches un peu plus avant, tu trouveras trace du paiement, mais inutile de perdre ton temps à fouiller dans ces dossiers, tu as beaucoup trop à faire.

On frappa à la porte et l'élégante secrétaire de Simon Galverra apparut aussitôt dans l'encadrement de la porte.

— Les comptables sont arrivés de New York. Et il y a aussi deux reporters du journal local qui sollicitent une interview, ainsi qu'un appel urgent de Zurich.

— Faites entrer les comptables dans la salle de conférences et débarrassez-vous des journalistes en leur promettant une interview pour le mois prochain. Je rappellerai Zurich un peu plus tard.

La secrétaire se retira avec un signe de tête, faisant virevolter sa jupe sur des jambes parfaites.

Tandis qu'elle quittait la pièce, Miguel posa sur elle un regard admiratif.

— Au moins ton père avait-il du goût pour choisir ses secrétaires ; Élise est très belle, remarqua-t-il sur le ton impersonnel de l'amateur d'art.

Ramon ouvrit le lourd bureau sculpté et en retira sans un mot trois épais dossiers étiquetés « confidentiel ».

— En parlant de jolies femmes, reprit Miguel avec une nonchalance étudiée tout en rangeant ses documents pour partir, quand me présenteras-tu la fille de l'épicier ?

Ramon tendit la main vers l'interphone et donna ses instructions à Élise :

— Faites monter Davidson et Ramirez. Qu'ils m'attendent dans la salle de conférences en compagnie des experts.

Sans lever les yeux des dossiers étalés devant lui, Ramon demanda :

— Quelle fille d'épicier ?

Miguel leva les yeux au ciel en une grimace comique.

— Celle que tu as ramenée des États-Unis... Eduardo prétend qu'elle est assez séduisante. Quand on connaît son aversion pour les Américaines... j'en déduis qu'elle est d'une exceptionnelle beauté. Eduardo m'a dit que son père était épicier.

— La fille d'un... ?

Perplexe, Ramon parut agacé un court instant ; mais la crispation de sa mâchoire s'effaça peu à peu et son regard froid, inflexible, perdit de sa sévérité. Sans raison aucune, le pli amer de sa bouche disparut et il esquissa un sourire.

— Katie, murmura-t-il pour lui-même. Tu veux parler de Katie.

Il se cala au fond du fauteuil directorial et ferma les yeux.

— Comment ai-je pu oublier que j'avais Katie auprès de moi ?

Observant Miguel à travers ses paupières mi-closes, Ramon reprit, avec une ironie un peu amère :

— Katie est la fille d'un riche Américain, propriétaire d'une importante chaîne de supermarchés. Je l'ai amenée des États-Unis et elle séjourne chez Gabriella et Eduardo depuis hier soir ; ils l'hébergeront jusqu'au jour du mariage, dans deux semaines.

Ramon expliqua brièvement que Katie ne savait rien de sa situation et qu'il lui avait dissimulé la vérité. Il justifia également sa façon d'agir tandis que Miguel retrouvait, lentement, le siège qu'il venait d'abandonner avant de secouer la tête, incrédule :

— *Dios mío*, j'avais cru comprendre qu'elle était ta maîtresse.

— Eduardo sait parfaitement qu'il n'en est rien. Il ne fait aucune confiance aux Américaines et il s'est mis en tête que je finirai par changer d'avis, que je renoncerai à l'épouser. Mais je suis persuadé qu'il appréciera Katie lorsqu'il aura appris à la connaître. En attendant, il fera preuve de la plus grande hospitalité, par égard pour moi, et ne fera aucune allusion à mon passé.

— Mais enfin, le village tout entier doit être en

révolution depuis ton retour ! Ta Katie finira bien par surprendre quelque commérage.

— Sans aucun doute, mais elle n'en saisira pas un traître mot. Elle ne parle pas espagnol.

S'arrachant très lentement au fauteuil où il était installé, Miguel observa Ramon, préoccupé.

— Et ma famille ? Tout le monde parle anglais à la maison, et les plus jeunes sont bien capables de vendre la mèche par étourderie.

— Seuls tes parents, Gabriella et son mari, savent encore le parler, répliqua sèchement Ramon. Que je sache, tes frères et sœurs ignorent jusqu'au premier mot d'anglais.

— Tu sais, Ramon... de ta part, rien ne saurait me surprendre à présent.

— J'aimerais que tu sois mon témoin.

Morose, Miguel esquissa un sourire.

— Ça n'a rien d'une surprise. J'ai toujours su que tu me le demanderais, comme je te l'ai demandé ce jour où tu es revenu d'Athènes pour assister à mon mariage.

Tendant la main au-dessus du bureau, il ajouta :

— Félicitations, ami.

Miguel lui broya littéralement la main. Ramon comprit à quel point son vieux compagnon était heureux pour lui, et comprit également à quel point l'ampleur de ce désastre financier le touchait, lui aussi.

— Je retourne éplucher les dossiers de ton père.

Ils furent interrompus par le bourdonnement de l'interphone ; la voix de la secrétaire les informa que les deux avocats convoqués par ses soins attendaient dans la salle de conférences en compagnie des experts-comptables.

Ramon s'attarda un moment à sa table de travail. Il attendit que Miguel ait quitté la vaste pièce moquettée et, quand la porte se fut refermée sur son ami, il parcourut du regard le spacieux bureau comme s'il le voyait pour la dernière fois, gravant dans sa mémoire la paisible splendeur des lieux.

Il contempla le paysage de Renoir qu'un collectionneur lui avait cédé pour une somme exorbitante. Mises en valeur par le spot, les vives couleurs de la toile offraient un contraste saisissant avec les somptueuses boiseries de noyer. Ramon s'était défait de tous ses avoirs personnels, offerts en garantie pour obtenir les prêts indispensables à la survie de l'entreprise. La volonté de destruction qui animait son père lui était alors apparue dans toute son ampleur. La destinée du Renoir serait celle de tous ses autres biens, vendu aux enchères, au plus offrant. Il lui restait à espérer que son nouveau propriétaire l'aimerait autant qu'il l'avait aimé.

Appuyant sa tête contre le dossier du fauteuil, il ferma les yeux. Dans quelques instants, il lui faudrait rejoindre la salle de réunion, abandonner les registres comptables aux experts, et prier les avocats de la société de dresser les actes juridiques établissant, aux yeux des tribunaux et du monde des affaires, que la Galverra International était condamnée. Enterrée.

Quatre mois durant, il s'était battu. Il avait essayé de sauver la compagnie, avait dilapidé en vain ses propres fonds pour la maintenir sous perfusion... il avait tout tenté pour assurer sa survie. En vain. Il ne lui restait plus qu'à abréger son agonie, à s'assurer qu'elle disparaisse dans la dignité.

Durant ses longues nuits d'insomnie, il avait redouté ce moment fatidique. L'instant était venu.

Mais, à présent, il ne ressentait pas ce déchirement qu'il aurait éprouvé, sans nul doute, quinze jours auparavant.

Aujourd'hui, il avait Katie.

Il avait sacrifié sa vie à la compagnie. Maintenant, il allait lui consacrer son existence. À elle, et à elle seule.

Depuis combien d'années n'avait-il ressenti un tel élan de ferveur religieuse ? Il lui semblait que Dieu, après l'avoir dépouillé de tout, avait eu pitié. Alors, il lui avait envoyé Katie. Et elle valait bien tous ces sacrifices.

Katie passa sur ses lèvres une touche de rouge mordoré assorti au vernis qui laquait ses ongles en amande. Elle vérifia la tenue de son mascara, souleva quelques mèches du bout des doigts et la crinière soyeuse retrouva son mouvement savamment décoiffé. Satisfaite du résultat, elle jeta un coup d'œil au réveil. Cinq heures et demie et il faisait encore grand jour ; Ramon avait dit à Gabriella qu'il passerait entre cinq heures et demie et six heures pour l'emmener dîner chez Rafael.

Décidant brusquement d'aller à sa rencontre, elle enfila un pantalon blanc et une chemise de soie bleu marine bordée de blanc. Puis elle s'éclipsa discrètement, soulagée d'échapper à la présence quelque peu oppressante d'Eduardo qui ne l'appréciait guère.

Des nuages floconneux s'amoncelaient sur le bleu pastel du ciel et les collines tapissées d'émeraude qui l'entouraient étaient toutes piquetées de fleurs roses et rouges. Katie ne put retenir un soupir de ravissement en offrant son visage à la brise parfumée et traversa le jardin pour rejoindre l'allée qui menait à la route, à travers les arbres.

La présence rassurante de Ramon lui avait manqué ce jour-là, elle n'avait pas vu un seul visage connu et finissait par se sentir un peu perdue au milieu de ces étrangers. Après l'avoir présentée à Gabriella et à son mari, la veille au soir, il s'était attardé une heure mais elle ne l'avait pas revu depuis. Il était retourné chez Rafael.

— Katie !

Elle s'arrêta net en entendant la voix familière. Tournant la tête, elle l'aperçut sur sa gauche, à cinquante mètres environ. Il venait de chez Rafael et avait coupé à flanc de colline ; leurs chemins s'étaient croisés. Comme il attendait qu'elle aille jusqu'à lui, elle changea de direction et se mit à gravir la pente en agitant joyeusement la main.

Ramon se défendit de faire un pas, il voulait savourer ce plaisir exquis : Katie avait décidé d'aller à sa rencontre... Il la caressait tendrement du regard, contemplait l'or roux de ses cheveux qui dansaient sur ses épaules et retombaient en cascade. Ses yeux d'un bleu profond avaient un éclat malicieux et un gracieux sourire flottait sur ses lèvres généreuses, tentatrices. Elle se mouvait avec une aisance naturelle, dépourvue d'affectation, et le balancement discret de ses hanches fines lui sembla délicieusement provocant.

Ramon n'entendait plus que le martèlement de son cœur ; il n'avait qu'une hâte, courir vers elle, la prendre dans ses bras et l'écraser contre sa poitrine, modeler son corps au sien, qu'elle se fonde en lui... Il n'avait qu'un désir, s'emparer de ses lèvres et murmurer sans fin : je t'aime, je t'aime, je t'aime. Comme il brûlait de lui faire cet aveu ! Pas assez cependant pour s'y risquer, il redoutait trop sa réaction, ou plutôt son silence. Il aurait alors la certitude qu'elle ne l'aimait pas et cette pensée lui était intolérable.

Katie s'immobilisa à quelques mètres de lui. Curieusement, elle se sentait pétrifiée, paralysée par l'allégresse mais également par une réserve inattendue. Dans l'échancrure de la chemise bleu foncé, elle apercevait son torse hâlé et la toison bouclée qui courait sur sa peau ; le pantalon sombre lui prenait parfaitement les hanches et l'étoffe épousait ses cuisses vigoureuses, moulant étroitement ses longues jambes. Katie se sentit étrangement vulnérable face à la puissance de l'indomptable sensualité qui se dégageait de tout son être. La gorge nouée, elle ne trouvait plus ses mots.

— Bonjour, dit-elle tout doucement, un peu hésitante.

Ramon ouvrit tout grands ses bras.

— Bonsoir, *mi amor,* fit-il sourdement.

Elle eut un instant d'hésitation avant de se précipiter vers lui ; Ramon l'étreignit violemment, désireux de la garder captive.

— Je t'ai manqué ? souffla-t-il d'un ton voilé par l'émotion lorsqu'il finit par abandonner ses lèvres.

Katie effleura de sa bouche la naissance de son cou, s'enivrant de son odeur, troublant mélange de senteurs chaudes, masculines.

— Oui. Et moi, je t'ai manqué ?

— Non !

Renversant légèrement la tête en arrière, Katie leva les yeux vers lui avec un petit sourire perplexe.

— Ah non ?

— Non, reprit-il avec une calme solennité. Depuis dix heures, ce matin, tu ne m'as pas quitté. Pas un instant ! Je ne t'ai pas laissée t'éloigner.

— Depuis dix heures... ? demanda-t-elle pour s'interrompre aussitôt.

Intriguée par les étranges accents qu'elle percevait dans sa voix, elle l'observa attentivement. Tapi dans les abîmes de ses yeux d'onyx, elle devinait quel trouble ravageait son âme. Elle leva la main et, lui prenant le menton, l'obligea doucement à tourner la tête, à droite, puis à gauche.

Avec un bel entrain, elle demanda, mutine :

— Et les autres, dans quel état sont-ils ?

— Quels autres ? fit Ramon, perplexe.

— Ceux qui voulaient te casser la figure.

— Tu devines qu'il y a eu de la bagarre, c'est bien ce que tu veux dire ?

Katie hocha lentement la tête, espiègle.

— Ils étaient au moins six, et je vois également un bulldozer en folie.

— À ce point ? reprit-il avec un sourire sans joie.

Katie acquiesça et retrouva tout son sérieux.

— C'est assez pénible de travailler pour une entreprise qui va sombrer. Oui, ce doit être épouvantable.

Ramon semblait éberlué et Katie lut dans son regard qu'elle avait vu juste.

— Sais-tu, fit-il avec un petit hochement de tête déconcerté, ce qu'on m'a toujours dit de par le monde ? Que j'étais capable de ne rien laisser paraître de mes sentiments si je le désirais...

— Et c'était bien ton intention ce soir ? Tu voulais me cacher ta fatigue et ta détresse ?

— En effet...

— Tu avais beaucoup investi dans cette affaire ?

— Pour ainsi dire tout ce que je possède, et j'ai consacré mon existence à cette entreprise, admit-il en souriant, abasourdi. Tu as vraiment une intuition étonnante, mais tu n'as pas à t'inquiéter, le plus dur est fait. C'est la dernière journée que je passe là-bas. Dès demain après-midi, je pourrai m'attaquer au chantier avec les ouvriers.

Le dîner chez Rafael fut très décontracté, on plaisanta et on rit beaucoup. L'épouse de Rafael, la *señora* Villegas, une solide matrone pleine d'allant, traitait Ramon avec cette inépuisable sollicitude qu'elle réservait aux siens. Ses deux garçons avaient une vingtaine d'années et la fille quatorze ans environ. Par égard pour Katie, on s'en tint à l'anglais. Si les plus jeunes ne le parlaient pas, ils semblaient comprendre la conversation ; Katie les vit réagir plusieurs fois aux plaisanteries de Ramon et de Rafael.

À la fin du dîner, les hommes passèrent au salon tandis que les femmes débarrassaient la table et faisaient la vaisselle ; elles les rejoignirent pour le café. Comme s'il n'avait cessé de guetter son retour, Ramon leva les yeux à cet instant et lui fit un petit signe. Elle abandonna ses doigts à sa poigne vigoureuse et, d'une main ferme mais légère, il la fit asseoir auprès de lui. Sans rien perdre de la conversation, ni des suggestions du *señor* Villegas concernant la ferme, Katie ne pouvait ignorer la présence obsédante de cette cuisse d'airain, appuyée contre la sienne. Le bras de Ramon reposait sur le dossier du canapé et, la main sur son épaule, il effleurait négligemment sa nuque de son pouce en une subtile caresse. Son abondante chevelure se prêtait à ce manège qui n'avait rien d'innocent... il se chargeait, à chaque instant, de lui rappeler la troublante proximité de son corps. Peut-être était-ce involontaire après tout ? songea-t-elle soudain. Elle se remémora ce qu'il lui avait dit, quelques heures auparavant : « Pas un instant, je ne t'ai laissée t'éloigner »... Fallait-il qu'il ait eu besoin de réconfort pour affronter cette journée ! Peut-être cette intimité lui était-elle indispensable pour tenir quelques heures de plus ?

Katie coula un regard vers le profil sculptural et comprit à quel point il était préoccupé.

Dans un immense élan d'affection, elle feignit d'étouffer un bâillement et Ramon se tourna aussitôt vers elle.

— Tu es fatiguée ?

— Un peu, prétendit-elle.

Il eut tôt fait de saisir ce prétexte. S'excusant auprès des Villegas, il l'entraînait trois minutes plus tard au pas de charge vers la porte.

— Tu te sens capable de rentrer ou préfères-tu que je te raccompagne en voiture ?

— Je me sens capable de tout, ou presque, fit-elle avec un sourire adorable, mais tu avais l'air fatigué et tu n'écoutais plus, alors j'ai imaginé ce petit mensonge pour te permettre de t'esquiver.

Ramon ne songea nullement à protester.

— Merci, dit-il tendrement.

Gabriella et son mari étaient déjà couchés mais ils n'avaient pas verrouillé la porte d'entrée. Katie alluma une lampe à la douce clarté tandis qu'il s'installait sur le canapé. Ses mains se tendirent vers elle lorsqu'elle fut près de lui et il s'empara de ses bras, l'attirant sur ses genoux. Mais elle se dégagea fermement et vint se poster derrière lui.

Elle se mit en devoir de masser ses épaules que nouait la tension, perceptible, sous la caresse lénifiante de ses doigts. Ramon semblait si différent ce soir-là qu'elle en était toute déconcertée. Elle le sentait très proche et détendu. Jamais elle ne l'avait vu ainsi. Tous ses sens en alerte, elle restait d'ordinaire sous l'emprise de son indomptable énergie, captive de cet univers de volupté qu'il créait autour de lui. Ce soir-là, elle était toujours aussi sensible à son magnétisme mais Ramon semblait plus serein.

— Tu te sens mieux ?

— Incroyablement mieux, fit-il en ployant la nuque pour offrir son cou à ses doigts. Où as-tu appris à faire ça ? reprit-il quelques minutes plus tard lorsqu'elle se mit à tapoter ses épaules et son dos du revers de la main.

Katie interrompit aussitôt son vigoureux massage.

— Je ne sais plus, prétendit-elle.

Son brusque changement de voix n'avait pas échappé à Ramon qui se retourna brusquement pour capter son regard. Elle avait l'air égarée. Il l'attira à lui et la blottit sur ses genoux.

— Laisse-moi faire, à présent, je sais comment t'apaiser, dit-il en défaisant son chemisier.

Il glissa ses doigts dans le soutien-gorge de dentelle et libéra sa poitrine.

Sans lui laisser le temps de se ressaisir, il se pencha vers elle et ses lèvres s'emparèrent de ses seins, l'embrasant tout entière. Katie glissa dans une demi-inconscience tandis qu'il passait un bras autour de ses épaules et saisissait sa taille pour l'allonger sur le canapé et s'étendre auprès d'elle, presque sur elle.

— Il est mort, lui rappela-t-il brutalement, et je ne tiens pas à ce que son fantôme se dresse entre nous.

Si sa voix manquait de douceur, son baiser fut très tendre.

— Laisse cet homme où il est, implora-t-il dans un souffle. Je t'en prie...

Katie noua ses mains autour des épaules de Ramon

et, cambrant les reins pour épouser plus étroitement son corps, elle oublia le reste de l'univers.

13

Le jour suivant, Miguel passa en trombe devant le bureau de la secrétaire, pénétra dans le bureau de Ramon et referma résolument la porte derrière lui.

— Je veux tout savoir sur ton excellent « ami » Sidney Green, de Saint Louis, fit-il en insistant ironiquement.

Ramon, calé au fond de son fauteuil, plongé dans la lecture de documents juridiques, lui lança un coup d'œil distrait.

— Sidney Green ? Tout juste une connaissance d'un de mes amis, répondit-il en reprenant sa lecture. Il y a de ça neuf ans, il m'a abordé dans un cocktail, chez cet ami, pour me parler de la nouvelle formule de peinture qu'il venait de mettre au point. Il prétendait pouvoir lancer un produit plus durable et plus résistant que ceux qui étaient disponibles à cette époque. Le lendemain, il me communiqua le résultat de l'analyse de sa fameuse formule, exécutée par un laboratoire indépendant, et m'apporta la preuve de ce qu'il avançait.

« Il lui fallait trois millions de dollars pour lancer la production de son produit et le commercialiser ; j'ai donné l'ordre à Galverra International de lui accorder un prêt de ce montant. Je l'ai également mis en contact avec quelques amis susceptibles d'utiliser ses produits. C'est bien simple, tous les détails de l'opération sont consignés dans un dossier, aujourd'hui clos.

— Oui, j'ai bien trouvé une partie de ces informations dans le dossier ; pour le reste, je me suis adressé ce matin au chef des services comptables de la société. Mais l'affaire est beaucoup plus compliquée que tu ne l'imagines. Ton père a fait faire une enquête sur Green et, quand il a su qu'il s'agissait d'un petit chimiste minable, il en a conclu qu'il n'avait pas l'envergure de commercialiser son invention. Il a donc estimé que les trois millions de dollars étaient perdus à jamais et, en père « aimant et attentionné », il a décidé de te donner une petite leçon. Le chef de la comptabilité a reçu l'ordre d'avancer les trois millions de dollars sur ton compte personnel et d'établir ce prêt en ton nom. L'année suivante, quand le prêt est arrivé à échéance, Green a envoyé un courrier pour demander un délai. Selon le directeur des services comptables, tu étais au Japon à cette époque, il a donc transmis la lettre à ton père qui a répondu de ne pas donner suite et de ne pas demander le remboursement du prêt. C'était à toi de le faire, a-t-il prétendu.

Ramon ne put retenir un soupir irrité.

— Quoi qu'il en soit, le prêt a été remboursé. J'entends encore mon père me l'annoncer.

— Je me moque bien de ce que ton père a pu te raconter... le fait est qu'il n'en est rien. Je le tiens de Sidney Green lui-même.

Ramon redressa brusquement la tête, les mâchoires crispées, furieux.

— Tu l'as appelé ?

— Eh bien... oui... tu m'avais dit de ne plus perdre mon temps à éplucher les dossiers, lui rappela Miguel, décontenancé par son regard furibond.

— Mais bon sang, tu n'avais pas autorité pour lui téléphoner ! fulmina Ramon.

Il se cala au fond de son siège, ferma les yeux quelques instants, et tenta de se maîtriser. Ayant réussi à se dominer, il reprit plus posément :

— Je me suis interdit de le faire, quand j'étais à Saint Louis. Il savait très bien dans quels ennuis je me débattais ; s'il avait voulu m'aider, il m'aurait contacté à ce moment-là. Il ne verra dans ce coup de fil qu'une combine minable pour lui soutirer de l'argent. Je me souviens de Green comme d'un salaud arrogant, et il n'avait que sa chemise sur le dos à l'époque. J'imagine sans peine ce qu'il est devenu maintenant qu'il a réussi !

— Sur ce point, il n'a pas changé, fit Miguel, et il n'a pas remboursé le premier sou de ce qu'il t'a emprunté. Quand je lui ai dit que je recherchais les documents attestant le remboursement de sa dette, il m'a répondu qu'il était trop tard pour le poursuivre en justice.

Ramon eut un petit sourire cynique.

— Évidemment, il n'a pas tort ! Je n'avais qu'à m'assurer du remboursement de ce prêt et, par la suite, à intenter une action contre lui en temps voulu.

— Pour l'amour du ciel, Ramon ! Tu as donné trois millions de dollars à ce type, c'est à toi qu'il doit sa fortune et il refuse de te rendre ton argent à présent ! Comment peux-tu rester ainsi les bras croisés ?

— Je ne les lui ai pas « donnés », répondit Ramon avec un haussement d'épaules ironique, je les lui ai prêtés. Ce n'est pas par pure bonté d'âme, ou par charité, que je lui ai consenti ce prêt, mais parce que le produit de qualité qu'il avait mis au point avait sa place sur le marché, et que j'espérais en tirer un bénéfice. Il s'agit d'un placement financier, c'est donc à celui qui investit son argent de le surveiller. Malheureusement, je ne me suis pas rendu compte que la responsabilité de cet investissement m'incombait, et j'ai cru que les comptables de la compagnie se chargeaient du dossier. En ce qui concerne Green, ce refus n'est pas dirigé contre moi, il n'a pas à me rembourser... il veille à ses intérêts, c'est tout. Ce sont les affaires.

— J'appelle ça du vol ! répliqua Miguel avec amertume.

— Non, de l'habileté en affaires, rien d'autre, reprit Ramon sarcastique. J'imagine qu'après avoir refusé de me rembourser, il t'a demandé de m'assurer de ses meilleurs sentiments et de son « profond regret » de me voir dans une telle impasse.

— Pas le moins du monde ! Il m'a prié de te dire que si tu étais aussi malin qu'on le prétend, il y a des années que tu aurais exigé cet argent. Il a ajouté que si vous tentiez de lui réclamer cette somme, tes conseillers ou toi, il te ferait poursuivre pour harcèlement par ses avocats. Sur ce, il m'a raccroché au nez.

Ramon ne plaisantait plus le moins du monde à présent.

— Il aurait donc... ? demanda-t-il avec une suavité meurtrière.

— C'est... ce qu'il m'a dit avant de raccrocher brutalement.

— Alors là, c'est très, très maladroit, fit Ramon d'un ton doucereux, particulièrement inquiétant.

Appuyant sa tête contre le dossier de son fauteuil, il resta quelques instants songeur et, soudain, ses lèvres esquissèrent un sourire narquois. Il tendit brusquement le bras vers l'interphone et attendit qu'Élise ait répondu à son appel pour lui communiquer une liste de sept noms et numéros de téléphone dans sept villes différentes, aux quatre coins du monde.

— Si mes souvenirs sont exacts, reprit Ramon, les clauses du contrat stipulaient que je « lui prêtais trois millions de dollars au taux en vigueur à la date d'échéance, quel que soit ce taux ».

— C'est cela, confirma Miguel. Si le remboursement était intervenu au bout d'un an — les taux d'intérêt étaient de huit pour cent à cette.époque — sa dette se serait élevée à trois millions deux cent quarante mille dollars environ.

— Les taux sont de dix-sept pour cent aujourd'hui, et ce prêt remonte à neuf ans.

— Il te doit plus de douze millions de dollars, fit Miguel. Mais quel intérêt ? Tu n'as aucun moyen de les récupérer.

— Je n'ai nullement l'intention d'essayer, répliqua Ramon, affable.

Son regard se posa sur le téléphone.

— Qu'as-tu décidé alors ?

Ramon haussa le sourcil, amusé.

— Je vais apprendre à notre ami Green une petite chose qu'il devrait savoir depuis fort longtemps. Il s'agit de la variante d'un vieux dicton.

— Lequel ?

— Ne jamais écraser les autres, quand on gravit l'échelle de la gloire ; la roue tourne et on ne sait jamais de qui on peut avoir besoin.

— Et quelle variante as-tu l'intention de lui enseigner ? demanda Miguel, ravi, les yeux brillants d'enthousiasme.

— Éviter de se faire des ennemis inutiles. Et la leçon sera chère : vingt millions de dollars.

Lorsqu'on lui passa le premier appel, Ramon enclencha le bouton de l'amplificateur afin que Miguel ne perde rien de la conversation. Plusieurs entretiens se déroulèrent en français et Miguel essaya désespérément d'en saisir le sens. À l'inverse de Ramon qui le parlait couramment, il n'en possédait que quelques rudiments. Toutefois, au quatrième appel, il en savait suffisamment pour rester abasourdi.

Les interlocuteurs de Ramon, industriels en vue et tous utilisateurs des produits fabriqués dans les usines de Sidney Green, se montrèrent très chaleureux et lui témoignèrent leur sympathie. Ils parurent également amusés par le plan qu'il avait en tête. Ils lui proposèrent finalement leur aide « en cette période délicate » ; à la grande surprise de Miguel, Ramon déclina courtoisement leur offre.

Lorsque le quatrième correspondant eut raccroché, il était 16 h 30. Miguel ne put se contenir plus longtemps.

— Enfin, Ramon ! Ils sont tous en position de t'éviter ce désastre financier et ils t'ont offert de t'aider !

Ramon hocha la tête.

— Simple formule de politesse, rien de plus. Il est entendu que je refuse poliment leurs propositions. C'est de bonne guerre, dans le monde des affaires. Tu vois, ajouta-t-il en esquissant un pâle sourire, c'est la leçon que M. Green va recevoir à ses dépens, il y a beau temps que nous l'avons apprise.

Miguel ne put retenir un petit gloussement.

— Si j'ai bien saisi, la presse parisienne va lancer la nouvelle dès demain : « Le premier constructeur automobile français a dû renoncer à utiliser la peinture Green qui n'a pas tenu sur son dernier prototype. »

Ramon se dirigea vers le bar et remplit le verre de Miguel avant de se servir lui-même.

— Pour Green, ce ne sera pas aussi catastrophique que cela le paraît à première vue. Mon ami parisien m'avait déjà fait part de sa décision de renoncer à ses produits, trop chers à ses yeux. C'est moi qui lui ai présenté Green, il y a neuf ans. En fait, si la peinture n'a pas tenu, la faute en incombe à une mauvaise manipulation du personnel de l'usine, mais il se gardera évidemment de le signaler aux médias.

Ramon s'avança vers Miguel pour lui tendre son verre.

— Après cette annonce, le constructeur de matériel agricole allemand va attendre vingt-quatre heures pour appeler notre ami Sidney et le menacer d'annuler sa commande.

Ramon se campa devant Miguel, les mains dans les poches, un cigare entre les dents.

— L'ennui, pour M. Green, c'est que la qualité de sa peinture n'a plus rien de supérieur aujourd'hui. Plusieurs fabricants américains ont sorti des produits équivalents. Mon ami japonais se fera l'écho de la campagne parisienne en annonçant à la presse japonaise que la finition de ses véhicules, avec un autre produit, ne lui a jamais posé le moindre problème. Jeudi, Demetrios Vasiladis appellera d'Athènes pour annuler les commandes de peinture qu'il a passées pour l'ensemble de ses chantiers navals.

Ramon trempa ses lèvres dans son verre et revint s'asseoir à son bureau pour remplir sa serviette de documents à consulter dans la soirée.

Miguel n'entendait pas rester sur sa faim ; il se percha au bord de sa chaise.

— Et ensuite ?

Ramon leva la tête ; l'affaire semblait avoir perdu tout intérêt à ses yeux.

— Ce n'est pas bien sorcier à deviner. J'imagine que les autres fabricants américains, qui n'ont rien à lui envier pour la qualité de leurs produits, prendront le relais et s'emploieront à démolir Green dans la presse nationale. Tout dépendra de leur efficacité mais cette contre-publicité fera probablement baisser les actions Green.

14

Ce jeudi matin, à la première heure, Miguel revoyait avec Ramon le bilan financier qu'il avait préparé lorsque Elise pénétra dans le bureau sans frapper, ce qui n'était pas dans ses habitudes.

— Veuillez m'excuser, fit-elle, livide et passablement ahurie. J'ai quelqu'un au téléphone, quelqu'un de très grossier. Je lui ai déjà répondu deux fois qu'on ne pouvait vous déranger mais je n'avais pas plutôt raccroché qu'il rappelait aussitôt et se remettait à hurler.

— Que veut-il ? s'enquit brusquement Ramon.

La secrétaire hésita quelques instants, la gorge serrée.

— Il... il dit vouloir parler à l'infâme salaud qui essaie de le ruiner. Est-ce que... enfin, est-ce que ce serait vous ?

Ramon esquissa une grimace.

— J'imagine... Passez-le-moi !

Miguel se pencha vers lui, avide d'en savoir plus.

Ramon poussa vivement le bouton de l'amplificateur avant de se caler confortablement au fond de son fauteuil, puis il reprit le bilan qu'il étudiait et poursuivit sa lecture.

La voix de Sidney Green tonna soudain dans le haut-parleur, emplissant la pièce de ses clameurs.

— Galverra, espèce de salopard ! Vous perdez votre temps, vous m'entendez ? Vous ne m'impressionnez pas avec vos manigances, vous pouvez dire adieu à vos trois millions, vous n'en verrez pas le premier sou. Mettez-vous bien ça dans le crâne !

Seul lui répondit le silence et Green se remit à hurler :

— Mais bon Dieu, dites quelque chose !

— J'admire votre courage, répondit lentement Ramon en détachant chaque syllabe.

— Auriez-vous, par hasard, l'intention de poursuivre cette petite guerre ? C'est bien ça ? Vous me menacez, Galverra ?

— Vous « menacer », Sid ? Je suis bien incapable d'une telle incorrection, répliqua Ramon du ton le plus neutre.

— Bon Dieu, mais c'est une menace ! Pour qui vous prenez-vous enfin ?

— Pour le salaud qui va vous coûter douze millions de dollars, répondit Ramon.

Sur ce, il tendit la main pour couper la communication.

Katie signa en hâte le relevé dont le montant correspondait exactement à la moitié de ses achats, puis régla le reste de la facture avec l'argent que Ramon lui avait laissé. La vendeuse la regarda d'un drôle d'air lorsqu'elle demanda deux reçus. Gabriella s'empourpra et détourna les yeux mais Katie ne se laissa pas désarçonner pour autant.

Dehors, l'air était d'une douceur exquise et les touristes flânaient dans les rues du vieux San Juan, inondées de soleil. La voiture qu'Eduardo avait accepté de leur prêter pour leurs expéditions en ville les attendait le long du trottoir, une vieille auto toute déglinguée mais fiable.

— Nous nous débrouillons comme des grandes, fit Katie avec un soupir tout en baissant la vitre pour laisser entrer l'air.

Déjà jeudi. Elles en étaient au quatrième jour de leur virée frénétique mais efficace et, bien qu'épuisée, Katie était ravie.

— Je suis sûre d'avoir oublié quelque chose, je n'arrive pas à me débarrasser de cette impression, dit-elle, songeuse, en jetant un coup d'œil aux deux lampes et à la table basse empilées sur la banquette arrière.

— En effet !

La ravissante Gabriella semblait préoccupée en tournant la clé de contact et elle regarda son amie d'un air navré :

— Tu omets de dire à Ramon combien tout cela a coûté, reprit-elle en s'insérant dans le flot de véhicules qui encombraient les rues du vieux San Juan. Tu sais, il sera furieux quand il l'apprendra.

— Il ne le saura pas, répondit Katie avec insouciance. Je n'ai pas l'intention de le lui dire et tu m'as promis de te taire.

— Bien sûr ! répliqua Gabriella, blessée, mais le *padre* Gregorio répète toujours dans ses sermons que la confiance doit être totale entre mari et femme et...

— Oh, non ! gémit Katie. C'est lui que j'ai oublié !

Reposant sa tête contre le dossier, elle ferma les yeux.

— Nous sommes aujourd'hui jeudi et je devais le retrouver à deux heures, cet après-midi. C'est Ramon qui a pris le rendez-vous, il me l'a encore rappelé ce matin, mais ça m'est complètement sorti de l'esprit.

— Tu ne veux pas passer le voir maintenant ? proposa Gabriella une heure plus tard tandis qu'elles faisaient leur entrée dans le village dans un raclement de ferraille. Il n'est que quatre heures, ce n'est pas encore le moment de dîner.

Katie refusa vivement d'un hochement de tête. Toute la journée, elle n'avait songé qu'à cette soirée, attendant le moment où elle retrouverait Ramon au cottage. Il était entendu qu'elle apporterait le pique-nique car il était déjà à l'œuvre, en compagnie des ouvriers. Après leur départ, ils seraient enfin seuls pour quelques heures... leur premier tête-à-tête depuis quatre jours, depuis leur arrivée dans l'île.

Devant la maison de Gabriella, Katie prit le volant et fit un petit signe de la main à son amie avant de faire demi-tour en direction du village où elle s'arrêterait pour prendre du vin et des provisions au bazar.

C'était étrange, les quatre derniers jours lui semblaient presque irréels. Le matin, Ramon se rendait à l'exploitation agricole, à Mayagüez, et l'après-midi, il travaillait au cottage jusqu'à la nuit. Elle ne le voyait que le soir et passait ses journées à faire des achats, à coordonner des nuances, à établir de subtiles harmonies pour la maison de Ramon, sans connaître vraiment ses goûts. Katie avait le sentiment d'être en vacances et elle redécorait le cottage pour payer son voyage, c'est du moins ce qu'il lui semblait. Elle n'avait nullement l'impression d'installer son futur foyer. Elle voyait si peu Ramon, il était si occupé et puis, ils n'avaient jamais eu l'occasion de se retrouver seuls.

Rafael et ses fils travaillaient sur le chantier, eux aussi, et, si la bonne humeur ne leur faisait jamais défaut, les quatre hommes étaient tout simplement éreintés quand arrivait l'heure du repas. Soir après soir, Ramon la gardait à ses côtés, la comblait d'attentions, dans l'ambiance si chaleureuse du salon des Villegas, mais l'heure de « s'abandonner l'un à l'autre » n'avait pas encore sonné.

Après le dîner, il la raccompagnait chez Gabriella ; la maison était plongée dans l'obscurité et il faisait asseoir Katie auprès de lui, sur le canapé...

À présent, elle s'empourprait chaque fois qu'elle passait devant ce canapé. Ces trois derniers soirs, Ramon l'avait tendrement déshabillée, la dépouillant de tous ses vêtements, ou presque ; il avait embrasé ses sens jusqu'à l'intolérable, puis l'avait revêtue très doucement pour la conduire jusqu'au seuil de sa chambre et là, sans un mot, il lui avait souhaité bonne nuit sur un dernier baiser... le plus enivrant des baisers. Et, chaque soir, Katie s'était glissée sous la fraîcheur des draps, insatisfaite, brûlant d'un désir presque insupportable. Elle en venait à penser que Ramon n'en était pas mécontent. Elle voyait bien, pourtant, qu'il était consumé par une fièvre plus ardente encore. Alors, pourquoi leur infligeait-il cette torture ? Cela n'avait aucun sens.

La veille, ne sachant plus que penser, elle avait cédé à l'ivresse et avait proposé à Ramon de fuir la maison en emportant la couverture de son lit. Dehors, personne ne viendrait troubler leur intimité.

Ramon l'avait contemplée intensément ; ses traits

qu'assombrissait la passion semblaient sculptés dans l'airain. Il avait hoché la tête, comme à regret.

— Nous allons nous faire surprendre par la pluie, Katie. Voilà une heure que l'orage menace.

À cet instant précis, un éclair de chaleur avait baigné la pièce d'une inquiétante clarté. Mais il n'avait pas plu.

Mais ce soir, « l'heure » qu'il semblait attendre était enfin venue, et « le lieu » paraissait idéal. Katie en avait décidé ainsi et elle ne se tenait plus d'impatience.

Elle s'arrêta devant le bazar et poussa la lourde porte de la vieille bâtisse croulant sous les stocks de marchandises.

Dans ce magasin, qui faisait également office de poste, on trouvait absolument de tout, farine et conserves alimentaires côtoyaient maillots de bain et mobilier bon marché. Les piles d'articles se dressaient en tous sens, ne laissant aux clients qu'un passage très étroit, surchargeant comptoirs et étagères qui grimpaient jusqu'au plafond. Sans les conseils du personnel, Katie et Gabriella auraient mis des semaines à s'y retrouver dans ce fatras.

La jeune Espagnole à laquelle Katie avait été présentée l'aperçut et se précipita à sa rencontre avec un sourire radieux. Avec son aide, Katie avait déniché, sous une pile de bleus de travail, des serviettes de toilette grand teint, noires, rouges et blanches, épaisses et moelleuses à souhait. Elle les avait prises toutes les six et en avait commandé une douzaine, de diverses tailles. Manifestement, la jeune fille pensait qu'elle venait demander si la commande était arrivée, car elle prit une serviette et la lui montra en secouant la tête, mimant la déception car elle ne savait pas un mot d'anglais.

Katie désigna les rayons d'épicerie entre lesquels apparaissaient des pelles et quelques râteaux et s'approcha pour faire son choix : fruits et pain frais, viande sous vide. Lorsqu'elle revint avec ses emplettes vers le comptoir où se pressaient les clients, la jeune Espagnole lui tendit deux tickets de caisse, très fière de ne pas avoir oublié les habitudes de sa cliente. Katie renonça à lui expliquer que c'était inutile pour une petite note d'épicerie...

Dans un dernier cahot, elle laissa derrière elle le dais écarlate des poincianas. Elle ne s'attendait pas au spectacle qu'elle découvrit : l'enclos était envahi par de vieux camions déglingués, il y avait également deux chevaux et un véhicule rempli de gravats. Perchés sur le toit, deux ouvriers remplaçaient les tuiles et deux de leurs collègues décapaient la corniche. Les volets, réparés, s'ouvraient sur des baies vitrées qui avaient retrouvé la limpidité du cristal. C'était la première fois qu'elle revenait au cottage et elle était impatiente de voir si les travaux intérieurs avaient progressé. Après un bref coup d'œil dans le rétroviseur pour remettre une touche de rouge à lèvres et discipliner ses cheveux, elle descendit de voiture.

Comme elle rentrait sa chemise à carreaux dans la ceinture de son jean, le staccato incessant des marteaux s'arrêta brusquement. Les deux ouvriers qu'elle avait aperçus dégringolèrent du toit tandis qu'elle remontait l'allée de brique, refaite et débarrassée des débris de tuiles qui l'encombraient. Elle jeta un coup d'œil à sa montre : six heures pile. De toute évidence, les hommes avaient terminé leur journée.

La porte d'entrée était de nouveau en place et le bois avait été décapé. Katie laissa passer les huit ouvriers qui émergèrent de la maison à cet instant, leur boîte à outils sous le bras. Rafael et ses deux fils fermaient la marche. Une véritable armée ! songea-t-elle, ébahie.

— Vous trouverez Ramon à la cuisine, il est avec le plombier, lui dit Rafael avec son bon sourire paternel.

Les lattes de bois cannelées qui lambrissaient les murs de la salle de séjour avaient été poncées, ainsi que le parquet. La maison semblait si claire, si accueillante ! Intriguée par une telle métamorphose, Katie se rendit compte que les carreaux étincelaient et que les fenêtres ouvertes laissaient pénétrer la brise dont les senteurs parfumées se mêlaient à l'âcre odeur de la sciure fraîche. Un homme âgé sortit de la cuisine d'une démarche pesante ; il souleva courtoisement son chapeau pour la saluer et disparut dans le jardin. Le plombier, songea-t-elle.

Jetant un dernier regard autour d'elle pour apprécier les transformations que la pièce avait subies, Katie pénétra lentement dans la cuisine. Là aussi, les placards avaient été décapés et il n'y avait plus trace de l'horrible linoléum qui partait en lambeaux. Le claquement sec d'un outil sur une surface métallique attira son attention. Sous l'évier, elle aperçut deux longues jambes musclées étendues sur le sol. Le haut du corps était dissimulé, mais, à son grand amusement, Katie reconnut ces jambes interminables, ces hanches étroites. Point besoin de voir la tête et les épaules qui disparaissaient derrière un enchevêtrement de tuyaux.

La voix familière lança sèchement ses instructions en espagnol : Ramon n'avait probablement pas remarqué le départ du plombier. Décontenancée, Katie hésita quelques instants, puis s'empara d'une clé qui traînait sur le plan de travail et la passa sous l'évier avec la malice du gamin ravi du bon tour qu'il va jouer. Elle eut quelque peine à maîtriser son fou rire quand Ramon, irrité, repoussa brusquement l'outil et répéta son ordre en cognant impatiemment sur le fond de l'évier.

Calculant son coup, elle se pencha en avant et tourna les deux robinets en même temps. Un chapelet de jurons jaillit de sous l'évier pour saluer le déluge qui s'abattit à cet instant et Ramon émergea aussitôt, ruisselant, les cheveux et la poitrine trempés. Il s'empara d'une serviette restée sur le sol et se releva brusquement d'un mouvement souple, rageur, tout en s'essuyant la tête tandis qu'elle se précipitait vers l'évier pour refermer vivement les robinets. Fascinée et terrorisée à la fois, elle écouta les remarques cinglantes qui s'élevaient sous la serviette et ne put s'empêcher de sursauter lorsqu'il s'en débarrassa brusquement pour la foudroyer du regard.

Mais il parut soudain abasourdi.

— Je... j'ai voulu te faire une surprise, avança-t-elle pour se justifier tout en se mordant la langue pour ne pas éclater de rire.

L'eau dégoulinait de ses cheveux qui bouclaient sous l'averse, ruisselait sur ses cils, ses sourcils, et faisait briller la toison drue qui courait sur son torse. Katie fut prise d'un fou rire incontrôlable.

Un éclair traversa le regard de Ramon.

— Une « surprise » en appelle une autre à mon avis...

Il tendit brusquement la main droite et tourna le robinet d'eau froide. Katie eut juste le temps de pousser une exclamation outrée, Ramon lui avait fait courber la tête et la maintenait de force à quelques millimètres du filet d'eau froide.

— Si jamais tu oses ! se mit-elle à piailler en riant.

Ramon augmenta encore le débit et l'obligea à se baisser, plus près encore du jet d'eau.

— Arrête ! hurla-t-elle.

L'évier en inox résonnait de ses éclats de rire.

— C'est une véritable inondation !

Ramon relâcha son étreinte pour fermer le robinet.

— La vidange fuit, constata-t-il sans s'inquiéter le moins du monde.

Haussant le sourcil, il ajouta, menaçant :

— Il va falloir mettre au point une « surprise » un peu plus élaborée.

Katie ne se laissa pas impressionner pour autant.

— Je croyais que tu t'y connaissais en menuiserie, dit-elle, moqueuse, en se campant devant lui, les poings sur les hanches.

— J'ai dit, rectifia-t-il sèchement, que je m'y connaissais autant en menuiserie que toi en couture.

Katie laissa échapper un petit gloussement et parvint à feindre une indignation comique :

— Mes rideaux progressent à pas de géant, comparés à tes travaux de plomberie.

Évidemment, ce sont Gabriella et la señora *Villegas qui font tout le travail,* songea-t-elle.

— Ah, vraiment ? fit Ramon, narquois. Va donc voir la salle de bains.

Katie trouva un peu curieux qu'il ne la suive pas mais elle le vit décrocher une serviette et une chemise propre suspendues à un clou. Elle s'arrêta sur le seuil de la pièce, faisant appel à tout son courage pour affronter les hôtes rampants qui peuplaient la baignoire rouillée lors de sa dernière visite ; poussant timidement la porte, elle ouvrit des yeux qu'agrandissait la surprise.

Plus aucune trace des vieux appareils : à leur place, un lavabo encastré dans un élément tout à fait au goût du jour et une vaste cabine de douche à portes coulissantes, en fibre de verre. Elle voulut essayer de les faire glisser et fut ravie de constater qu'elles fonctionnaient parfaitement. La pomme gouttait un peu cependant, et Katie songea avec un hochement de tête amusé que Ramon se souciait fort peu des fuites d'eau. Elle mit prudemment un pied dans la cabine, évitant la flaque sur le sol de fibre et tendit la main vers le robinet. Mais elle étouffa soudain un cri et resta bouche bée : un déluge glacé venait de s'abattre sur sa tête... elle se retourna à l'aveuglette pour s'échapper. C'est alors que sa semelle de cuir dérapa sur le sol de la salle de bains et elle s'étala de tout son long sous la cataracte.

Elle parvint enfin à sortir de la douche à quatre pattes ; ses vêtements trempés lui collaient à la peau et l'eau ruisselait sur ses cheveux et sur son visage. Se relevant maladroitement, elle repoussa les mèches trempées qui l'aveuglaient. Ramon, planté dans l'encadrement de la porte, avait du mal à garder son sérieux.

— Si tu oses te moquer... ! lança Katie qui n'avait aucune intention de plaisanter.

— Pourrais-je te proposer du savon ? offrit-il obligeamment. Une serviette, peut-être ? dit-il ensuite, très pince-sans-rire, en lui tendant la sienne. (Dégageant de sa taille la chemise qu'il venait d'enfiler, il entreprit de défaire les boutons tout en poursuivant, badin :) Je suis prêt à sacrifier ma propre chemise.

Katie, sensible au comique de la situation, s'apprêtait à faire amende honorable lorsqu'il ajouta :

— C'est drôle comme une « surprise » peut en amener une autre !

Brusquement, l'indignation s'empara d'elle. Il avait donc tout manigancé ! Frissonnante, elle lui arracha la serviette des mains et lui claqua la porte au nez. Il était hilare. Il avait dû la regarder pénétrer dans la douche et avait aussitôt ouvert le robinet d'arrêt, calcula-t-elle, furieuse et frigorifiée en retirant son jean mouillé. Voilà donc le genre de représailles qu'étaient capables d'imaginer ces Latins. Vêtue de son slip mouillé et de la chemise blanche de Ramon, elle ouvrit la porte à toute volée et sortit de la maison.

Elle le trouva dans le jardin ; il installait sans nulle hâte la couverture qu'elle avait apportée sous un arbre. Pouvait-on imaginer pareille arrogance ! Il ne croyait tout de même pas qu'elle allait rester gentiment et partager ce charmant petit pique-nique avec lui !

Ramon, accroupi, s'interrompit un instant pour lever les yeux vers elle avec un calme imperturbable.

— Tu sais, je ne tolérerai pas que tu me claques les portes à la figure, fit-il très posément.

Pour lui, l'incident était clos. Il changea d'expression et son regard se fit admiratif. Fulminant dans son for intérieur, Katie croisa les bras et s'appuya nonchalamment contre le chambranle de la porte, avançant une cheville, qu'elle avait très fine. Qu'il ne se gêne pas, surtout, pour la contempler à loisir car il lui faudrait se contenter de ce spectacle. Dans deux secondes, elle irait ramasser la couverture, s'enroulerait dedans et retournerait chez Gabriella !

Ramon laissa errer son regard sur la cascade rousse des cheveux mouillés qui retombaient en vagues sur ses épaules, sur sa poitrine provocante que dessinait nettement la chemise. Il hésita à mi-cuisses. Là, l'étoffe découvrait les longues jambes qu'il admira à satiété.

— Tu as bien regardé ? demanda-t-elle, sans chercher à dissimuler son hostilité. Tu es satisfait ?

Ramon leva brusquement la tête ; il l'observa attentivement, perplexe.

— Aurais-tu l'intention de me « satisfaire », Katie ?

Sans relever l'allusion, elle se redressa et se dirigea vers la couverture où il était installé, assis sur ses talons.

— Je m'en vais, fit-elle, le toisant froidement avec tout le mépris dont elle était capable.

— Pourquoi veux-tu te rhabiller ? Tes vêtements vont sécher et je t'ai déjà vue beaucoup moins vêtue.

— Je ne vais pas changer de vêtement. Tu m'as arrosée délibérément pour prendre ta revanche et je n'ai aucune intention de rester dîner avec toi.

Ramon se releva lentement, la dominant de sa haute taille ; mais elle refusa de désarmer et fixa obstinément le torse hâlé qui s'était dressé devant elle.

— J'ai besoin de cette couverture pour rentrer chez Gabriella et tu as les pieds dessus.

— En effet, dit-il doucement en reculant d'un pas.

Katie s'en empara vivement et s'en drapa avant de rejoindre la voiture, poursuivie par le regard de Ramon, appuyé contre un arbre. Elle se mit au volant et tendit les mains vers les clés de contact qu'elle avait laissées sur le démarreur. Envolées. Inutile de les chercher sur la banquette, elle devinait sans peine qui les avait prises.

Foudroyant Ramon du regard, elle le vit plonger la main dans sa poche et en retirer les clés qu'il lui présenta sur sa paume offerte.

— Il te manque quelque chose, il me semble.

Elle descendit de voiture et le rejoignit au pas de charge avec toute la dignité que lui permettait sa tenue. Lorsqu'elle fut devant lui, elle le gratifia d'un regard noir, essayant de deviner ce qu'il avait en tête.

— Donne-les-moi, fit-elle en tendant la main.

— Viens les prendre, répliqua-t-il avec le plus grand flegme.

— Tu me jures que tu ne me toucheras pas ?

— L'idée ne m'avait même pas effleuré, répliqua-t-il avec un calme exaspérant. En revanche, je pourrais t'obliger à le faire.

Médusée, furieuse, Katie vit les clés disparaître dans la poche très profonde de son jean.

— Vas-y, prends-les, dit-il en croisant les bras.

— Tu trouves ça drôle ? lança-t-elle d'un ton venimeux, furieuse.

— Ça pourrait le devenir.

À présent, Katie bouillait de rage ; elle l'aurait volontiers jeté à terre, se serait battue comme une chiffonnière pour récupérer ces maudites clés. Elle fit un pas vers lui, fourra sa main dans sa poche, niant délibérément ce que ce geste avait d'intime, et s'écarta aussitôt.

— Merci, lança-t-elle, narquoise.

— C'est moi qui te remercie, rétorqua-t-il d'un ton lourd de sous-entendus.

Tournant les talons, elle fit un pas en avant mais la couverture se déroula soudain et glissa jusqu'à terre. La botte de Ramon, fermement plantée sur un coin du plaid, n'y était pas étrangère. Serrant les poings en signe d'impuissance, Katie fit volte-face.

— Tu crois vraiment que j'aurais pu te jouer un tour pareil ? demanda très posément Ramon.

Elle étudia le séduisant visage, serein, et toute colère l'abandonna aussitôt. Décontenancée, elle demanda :

— C'est bien vrai ?

— À ton avis ?

Elle se mordit la lèvre, consciente du ridicule de sa conduite. Elle s'était vraiment montrée odieuse !

— Je... je te crois, admit-elle en contemplant ses orteils, penaude.

— Que faisons-nous maintenant ? s'enquit-il, un peu ironique.

Katie leva les yeux ; le rire faisait pétiller son regard, soudain plein de chaleur. Comme elle se sentait confuse !

— Je te demande pardon. Pour ma peine, je vais te servir comme un pacha. Jusqu'à la fin de la soirée !

— Parfait, approuva-t-il avec un grand sourire. Que dois-je faire en ce cas ?

— Ne bouge surtout pas, je vais installer la couverture, puis je te verserai du vin et je te garnirai tes sandwiches.

Amusé et ravi, Ramon la laissa lui préparer trois sandwiches au rosbif ; elle prit soin de remplir son verre et de le servir en fromage dès qu'il en manifestait le désir.

— On se ferait vite à ce genre de traitement, constata-t-il avec un petit gloussement lorsqu'elle tint non seulement à peler sa pomme mais aussi à la couper en quartiers et à le nourrir comme un enfant.

Tous ses sens en alerte, Katie le contemplait dans la faible clarté du crépuscule. Étendu sur le dos, les mains derrière la nuque, il évoquait pour elle un puissant félin au corps délié, tout droit sorti de la jungle. Un fauve conscient de la proximité de sa proie, certain qu'elle ne pourrait lui échapper.

— Katie, fit-il dans un murmure voluptueux, tu sais ce que j'aimerais maintenant ?

Soudain immobile, elle resta suspendue à ses lèvres, son verre de vin à la main.

— Quoi ? demanda-t-elle doucement.

— Un de ces massages dont tu as le secret, répondit-il en se tournant sur le ventre, offrant ses épaules à ses mains apaisantes.

Elle s'agenouilla auprès de lui. Les larges épaules musclées et le dos svelte glissaient sous la caresse de ses doigts. Elle le pétrit, le massa, et ne s'arrêta pour s'asseoir et reprendre son verre que lorsque ses mains se lassèrent.

— Katie ? s'enquit-il de nouveau, sans se retourner.

— Mmmm ?

— Je l'ai fait exprès...

En un éclair, elle vida son verre de vin sur le dos de Ramon, se releva aussitôt et se précipita vers la maison. Il la rattrapa au milieu de la pièce et lui saisit la taille, hilare, tandis qu'elle se débattait.

— Espèce de chameau ! fit-elle dans un souffle, hors d'haleine, hésitant entre le rire et les hurlements. Tu es bien le faux jeton le plus prétentieux...

— Le plus innocent que tu aies jamais rencontré, répliqua-t-il avec un petit gloussement. J'en fais le serment !

— Tu me donnes des envies de meurtre ! lança-t-elle en riant.

Elle avait beau se tortiller, se contorsionner en tous sens, impossible d'échapper à l'étau de ses bras !

Mais soudain, la voix de Ramon se fit plus sourde.

— Si tu continues comme ça, c'est *moi* qui vais avoir besoin d'une douche froide, souffla-t-il tout contre sa nuque.

Elle s'immobilisa, soudain consciente de son désir, de la troublante rigidité de ses hanches, tendues contre ses reins. Une onde de désir courut dans ses veines. Les lèvres de Ramon effleurèrent son oreille, puis suivirent le galbe de son cou, poursuivant leur exploration sensuelle, savourant méthodiquement sa chair. Ses mains s'étaient emparées de ses seins, possessives et, cette fois encore, elle se sentait défaillir sous ses caresses.

— Tes seins s'épanouissent au creux de mes mains..., dit-il d'une voix rauque, vibrante d'émotion, tout en effleurant de ses pouces les pointes durcies, sensibles à la moindre caresse... ils se tendent sous mes doigts. Tourne-toi, *querida,* murmura-t-il fébrilement. Je veux sentir ta peau contre la mienne.

Frémissante de désir, Katie pivota entre ses bras. Le regard de Ramon plongea dans le décolleté profond que creusait la poitrine gonflée, douloureuse, mais ses yeux remontèrent jusqu'à son visage. Fascinée, elle regarda sa bouche venir à sa rencontre, très lentement, tandis que ses doigts remontaient vers sa nuque pour se perdre dans ses lourds cheveux.

À peine se fut-il emparé de ses lèvres qu'il se laissa emporter par la fièvre. Il prit possession de sa bouche avec une ardeur insatiable, une âpre exigence qui l'embrasa tout entière. Sa main libre glissa jusqu'au creux de ses reins, plaquant son corps alangui contre ses cuisses qu'embrasait le désir, et la retint captive. Grisée par ses baisers, elle oublia l'univers.

— Sortons, fit-il d'un timbre que voilait la passion, en la libérant enfin.

Katie acquiesça dans un murmure et il ne put retenir un gémissement sourd avant de se perdre, une fois de plus, dans la douce moiteur de ses lèvres.

Un éclair de lumière troua soudain l'obscurité. Katie le sentit malgré ses paupières closes, et une voix s'éleva aussitôt :

— Voilà une lune de miel qui me semble un peu prématurée, Ramon. Pourrais-je te demander qui a célébré le mariage ?

Katie ouvrit brusquement les yeux. Abasourdie, elle ne pouvait détacher son regard du personnage étrangement accoutré qui se tenait devant elle, en pleine lumière. Puis elle se tourna vers Ramon. Les yeux hermétiquement clos, la tête renversée en arrière, il semblait stupéfait, irrité et amusé à la fois. Il finit toutefois par soulever les paupières et se tourna vers l'intrus.

— *Padre* Gregorio, je...

Brusquement, elle eut l'impression que ses jambes se dérobaient.

Ramon resserra son étreinte, reportant toute son attention sur le visage livide, les yeux qu'agrandissait la stupeur.

— Katie, ça ne va pas ? demanda-t-il, inquiet.

— Je suis persuadé, en effet, que la *señorita* Connelly ne se sent pas très bien, répliqua le vieux prêtre, cassant. Elle aimerait certainement aller s'habiller.

Gênée, Katie n'éprouvait qu'hostilité pour cet homme et elle retrouva aussitôt ses couleurs, s'empourprant soudain.

— Mes vêtements sont trempés, objecta-t-elle.

Malheureusement, elle se rendit compte à cet instant que le bras de Ramon avait fait remonter sa chemise, laissant entrevoir la bande de dentelle qui bordait sa culotte. Très embarrassée, elle tira brusquement sur son vêtement et s'arracha au bras secourable.

— Peut-être pourriez-vous vous servir de la couverture que j'ai aperçue dehors, elle n'attend que ça et ferait très bien l'affaire.

Ramon rétorqua sèchement en espagnol et tendit le bras pour la retenir mais elle s'écarta brusquement et quitta la pièce. Ce prêtre avait réussi à l'humilier, à l'intimider mais, pire encore, elle s'en voulait de réagir comme une gamine de quinze ans prise en faute. Ce vieil homme hostile, autoritaire, était donc le prêtre dont il lui faudrait gagner la confiance afin qu'il accepte de célébrer leur mariage ! songea-t-elle, furieuse. Jamais, au grand jamais, elle n'avait éprouvé un tel mépris à l'égard de quelqu'un ! Il lui avait suffi de quelques instants pour lui donner le sentiment qu'elle était une fille facile, vulgaire. Elle qui était quasiment vierge, selon les critères de l'époque !

Lorsqu'elle regagna le cottage, drapée dans sa couverture, Ramon s'expliquait très calmement avec le vieux prêtre. Il lui tendit le bras et la blottit contre son épaule rassurante pour lui assener aussitôt ce reproche à peine déguisé :

— Pourquoi n'as-tu pas respecté le rendez-vous que t'avait fixé le *padre* Gregorio ?

Sur la défensive, Katie leva le menton lorsqu'elle croisa le regard du prêtre. Il était coiffé d'une large couronne de cheveux blancs ; sous la tonsure de la calvitie, ses sourcils broussailleux effilés sur les tempes lui donnaient une expression satanique. Chez ce diable d'homme, cela n'avait rien d'étonnant ! pensa-t-elle. Néanmoins, elle ne parvint pas à soutenir l'éclat de ces yeux bleus qui l'observaient, inquisiteurs, et eut le sentiment que le prêtre l'avait percée à jour.

— J'ai oublié.

Elle sentait le regard aigu de Ramon peser sur elle.

— En ce cas, reprit froidement le *padre* Gregorio

sur un ton sans réplique, peut-être accepterez-vous de me rencontrer demain, à quatre heures ?

Katie accueillit cette manifestation d'autorité avec un acquiescement maussade.

— Je vais vous reconduire au village, *padre*, proposa Ramon.

Katie serait volontiers rentrée sous terre. Après avoir accepté l'offre de Ramon, le prêtre lui lança un coup d'œil éloquent par-dessus ses lunettes cerclées de métal et ajouta à son intention :

— Je suis persuadé que la *señorita* Connelly aimerait retourner chez Gabriella à présent. Il se fait tard.

Sans attendre la réaction de Ramon, Katie tourna les talons et se dirigea vers la salle de bains, refermant la porte sur elle. Mortifiée, elle réussit à enfiler ses vêtements mouillés et passa ses doigts dans ses cheveux pour les discipliner un peu.

En sortant, elle se heurta à Ramon qui bloquait le passage, posté dans l'encadrement de la porte. L'ironie désabusée qu'elle lut sur son visage exacerba un peu plus encore sa sensibilité déjà éprouvée.

— Il croit défendre ta vertu contre mes coupables intentions.

Soudain au bord des larmes, elle semblait captivée par la fossette que Ramon avait au menton.

— Pas un instant il n'a cru en ma prétendue vertu ! Laisse-moi passer maintenant, je veux m'en aller. Je... je suis fatiguée.

Elle rejoignit vivement le *padre* Gregorio qui se tenait près de la voiture. À chaque pas, l'eau giclait bruyamment de ses chaussures de toile tandis que son jean mouillé claquait sur ses jambes. Le *padre* Gregorio esquissa un vague sourire ; il semblait apprécier la sincérité de Katie. Elle le gratifia d'un coup d'œil glacial avant de monter en voiture. Durant le trajet, il tenta à deux reprises de relancer la conversation, mais elle ne lui répondit que par monosyllabes.

Après avoir déposé le prêtre au village, ils s'arrêtèrent chez Gabriella. Un quart d'heure plus tard, Katie sortait de sa chambre après s'être débarrassée de ses vêtements mouillés. Ramon, qui bavardait avec Eduardo, n'avait pas pris la peine de s'asseoir. À l'instant où elle apparut, il s'excusa auprès du mari de Gabriella et lui proposa de sortir. Katie ne demandait qu'à oublier sa rencontre peu agréable avec le prêtre mais l'humeur de Ramon la déconcertait quelque peu. Dans un silence pesant, ils traversèrent lentement le petit jardin soigné ; elle s'arrêta au bout de l'enclos pour s'adosser à un arbre et Ramon s'appuya contre le tronc, la retenant prisonnière. Elle sentait sa froide détermination et son regard acéré lui parut glacé, calculateur.

— Pourquoi n'es-tu pas allée chez le *padre* Gregorio, cet après-midi ?

Décontenancée, Katie bredouilla :

— Je... je te l'ai dit, j'ai oublié.

— Je te l'ai rappelé ce matin avant de partir au travail. Et il t'a suffi de quelques heures pour oublier ?

— J'ai passé la journée, comme toutes les autres, à essayer d'équiper ta maison, et ce rendez-vous m'est sorti de l'esprit, répliqua-t-elle pour se justifier.

— Pourquoi parles-tu toujours de « ma » maison et non de notre maison ? insista-t-il, impitoyable.

— Et pourquoi toutes ces questions, subitement ?

— J'essaie de trouver des réponses et ces réponses ne me plaisent guère.

Reculant d'un pas, il prit son briquet et sortit posément un cigare de sa poche ; puis il l'alluma en protégeant la flamme de sa main, observant Katie, toujours aussi déroutée, derrière un halo de fumée odorante.

— Seul le *padre* a le pouvoir de retarder ce mariage, tu le sais ?

Elle eut le sentiment qu'il la poursuivait pour la pousser dans ses derniers retranchements.

— Dis-moi, Katie, reprit-il d'un air désinvolte, as-tu l'intention de te rendre à ce rendez-vous demain ?

Katie passa nerveusement sa main dans ses cheveux et dégagea son front.

— Oui, je vais y aller. Mais permets-moi de te dire qu'il ne m'aime pas beaucoup. Et j'estime, pour ma part, que ce vieillard tyrannique ferait mieux de se mêler de ce qui le regarde.

Ramon eut un haussement d'épaules flegmatique.

— J'imagine qu'aux États-Unis aussi les prêtres tiennent à s'assurer que deux fiancés sont relativement bien assortis et que le mariage a quelque chance d'être heureux. Le *padre* ne désire rien d'autre.

— En ce qui nous concerne, je ne pense pas qu'il en arrive à cette conclusion ! Son opinion est déjà faite.

— Non, tu te trompes, déclara-t-il d'un ton sans réplique.

Il se rapprocha et elle plaqua instinctivement ses épaules contre l'écorce rugueuse de l'arbre. Il étudia attentivement son visage, anticipant sa réponse avant même de lui poser la question qu'il avait en tête.

— Aurais-tu l'intention de le conforter dans cette opinion ?

— Non ! fit-elle dans un souffle.

— Parle-moi de ton premier mariage, lui ordonna-t-il brusquement.

— Certainement pas ! répliqua-t-elle furibonde en se crispant aussitôt. Ne t'avise jamais de me demander ça, c'est inutile ! Je m'efforce de ne jamais y penser.

— Si, comme tu le prétends, cette expérience ne t'avait nullement marquée, tu pourrais l'évoquer sans souffrance.

— L'évoquer ? fulmina-t-elle, interdite et déchaînée. L'évoquer !

Décontenancée par la violence de sa propre réaction, elle était incapable de trouver ses mots. Elle inspira profondément et parvint à maîtriser le flot d'émotions qui l'emportaient. Ramon l'étudiait comme on étudie un insecte sous la lame du microscope. Elle ajouta avec un sourire contrit :

— Je refuse de laisser ce passé sordide gâcher le présent, c'est tout ! Tu le comprends, n'est-ce pas ?

Comme à regret, Ramon esquissa un pâle sourire sans parvenir à détacher son regard de ce visage irréprochable. Katie semblait radieuse, à présent, et il laissa échapper un soupir.

— Oui, je comprends, fit-il doucement.

Il laissa glisser ses mains jusqu'à ses épaules en une tendre caresse, puis il resserra son étreinte et la blottit contre son cœur.

— Je vois ton adorable sourire et je constate que tu es fatiguée.

Katie noua ses mains derrière sa nuque. Elle savait parfaitement qu'il ne s'était pas laissé abuser par ses arguments et elle lui était infiniment reconnaissante de ne pas insister.

— Un peu, oui. Je crois que je vais aller me coucher.

— À quoi peux-tu bien penser dans ton lit ? dit-il d'une voix sourde, un peu taquin.

Une petite lueur s'alluma dans le regard de Katie.

— À la couleur de la cuisine, prétendit-elle.

— Ah, vraiment ? murmura-t-il doucement.

Katie acquiesça avec un pâle sourire.

— Et toi, à quoi penses-tu ?

— Au prix de gros des ananas.

— Menteur, souffla-t-elle, fascinée par la bouche sensuelle qui s'était rapprochée et se faisait tentatrice.

— Jaune, fit-il tout contre ses lèvres.

— Tu veux dire, les ananas ? chuchota-t-elle distraitement.

— Non, la cuisine.

— J'aurais vu du vert plutôt, répondit Katie dont le pouls s'accélérait dans la fièvre de l'attente.

Ramon s'écarta brusquement, tout à fait charmant à présent.

— Tu as peut-être raison, dit-il, songeur. C'est très gai, le vert, et on ne s'en lasse pas.

Il la fit pivoter et l'entraîna vers la maison en lui administrant une petite tape affectueuse sur le postérieur.

— Tu n'as qu'à y réfléchir, cette nuit, avant de t'endormir.

Désemparée, elle fit quelques pas avant de se tourner vers lui, trahissant sa surprise et sa déception.

Ramon haussa un sourcil perplexe et son sourire désinvolte révéla soudain des dents étincelantes, parfaites.

— Il te manque quelque chose ? De quoi méditer ce soir dans ton petit lit peut-être ?

Sensible au magnétisme qui se dégageait de tout son être, Katie savait qu'il était vain de résister.

Il lui semblait que sa voix de velours franchissait l'espace qui les séparait pour effleurer sa peau.

— Viens, Katie, viens chercher ce que tu attends.

Elle s'embrasa tout entière quand les bras de Ramon se refermèrent sur elle. Emportée par le tourbillon de sentiments contradictoires auxquels elle était livrée depuis le début de la soirée, elle n'était plus qu'émotion et, les nerfs tendus à se rompre, elle s'enflamma dès qu'il l'étreignit.

Dans son désir fou de le réconforter, et de se rassurer elle-même, elle déchaîna sa passion, fit passer toute sa fougue dans ce baiser, communiquant sa fièvre au corps puissant de Ramon qui l'écrasa impétueusement contre sa poitrine.

Puis il abandonna sa bouche pour semer une pluie de baisers sur son visage, son front, ses yeux, son cou.

Il allait reprendre ses lèvres pour un ultime baiser lorsqu'elle crut l'entendre murmurer :

— Je t'aime, Katie.

15

Katie et Gabriella passèrent la matinée, ainsi qu'une bonne partie de l'après-midi, à écumer les boutiques de deux villages des environs. Katie adorait Gabriella, compagne merveilleuse qui déployait des trésors d'énergie pour courir les magasins. Il lui arrivait même de se montrer plus enthousiaste qu'elle. Mais enfin, on pouvait rêver plus agréable que ces journées de courses sans fin, menées dans la précipitation.

Katie régla les draps et le couvre-lit qu'elle venait de dénicher et Gabriella s'écarta discrètement lorsqu'elle demanda deux tickets de caisse. Elle réglait en deux temps, utilisant à part égale l'argent de Ramon et le sien.

— Je crois que Ramon va aimer les coloris que j'ai choisis pour la chambre. Qu'est-ce que tu en penses ? demanda-t-elle gaiement en montant en voiture.

— Ça devrait lui plaire, répondit Gabriella avec un sourire.

Elle était superbe avec son abondante chevelure noire artistement décoiffée, et ses yeux brillants.

— Mais tu tiens uniquement compte de ses goûts, jamais des tiens. Moi, j'aurais préféré le couvre-lit à dentelles.

Katie, qui avait pris le volant, jeta un coup d'œil dans le rétroviseur avant de s'insérer dans le flot assez lent de la circulation.

— J'ai du mal à imaginer Ramon perdu dans un océan de délicats ruchés, sur un semis de fleurs pastel.

— Eduardo n'est pas plus efféminé que Ramon mais il ne s'opposerait pas à ce que j'apporte une touche féminine à la décoration de la chambre à coucher.

Katie dut admettre, dans son for intérieur, que Gabriella n'avait pas tort ; elle voyait bien Eduardo accéder aux désirs de sa femme avec un de ces pâles sourires, un peu indulgents, qu'il lui réservait. Ces derniers jours, elle avait modifié son jugement à son égard. Eduardo ne promenait pas ce regard froid, critique, sur l'univers tout entier. Non, cette attitude lui était réservée. Il se montrait toujours d'une parfaite correction à son égard mais il suffisait qu'elle entre dans une pièce pour le voir changer d'expression.

S'il s'était agi d'un petit bonhomme assez ordinaire,

ou d'un grand type idiot, Katie n'y aurait guère attaché d'importance, mais Eduardo l'impressionnait et elle avait très vite le sentiment de ne pas être à la hauteur en sa présence. Très brun, très typé, Eduardo avait trente-cinq ans et il était extrêmement séduisant. Solidement charpenté, sûr de lui, il devait mesurer quatre ou cinq centimètres de moins que Ramon et paraissait convaincu de sa supériorité masculine, ce qui agaçait Katie mais l'intriguait aussi. Physiquement, Ramon gardait l'avantage, il était plus raffiné, mais une complicité naturelle unissait les deux hommes, ce qui la confortait dans son opinion : pour quelque obscure raison, elle était bien la seule à ne pas trouver grâce aux yeux d'Eduardo. Il témoignait à Gabriella une affection indulgente, il avait de l'amitié pour Ramon et, curieusement, il semblait l'admirer... Quant à elle, elle pouvait tout juste prétendre à sa courtoisie.

— Dis-moi ce que j'ai bien pu faire pour froisser Eduardo ? demanda-t-elle carrément, s'attendant presque à ce que Gabriella s'emploie aussitôt à la détromper.

— Oh, ne t'en fais pas, répondit son amie avec une incroyable candeur. Eduardo ne fait aucune confiance aux Américaines, surtout si elles sont riches, comme toi. Entre autres qualités, il les trouve trop gâtées et irresponsables.

La liberté de mœurs devait probablement figurer au nombre des « autres qualités » qu'Eduardo attribuait aux Américaines, songea Katie.

— Qu'est-ce qui lui fait croire que j'ai de l'argent ? avança-t-elle prudemment.

Gabriella répondit avec un grand sourire, comme pour se faire pardonner :

— Tes bagages. Quand il était étudiant, Eduardo a travaillé comme réceptionniste dans un hôtel de luxe et il prétend que tes bagages ont coûté plus cher que tout le mobilier de la salle de séjour.

Katie était encore sous le choc lorsque Gabriella poursuivit, très grave :

— Eduardo aime beaucoup Ramon, il l'apprécie pour de multiples raisons et il craint que tu ne sois incapable de t'adapter à cette existence de fermière espagnole. Il est persuadé qu'une Américaine trop aisée ne saurait supporter ce genre de vie, que tu t'en iras aux premières difficultés et que tu lui jetteras ton argent à la figure quand la récolte sera médiocre, ou dès que les cours se mettront à chuter.

Mal à l'aise, Katie s'empourpra tandis que Gabriella opinait doctement du chef.

— Tu comprends, Eduardo doit absolument ignorer que tu règles une partie des achats. Il ne te pardonnerait jamais de désobéir à Ramon et il en déduirait que tu es incapable de te contenter de ce que ton mari peut t'offrir. Je ne comprends pas pourquoi tu tiens à payer ces meubles, Katie, mais je ne crois pas que ce soit là la vraie raison. Peut-être pourras-tu m'expliquer un jour, si tu le souhaites, mais en attendant, il faut garder Eduardo en dehors de tout ça. Il s'empresserait d'avertir Ramon.

— Ils n'en sauront rien, à moins que tu ne parles, répondit-elle avec un sourire rassurant.

— Tu sais bien que non.

Gabriella jeta un coup d'œil vers le ciel.

— Tu veux aller à cette vente, à Mayagüez ? Nous sommes tout près.

Katie acquiesça avec enthousiasme et, trois heures plus tard, elle était l'heureuse propriétaire d'une salle à manger, d'un canapé et de deux fauteuils. La demeure où avait lieu la vente aux enchères appartenait à un célibataire aisé qui s'était découvert une passion pour le beau bois, la fabrication de qualité et un robuste confort, quelque temps avant sa mort. Les fauteuils à oreilles, bien moelleux, étaient recouverts d'une étoffe à petits motifs crème, filetée de rouille ; l'ensemble se composait également de poufs assortis et d'un canapé rouille, aux accoudoirs tournés, garni de coussins très épais.

— Ramon va adorer, j'en suis persuadée, avait confié Katie en mettant au point les modalités de livraison avec le commissaire-priseur.

— Et toi, Katie, est-ce que ça te plaît ? s'enquit Gabriella, soucieuse. Tu vas vivre dans cette maison toi aussi, et tu n'as encore rien acheté qui te séduise vraiment.

— Mais si, bien sûr !

À quatre heures moins dix, Gabriella se gara en face de l'église, devant la petite maison du *padre* Gregorio, reconnaissable à sa façade blanche et à ses volets vert foncé. Katie prit son sac sur la banquette et descendit de voiture avec un sourire crispé.

— Tu ne veux pas que je t'attende, tu es sûre ? demanda Gabriella.

— Absolument certaine ! Ce n'est vraiment pas loin, j'aurai largement le temps de me changer avant de rejoindre Ramon au cottage.

Katie s'avança sans beaucoup d'enthousiasme vers la porte d'entrée et attendit quelques instants avant de frapper. Elle effaça un pli de sa robe chemisier vert pastel et lissa nerveusement ses cheveux sagement réunis en un chignon souple agrémenté d'accroche-cœurs. Elle semblait calme et avait l'air d'une jeune fille de bonne famille, du moins l'espérait-elle. En fait, elle avait l'impression de n'être qu'un paquet de nerfs.

Ce fut une gouvernante âgée qui vint lui ouvrir. Katie la suivit dans la pénombre du couloir comme une condamnée menée à son bourreau... Elle ne comprenait d'ailleurs pas pourquoi cet entretien la mettait dans un tel état.

Le *padre* Gregorio se leva pour l'accueillir. Il lui parut moins grand et plus mince qu'elle ne l'avait cru, la veille au soir. Piètre réconfort puisqu'ils n'avaient nullement l'intention d'en venir aux mains. Katie s'installa en face de lui, sur le siège qu'il lui désigna.

Ils s'évaluèrent réciproquement pendant quelques instants avec une méfiance polie et le prêtre finit par proposer :

— Puis-je vous offrir du café ?

— Non merci, répondit-elle avec un sourire courtois mais crispé. Je n'ai pas beaucoup de temps.

Exactement ce qu'il ne fallait pas dire ! comprit-elle en voyant les sourcils broussailleux se rejoindre brusquement au-dessus du nez.

— Vous avez mieux à faire, je n'en doute pas, répliqua-t-il sèchement.

— En ce qui me concerne, j'ai tout mon temps, répondit-elle précipitamment pour désamorcer le conflit. Mais Ramon compte sur moi.

À son grand soulagement, le *padre* Gregorio accepta la main qu'elle lui tendait, ses lèvres pincées se détendirent un peu ; il hocha sa tête couronnée de cheveux blancs, et parvint presque à esquisser un sourire.

— Ramon a grande hâte que tout soit installé et vous devez être très occupée.

Il sortit quelques formulaires de son bureau et prit son stylo.

— Commençons par remplir ces papiers. Pouvez-vous m'indiquer votre nom complet et votre âge, s'il vous plaît ?

Katie s'exécuta.

— Situation de famille ?

Il leva les yeux avant que Katie n'ait eu le temps de répondre et reprit avec beaucoup de gravité :

— Ramon m'a expliqué que votre mari était décédé. Vous vous êtes retrouvée veuve à l'aube de votre vie conjugale. Quelle tragédie...

Katie avait toujours ignoré l'hypocrisie. Avec beaucoup de courtoisie mais, avec fermeté, elle répliqua :

— Je me suis « retrouvée veuve » à l'aube de mon divorce et, si drame il y a eu, ce fut bien ce mariage.

Les yeux bleus se firent circonspects derrière les lunettes de métal.

— Je vous demande pardon ?

— J'ai obtenu le divorce avant le décès de mon époux.

— Pour quel motif ?

— Incompatibilité d'humeur.

— Les détails de la procédure m'importent peu, je vous ai demandé pour quelle raison vous aviez divorcé.

Devant ce manque de discrétion, Katie sentit monter la révolte et il lui fallut s'appliquer à respirer lentement, calmement, pour retrouver son souffle.

— J'ai demandé le divorce car je le méprisais.

— Et pourquoi ?

— J'aimerais autant éviter ce sujet.

— Je vois, répondit le *padre* Gregorio.

Écartant les formulaires qu'il avait l'intention de remplir, il posa son stylo et Katie sentit que le fragile armistice qu'elle avait obtenu serait de courte durée.

— En ce cas, peut-être accepterez-vous de me parler de votre relation avec Ramon. Depuis combien de temps vous connaissez-vous ?

— Deux semaines seulement.

— Curieuse réponse, remarqua-t-il. Où l'avez-vous rencontré ?

— Aux États-Unis.

— *Señorita* Connelly, reprit-il, glacial, pourrais-je vous demander d'être un peu plus précise, à moins que cette intrusion dans votre vie privée ne vous soit insupportable ?

Une lueur belliqueuse traversa le regard de Katie.

— Mais pas du tout, *padre*. J'ai rencontré Ramon dans un bar, une *cantina*, comme vous dites ici.

Le prêtre semblait frappé de stupeur.

— Ramon a fait votre connaissance dans une *cantina* ?

— Pour tout dire, c'était à l'extérieur.

— Pardon ?

— Nous étions dehors, sur le parking. J'avais besoin d'aide et Ramon est venu à mon secours.

Le *padre* Gregorio s'appuya contre le dossier de son siège et hocha la tête en signe d'approbation.

— Bien sûr ! Vous aviez des ennuis mécaniques et Ramon vous a prêté main-forte.

Katie s'était juré de ne dire que la vérité, toute la vérité, et elle rectifia aussitôt :

— En fait, j'avais maille à partir avec un homme. Il me... Ah, il était en train de m'embrasser sur le parking et Ramon l'a frappé. Il était un peu ivre, je crois.

Derrière les lunettes cerclées d'or, les yeux du prêtre eurent soudain un éclat métallique.

— *Señorita*, essayeriez-vous de me faire croire que vous auriez fait la connaissance de Ramon Galverra à la faveur d'une querelle d'ivrognes, sur un parking de bar ? Qu'il s'est battu pour les beaux yeux d'une femme qu'il ne connaissait ni d'Ève ni d'Adam... vous, en l'occurrence ?

— Mais pas du tout ! Ramon n'avait pas bu, et cela n'avait rien d'une querelle d'ivrognes... il a suffi d'un seul coup de poing, et Rob s'est effondré.

— Et ensuite ? demanda le prêtre avec impatience.

Katie choisit malheureusement cet instant pour faire étalage de son sens de l'humour un peu frondeur.

— Alors nous avons fourré Rob dans sa voiture et nous sommes partis dans la mienne, Ramon et moi.

— Absolument édifiant !

Un sourire très sincère éclaira le visage de Katie.

— Oh non ! ce n'était pas aussi terrible qu'il n'y paraît à première vue.

— J'ai peine à le croire...

Le sourire s'évanouit aussitôt sur les lèvres de Katie, et le bleu de ses yeux, soudain plus profond, trahit toute sa révolte.

— Vous pouvez croire ce qui vous chante, *padre*.

— C'est ce que *vous* voudriez me faire croire qui me laisse perplexe, *señorita*, lança-t-il, cinglant, en se levant.

Katie l'imita, décontenancée. La conclusion inattendue de l'entretien la laissait en proie à des sentiments si contradictoires qu'elle ne savait plus que penser. Fallait-il se réjouir ou s'inquiéter ?

— Qu'entendez-vous par là ? demanda-t-elle, intriguée.

— Vous aurez tout le temps d'y réfléchir, nous nous reverrons lundi matin, à neuf heures.

Une heure plus tard, vêtue d'un pantalon de toile et

d'un polo blanc, Katie attaquait la longue côte qui menait au cottage. Perplexe, et passablement furieuse, elle éprouvait un étrange sentiment de culpabilité.

Arrivée au premier replat, elle se retourna pour contempler les collines piquetées de fleurs sauvages. Elle distinguait encore le toit de la maison de Gabriella et le village. Le cottage de Ramon était si haut perché, deux escarpements au-dessus, qu'elle préféra s'asseoir un instant pour se reposer un peu. Elle blottit ses jambes au creux de ses bras et posa son menton sur ses genoux.

« C'est ce que *vous* voudriez me faire croire qui me laisse perplexe, *señorita* », lui avait assené le vieux prêtre. À l'entendre, c'était elle qui tenait à faire mauvaise impression, songea-t-elle rageusement. Elle qui avait supporté cette robe chemisier et ces talons hauts toute une longue journée de shopping pour se présenter dans une tenue convenable, par déférence pour lui !

Qu'avait-elle fait sinon lui décrire en toute honnêteté les circonstances de leur rencontre ? Si sa morale désuète devait s'en offusquer, elle n'y était vraiment pour rien. S'il ne pouvait tolérer les réponses qu'on lui apportait, pourquoi la bombarder de questions ? fulmina-t-elle dans son for intérieur.

Plus elle y songeait, moins elle se sentait coupable. Était-ce sa faute si la conversation avait pris ce tour agressif ? Elle avait le sentiment que son indignation était parfaitement justifiée... mais les paroles de Ramon lui revinrent insidieusement à la mémoire.

« Pourquoi n'es-tu pas allée chez le *padre* Gregorio ? Je t'ai rappelé ce rendez-vous ce matin, avant de partir au travail, et quelques heures plus tard, tu as oublié ?... Seul le *padre* Gregorio a le pouvoir de retarder ce mariage, tu le sais ?... Voudrais-tu le conforter dans cette opinion ? »

Le doute qui s'était insinué en elle eut tôt fait d'apaiser sa colère. Comment avait-elle pu oublier cet entretien ? Son premier mariage avait exigé des mois de préparatifs et d'innombrables rendez-vous chez le couturier, le fleuriste, les traiteurs, photographes, imprimeurs et mille autres obligations. Elle n'en avait pas « oublié » une seule.

Son subconscient serait-il responsable de cet oubli ? se demanda-t-elle avec une pointe de culpabilité. Avait-elle délibérément voulu faire mauvaise impression auprès du prêtre ?

Elle était envahie subrepticement par une impression de malaise. Elle était certaine cependant d'avoir gardé une neutralité prudente. Toutefois, elle n'avait *pas* détrompé le prêtre et l'avait laissé imaginer ce qui lui plaisait.

Lorsqu'il avait voulu éclairer les circonstances de son divorce, elle lui avait répondu que cela ne le regardait pas. Foncièrement honnête, elle dut bien admettre qu'il était de son devoir de s'en occuper, mais il était tout aussi naturel qu'elle n'ait pas apprécié qu'il l'oblige à parler de David. Évidemment, elle aurait pu se montrer un peu moins agressive, il suffisait de lui révéler les motifs de ce divorce : adultère et violence physique. S'il avait insisté, elle aurait pu alléguer qu'elle était incapable d'entrer dans les détails et préférait oublier le passé.

Voilà l'attitude qu'il aurait fallu adopter, sans lui opposer cette réserve, cette méfiance glacée et cette ironie cinglante. Jamais elle n'avait fait preuve d'une telle grossièreté, aussi ouvertement. Qu'y avait-elle gagné ? Elle s'était mis à dos la seule personne susceptible de s'opposer à son mariage. Quelle inconséquence ! Fallait-il qu'elle soit bête !

Katie ramassa une fleur tombée auprès d'elle et se mit à effeuiller les pétales écarlates. Bien malgré elle, elle se remémora la petite phrase de Gabriella :

« Tu n'as encore rien acheté qui te séduise vraiment. » Elle n'avait prêté aucune importance à cette remarque, sans fondement à ses yeux. Toutefois, à y bien réfléchir, elle se rendait compte qu'elle avait inconsciemment orienté ses choix, qu'elle n'avait apporté aucune touche féminine, ni apposé sa griffe à la décoration, refusant ainsi l'engrenage qui la conduisait au mariage et la menait à s'installer dans cette maison.

La date de la cérémonie approchait et ses craintes s'amplifiaient, ainsi que ses hésitations.... Inutile de se le dissimuler. Elle l'admit... Piètre consolation ! En quittant Saint Louis, elle n'éprouvait pas le moindre doute mais, à présent, toutes ses certitudes s'étaient envolées. Cette angoisse, ces hésitations la laissaient désemparée. Pourquoi agissait-elle ainsi ? Ce comportement était illogique ! Elle qui se targuait de garder la tête froide en toutes circonstances agissait comme la dernière des névrosées. Décidément, elle n'avait aucune excuse ! songea-t-elle, furieuse.

À moins que... La première fois qu'elle s'était engagée, qu'elle s'était donnée à un homme dans les liens du mariage, son univers s'était écroulé. Elle savait trop bien ce qu'un mariage raté pouvait entraîner de souffrances et d'humiliations. Le jeu en valait-il la chandelle ? Peut-être était-ce une erreur de vouloir revivre cette expérience et... Mais non ! Elle n'allait tout de même pas laisser ces traumatismes détruire son existence et anéantir toute chance de bonheur en refusant la douceur d'un mariage qui promettait d'être heureux. Non, mort ou vif, elle ne ferait pas ce plaisir à David Caldwell !

Katie se releva d'un bond et épousseta son pantalon. En atteignant le deuxième replat, elle se retourna une seconde fois pour regarder le village avec un sourire attendri. Le paysage qui s'étendait à ses pieds était digne d'un dépliant touristique. Elle laissa errer son regard sur les petites maisons de poupées blanchies à la chaux, nichées au creux des vertes collines, sur l'église, au centre... L'église où, dans dix jours, serait célébré son mariage.

Soudain, Katie sentit son estomac se nouer, elle en aurait pleuré de désespoir ! Tiraillée, écartelée entre raison et sentiments, elle sentait monter la peur. L'angoisse l'étreignit, mais son pouls s'accéléra soudain sous l'aiguillon du désir et son amour pour Ramon irradia tout son être, ardent brasier que rien ne pourrait étouffer.

Car elle l'aimait. Elle l'aimait tant !

Elle l'admettait enfin ! Elle cédait à la panique mais un élan de passion, sauvage, incontrôlé, la fit vibrer tout entière. Elle ne refusait plus ses sentiments à présent. Alors, pourquoi ne pas l'aimer ? Tout simplement aimer, aimer cet homme superbe, tendre, passionné, et le suivre jusqu'au pied de l'autel ?

Éperdue, Katie songea avec amertume vers quels abîmes l'amour l'avait déjà entraînée. L'aventure s'était terminée en cauchemar, songea-t-elle en se mordant la lèvre et en reprenant sa route.

Pourquoi fallait-il qu'elle évoquât David à tout instant ? Pourquoi ce premier mariage l'obsédait-il à ce point ? se demanda-t-elle, consternée. Taille et couleur de cheveux mises à part, le seul lien, entre les deux hommes, était leur intelligence. David était ambitieux, c'était un brillant avocat, mondain, subtil. Tandis que Ramon...

Ramon était une énigme : il s'exprimait très bien, avait une vaste culture, il était intelligent et manifestait une véritable passion pour la politique internationale, dont il semblait étonnamment familier. Il avait su s'intégrer avec une parfaite aisance au groupe très raffiné des amis de ses parents... et cependant, il avait fait le choix d'être agriculteur. Oui, il voulait retourner à la terre mais elle ne ressentait pas, chez lui, cet amour authentique, cette fierté du terroir. Bien qu'elle en ait exprimé le désir, il ne lui avait jamais proposé de lui montrer la propriété, et, lorsqu'il débattait avec Rafael des améliorations à apporter à l'exploitation, il ne manifestait jamais d'enthousiasme.

Cette attitude la laissait étrangement perplexe, à tel point qu'elle lui avait demandé, quelques jours plus tôt, s'il avait jamais envisagé une autre activité. Ramon s'était contenté d'approuver laconiquement.

— Mais alors, pourquoi avoir choisi la terre ? avait-elle insisté.

— À cause de cette ferme. Parce qu'elle est à nous. Parce que je ne me suis jamais senti aussi heureux qu'ici, auprès de toi. Je n'ai jamais éprouvé un tel sentiment de sérénité.

Où la trouvait-il cette sérénité ? se demanda-t-elle. S'il était vraiment heureux, il n'en donnait pas toujours l'impression. Ces derniers jours, elle avait surpris à maintes reprises l'âpreté de son regard tourmenté, et il paraissait souvent tendu, très sombre. Il changeait d'expression dès qu'il sentait le poids de son regard posé sur lui et il souriait... il lui faisait partager la tendre complicité de son sourire.

Que cherchait-il à dissimuler ? Une profonde mélancolie ? Ou pis encore ? Quelque penchant pervers, comme David, ou...

Katie secoua la tête, écartant résolument ces pensées. Ramon ne ressemblait en rien à David. En rien. Elle s'arrêta un instant pour détacher une branche d'un arbuste aux couleurs éclatantes et porta à son nez les fleurs jaunes dont le rameau était couvert.

Au sommet de la colline, elle perçut le concert de marteaux et de scies qui s'élevait du cottage. Quatre peintres étaient à l'œuvre sur la façade, ils appliquaient une couche de peinture blanche sur les briques et les moulures extérieures tandis qu'un autre artisan laquait les volets en noir.

Katie retrouva sa belle humeur en songeant à l'immonde taudis qu'elle avait découvert le dimanche précédent. Cinq jours plus tard, aidé d'une armée de menuisiers, Ramon l'avait transformé en une ravissante petite maison de caractère.

— Des jardinières, fit-elle à haute voix.

Inclinant légèrement la tête, elle essaya d'imaginer les jardinières débordant de fleurs sous les larges fenêtres, de chaque côté de la porte d'entrée. Oui, ce serait parfait. Avec ces jardinières, le cottage semblerait sorti tout droit d'un conte de fées, dans ce décor de rêve, sur son île enchantée. Mais la vie, dans cette ferme, aurait-elle des allures de conte de fées ?

Elle trouva Ramon à l'autre bout de la maison. Ce jour-là, il jouait les peintres, et descendait, lui aussi, de son échelle. Il se retourna, surpris, en l'entendant murmurer :

— Bonjour...

Nonchalant, il lui offrit un sourire d'un charme irrésistible qui illumina son visage hâlé. Il était manifestement si heureux de la voir que Katie, sans raison aucune, sentit son cœur exulter de joie.

— Je t'ai apporté quelque chose, fit-elle, taquine, en lui tendant la branche fleurie qu'elle cachait derrière son dos.

— Des fleurs ? lança Ramon, badin, tout en acceptant le rameau avec beaucoup de cérémonie. Pour moi ?

Si le ton restait léger, Katie fut sensible à la chaude lueur qui éclaira son regard. Elle acquiesça avec un sourire provocant :

— Demain, je t'offrirai des bonbons.

— Et après-demain ?

— Oh, un bijou, selon l'usage. Assez cher pour rester dans le ton, mais discret... rien de tape-à-l'œil qui risquerait de trahir mes coupables intentions.

— Et le jour suivant ? demanda-t-il, radieux.

— Ferme ta porte à double tour et prends garde à ta vertu, ce jour-là j'ai bien l'intention de rentabiliser mes investissements ! lança-t-elle en riant.

Le torse puissant de Ramon luisait comme du bronze et il se dégageait de lui une odeur de savon et de sueur, un mélange étrangement grisant, constata-t-elle tandis qu'il l'attirait tout contre lui.

Il laissa errer ses mains sur son dos en une langoureuse caresse.

— Je crois, dit-il, tandis que ses lèvres venaient à sa rencontre, que la conquête sera aisée : je t'offre ma vertu en échange de ces quelques fleurs.

— Libertin, tu n'as aucune pudeur ! plaisanta-t-elle, le souffle un peu court.

Les yeux noirs se firent plus sombres.

— Embrasse-moi, Katie.

16

Katie redressa brusquement la tête en entendant le *padre* Gregorio prononcer son nom, puis celui de Ramon, au pied de l'autel. Puis elle comprit qu'il donnait lecture des bans. Il lui sembla que toutes les têtes se tournaient d'un seul mouvement vers le fond de l'église, vers le banc où ils étaient assis, encadrés de Gabriella et de son mari ainsi que de la famille Villegas au grand complet.

Pas une âme, au village, n'ignorait qui était Ramon Galverra Vicente, songea-t-elle. Rien d'étonnant à cela puisqu'il y était né. Mais l'attitude des villageois lui avait paru étrange ; lorsque Ramon avait fait son entrée dans l'église, à ses côtés, on l'avait dévisagé avec un intérêt non dissimulé. Quelques-uns l'avaient salué d'un signe de tête ou d'un sourire, mais sans se départir de cette curiosité un peu embarrassée, teintée de crainte respectueuse.

Il fallait avouer que le comportement de Ramon, avant le début de l'office, était propre à décourager toute velléité de familiarité. Il avait balayé du regard l'assemblée des fidèles intrigués avec un sourire distant, une froide courtoisie, avant de s'asseoir auprès de Katie sans leur accorder plus d'attention.

Elle changea de position ; le banc n'était guère confortable mais elle semblait captivée par le sermon du prêtre dont elle ne comprenait pas un traître mot. En fait, elle commençait à se demander si les dieux ne se seraient pas ligués pour leur interdire à tous deux le moindre moment de solitude. Ces sept derniers jours, ils n'avaient pas eu la plus petite occasion de « s'abandonner l'un à l'autre », ainsi que l'avait annoncé Ramon.

Le vendredi, alors qu'elle était encore blottie dans ses bras et qu'il l'enivrait de baisers pour la remercier de son « bouquet » de fleurs, des nuages noirs, en formation serrée, avaient envahi le ciel, éclipsant brusquement le soleil, et la légère averse avait vite tourné au déluge. Ils avaient donc passé la soirée à jouer aux cartes avec Gabriella et son mari.

Le samedi, le temps s'était remis au beau et les ouvriers s'étaient activés toute la journée au cottage. L'électricité était rétablie à présent, et Ramon faisait travailler son équipe à l'intérieur, dès la tombée de la nuit. Le cottage ne serait donc plus complice de leurs rendez-vous. Ce même jour, en début de soirée, Eduardo avait suggéré à Ramon que Katie aimerait peut-être voir la baie Phosphorescente.

Sidérée de se voir proposer une escapade en amoureux par Eduardo qui leur offrait même sa voiture pour se rendre au sud-ouest de l'île, Katie avait eu quelques difficultés à l'imaginer dans le rôle de Cupidon. Elle savait trop à quel point il la désapprouvait en tout. Elle eut bientôt le fin mot de l'histoire. À peine eut-elle sauté sur l'occasion qu'Eduardo déclara :

— Bon, c'est décidé. Nous serons très heureux de vous avoir avec nous.

Eduardo n'aurait pu trouver moyen plus efficace de leur interdire toute intimité tandis qu'il emmenait Gabriella en promenade. Ramon se contenta de manifester sa surprise mais elle devina que l'initiative de son ami ne lui plaisait guère.

Contre toute attente, la soirée fut très réussie. Au

début du trajet, sur d'excellentes routes, Ramon garda le silence. Assis à l'arrière auprès d'elle, il paraissait songeur. Sachant qu'Eduardo était seul responsable de cette humeur, Katie arbora son sourire le plus radieux et Ramon ne tarda pas à l'imiter ; il fit de son mieux pour satisfaire son insatiable curiosité devant le paysage qui défilait sous ses yeux.

La découverte de la baie Phosphorescente fut une expérience unique, un moment extraordinaire. Les nuages d'orage qui avaient amené la pluie et chassé la plupart des touristes de la baie voilaient également la lune. Gabriella et Eduardo avaient pris place à l'avant du canot à moteur de location, et Ramon et Katie s'étaient installés à l'arrière. Entre deux baisers volés qu'ils prolongeaient à loisir, Katie se retournait sur la banquette pour admirer les gerbes de petites lueurs vertes qui scintillaient dans l'étrave. Sur le conseil de Ramon, elle se pencha par-dessus bord pour plonger son bras dans l'eau et, lorsqu'elle l'en retira, il était recouvert d'une fine résille phosphorescente. Les poissons laissaient eux aussi une pluie lumineuse dans leur sillage en sautant à la surface du lac.

Quant à Ramon, nonchalamment installé au fond du bateau en bon natif de l'île, il semblait considérer avec une indulgence amusée ces trois touristes qu'il lui fallait divertir. Il était ravi de la voir s'amuser mais il prenait un malin plaisir à contrarier les tentatives d'Eduardo qui aurait bien voulu partager avec sa femme l'intimité de la banquette arrière. Chaque fois qu'il lui proposait de venir s'asseoir à l'avant avec Katie, Ramon, très bon enfant, déclinait son offre :

— Mais non, nous sommes très bien !

À la fin de la soirée, c'était Eduardo qui semblait mécontent. Ramon, lui, arborait un sourire ravi.

Un coup de tonnerre résonna dans l'église plongée dans la pénombre, suivi de trois éclairs successifs qui illuminèrent les superbes vitraux. Katie eut un sourire désabusé. Autant en prendre son parti : aujourd'hui encore, le temps leur interdirait toute sortie. Ils n'auraient pas un seul instant d'intimité, pas même ce soir.

— Une journée idéale pour le shopping ! lança Gabriella en pénétrant dans la chambre de Katie, le lendemain matin, sa tasse de café à la main. Le soleil est revenu, ajouta-t-elle gaiement en s'asseyant sur le lit pour siroter son café tout en observant Katie qui se préparait pour se rendre chez le *padre* Gregorio.

— À ton avis, ai-je l'air assez sage ? demanda Katie en arrangeant les maillons dorés de sa ceinture sur la robe blanche gansée de mandarine.

— Tu es parfaite, répondit Gabriella avec un sourire. Comme toujours, tu es... superbe !

Avant de sortir, Katie leva les yeux au ciel d'un air bouffon, acceptant le compliment avec humour, puis elle promit à Gabriella de revenir la chercher dès que l'entretien serait terminé.

Vingt minutes plus tard, l'heure n'était plus à la plaisanterie. Clouée sur sa chaise, elle s'empourprait sous le regard inquisiteur du prêtre.

— Je vous demande, répéta-t-il d'un ton qui n'augurait rien de bon, si Ramon sait que vous payez ces meubles de vos propres deniers et que vous utilisez votre carte de crédit ?

— Non, admit-elle, tremblante. Comment l'avez-vous découvert ?

— Nous y reviendrons dans un instant, fit-il d'une voix sourde, furieux. Mais j'aimerais savoir, tout d'abord, si vous êtes consciente du fait que Ramon revient dans ce village après de longues années d'absence ? Qu'il est parti, il y a bien longtemps, pour mener une vie beaucoup plus large ?

— Oui, je le sais... et son entreprise a fait faillite.

Cet aveu parut attiser la colère du *padre* Gregorio.

— Alors, vous savez donc qu'il est revenu ici pour repartir de zéro, sans un sou en poche.

Katie acquiesça, avec le sentiment que le couperet ne tarderait pas à tomber ; elle ignorait, toutefois, comment le prêtre lui assènerait le coup fatal.

— Avez-vous seulement idée, *señorita*, du courage, de la force de caractère qu'exige ce retour aux sources lorsqu'on a tout perdu ? Imaginez-vous quelle blessure d'amour-propre il doit endurer face à ces gens, convaincus qu'il avait abandonné le village, qu'il avait réussi... et qui le voient revenir vaincu ?

— Je n'ai nullement l'impression que Ramon s'estime vaincu ou déshonoré, objecta-t-elle.

Le poing du prêtre s'abattit sur le bureau avec fracas.

— Non, il ne l'était pas jusqu'à présent... mais cela ne saurait tarder, et par votre faute ! Grâce à vous, tout le monde dira, dans ce village, que sa riche *novia* américaine a dû payer les serviettes avec lesquelles il s'essuie les mains !

— Personne ne sait que j'ai réglé la moitié de ces achats ! fulmina-t-elle. Si ce n'est vous, et... non, personne d'autre, rectifia-t-elle aussitôt pour ne pas impliquer Gabriella.

— Personne, si ce n'est vous et moi, persifla-t-il d'un ton acerbe. Et Gabriella Alvarez, bien sûr ! Sans compter la moitié de la population qui, à cet instant précis, informe l'autre moitié du village ! Me suis-je bien fait comprendre ?

Katie acquiesça, penaude.

— Évidemment, Gabriella a caché la vérité à Eduardo, qui aurait aussitôt prévenu Ramon. Vous l'avez obligée à mentir à son mari pour servir vos intérêts !

Voyant que le prêtre essayait de se maîtriser, Katie n'en menait pas large.

— *Señorita* Connelly, par le plus grand des hasards, auriez-vous imaginé un instant que Ramon approuverait cette façon d'agir ?

Katie ne désirait qu'une chose : saisir la perche qu'on lui tendait, mais sa fierté lui interdisait de battre en retraite.

— Non, j'ai bien prévenu Ramon, je lui ai fait part de mon désir de partager les dépenses, et il... cela ne lui a pas plu.

Face au regard circonspect du prêtre, elle ajouta :

— Bon, d'accord, il s'y est catégoriquement opposé.

— Donc, reprit-il d'un ton redoutable, Ramon vous a interdit de régler ces achats et, néanmoins, vous n'en avez tenu aucun compte. Vous avez agi sournoisement, c'est bien ça ? Vous lui avez désobéi.

Le sang de Katie ne fit qu'un tour.

— Je ne vous permets pas de prononcer ce mot en ma présence, *padre*. Je n'ai rien d'un animal bien dressé. Et je me permets de vous rappeler que j'ai « sournoisement » dépensé de coquettes sommes d'argent qui *m'appartiennent* pour aider Ramon, j'appellerais cela de la charité et ça n'a rien de répréhensible.

— De la charité ! fulmina le *padre* Gregorio. C'est là toute l'estime que vous avez pour lui ? Ramon n'est donc, à vos yeux, qu'un indigent, digne de votre pitié !

— Non ! Bien sûr que non ! s'exclama-t-elle, atterrée, en ouvrant des yeux qu'agrandissait la stupeur.

— En réglant la moitié de ces achats, vous avez dépensé deux fois plus que Ramon ne peut se le permettre. Seriez-vous donc incapable de vous comporter autrement qu'en enfant gâtée ? Ne pouvez-vous attendre pour obtenir ce que vous désirez ?

Au regard de ces méthodes, comparaître devant la Sainte Inquisition devait être une partie de plaisir ! Impossible d'éluder les questions du prêtre et elle ne pouvait tout de même pas lui avouer qu'elle avait assumé la moitié des dépenses pour se sentir libre d'épouser ou non Ramon...

— Qu'avez-vous à répondre ?

— Rien. J'aimerais pouvoir le faire, reprit-elle lamentablement. Ce n'est pas du tout ce que vous croyez, mais il m'est impossible de vous éclairer.

— Et moi, je n'arrive pas à comprendre. À vrai dire, c'est *vous* que je ne comprends pas, *señorita*. Gabriella est votre amie, ce qui ne vous empêche pas de l'impliquer dans votre trahison. Eduardo vous offre son hospitalité et, en guise de remerciement, vous n'avez aucun scrupule à contraindre sa femme à lui dissimuler la vérité. Vous voulez épouser Ramon, mais vous lui désobéissez, vous le bernez et vous le déshonorez. Est-il possible d'aimer quelqu'un et de le traiter de cette façon ?

Katie blêmit. La voyant bouleversée, le prêtre hocha vivement la tête, trahissant son immense déception. Lorsqu'il reprit la parole, ce fut sur un ton crispé mais plus conciliant.

— Quoi qu'il en soit, *señorita*, je ne peux me résoudre à croire que vous soyez égoïste ou que vous n'ayez pas de cœur. Vous aviez certainement de bonnes raisons d'agir ainsi, dites-moi ce qu'il en est, j'aimerais pouvoir vous comprendre.

Katie était au supplice. Incapable de proférer un son, elle se contenta de plonger son regard dans celui du prêtre.

— Parlez ! gronda-t-il, trahissant sa colère et sa perplexité. Dites-moi que vous aimez Ramon et que vous n'aviez pas mesuré l'importance de ces ragots. Je suis prêt à vous croire, je vous aiderai même à tout lui expliquer. Confiez-vous à moi et nous en finirons, sur l'heure, avec ces préparatifs de mariage.

Pâle, l'estomac noué, douloureux, Katie parvint néanmoins à garder son calme.

— Je ne vous dois aucune explication, *padre*. Et mes sentiments pour Ramon ne vous regardent pas.

Les sourcils broussailleux se rapprochèrent et l'expression du prêtre se fit menaçante. Il se cala au fond de son siège et la considéra longuement, cherchant à la percer à jour.

— Vous n'avez aucune envie d'évoquer vos sentiments pour Ramon car vous n'en avez pas... C'est bien cela ?

— Je n'ai jamais rien dit de tel ! se défendit Katie avec la dernière vigueur, mais le mouvement convulsif de ses mains, serrées sur ses genoux, était révélateur. Elle était désemparée.

— Pourriez-vous me certifier que vous l'aimez ?

Katie avait l'impression de se désintégrer sous la violence des émotions qui l'assaillaient. Elle ne comprenait plus et perdait pied peu à peu sans parvenir à se maîtriser. Elle aurait voulu prononcer les mots que le prêtre attendait, lui donner l'assurance qu'elle aimait Ramon, mais elle ne put s'y résoudre. Le regard rivé à celui du *padre* Gregorio, elle resta muette dans le silence glacé qui s'était installé.

Les épaules du vieux prêtre s'affaissèrent et le profond désespoir qu'elle perçut dans sa voix, lorsqu'il reprit la parole, la laissa au bord des larmes.

— C'est très clair, fit-il posément. Avec de tels sentiments, quelle sorte d'épouse serez-vous pour lui ?

— Une bonne épouse ! murmura-t-elle, retrouvant toute sa combativité.

Le *padre* Gregorio parut sidéré de la voir si bouleversée. Il l'observa de nouveau, sincèrement désireux, semblait-il, de la comprendre enfin. Il étudia attentivement le visage défait, cherchant à deviner quel secret recelaient ces yeux bleus, et ce qu'il découvrit dans ces abîmes de tourment le laissa songeur et le ramena à plus de douceur.

— Très bien, fit-il gentiment. Je me contenterai de cette réponse.

Ce revirement inattendu laissa Katie déconcertée. Son soulagement fut tel qu'elle fut prise de tremblements ; mais, curieusement, la panique s'empara d'elle.

— Si vous m'assurez que vous êtes prête à accomplir vos devoirs d'épouse, je ne mettrai pas votre parole en doute. Acceptez-vous de faire passer l'intérêt de Ramon avant le vôtre, de l'honorer et de respecter son...

— Autorité ? compléta-t-elle. N'oubliez surtout pas de lui « obéir », ajouta-t-elle, belliqueuse, en se levant. C'est bien ce que vous alliez me demander ?

Le père Gregorio l'imita.

— Et si telle était mon intention ? demanda-t-il froidement, curieux de connaître sa réponse.

— Ce que toute femme qui se respecte devrait répondre à une question aussi impudente, aussi insultante ! Je refuse, *je refuse* de promettre obéissance à un homme, quel qu'il soit. Ce sont les animaux et les enfants qui obéissent, pas les femmes !

— Avez-vous terminé, *señorita* ?

La gorge serrée, Katie acquiesça vigoureusement.

— Alors, permettez-moi de vous dire que je n'avais pas l'intention de vous parler d'« obéissance ». Je m'apprêtais simplement à vous demander si vous étiez disposée à tenir compte des désirs de Ramon, et non à vous plier à son autorité. Et, pour votre gouverne, sachez que je demanderai à Ramon de respecter les mêmes engagements.

Katie baissa les yeux et ses cils vinrent ombrer ses joues blêmes, dissimulant sa gêne.

— Je suis désolée, fit-elle d'une petite voix. Je pensais...

— Inutile de vous excuser, coupa-t-il en laissant échapper un soupir de lassitude.

Il se détourna et alla jusqu'à la fenêtre qui donnait sur la petite place.

— Je ne vous demanderai pas de revenir, ajouta-t-il sans un regard. Je ferai part de ma décision à Ramon.

— Puis-je la connaître ? parvint-elle à demander.

Les mâchoires résolument serrées, il secoua la tête.

— J'ai besoin de réflexion avant de décider quoi que ce soit.

Katie passa machinalement sa main dans ses cheveux.

— *Padre* Gregorio, vous ne pourrez empêcher ce mariage. Si vous refusiez, nous trouverions quelqu'un d'autre.

Le prêtre se figea. Il se retourna lentement et le regard irrité qu'il lui lança ne manquait pas d'humour.

— Je vous remercie de me rappeler les limites de mes pouvoirs, *señorita*. Je n'en attendais pas moins de vous. Si vous n'aviez pas trouvé quelque pique à me lancer avant de partir afin de me laisser une impression peu flatteuse, j'aurais été très déçu.

Katie croisa son regard, furieuse et désappointée.

— Vous êtes bien l'être le plus suffisant, le plus imbu de lui-même que j'aie jamais vu... !

Elle s'interrompit quelques instants pour prendre une grande bouffée d'air dans une vaine tentative de contrôle.

— Sachez que votre opinion m'importe assez peu !

Le *padre* Gregorio inclina la tête et répliqua avec un profond salut :

— Encore merci...

Katie arracha une poignée d'herbe et la lança rageusement devant elle. Adossée contre un arbre, elle était assise sur une roche plate et contemplait sans les voir les douces ondulations des collines, sillonnées de vallées à des kilomètres à la ronde. Le soleil couchant voilait le ciel de ses écharpes rouges et or mais la beauté de ce spectacle ne parvenait pas à l'apaiser et les six heures passées à courir les magasins en compagnie de Gabriella n'avaient pas réussi à lui faire oublier sa visite chez le *padre* Gregorio. Une centaine de mètres plus loin, les ouvriers qui travaillaient au cottage rangeaient leurs outils et se préparaient à rentrer chez eux pour dîner. Ils reviendraient un peu plus tard achever le travail en cours.

Katie se demandait où Ramon avait passé la journée mais elle était beaucoup trop contrariée par cette entrevue et par ses propres réactions pour s'en soucier réellement. Comment cet homme pouvait-il se permettre de mettre ses sentiments en doute ? Ou ses intentions ? songea-t-elle en jetant un regard noir aux pentes douces des montagnes.

— J'ose espérer, fit sans hâte la voix chaude, ironique, que je ne suis pas responsable de cette mine renfrognée ?

Dans sa surprise, Katie tourna vivement la tête, et sa chevelure étincelante vint balayer son épaule droite. Ramon était là, à un mètre à peine, ses larges épaules masquaient l'éclat du soleil. Il avait probablement passé la journée dans les bureaux de la conserverie ; on aurait dit qu'il venait d'enlever sa veste, de desserrer le col de sa chemise empesée et d'en remonter les poignets sur sa peau cuivrée. Haussant un sourcil interrogateur, il l'observa attentivement.

— À vrai dire, je..., répondit-elle avec un sourire de commande.

— Tu as des envies de meurtre ? reprit Ramon, pince-sans-rire.

— C'est un peu ça, oui, marmonna-t-elle.

— Ta future victime serait-elle de mes connaissances ?

— Le *padre* Gregorio, admit-elle en se levant.

Les mains dans les poches, Ramon la regarda. Il la dominait de sa haute taille et, dans cette posture, la chemise blanche épousait plus étroitement son torse et ses épaules d'athlète.

— Je viens de le croiser, au village. Il refuse de célébrer le mariage.

Avec un bel esprit de contradiction, Katie fut accablée d'apprendre que le prêtre puisse manifester un tel mépris à son égard. Son ravissant visage s'empourpra.

— T'a-t-il dit pourquoi ?

Contre toute attente, Ramon esquissa un sourire, un de ces sourires irrésistibles qui la laissaient pantelante.

— À ses yeux, il semblerait que tu sois dépourvue de certaines vertus indispensables à une épouse.

— C'est-à-dire ? demanda-t-elle, rebelle.

— Douceur, docilité et respect de l'autorité.

En proie à des sentiments contradictoires, Katie lui demanda :

— Que lui as-tu répondu ?

— Que je voulais une épouse, pas un cocker.

— Et alors ?

Une franche gaieté fit pétiller le regard sombre.

— Le *padre* Gregorio estime que je ferais mieux de me contenter d'un cocker.

— Oh, ce n'est pas vrai ! répliqua-t-elle, furieuse. Eh bien, si tu veux mon avis, je trouve bien suspect l'intérêt que porte ce vieux tyran à ton bien-être !

— Mais c'est *ton* bien-être qui l'inquiète ! rétorqua Ramon, ironique. Il craint fort que l'envie ne me prenne de t'étrangler au bout de quelques semaines de vie commune.

Katie était au supplice, elle se détourna pour lui dissimuler son trouble.

— Son opinion est-elle si importante, à tes yeux ?

Ramon la prit par les épaules et l'attira fermement à lui, mais avec une grande douceur.

— Tu sais bien que non, mais ces retards me contrarient. Si le *padre* reste sur ses positions, il me faudra trouver un prêtre à San Juan, et faire publier les bans une seconde fois, probablement. Je veux que ce mariage soit célébré dimanche, Katie, et sans le *padre* Gregorio, il ne faut pas y songer. Tu le sais. Pour le reste, tout est prêt. Les travaux seront terminés ce soir, tes parents ont réservé leur vol et je leur ai retenu une suite au Caribe Hilton.

Katie ne l'écoutait plus. Seul importait à présent son souffle tiède sur ses cheveux, la troublante proximité de son corps musclé, puissant, épousant étroitement son dos, ses jambes. Mais il poursuivit :

— Le *padre* s'est absenté, il est aux îles Viques, je voudrais que tu ailles le voir dès son retour, jeudi, et j'aimerais que tu le rassures, quoi qu'il puisse te demander.

Il la fit pivoter dans ses bras, lui prit les lèvres, et Katie sentit faiblir sa détermination.

— Pour moi ? Tu le feras ? murmura-t-il sourdement en s'écartant.

Fascinée par sa bouche ferme, voluptueuse, elle leva les yeux et plongea son regard dans le sien. Sa reddition fut totale. Il la désirait avec une telle intensité... elle sentait ses cuisses se tendre contre elle et la fièvre l'embrasa tout entière... dévastatrice.

— Oui, fit-elle dans un souffle.

Ramon resserra brutalement son étreinte, s'empara avidement de ses lèvres, se fit pressant. Offerte, Katie accueillit fébrilement sa langue et il ne put retenir une plainte langoureuse. Ce gémissement déchaîna chez elle quelque instinct primitif et elle répondit à sa passion sans pudeur aucune, impatiente de lui faire partager ce plaisir qu'il lui donnait. Elle se fit aussi sensuelle que lui, parcourant fougueusement de ses caresses son dos, ses épaules, cambrée contre lui.

Elle étouffa un cri de désarroi quand il abandonna sa bouche et redressa la tête. Frémissant encore sous l'aiguillon du désir, elle ouvrit des yeux qu'embrumait la passion et, dans le crépuscule qui se faisait plus dense, Ramon noya son regard dans le sien.

— Je t'aime.

Katie ouvrit la bouche mais fut incapable de proférer un son. Le cœur au bord des lèvres, l'estomac atrocement noué, elle aurait voulu lui dire ces mêmes mots mais ce serment qu'elle avait hurlé sous la contrainte, encore et encore, cette nuit dantesque, ne pouvait à présent franchir le seuil de ses lèvres. Elle laissa échapper un sourd gémissement d'angoisse, noua ses bras derrière la nuque de Ramon et se mit à l'embrasser avec la fureur du désespoir. Mais il semblait pétrifié et la rejetait de tout son être.

La douleur le lacérait, telle une lame chauffée à blanc.

Elle ne l'aimait pas. Bon sang, qu'elle aille au diable ! Non, elle ne l'aimait pas.

— Je... je ne peux pas, dit-elle entre deux sanglots en s'agrippant à lui, en se plaquant tout contre lui. Il m'est impossible de prononcer ces mots que tu veux entendre. Non, je ne peux pas.

Ramon l'observa quelques instants ; il la détestait, en cette minute. Comme il se haïssait de l'aimer ! Levant les bras, il voulut dénouer ses mains mais elle secoua désespérément la tête et resserra son étreinte, épousant plus étroitement son corps. Les yeux bleus, superbes, s'emplirent de larmes qui perlèrent sous les longs cils pour ruisseler sur ses joues.

— Ne m'enlève pas ton amour, implora-t-elle passionnément. Je n'arrive pas encore à prononcer ces paroles mais ne fais pas ça, je t'en supplie !

— Katie ! répliqua-t-il durement.

Les douces lèvres frémirent sous ce refus glacé et il la saisit par les épaules dans la ferme intention de se dégager, de la repousser.

Elle l'avait compris.

— Non, je t'en prie, murmura-t-elle, la voix brisée.

Alors, il perdit toute retenue. Avec un gémissement, il referma fiévreusement ses bras sur elle, couvrant ses lèvres de baisers. Elle se fondit en lui et sa propre flamme alluma un immense brasier qui le consuma jusqu'au tréfonds de son être.

— Katie, souffla-t-il dans un murmure douloureux, l'écrasant contre sa poitrine tandis qu'elle lui rendait ses baisers avec une ardeur, une fièvre dont il découvrait la violence. Katie... Katie... Oh, Katie !

Elle l'aimait, il en était convaincu. Il le ressentait, profondément. Peut-être lui était-il impossible de le formuler, mais son corps parlait pour elle. Quelle femme serait capable de s'offrir ainsi sans avoir donné son cœur ?

Il l'entraîna sur l'herbe. Les lèvres rivées aux siennes, elle refusa de se séparer de lui, fût-ce un instant. Elle laissait fébrilement courir ses mains sur son corps, l'enflammait de ses caresses. Ramon déboutonna sa chemise et l'enleva vivement.

Ses doigts eurent tôt fait de la débarrasser de son chemisier et de son soutien-gorge, et il savoura la douceur de ses seins épanouis au creux de ses mains. Il se pencha vers elle et elle s'abandonna à la danse sensuelle, rythmée, de sa langue.

Brûlant de désir, il la souleva et la fit s'allonger au-dessus de lui, s'enivrant du spectacle de sa poitrine diaphane serrée contre le duvet noir de son torse.

— Si tu savais comme je te veux ! Je te désire tant ! C'est intolérable.

Il referma la main sur sa nuque, ses lèvres vinrent à sa rencontre et il murmura, d'une voix qu'altérait la fièvre :

— Prolonge cette torture, Katie.

Elle répondit à ses exigences, lui offrant dans ce baiser son corps et son âme, sans retenue aucune, et il laissa échapper un râle sourd, primitif, un râle de plaisir, tandis qu'elle se mouvait en cadence contre ses hanches tendues par le désir. Il resserra son étreinte, modela son corps au sien, brûlant de la voir se dissoudre en lui, se soumettant aux tourments qu'elle lui infligeait. Il finit par rouler sur son flanc, l'entraînant dans son mouvement.

Katie souleva les paupières dans un battement de cils. Le souffle court, les traits crispés, Ramon semblait abîmé dans la passion. Elle lui offrit ses lèvres et il répondait déjà à son invite quand, brusquement, il se ressaisit.

— Tu vas bien finir par me rendre fou avant que tout ça ne soit terminé, fit-il, le souffle rauque.

Elle s'attendait à ce qu'il la possède mais il bascula en arrière et s'étendit auprès d'elle. La tenant blottie au creux de son épaule, il contemplait le ciel qu'avait envahi la nuit. Elle ne savait que penser. Pourquoi s'interrompre ainsi, aussi brutalement ? Ramon s'était probablement mis en tête qu'elle souhaitait qu'il en soit ainsi. Mais il n'en était rien ! Qu'allait-il imaginer ? Elle ne voulait que lui, n'avait qu'une envie : le combler de volupté. Elle se tourna vers lui.

— C'est ta faute, après tout, si je te rends fou, dit-elle et, sans lui laisser le loisir de répondre, elle entreprit de suivre paresseusement le contour de son oreille du bout de la langue, tentatrice.

Il posa une main légère sur sa taille, laissant errer ses doigts sur sa peau. Avec un frisson de plaisir, il raffermit son emprise lorsqu'elle s'aventura, en une troublante caresse, dans la conque profonde de son oreille.

— Arrête, dit-il d'une voix rauque, ou je te fais subir le même sort.

Sourde à cette menace, elle poursuivit son exploration sensuelle.

— Ce ne serait pas la première fois, répondit-elle dans un souffle, au creux de son cou. Et j'ai beaucoup apprécié.

— Moi aussi, j'apprécie. C'est pourquoi je te demande de ne pas continuer.

Katie dut faire appel à tout son courage ; elle prit appui sur son coude et son regard s'attarda sur la chaîne et la médaille d'argent qui brillaient sur la toison sombre de sa poitrine, puis elle leva vers lui ses grands yeux.

— Ramon, avança-t-elle en suivant la chaîne d'argent du bout des doigts, ignorant ce que ce geste avait de troublant. Tu n'as jamais songé que nous pourrions ne pas nous arrêter en si bon chemin ?

S'emparant de la main rebelle, il la garda prisonnière pour en interrompre la galante avancée.

— Ça m'est venu à l'esprit, en effet..., murmura-t-il avec humour. Et même une bonne centaine de fois, ces dix dernières minutes.

— Mais alors, pourquoi ? Enfin, pourquoi en rester là ?

Ramon se détourna et observa les minuscules étoiles qui perçaient de leur timide clarté le ciel d'encre.

— Parce que le dîner s'achève, les ouvriers seront bientôt là.

Cela n'expliquait pas sa réserve. S'il avait eu l'absolue certitude qu'elle l'aimait, il l'aurait tout bonnement emmenée ailleurs, dans un endroit où ils ne risquaient pas d'être dérangés. S'il avait été sûr de ses sentiments, il lui aurait fait l'amour tous les jours de la semaine, depuis leur arrivée dans l'île. Si Katie l'aimait, l'union de leurs corps ne pouvait que donner force et profondeur à leur amour.

En revanche, si une passion purement physique l'entraînait vers ce mariage, il réduirait à néant tout espoir de la voir accepter cette alliance en lui permettant d'assouvir ses désirs. Il s'en voulait terriblement mais c'était un risque qu'il ne prendrait pas. À quoi auraient servi ces neuf derniers jours, en ce cas ? Il avait, délibérément, enflammé tous ses sens, l'avait amenée jusqu'aux limites du tolérable, avait exacerbé ses désirs sans la moindre intention de les satisfaire, d'apaiser sa fièvre. Il nourrissait sans relâche ses appétits, sans jamais la rassasier. Il n'y consentirait qu'après la cérémonie.

À la minute même où il l'avait prise dans ses bras, à Saint Louis, il avait compris quelle exceptionnelle alchimie les unissait, et l'avait exploitée dès cet instant. Il n'était pas fier de sa conduite. Katie lui faisait confiance et il retournait contre elle cette flamme qu'il attisait sans cesse pour la contraindre à l'épouser. Cependant, l'arme était à double tranchant : ces caresses, ces baisers qui affolaient leurs sens, se révélaient, pour lui, une véritable torture lorsqu'il arrêtait le jeu. Un supplice toujours renouvelé, chaque fois qu'il la prenait dans ses bras, tendre, ardente et consentante, pour s'interdire ensuite de la faire sienne.

Mais comment pouvait-on s'abaisser à exercer ce chantage sexuel ? se demanda-t-il, plein de mépris pour lui-même. Il n'ignorait nullement la réponse, tout aussi dégradante : fallait-il qu'il soit amoureux ! Et d'une femme qui ne partageait pas ses sentiments, selon toute apparence. Mais il se révolta aussitôt. Non, elle l'aimait ! Il en avait la certitude, ses lèvres n'auraient su lui mentir. Bon sang, il lui faudrait bien admettre cet amour avant la cérémonie ! Il lui arracherait cet aveu, ou...

Les paupières closes, Ramon inspira lentement, douloureusement. Sinon, il devrait la laisser repartir.

S'il s'avérait que Katie ne partageait pas ses sentiments, son amour-propre et sa fierté lui interdiraient de partager ses jours, car il l'adorait. Il ne saurait affronter la honte, ou le désespoir, d'une passion sans retour.

Blottie à ses côtés, elle se lova contre lui, l'arrachant à ses pensées.

— Il faut partir maintenant, dit-il comme à regret en s'asseyant. Gabriella et Eduardo nous attendent pour dîner. Ils vont se demander où nous sommes passés.

Avec un petit sourire ironique, Katie enfilait son chemisier et remettait de l'ordre dans ses cheveux.

— Gabriella sait où nous sommes. Quant à Eduardo, il en déduira que je t'ai entraîné dans quelque coin retiré dans l'intention de te faire perdre la tête. Eduardo s'attend toujours au pire avec moi.

Ramon croisa son regard, l'œil pétillant de malice.

— Eduardo se soucie fort peu de ma virginité. Il y a longtemps que je l'ai perdue... ce même soir où il s'est débarrassé de la sienne, pour autant que je m'en souvienne.

Feignant l'indifférence, Katie leva son ravissant menton ; il décela un soupçon de jalousie dans sa voix lorsqu'elle lui demanda :

— Vous aviez quel âge ?

— Ça ne te regarde pas, répliqua-t-il, moqueur, ravi d'avoir suscité la réaction qu'il attendait.

17

— Encore merci, lança-t-elle joyeusement tout en essuyant une traînée de poussière sur sa joue avant de faire un petit signe d'adieu aux Villegas.

Deux jours durant, Rafael et la famille au grand complet l'avaient aidée à nettoyer le cottage, à disposer les meubles et à accrocher les rideaux. Katie regarda le vieux camion de Rafael s'éloigner en cahotant et se tourna vers Gabriella qui s'arrachait à grand-peine à son siège.

L'après-midi touchait à sa fin et elles s'activaient depuis l'aube.

— Tu crois que la surprise sera réussie ? demanda Katie, aussi ravie et épuisée que le paraissait Gabriella.

— Réussie ? répéta Gabriella, tandis que ses yeux sombres pétillaient de gaieté. Il y a deux jours, la maison était vide et grouillait d'ouvriers. Et ce soir, Ramon va trouver chaque meuble à sa place, le lit fait, jusqu'aux bougies et aux napperons de lin qui l'attendent sur la table de la cuisine. Il n'en croira pas ses yeux ! lui prédit-elle.

— Je l'espère, répondit Katie, assez satisfaite du résultat. Quand je lui ai dit qu'on pouvait faire quelque chose de cette maison, il n'a jamais voulu me croire.

— Quelque chose ? reprit Gabriella avec un hochement de tête incrédule tout en prenant son sac.

Elle se traîna jusqu'à la porte.

— C'est superbe ! Tu as un véritable talent de décoratrice !

Katie croisa le regard de son amie et songea aux dizaines de kilomètres qu'elles avaient parcourus ensemble, à leurs expéditions infernales et aux journées harassantes passées à écumer les boutiques de l'île. Gabriella n'avait jamais perdu son bel entrain, ne lui avait jamais ménagé son soutien.

— Gaby, fit doucement Katie, succombant, tout à

coup, à un grand élan d'affection et de gratitude. Tu as un véritable talent pour l'amitié.

Le visage de Gabriella s'illumina aussitôt.

— C'est drôle, tu ne trouves pas... cette sympathie immédiate que nous avons éprouvée l'une pour l'autre ? Cela fait onze jours à peine que nous nous connaissons et tu es presque une sœur pour moi.

Les deux amies, qui avaient dégusté une bouteille de vin en travaillant, échangèrent un sourire timide. Elles étaient un peu rouges, le vin aidant, mais elles semblaient également ravies. Gabriella finit par se retourner et quitta le cottage.

Katie débarrassa la table, vida le fond de vin qui restait dans son verre et jeta un coup d'œil à sa montre : cinq heures. Elle avait fait promettre à Ramon de rentrer directement en sortant du travail. Il serait donc là d'une minute à l'autre. Elle rinça les deux verres et les laissa sur le comptoir flambant neuf en formica blanc, prêts pour son arrivée.

Elle sortit une seconde bouteille en fredonnant, puis le tire-bouchon. Il fallait avouer qu'elle avait assez bu. *Un petit peu trop bu même*, se dit-elle, goguenarde. Elle avait chaud et se sentait très, très gaie. Mais, après tout, l'installation de la maison était terminée, une petite fête s'imposait !

Elle regarda autour d'elle. Avec ses murs tapissés de vert et de blanc au-dessus du lambris, la cuisine était gaie et accueillante, ainsi qu'elle l'avait promis, songea-t-elle, très fière. Une collection de vanneries locales de toutes formes, qu'elle aurait payées dix fois plus cher à Saint Louis, occupait une cloison. Les placards, poncés et repeints en blanc, étaient garnis de papier assorti à la tapisserie murale.

Quittant la cuisine, Katie se mit à errer de pièce en

pièce. Elle s'arrêta dans la chambre pour lisser machinalement le couvre-lit artisanal composé de grands motifs carrés, tous différents, aux dominantes de blanc, d'or et de brun. Des rideaux, s'harmonisant avec la coiffeuse, la tête de lit en chêne foncé et l'épais tapis qui recouvrait le parquet de chêne ciré, habillaient les grandes baies vitrées. Elle rectifia le tombant du rideau dont les drapés élégants encadraient les fenêtres. Parfait, l'ensemble était parfait, décréta-t-elle.

Et masculin.

Katie repoussa très vite cette réflexion importune et regagna nonchalamment la salle de séjour. Elle avait investi trois mille dollars sur ses propres deniers mais le résultat en valait la peine. Le canapé rouille, aux coussins moelleux, faisait face aux deux fauteuils recouverts de tapisserie crème. Sur le grand tapis beige aux motifs en relief trônait l'énorme table à apéritif, sa petite folie. Elle n'avait pu résister à cette marqueterie de ronce de noyer et à cette fine bordure de cuivre. Mais peut-être la lampe ancienne en cuivre martelé, entre les deux fauteuils, était-elle sa plus folle extravagance. Elle ne savait plus. Peu importait, après tout : avec ses rideaux en toile écrue et ses hautes fenêtres, elle trouvait le salon superbe, accueillant, enfin... parfait.

Et masculin, susurra une petite voix qu'elle ignora résolument.

Elle passa dans la salle de bains pour se rafraîchir le visage et se recoiffer ; elle surprit alors son reflet dans le miroir, au-dessus du lavabo encastré, et il lui sembla que ses yeux brillaient d'un éclat inhabituel. La fièvre de l'attente, sans doute... N'avait-elle pas le regard un peu vague ? Peut-être avait-elle bu un peu plus que de raison ? Elle eut un haussement d'épaules et inspecta la salle de bains d'un œil critique, vaguement inquiète, se demandant si elle n'avait pas trop sacrifié à la modernité. Avec ces appareils blancs, elle avait préféré rester dans le ton et avait choisi un papier blanc, brillant, sur lequel se détachaient de simples reproductions de coupures de journaux. Cette idée lui avait pourtant paru très astucieuse ; elle avait songé que Ramon pourrait changer de couleur s'il venait à se lasser des serviettes rouges et noires. Il aurait ainsi l'impression que la pièce elle-même était différente. Katie s'essuya les mains sur une petite serviette rouge qu'elle replia soigneusement pour la poser sur la console du lavabo, au-dessus de la serviette noire. Sa commande de linge était certainement arrivée maintenant. Demain, elle passerait chercher les serviettes, après son rendez-vous avec le *padre* Gregorio.

Pensive, elle jeta un dernier regard à la salle de bains, peut-être un peu trop moderne, comparée aux autres pièces, mais néanmoins très gaie.

Et masculine.

Elle finit par se rendre à l'évidence... En tout cas, cela plairait certainement à Ramon ! Elle regagna la salle de séjour et arrangea le bouquet aux tons éclatants, jaune et orangé, sur la table à apéritif.

Dans un ronronnement de moteur, la Rolls marron s'arrêta doucement dans le virage, à l'embranchement du chemin de terre. Ramon jeta un coup d'œil impatient à l'allée qui menait au cottage, sous son dais flamboyant de fleurs écarlates, et faillit demander à Garcia de le déposer devant chez lui. Il n'avait qu'une hâte : la retrouver, et les trois kilomètres qui lui restaient à parcourir lui semblaient interminables. Mais si elle venait à comprendre que le chauffeur le conduisait au travail et le ramenait tous les soirs, Katie ne manquerait pas de lui poser des questions qu'il lui faudrait éluder, à moins d'inventer quelque mensonge. S'il ne pouvait lui révéler la vérité, il se refusait néanmoins à lui mentir de propos délibéré.

— Demain matin, à l'endroit habituel, indiqua-t-il à Garcia.

Puis il descendit de voiture sans attendre la réponse du chauffeur, certain qu'à sept heures et demie, le lendemain matin, Garcia l'attendrait sur la route après le tournant, à six cents mètres de la place du village. Il n'aurait pas à redouter la moindre question, ni à fournir d'explications. Garcia ne touchait plus ses gages mais le vieil homme tenait néanmoins à le conduire.

— Il y a un bon moment que nous faisons route ensemble, vous et moi, lui avait-il dit à l'aéroport, le jour de l'arrivée de Katie.

Très digne, le regard sombre, il avait ajouté :

— Aussi longtemps que cette voiture vous appartiendra, je vous conduirai comme je l'ai toujours fait.

Ramon éprouvait de l'affection à son égard et c'est avec regret qu'il songeait à lui en gravissant la côte. S'il lui avait demandé de laisser tourner le moteur devant l'entrée d'une banque qu'il comptait dévaliser, Garcia n'aurait pas marqué la moindre hésitation. Et cependant, en récompense de vingt ans de loyaux services, il allait se retrouver au chômage... avec une lettre de recommandation. Ramon regrettait de ne rien pouvoir faire de plus. Garcia méritait beaucoup mieux.

Il s'arrêta brusquement sur le seuil du cottage. Oubliés les soucis, les ennuis de la journée, Katie l'attendait, là, chez lui. Un rayon de soleil filtrait à travers le carreau de la salle de séjour et elle lui apparut dans un halo de lumière, penchée au-dessus d'un bouquet de fleurs sauvages aux vives couleurs qu'elle disposait dans un vase en terre cuite.

Un profond sentiment de félicité l'envahit peu à peu et une douce chaleur s'insinua dans ses veines. C'était à peine croyable... Ramon Galverra, l'un des hommes les plus « riches » du monde à ce que l'on disait, n'avait jamais connu cette émotion, ce bonheur de rentrer à la maison. Il avait toujours rejoint des maîtresses, retrouvé des domestiques dans de somptueuses demeures, des appartements panoramiques ou des villas au bord de mer. Mais il n'avait jamais ressenti un tel sentiment de paix en rentrant chez lui... car il n'avait jamais vraiment eu de « chez-lui ». Maintenant, là où vivrait Katie, il serait chez lui.

Naguère, les gens l'enviaient ; on le prendrait en pitié maintenant qu'il avait tout perdu. C'était stupide ! Complètement stupide ! Il possédait à présent un trésor : cet ange merveilleux, aux cheveux d'or roux, aux yeux bleus pétillants de gaieté, allait partager ses nuits et ses jours, allait porter ses enfants. Elle incarnait ce qu'il n'avait jamais connu. Elle incarnait la joie.

Très calme, il déclara sobrement :

— Je t'aime, Katie.

Elle pivota sur ses talons, le sourire au visage.

— Alors ? fit-elle, rayonnante. Qu'est-ce que tu en dis ?

Tendant les bras, elle virevolta sans le quitter des yeux, guettant sa réaction.

Ramon savait qu'elle l'avait entendu et son cœur se serra devant cette indifférence, mais il préféra ne pas insister.

— Je te trouve très belle, répondit-il, admiratif, en laissant errer son regard sur le boléro de velours vert vif qui dégageait la taille et le short assorti qui mettait en valeur les longues jambes.

— Je ne te demande pas ce que tu penses de moi, mais de la maison, des meubles, enfin, regarde...

Ramon s'arracha enfin à sa contemplation pour s'intéresser à ce qui l'entourait et parut abasourdi.

— Comment as-tu réussi à acheter tout ça avec ce que je t'avais laissé ? Jamais je n'aurais imaginé que tu puisses entièrement équiper la maison avec aussi peu d'argent. J'attendais que tu sois prête à acheter les meubles pour t'en donner davantage.

Katie se rembrunit.

— Ça ne te plaît pas ?

— Si ça me plaît ? fit-il avec un grand sourire. Je n'ai encore rien vu. Mais comment... ?

— Ne t'inquiète pas pour l'argent. Je suis la reine des soldes, dit-elle en glissant son bras sous le sien pour lui faire visiter la maison.

La réaction de Ramon l'intrigua. Il appréciait ses trouvailles et il était content, elle en avait la certitude. Il ne lui ménagea pas ses compliments, mais quelque chose le tracassait, elle le sentait.

Elle ne tarda pas à comprendre ce qui le préoccupait. Ils terminèrent la visite par la cuisine. Quand Ramon eut achevé son inspection, il se dirigea vers le plan de travail où elle avait laissé la bouteille de vin. Katie l'observait, admirant la dextérité avec laquelle ses doigts fins manipulaient le tire-bouchon et débouchaient la bouteille.

— Eh bien ? demanda-t-elle, suspendue à ses lèvres, la visite est terminée, quel est ton verdict ?

— C'est tout à fait charmant, dit-il en se versant du vin.

Puis il lui tendit un verre.

— Tu as l'intention d'habiter ce cottage ?

Katie resta sans voix ; elle finit cependant par répondre :

— Oui.

— Combien de temps ? reprit-il, très calme.

Elle n'avait pas les idées très claires. Le vin, probablement...

— Pourquoi me demandes-tu ça ?

— Parce qu'il y a deux chambres, dans cette maison. La seconde, tu t'en es certainement rendu compte, est une chambre d'enfants. Et pourtant, tu t'es donné un mal fou pour me dénicher un superbe bureau, tu y as agencé des étagères et ajouté un fauteuil bien moelleux. Seulement, il n'y a qu'un fauteuil, cette pièce m'est donc destinée, et à moi seul. Tu n'as pas l'intention d'y vivre, ni d'y installer des enfants. Il y avait, chez toi, une débauche de plantes vertes et je n'en vois pas une seule. La décoration de ta chambre était très féminine, et pourtant...

— Des plantes ? répéta-t-elle avec un battement de cils coquin, tandis que l'inquiétude cédait brusquement la place à une franche gaieté. Je n'y ai même pas pensé ! Je t'offrirai des plantes comme cadeau de mariage ! décida-t-elle.

— Et des enfants également ? demanda-t-il, sans rien laisser paraître de ses émotions.

— Comme cadeau de mariage ! lança-t-elle, moqueuse. J'entends déjà les commentaires !

Ramon avait remarqué ses pommettes un peu rouges et il repéra immédiatement la bouteille vide auprès de celle qu'il venait de déboucher.

— Combien en as-tu pris ?

— Un petit peu plus de la moitié, annonça-t-elle, assez fière. Gabriella m'a aidée.

Ramon dut se retenir pour ne pas l'attraper par les épaules et la secouer brutalement mais il se contenta de s'approcher des grandes baies vitrées, dans l'angle de la cuisine. Il porta son verre à ses lèvres et le vida très lentement en contemplant le paysage qui s'étendait à l'infini.

— Pourquoi veux-tu m'épouser ?

La tension que trahissaient ses épaules, la sévérité de son profil, n'avaient pas échappé à Katie. Cherchant désespérément à alléger l'atmosphère, elle répliqua, mutine :

— Mais parce que tu es grand, brun et très séduisant !

Le petit sourire en biais dont il la gratifia était dépourvu d'humour.

— Mais encore ?

— Oh, tu sais pourquoi on se marie, de nos jours, ironisa-t-elle. On aime les mêmes films, on...

— Cesse ce petit jeu ! fit-il, cinglant. Je t'ai demandé pourquoi tu voulais m'épouser.

La frayeur s'empara brusquement de Katie, son cœur s'affola. Les nerfs tendus à se rompre, elle parvint tout juste à bredouiller :

— Je...

Elle savait ce qu'il attendait d'elle, qu'elle lui avoue son amour. Il exigeait aussi un engagement total et définitif de sa part, et c'était au-dessus de ses forces. Tremblante, elle resta muette, captive de son regard, et navrée de ne pouvoir accéder à son désir.

Le silence s'installa entre eux, chargé d'électricité, et elle eut le sentiment que Ramon s'éloignait déjà, en pensée. Lorsqu'il sortit enfin de son mutisme, ce fut pour lui annoncer avec une détermination glacée, amère, qui tomba comme un couperet :

— Nous n'en parlerons plus.

Katie fut atterrée.

Ils reprirent le chemin de la maison de Gabriella dans un silence oppressant. Elle tentait en vain de se blottir dans la douce chaleur de l'alcool qu'elle venait d'absorber mais elle sentait l'angoisse monter à chaque pas. Ramon refusa de dîner chez Eduardo et Gabriella ; il s'arrêta devant la porte et effleura son front d'un baiser, se contentant de lui dire bonsoir.

Un bonsoir qui sonnait comme un glas, songea-t-elle à cet instant, on eût dit un adieu.

— Tu... tu passeras demain matin avant d'aller travailler ?

Impassible, Ramon se retourna sur le pas de la porte et croisa son regard.

— Demain, je ne travaille pas.

— Je te retrouverai après avoir vu le *padre* Gregorio, alors ? Je pensais me rendre chez lui à la première heure, demain matin, et monter ensuite au cottage. J'ai encore quelques petits détails à mettre au point.

— Je t'y retrouverai.

— Ramon, reprit Katie, qui redoutait plus que tout de le voir repartir dans cet état d'esprit, tu n'as guère montré d'enthousiasme en découvrant le... le cottage... la décoration ne te plaît pas ?

— Excuse-moi, fit-il poliment. C'est très réussi et ça me convient parfaitement.

Bien sûr, il n'avait pas insisté, mais il avait évité le « nous », cela ne lui avait pas échappé. Cette froideur, cette courtoisie, la pétrifiait, et, ne sachant que dire, elle se décida à rentrer.

— Eh bien, bonsoir alors.

Ramon s'attarda quelques instants devant la porte qui venait de se refermer sur elle. Il sentait monter l'amertume et la souffrance qui le suffoquèrent bientôt, telle une écœurante nausée. Il marcha, marcha sans but pendant des heures, évoquant sans cesse les journées qui venaient de s'écouler. Deux jours durant, il avait attendu qu'elle lui avoue son amour. Ils avaient ri ensemble, il avait attisé son désir jusqu'à la faire gémir de plaisir, mais, pas même en ces instants de folle passion, ses aveux n'avaient trouvé le moindre écho. Pour toute réponse, elle l'avait embrassé, l'avait mouché comme un gamin un peu imbu de lui-même, mais jamais elle n'avait dit qu'elle l'aimait.

La lune était haute lorsqu'il regagna sa chambre chez Rafaël. Il s'allongea sur le lit et s'absorba dans la contemplation du plafond. Il avait exigé l'honnêteté ? Eh bien, elle se montrait parfaitement honnête. Elle se refusait, tout simplement, à feindre un sentiment qui lui était étranger.

Seigneur ! Était-il possible qu'elle ne partageât pas sa passion alors qu'il l'aimait comme un fou !

Son image se mit à danser devant lui : Katie gravissant la colline pour venir à sa rencontre, gracieuse, légère comme à l'accoutumée, la brise jouant dans ses cheveux splendides. Elle le regardait, à présent, ses yeux d'un bleu profond, pétillants de gaieté, soudain plus sombres car elle s'inquiétait de le voir fatigué.

Ramon ferma les yeux dans le vain espoir de retarder l'instant fatidique de la décision. Inutile. Cette décision, il l'avait déjà prise. Il la renverrait chez elle. Dès le lendemain. Non, pas demain, mais le jour suivant. Il lui fallait une journée, encore... et une nuit. Une seule. Une journée pour la regarder évoluer dans la maison, pour graver ce tableau dans sa mémoire : Katie dans la chambre, dans le salon... pour ne pas oublier, lorsqu'elle ne serait plus là. Et une nuit pour l'aimer dans cette chambre qu'elle avait décorée pour lui, pour unir son corps avide au sien et se perdre en elle. Il ferait exulter ses sens, la comblerait des plaisirs les plus exquis que l'on puisse offrir à une femme, lui arracherait des gémissements de volupté et des cris de délices. Il la ferait frissonner et la mènerait jusqu'à l'extase, encore et encore.

Un jour et une nuit pour engranger des souvenirs : cruels souvenirs, torture tout autant que plaisir, mais il paierait le prix. Il ne saurait y renoncer.

Ensuite, il la renverrait chez elle, et elle serait soulagée, il en était certain à présent. D'ailleurs, en avait-il jamais douté ? Pour quelque obscure raison, elle avait accepté de l'épouser mais son engagement n'avait jamais été définitif. Sinon, aurait-elle transformé son futur foyer en élégante garçonnière sans y apporter la moindre touche personnelle ?

18

Le lendemain matin, le *padre* Gregorio réserva à Katie un accueil poli mais il resta distant lorsque la gouvernante l'introduisit dans son bureau. Il attendit qu'elle se soit assise pour s'installer à sa table de travail.

Katie essaya de calquer son attitude sur la sienne et de garder le calme olympien qu'il affichait.

— L'humilité, la docilité et le respect de l'autorité me feraient défaut, à votre avis.

— C'est bien ce que j'ai dit, en effet, acquiesça le prêtre en se calant au fond de son fauteuil. Le nieriez-vous ?

Katie esquissa un pâle sourire et hocha lentement la tête.

— Pas le moins du monde ! À vrai dire, c'est un beau compliment que vous me faites là.

Le *padre* Gregorio resta imperturbable et elle hésita un instant avant de poursuivre :

— Une opinion que vous ne partagez apparemment pas, puisque vous avez signifié à Ramon votre refus de nous marier.

— Vous auriez préféré que je lui donne le véritable motif de ce refus... ? Vous me voyez lui annoncer que son amour n'est pas payé de retour ?

Katie sentit ses ongles effilés s'enfoncer dans ses paumes.

— Je n'ai pas dit...

— *Señorita* Connelly ! l'interrompit le prêtre d'une voix sourde sans se départir de son calme. Nous n'allons pas jouer, une fois de plus, au chat et à la souris, cela ne nous mène nulle part. Vous cherchiez une échappatoire pour éviter ce mariage. Eh bien, je vous l'offre !

— Mais comment pouvez-vous dire une chose pareille ? demanda-t-elle, atterrée.

— Parce que c'est l'exacte vérité ! Je l'ai d'ailleurs pressenti dès notre première rencontre. Lorsque je vous ai demandé depuis combien de temps vous connaissiez Ramon, vous m'avez répondu : depuis deux semaines « seulement ». Vous vous êtes employée à me faire croire que vous étiez le genre de femme à fréquenter les *cantinas* pour y chercher fortune et que vous n'hésitiez pas à vous prêter aux caresses de vos conquêtes dans un lieu public. Ce n'est pas du tout votre genre, *señorita*, nous le savons tous deux.

Devinant qu'elle se préparait à quelque éclat, il la réduisit au silence d'un geste impérieux.

— Épargnez-moi ce genre d'arguments, il est trop tard ! Ma conviction est fondée, croyez-moi ! Je vous avais proposé d'en finir avec ces préparatifs, et il vous suffisait de me dire que vous aimiez Ramon. Si vous aviez réellement souhaité cette union, vous auriez affirmé, ou prétendu l'aimer pour obtenir mon consentement... quel qu'en soit le prix.

« Et lorsque je vous ai dit qu'à défaut je me contenterais de votre promesse, il vous suffisait de m'assurer que vous feriez une bonne épouse. Mais vous avez blêmi, aussitôt pris la mouche et vous m'avez accusé de vous manipuler pour vous faire promettre respect et obéissance à votre futur mari.

Baissant les yeux, Katie passa ses paumes moites sur ses genoux.

— Il serait vain de vouloir vous prouver le contraire, n'est-ce pas ?

— Vous n'avez aucun désir de me prouver le contraire, *señorita*. Dans le secret de votre âme, vous voulez échapper à ce mariage.

Le prêtre enleva ses lunettes et massa, d'un geste las, le sillon creusé entre ses sourcils.

— Peut-être avez-vous peur de vous engager, peut-être avez-vous peur d'aimer ? Je n'en sais rien. Mais je sais, en revanche, que Ramon ne saura se contenter de votre corps quand il comprendra que vous lui avez refusé votre cœur. Il faudrait d'ailleurs qu'il ait bien peu de fierté pour garder son amour à une femme qui ne tient aucunement à lui. Cette passion va s'étioler et finira par s'éteindre, il y veillera, il s'emploiera à faire taire ses sentiments. Et le jour où il se détachera de vous, je tiens à ce qu'il soit libre de donner son cœur.

Qu'il soit libre de s'engager, s'il en a le désir ! Il m'est donc impossible de l'enchaîner pour le restant de ses jours, d'ailleurs je ne le voudrais en aucun cas.

Katie n'aurait voulu pour rien au monde s'effondrer en sa présence. Les yeux brûlants de larmes, la gorge nouée par l'émotion, elle l'entendit ajouter :

— Il serait préférable pour vous deux que vous regagniez les États-Unis sans plus tarder. Si vous n'avez pas le courage ou la dignité de vous y résoudre, vous n'avez qu'à vivre auprès de lui dans le péché ou vous marier civilement. Je n'ai aucun moyen de m'y opposer. Je vous ai libérée de votre promesse, vous avez à présent une issue ; j'espère que vous agirez de même envers Ramon... Ne lui imposez pas le joug d'un mariage religieux.

Très raide, Katie se levait déjà.

— C'est là votre dernier mot ?

Le *padre* Gregorio sembla se redresser avec une infinie lenteur.

— Si vous voulez, oui... en effet. Je vous laisse le soin d'annoncer ma décision à Ramon.

Katie crut déceler une lueur de sympathie dans les yeux bleus du vieux prêtre.

— N'ayez aucun sentiment de culpabilité à l'égard de Ramon, *señorita*. Il n'a pu obtenir votre amour mais il a toujours eu du succès auprès des femmes, elles l'ont beaucoup aimé et l'aimeront encore beaucoup. Croyez-moi, elles se disputeront le privilège de l'épouser.

La nuque très droite, Katie parvenait encore à conserver sa dignité malgré les larmes qui noyaient son regard.

— Je ne me sens pas coupable mais plutôt furieuse !

Elle tourna les talons et se dirigea vers la porte.

La voix du *padre* Gregorio sembla se teinter d'une infinie tristesse.

— *Señorita...*

Refusant de lui offrir la satisfaction de la voir pleurer, Katie ne se retourna pas.

— Oui ?

— Dieu vous bénisse !

Incapable de répondre tant le chagrin l'étouffait, Katie sortit sans un mot.

Aveuglée par les pleurs, elle parvint à conduire jusqu'au cottage. Le *padre* Gregorio avait raison, elle avait accumulé les dérobades. Non qu'elle ait réellement voulu éviter ce mariage, mais elle avait cherché à gagner du temps.

— Maudit sois-tu, David ! marmonna-t-elle entre ses dents.

Elle était responsable de cet horrible gâchis mais c'était à lui qu'elle le devait. Même mort, il continuait à la hanter. Oui, il la hantait ! Par sa faute, elle était incapable de vaincre la terreur qui s'emparait d'elle à l'idée de commettre une seconde fois la même erreur.

L'homme qu'elle avait épousé à cette époque n'était pas celui qu'il prétendait être, son intuition l'avait pourtant avertie. Aujourd'hui, elle allait en épouser un autre et, cette fois encore, elle était assaillie, tenaillée sans relâche par un pressentiment identique.

Katie s'arrêta devant le petit cottage de conte de fées et constata avec soulagement que Ramon ne l'avait pas devancée. Dans l'état où elle se trouvait, elle préférait ne pas avoir à se justifier. Comment le pourrait-elle d'ailleurs ? Comment lui dire : « Ne me demande pas pourquoi, mais tu me fais peur, Ramon. »

Ses pas la conduisirent jusqu'à la cuisine où elle dosa soigneusement le café avant de mettre en marche la cafetière électrique flambant neuve. Lorsqu'il fut prêt, elle s'installa à la table de la cuisine et, sa tasse blottie au creux de ses mains, elle s'abîma dans la contemplation des collines dont les terrasses se déployaient sous ses yeux dans deux directions. Elle laissa la splendeur du paysage apaiser le tumulte de ses émotions.

Elle se remémora l'impression qu'elle avait éprouvée auprès de David, avant leur mariage. Un pressentiment, une sorte d'instinct lui soufflait qu'il n'était pas celui qu'il prétendait être. Elle aurait dû écouter cette petite voix qui tentait de la mettre en garde.

Aujourd'hui, elle s'apprêtait à épouser Ramon et son intuition lui disait qu'il se composait lui aussi un personnage.

Du bout des doigts, elle entreprit de masser ses tempes. Jamais elle ne s'était sentie aussi perdue, aussi paniquée. L'heure n'était plus aux atermoiements. Il lui fallait faire taire ses craintes et réduire son intuition au silence, ou bien se décider à retourner aux États-Unis.

La seule pensée de quitter Ramon la rendait malade. Elle l'adorait !

Elle aimait ses yeux sombres et son sourire éblouissant, la force rassurante de ses traits affirmés et la ligne de sa mâchoire, déterminée, sereine. Il mesurait un mètre quatre-vingt-dix et son corps n'était que muscles fermes, puissants, mais il n'avait jamais manifesté à son égard que douceur et tendresse. Il semblait l'écraser de sa haute taille mais, auprès de lui, elle se sentait aimée, protégée, et nullement menacée ou insignifiante.

Il émanait de tout son être virilité, assurance et autorité ; quant à elle, elle était indépendante et entêtée. Il voulait la cantonner dans un rôle d'épouse et de mère, ce dont elle aurait dû prendre ombrage, mais il n'en était rien. Elle exultait à la seule pensée de devenir sa femme et de porter ses enfants. C'est avec joie qu'elle ferait son ménage, préparerait ses repas pour retrouver, la nuit venue, l'étreinte de ses bras.

Ce que Ramon voulait lui imposer ressemblait fortement à quelque esclavage sexuel ; elle s'en remettrait à lui, corps et âme, son existence serait entre ses mains. En retour, il serait son amant, le père de ses enfants, et il subviendrait à tous ses besoins. À sa grande honte, Katie dut admettre que c'était là son plus cher désir. Certes, elle ne se montrait guère émancipée pour une Américaine, mais elle avait un tel sentiment d'être dans le vrai, une telle certitude d'être comblée par cette union ! Du moins le ressentait-elle ainsi.

Elle contempla, sans les voir, ses mains abandonnées sur ses genoux. Ramon répondait à son attente et il ne la décevrait jamais : il était intelligent, sensible, très séduisant, et il l'aimait.

Seulement, il se dissimulait derrière un masque.

Il était différent de ce qu'il voulait laisser croire. Pourquoi avait-elle cette impression ? Elle n'aurait su le dire, mais ce sentiment la tourmentait sans relâche.

Ramon s'arrêta devant le grand bazar et descendit de voiture.

— Je t'accompagne. Gabriella m'a dit de rapporter du lait, lança Eduardo en ouvrant la portière.

— Quoi ? fit distraitement Ramon.

— Je disais...

Eduardo secoua vivement la tête, exaspéré.

— Peu importe ! Depuis ce matin, tu n'écoutes pas un mot de ce que je te dis. Ce futur mariage semble affecter ton ouïe, mon ami.

— Il n'y a plus de mariage, répliqua Ramon, d'un ton sinistre.

Puis il poussa vivement la porte du bazar, à la stupéfaction d'Eduardo qui resta bouche bée. En comparaison de la température extérieure, il régnait une agréable fraîcheur dans le petit magasin où se pressait une nombreuse clientèle. Sans un regard pour Eduardo qui semblait frappé de stupeur, ignorant les dix personnes qui le fixaient avec une curiosité non dissimulée, Ramon choisit quelques cigares et se dirigea vers le comptoir où deux vendeurs servaient les clients. Eduardo posa sa brique de lait auprès des cigares et fit doucement :

— Tu veux rire ?

— Pas du tout, répliqua Ramon en lui lançant un rapide coup d'œil.

Une ravissante petite Portoricaine s'occupait d'une énorme matrone qui voulait échanger un tablier. Son visage s'éclaira dès qu'elle aperçut Ramon et elle demanda à son collègue masculin de se charger du remboursement pour se diriger vers la file d'attente qui s'était formée derrière Ramon et Eduardo.

— *Señor* Galverra, dit-elle en espagnol, radieuse. Vous vous souvenez de moi ? Maria Ramirez. Vous tiriez toujours mes nattes quand j'étais petite, et vous me disiez que plus tard je serais jolie.

— Je ne me trompais pas, répondit Ramon qui parvint à esquisser un sourire.

— Je suis fiancée à Juan Vega, nous allons nous marier, fit-elle, toujours souriante, tout en prenant sous le comptoir un grand paquet que nouait une ficelle. Voici les serviettes que la *señorita* Connelly a commandées pour vous. Vous voulez les prendre ?

— Bien, acquiesça Ramon avec un bref signe de tête tout en cherchant son portefeuille dans la poche arrière de son jean.

Il jeta un coup d'œil au ticket de caisse.

— Tu ne m'as compté que les cigares, Maria. Combien est-ce que je te dois pour les serviettes ?

— La *señorita* Connelly les a réglées avec sa carte de crédit, lui assura-t-elle.

— Il doit y avoir une erreur, répliqua Ramon qui tentait de maîtriser son impatience.

— Une erreur ? Non, je ne pense pas, mais je vais vérifier.

La jeune vendeuse coupa la ficelle, déchira le papier blanc, et la pile des moelleuses serviettes rouges et noires se répandit sur le comptoir tandis que les villageois se rapprochaient imperceptiblement de Ramon pour ne rien manquer du spectacle.

— Voici le reçu de la carte de crédit et les tickets de caisse, fit Maria qui venait de les retirer de la pile. Non, c'est bien ça. La *señorita* Connelly a tout réglé avec sa carte de crédit, la semaine dernière, ces serviettes et tous ses autres achats. Vous voyez, tout est là, voici les factures. Elle en a eu pour cinq cents dollars en tout. Il y avait un grille-pain, une cafetière électrique, des plats, des faitouts et une série de casseroles, un mixer, un robot, des ustensiles de cuisine et tous ces articles.

Le vieil homme qui se tenait auprès de Ramon lui envoya sournoisement son coude dans les côtes.

— Tu en as de la veine, Ramon ! Ta *novia* tient à t'offrir ce qu'il y a de mieux. Non contente d'être belle, elle sait aussi se montrer très généreuse, tu crois pas ?

— Emballe-moi ces serviettes, ordonna brusquement Ramon, d'une voix sourde, tranchante.

Maria blêmit en levant les yeux vers lui et s'empressa de refaire le paquet comme elle put.

— Voici... voici les deux factures de la *señorita* Connelly, elles correspondent chacune à la moitié de ses achats, bredouilla-t-elle en tendant les reçus à Ramon sans oser affronter son regard meurtrier. Selon la *señora* Alverez, reprit-elle en jetant un coup d'œil affolé à Eduardo qui parut furieux d'entendre mentionner le nom de sa femme, les deux factures ne sont nécessaires que si la *señorita* Connelly paye en liquide, mais je... enfin, je préfère faire comme ça.

Maria poussa le paquet en direction de Ramon comme s'il lui brûlait les doigts et, cédant à la panique, elle ajouta en murmurant :

— Comme ça, je suis sûre de ne pas oublier.

Ramon répliqua, glacial :

— Je suis persuadé que la *señorita* Connelly a apprécié ton aide, Maria.

Les autres clients reculèrent aussitôt pour dégager le passage tandis qu'il gagnait résolument la sortie en trois enjambées. Manifestement, Ramon écumait de rage.

Interdits, les onze villageois regardèrent la porte claquer derrière Ramon et Eduardo et ils se tournèrent les uns vers les autres d'un seul mouvement. De l'inquiétude à la franche satisfaction, les visages affichaient des expressions bien différentes. Seul un chaland semblait étranger au drame qui venait de se jouer... un Anglais qui ne comprenait pas un mot d'espagnol. Il se racla poliment la gorge, changea ses paquets de main, mais personne ne lui accorda la moindre attention.

Ce fut Maria qui, la première, retrouva l'usage de la parole. Pétrifiée, ses yeux bruns agrandis par la stupéfaction, elle consulta les clients du regard.

— Qu'est-ce que j'ai fait de mal ?

Son collègue plus âgé la toisa d'un air narquois, très pince-sans-rire :

— Tu as un peu trop « aidé » la *señorita* Connelly, Maria, elle n'en demandait pas tant !

Le vieil homme qui venait d'ironiser sur la générosité de la *novia* de Ramon jubilait. Il se mit à caqueter :

— Je vous l'avais dit que Galverra ne savait rien. Je vous l'avais bien dit !

Une mimique éloquente plissa le visage buriné tandis qu'il ajoutait avec un sourire satisfait :

— Je vous avais dit qu'il ne se laisserait pas entretenir par une femme, dût-il mourir de faim.

Avant de conclure :

— Il devrait lui flanquer une bonne raclée !

— Je reviendrai choisir mon tablier, annonça l'énorme matrone en gagnant la sortie.

— Mais où vas-tu, Rosa ? lança aussitôt son amie.

— Dire une prière à l'église.

— Pour l'Américaine ? demanda une dame en riant.

— Non, pour Gabriella Alverez.

— Elle aussi, une bonne raclée, c'est tout ce qu'elle mérite ! déclara le vieil homme.

Ramon pénétra dans la maison. Katie se leva aussitôt, faisant mine d'arranger les sets en vannerie, sur la table. Il lui suffisait d'entendre Ramon prononcer son nom pour retrouver tout son entrain.

— Voici les serviettes que tu as commandées, dit-il

en laissant négligemment tomber son paquet sur la table de la cuisine. Au magasin, la vendeuse m'a dit que tu les avais réglées. Le café est frais ? ajouta-t-il en s'approchant pour s'en servir une tasse.

Se tournant vers lui, Katie acquiesça en souriant et se mit à défaire le paquet informe pour replier les serviettes.

— J'ai vraiment peine à croire que tu aies réussi à acheter tout ça avec le peu d'argent que je t'avais laissé, remarqua-t-il.

— Je te l'ai dit, je suis la reine des soldes, lança-t-elle gaiement.

— Et une belle hypocrite !

Katie fit brusquement volte-face. Un frisson glacé lui parcourut l'échine lorsqu'elle leva les yeux vers lui ; son visage trahissait une telle fureur !

— Combien as-tu déboursé ?

La gorge sèche, Katie parvint à répondre :

— Très peu. Une... une centaine de dollars.

Il la lacéra du regard.

— Je t'ai demandé combien ! dit-il encore, d'un ton effrayant.

— Deux... deux cents dollars.

— Cette fois, ne t'avise pas de me mentir, menaça-t-il doucereux, ou tu vas finir par regretter ton premier mari.

Terrifiée par la violence de cette menace, Katie sentit monter la nausée.

— Trois mille dollars, environ.

Poursuivant son interrogatoire, Ramon la fit chanceler une fois de plus sous la brutalité de sa question.

— Pourquoi ?

— Pour... pour me sentir libre de t'épouser ou non.

Un bref instant, il parut se décomposer sous la

morsure de la douleur, fulgurante, impitoyable, mais il se maîtrisa aussitôt et raidit sa volonté pour mettre la souffrance en échec.

— Garcia te conduira à l'aéroport à deux heures, demain après-midi. Il te remettra un chèque qui couvrira tes dépenses. Inutile de te répandre en explications, Gabriella et Eduardo savent déjà que tu t'en vas.

Le souffle court, Katie eut soudain l'impression de manquer d'air.

— Tu as vraiment l'intention de me renvoyer pour avoir payé ces quelques bricoles ?

— Non, parce que je t'avais interdit de le faire, rectifia-t-il, cinglant.

— Et c'est... c'est tout ? Pour avoir désobéi à tes ordres ?

Katie eut la sensation qu'on venait de la rouer de coups. Elle ne comprenait plus, elle vacillait sous la violence du choc. Ramon était probablement fou, l'homme qu'elle croyait connaître était incapable d'une telle réaction. Pour une semblable vétille...

Elle se dirigea lentement vers la porte ; il lui semblait soudain que ses jambes étaient en plomb. Elle leva les yeux en passant devant lui, des yeux qu'assombrissaient la douleur et la déception.

— Juste pour ça, murmura-t-elle en secouant la tête.

Elle semblait hébétée.

— Non ! cria-t-elle lorsque Ramon la fit brusquement tournoyer sur elle-même, la précipitant contre le rempart de son torse.

Blême, écumant de rage, il la foudroya du regard.

— Tu n'es qu'un corps insatiable dépourvu de cœur, marmonna-t-il, venimeux. Tu t'imaginais peut-être que je ne pourrais renoncer à ce corps ? Que j'accepterais que tu te prêtes à mes désirs pour un temps et que je me contenterais de ce « mariage » ?

Il la repoussa violemment comme si le simple contact de sa peau lui était soudain insupportable et se dirigea vivement vers la porte avant de se retourner sur le seuil de la pièce pour lui lancer d'un air mauvais :

— Si, dans quinze jours, tu n'as pas encaissé le chèque que te remettra Garcia, je ferai débarrasser cette maison de tout ce qu'elle renferme et j'y mettrai le feu.

Katie fit claquer la serrure de la dernière valise avant de la porter auprès des cinq autres bagages jusqu'à la porte de sa chambre, restée entrouverte.

Que faire d'autre, ce soir ? Il ne lui restait plus qu'à dormir.

Elle s'assit sur le lit et balaya la pièce du regard sans la voir vraiment. Elle voulait gagner du temps ? Eh bien, ses vœux étaient exaucés ! Elle aurait toute l'existence pour se demander si elle avait gâché sa seule chance d'accéder à un bonheur merveilleux, ou si elle avait échappé au cauchemar d'un second mariage identique au premier. Elle jeta un coup d'œil au miroir ; le visage accablé qu'elle y découvrit n'était que le fidèle reflet de son état d'esprit.

Gabriella dormait et Eduardo était sorti dès la fin du dîner. Katie eut un frisson en évoquant cette sinistre soirée. Personne n'avait pipé mot. Eduardo, furieux, avait avalé son repas sans desserrer les dents. Quant à Gabriella, pâle comme une morte, elle ne cessait de sourire pour essayer de la réconforter, pitoyables petits sourires de sympathie ponctués de reniflements étouffés. La gorge nouée, incapable d'avaler une bouchée, Katie évitait soigneusement le regard noir d'Eduardo mais ne cessait de lancer des coups d'œil navrés à Gabriella, impuissante à réparer les torts qu'elle lui avait causés. Le repas terminé, Eduardo s'était levé pour foudroyer Katie du regard.

— Je te félicite, avait-il marmonné entre ses dents. Tu as réussi à détruire un être absolument exceptionnel. Tu as fait mieux que son propre père qui n'y est jamais parvenu, malgré tous ses efforts.

Sur ces mots, il avait tourné les talons et quitté la maison.

La porte d'entrée venait de s'ouvrir pour se refermer aussitôt ; Katie consulta machinalement le réveil en plastique, sur la table de nuit. Elle entendit le pas lourd d'Eduardo se diriger vers sa chambre et elle essuya vivement ses larmes. En redressant la tête, elle vit sa haute silhouette se profiler dans l'embrasure de la porte et elle leva le menton dans une attitude de défi un peu dérisoire lorsqu'elle le vit s'approcher du lit.

— Voilà l'homme que tu as fait passer pour un mendiant aux yeux du village, fit-il froidement en lui tendant un grand album de photographies gainé de cuir.

Dans un état second, Katie s'en empara.

— Cet album appartient à Rafael et à sa femme. Ouvre-le, reprit-il, cinglant. Ils tiennent à ce que tu y jettes un coup d'œil avant de t'en aller.

— Ramon est-il chez eux ? demanda-t-elle, la gorge serrée.

— Non, répliqua sèchement Eduardo avant de la laisser seule.

Katie ouvrit l'album et n'y trouva pas les habituels

instantanés mais des coupures de journaux par dizaines. La première attira son attention et c'est d'une main tremblante qu'elle souleva la feuille de plastique qui protégeait la photographie : Ramon, face à une forêt de micros, s'exprimait à la tribune de la conférence sur le commerce international, à Genève.

— Seigneur, dit-elle dans un souffle. Ô mon Dieu !

Les extraits d'articles défilaient sous ses yeux, des photos de Ramon prises sous tous les angles l'agressaient. Le beau visage de Ramon, très grave, tandis qu'il s'adressait à une assemblée de cheiks des Émirats... Ramon, à une table de conférence, nonchalamment appuyé contre le dossier de son fauteuil et entouré de magnats du commerce international... Ramon, son attaché-case à la main, gravissant la passerelle d'un jet arborant le sigle Galverra International sur son fuselage.

Katie essaya de lire les articles. En vain, tout se brouillait dans son esprit et seules quelques phrases isolées parvinrent à retenir son attention :

« Bien connu pour son génie de la négociation, Galverra promeut *Galverra International* au rang d'empire financier grâce à ses investissements... Sa parfaite maîtrise de l'espagnol, du français, de l'italien, de l'anglais et de l'allemand... Diplômé de Harvard... Maîtrise de sciences économiques... Géniale stratégie de fusions menée sur les cinq continents... Un homme qui défend jalousement sa vie privée et ne tolère aucune ingérence de la presse... »

Katie découvrait des photos de Ramon en smoking, près d'une table de jeu au casino de Monte-Carlo, une superbe blonde souriant à ses côtés, en adoration devant lui... Ramon, le vent jouant dans ses cheveux, penché au-dessus du bastingage de son énorme yacht qui prenait la mer.

Bon nombre de clichés témoignaient de son aversion notoire pour les intrusions des journalistes dans son intimité ; les épreuves étaient floues, prises à bonne distance, au téléobjectif sans doute.

Cet album résumait toute son existence et annonçait même les prémices de la chute. Des vues de gratte-ciel inachevés, à Saint Louis et à Chicago, complétaient cette galerie de portraits ainsi que des articles faisant état de pertes financières faramineuses sur les investissements iraniens.

Katie referma l'album et le blottit au creux de ses bras, le serrant étroitement contre son cœur comme si elle désirait le protéger. Elle posa sa joue contre la reliure de cuir, tremblant de tout son être, secouée de violents, d'atroces sanglots.

— Oh mon amour, pourquoi ne m'avoir rien dit ? fit-elle en hoquetant tant la douleur l'étouffait.

19

Garcia porta les deux derniers bagages jusqu'à la Rolls et Katie se tourna vers Gabriella qui errait comme une âme en peine, accablée.

— Si tu savais comme je suis navrée, murmura-t-elle à son oreille lorsque Katie la serra dans ses bras. Tu ne peux imaginer à quel point...

Très raide, Eduardo s'avança vers elle et lui tendit la main.

— Bon voyage, dit-il, plus glacial, plus distant que jamais.

Katie monta dans la voiture tandis que Garcia lui tenait la portière et elle se remémora avec quel ravissement elle avait découvert le somptueux habillage de cuir blanc de la Rolls et ses accessoires sertis d'or. Ramon était le propriétaire de cette splendeur, bien sûr, elle le comprenait enfin, et elle frémit une fois de plus sous la morsure de la douleur. Rien d'étonnant à ce qu'il se soit rembruni devant son enthousiasme... il lui fallait se séparer de sa voiture. Ainsi que de tout le reste... Et elle aussi, il allait la perdre.

Katie se rendit compte que Garcia avait laissé la portière ouverte. Levant les yeux vers lui, elle le vit sortir un chèque de sa poche. Hébétée, éperdue de chagrin, elle fixa le morceau de papier d'un air absent et constata que le montant était de trois mille cinq cents dollars. Ramon refusait encore de la croire même lorsqu'elle disait la vérité...

Écœurée, Katie songea qu'elle n'était nullement responsable de ce dont on l'accusait, enfin, pas totalement ! Si Ramon n'avait pas essayé de se faire passer pour un petit fermier, il n'aurait pas éveillé ses soupçons et la perspective de l'épouser n'aurait pas suscité une telle frayeur. Elle ne se serait pas sentie obligée de partager les dépenses et ils auraient évité ce gâchis. Mais il n'en était rien. Elle l'avait humilié, déshonoré aux yeux du village, et à présent, il la chassait.

Il la chassait ! comprit-elle soudain tandis que la voiture remontait l'allée. Mais comment pouvait-elle se laisser renvoyer ainsi ! Ce n'était guère le moment de s'exercer à l'obéissance, de se laisser intimider, terroriser. Et pourtant... Katie revit à cet instant la fureur qui déformait ses traits, son masque effrayant, et un frisson glacé lui parcourut l'échine. Sa colère s'était déchaînée avec une telle violence lorsqu'il lui avait assené ces terribles accusations, en détachant soigneusement chaque syllabe... Pis encore, elle ne parvenait pas à oublier la menace qu'il avait proférée :

— Cette fois, ne t'avise pas de me mentir ou tu vas finir par regretter ton premier mari.

Il semblait en proie à une telle fureur, à cet instant précis, qu'elle l'en avait cru capable.

Katie se mordit la lèvre. Elle aurait tant voulu trouver le courage de demander à Garcia de la conduire jusqu'à lui ! Elle voulait s'expliquer. Il *fallait* qu'elle le voie. Désespérée, tentant de se persuader que Ramon ne lui ferait pas subir ce que David avait osé lui faire, elle se répétait qu'il ne pouvait savoir ce qu'il disait en la menaçant ainsi. Et puis, l'heure ne serait plus aux mensonges, il n'aurait donc aucune raison de...

C'était inutile. Elle n'avait qu'un désir : le retrouver et tout lui avouer, mais seule, elle serait incapable d'affronter sa fureur.

Elle ne trouverait donc personne pour l'accompagner, pour l'aider à faire face à sa colère ? Raidissant sa volonté sans pour autant réussir à dompter sa peur, les mains tremblantes, elle se mit à réfléchir. Qui pourrait bien l'aider ? Trop tard, il était déjà trop tard. Après ce qu'elle avait fait, Ramon la haïssait. Non, il *l'aimait*. Dans ce cas, il ne saurait renoncer à cet amour aussi facilement.

Il fallait qu'il l'écoute, calcula-t-elle fébrilement tandis que la Rolls marron glissait doucement dans les rues du village et s'arrêtait pour laisser passer un groupe de touristes. Seigneur, il y aurait bien quelqu'un pour le persuader de la laisser parler ! À cet instant précis, Katie aperçut la soutane sombre du *padre* Gregorio que soulevait la brise légère ; il traversait la place du village pour se rendre à l'église. Le prêtre jeta un coup d'œil en direction de la voiture, l'aperçut derrière la vitre et se détourna lentement. Inutile de compter sur son soutien... À moins que... ?

La voiture prenait de la vitesse. Impossible de trouver la commande qui actionnait la vitre de séparation. Katie la martela de son poing en criant :

— Stop... *¡ Parese !*

Mais seul un imperceptible battement de cils de Garcia, entrevu dans le rétroviseur, lui indiqua que le chauffeur l'avait bien entendue. À l'évidence, Ramon lui avait donné l'ordre de la faire monter dans l'avion et rien ne saurait le détourner de sa mission. Katie fit une vaine tentative pour ouvrir la portière... la commande électronique était bloquée.

Dans son désespoir, elle eut soudain un éclair de génie et se mit à hurler, la main devant la bouche :

— Arrêtez, je vous en prie, je vais vomir !

La manœuvre se révéla efficace ! Garcia bondit hors de la voiture et, un instant plus tard, il l'aidait à descendre.

À la stupéfaction du vieil homme qui s'imaginait lui porter secours, Katie se dégagea brusquement.

— Ça va beaucoup mieux, maintenant, lança-t-elle en traversant la place du village, courant vers l'église, courant vers le seul homme qui lui ait proposé un jour de l'aider à s'expliquer. Elle jeta furtivement un coup d'œil en arrière ; Garcia attendait près de la Rolls, apparemment persuadé qu'elle était saisie d'un accès de ferveur religieuse.

Elle gravit les marches de pierre et eut un instant

d'hésitation. L'estomac noué par l'appréhension, elle songea que le *padre* Gregorio n'était plus que mépris à son égard ; jamais il n'accepterait de l'aider. Il lui avait clairement signifié de rentrer aux États-Unis. Prenant sur elle, Katie poussa la porte de chêne qui grinça sur ses gonds et s'avança dans la pénombre fraîche qu'éclairait la lueur des cierges.

Parcourant l'église du regard, l'autel, puis les jolies niches votives où vacillaient les flammes des chandelles dans de petits godets de verre rouge, elle ne vit aucune trace du *padre* Gregorio. Elle l'aperçut enfin, assis au deuxième rang. Le prêtre était seul. La tête penchée, les épaules voûtées, il semblait en proie à un profond désespoir. Peut-être aussi priait-il avec la plus intense ferveur ? Katie ne savait que penser.

Incapable de faire un pas de plus, elle sentit le peu de courage qu'elle avait réussi à mobiliser l'abandonner. À sa manière, le *padre* Gregorio la détestait tout autant qu'Eduardo et non sans raisons. Elle fit demi-tour et elle remontait déjà l'allée lorsque la voix sèche, impérieuse, claqua dans son dos comme un coup de cravache.

— *Señorita !*

Katie se raidit sous le choc avant de se retourner lentement pour l'affronter. Il se tenait à présent au centre de l'église, plus austère que jamais.

La gorge douloureuse, nouée par l'angoisse, elle cherchait désespérément son souffle tant elle était oppressée.

— *Padre* Gregorio, parvint-elle à articuler, j'imagine ce que vous pouvez penser de moi et je ne vous en fais aucunement grief, mais, hier soir seulement, j'ai compris ce que ma conduite pouvait avoir d'humiliant pour Ramon, aux yeux du village surtout. Il était très en colère en découvrant que j'avais réglé ces achats. En fait il... il s'est mis dans une rage folle.

Sa voix n'était plus qu'un murmure étouffé.

— Il me renvoie chez moi.

Katie observa fébrilement le visage sévère dans l'espoir d'y déceler quelque signe de sympathie ou de compassion mais les yeux inquisiteurs du vieux prêtre ne cherchaient qu'à la percer à jour.

— Je... je ne veux pas m'en aller, murmura-t-elle d'une voix étranglée.

Elle leva la main dans un geste de supplication désespérée et, à sa grande honte, ses yeux s'emplirent de larmes. Trop mortifiée pour oser lever les yeux vers le prêtre, Katie voulut sécher les pleurs qui ruisselaient maintenant sur son visage.

— Je veux rester ici, auprès de lui, ajouta-t-elle avec fougue.

— Pourquoi, Katherine ? demanda très doucement le *padre* Gregorio.

Katie releva brusquement la tête, éberluée. C'était la première fois qu'il l'appelait « Katherine » et elle en resta sans voix. Avec quelle tendresse il s'était adressé à elle, c'était à peine croyable ! À travers les larmes qui noyaient son regard, elle vit un sourire se dessiner sur les lèvres du prêtre, puis illuminer son visage tout entier.

Il s'arrêta devant elle et l'encouragea gentiment à se confier.

— Dites-moi pourquoi, Katherine.

Katie devinait une telle chaleur, une telle approbation dans ce sourire, qu'elle sentit céder peu à peu l'atroce détresse qui l'étreignait.

— Je veux épouser Ramon... je ne cherche plus à éviter ce mariage, avoua-t-elle avec une candeur d'enfant.

Et elle poursuivit, d'un ton plus assuré :

— Je vous fais la promesse de le rendre heureux. J'en suis capable, je le sais. Et je... je suis très heureuse auprès de lui.

Au grand soulagement, à l'immense joie de Katie, le *padre* Gregorio, soudain radieux, reprit l'entretien brusquement interrompu le lundi précédent.

— L'intérêt de Ramon passera-t-il avant le vôtre ?

— Oui, murmura-t-elle.

— Votre engagement envers lui sera-t-il total ? Le succès de cette union sera-t-il le premier de vos soucis ?

Katie opina vigoureusement du chef.

— Jurez-vous d'honorer Ramon et de tenir compte de ses désirs ?

Katie acquiesça avec la dernière énergie et ajouta :

— On ne saurait rêver épouse plus parfaite.

Le *padre* Gregorio esquissa un petit sourire.

— Accepterez-vous de lui obéir, Katherine ?

— Vous aviez dit que vous n'exigeriez pas une telle promesse ! fit-elle, le regard chargé de reproche.

— Et si je vous le demandais ?

Un court instant, elle mit dans la balance toutes ses convictions et le destin qu'elle risquait de compromettre. Plongeant son regard dans celui du prêtre, elle finit par répondre :

— Je vous en ferais le serment.

Une franche gaieté pétilla dans le regard du *padre* Gregorio.

— Simple curiosité de ma part, rien de plus.

— Ah bon ! dit-elle avec un soupir de soulagement. C'est une promesse que je n'aurais jamais tenue. Et maintenant, accepterez-vous de célébrer ce mariage ? implora-t-elle.

— Non.

Il y avait une telle douceur dans sa voix qu'elle crut avoir mal compris.

— Non ? répéta-t-elle après lui. Mais pour... pourquoi ?

— Vous ne m'avez pas encore donné la seule réponse qui soit indispensable.

Elle ne percevait plus que le martèlement affolant de son cœur. Elle blêmit et ferma les yeux dans le vain espoir d'empêcher les souvenirs de remonter à sa mémoire, mais ses propres hurlements résonnaient encore et encore, elle criait ces mots qu'elle aurait tant voulu répéter à la demande du prêtre.

— Je...

Elle fut incapable de poursuivre.

— Je ne peux pas. Non, c'est impossible. Croyez bien que je le voudrais, mais je...

— Katherine ! s'exclama le *padre* Gregorio, effaré par la violence de sa réaction et sincèrement alarmé. Allons, asseyez-vous, fit-il en la poussant gentiment vers le banc le plus proche avant de la rejoindre.

Son visage bienveillant trahissait son inquiétude et la plus sincère sollicitude.

— Katherine, je ne vous demande pas de me dire que vous aimez Ramon, s'empressa-t-il de la rassurer. Cela ne fait aucun doute à mes yeux. Mais au moins pourriez-vous me confier pourquoi cet aveu vous paraît si douloureux ? Pourquoi vous est-il impossible de le formuler à voix haute ?

Livide, Katie se tourna vers le vieux prêtre. Vaincue par le désespoir, désemparée, elle fut prise de frissons. La voix brisée, elle ne put que chuchoter :

— Je me revois sans cesse prononcer ces mots pour la dernière fois.

— J'ignore ce qu'il en est, mon enfant, mais vous ne pouvez garder ce fardeau pour vous seule. Ne vous êtes-vous jamais confiée à personne ?

— Non, fit-elle d'un ton qu'altérait l'émotion. À personne. Mon père se serait probablement mis en tête de tuer David... mon mari. Lorsque mes parents sont rentrés de leur voyage en Europe, les ecchymoses avaient disparu et Anne, leur domestique, m'avait juré de garder le silence, elle n'a jamais dit dans quel état elle m'avait trouvée, ce soir-là, lorsque je suis retournée chez eux.

— Voulez-vous essayer de me raconter ce qui s'est passé ? demanda très doucement le *padre* Gregorio.

Katie considéra quelques instants ses mains abandonnées sur ses genoux. S'il lui fallait se confier au prêtre pour exorciser enfin le fantôme de David, pour le faire sortir de son existence, elle était prête à essayer. D'abord hésitante, elle révéla ensuite toute l'horreur de cette nuit dans un flot de paroles angoissées à peine intelligibles.

Son récit achevé, elle se laissa aller contre le dossier du banc, épuisée par ce déferlement d'émotions ; elle n'éprouvait plus rien, absolument rien. Même la souffrance s'était envolée, constata-t-elle, éberluée. Grâce à cette confession, elle comprenait enfin qu'il n'y n'avait rien de commun entre Ramon et David. Ce dernier était un monstre d'égoïsme et de sadisme, un parfait égocentrique. Ramon, lui, n'avait qu'un désir : l'aimer, la protéger et veiller à ce qu'elle ne manque de rien. Elle avait eu beau le défier, l'humilier, le pousser à bout, il n'avait exercé aucune violence sur elle. Le passé était bien mort et enterré.

Katie tourna son attention vers le *padre* Gregorio qui semblait anéanti, et elle comprit qu'il avait endossé son fardeau.

— Je me sens beaucoup mieux, dit-elle doucement pour essayer de le réconforter.

Le prêtre, qui ne l'avait pas interrompue dans son récit, parut recouvrer l'usage de la parole :

— Ramon sait-il ce que vous avez enduré, cette nuit-là ?

— Non. Je n'ai pas pu lui en parler. Et puis, je n'avais pas le sentiment d'être perturbée par cette expérience, il ne m'arrive que très rarement d'évoquer le souvenir de David.

— Cette histoire vous hantait, au contraire, objecta le prêtre. Et, consciemment ou non, vous pensiez à lui. Sinon, vous n'auriez pas hésité à affronter Ramon et à lui faire part de vos doutes lorsque vous l'avez soupçonné de se dissimuler derrière un masque. Mais vous redoutiez secrètement quelque horrible découverte et vous n'avez pu vous y résoudre. Après le cauchemar de votre première expérience conjugale, vous en avez déduit que Ramon dissimulait probablement quelque effrayant secret, comme cet homme, avant lui.

Un long moment, le prêtre s'abîma dans ses pensées, puis il s'arracha brusquement à sa méditation.

— Je crois que vous devriez vous confier à Ramon avant votre nuit de noces. Il se peut, tout de même, que ce traumatisme entraîne quelque répulsion de votre part lorsque vous vous retrouverez dans l'intimité. Il vaudrait mieux ne pas le laisser dans l'ignorance.

Katie eut un sourire et hocha la tête, très sûre d'elle.

— Non, il n'y a pas à s'inquiéter, je n'éprouverai aucune répulsion à son égard.

— Vous avez probablement raison.

Soudain, le *padre* Gregorio se rembrunit étrangement et parut songeur.

— Si les réalités de la vie conjugale vous inspiraient quelque frayeur, Ramon saurait résoudre ce problème, je n'ai aucune crainte à ce sujet. Pour ce qui est des femmes, il n'est nullement dépourvu d'expérience.

— Oh, j'en suis persuadée, renchérit Katie que la mimique réprobatrice et la mine renfrognée du prêtre amusaient beaucoup.

Mais cette gaieté soudaine attira l'attention du *padre* Gregorio dont les yeux perçants se firent inquisiteurs.

— Enfin, je n'en ai pas la *certitude*, rectifia-t-elle vivement.

Il approuva d'un signe de tête.

— Vous avez eu raison de le faire attendre.

À sa grande honte, Katie sentit ses joues s'empourprer, ce qui n'échappa nullement au vieux prêtre.

Haussant le sourcil, il la transperça du regard pardessus ses lunettes cerclées de métal.

— En ce cas, Ramon a eu raison de *vous* faire attendre, corrigea-t-il très finement.

Ils se retournèrent tous deux pour jeter un coup d'œil vers le fond de l'église où venait de pénétrer un groupe de touristes.

— Venez, il vaut mieux poursuivre cette discussion dehors, proposa-t-il.

Ils se retrouvèrent bientôt sur la place de l'église, au bas des marches de pierre.

— Que comptez-vous faire, à présent ?

Katie jeta un regard en direction du bazar et se mordit la lèvre.

— Je pourrais peut-être, fit-elle sans le moindre enthousiasme, rapporter les articles que j'ai achetés au bazar et annoncer publiquement que Ramon m'... m'in...

Décidément, ses cordes vocales se refusaient à articuler ces quelques syllabes.

— ... m'interdit de les garder.

Le prêtre renversa la tête en arrière et son rire emplit la place tout entière. Les quelques villageois qui sortaient des boutiques, leurs emplettes sous le bras, se tournèrent vers eux.

— Interdire, obéir... voilà qui est très prometteur, commenta-t-il avec un petit gloussement.

Mais il rejeta la proposition de Katie d'un hochement de tête.

— À mon avis, Ramon refusera. Il ne sacrifierait pas votre honneur pour guérir une blessure d'amour-propre. Mais vous pourriez peut-être le lui proposer, pour le convaincre de la sincérité de votre repentir.

Un brin provocatrice, Katie toisa le vieux prêtre d'un œil mutin.

— Vous pensez toujours que je manque d'humilité, de docilité et que je n'ai aucun respect pour l'autorité ? dit-elle, le regard pétillant de malice.

— Mais je l'espère bien, répliqua-t-il avec un sourire plein de chaleur. Ramon m'a fait comprendre, plutôt brutalement, qu'il n'avait aucune intention d'épouser un cocker.

Katie perdit aussitôt son bel entrain.

— C'est qu'il n'a aucune intention de m'épouser, moi non plus.

— Voulez-vous que je vous prête main-forte pour affronter cette explication ?

Katie hésita quelques instants et secoua vivement la tête.

— C'était bien mon intention, lorsque je suis venue vous trouver à l'église. Je l'ai vu dans une telle rage, hier... il m'a terrorisée. Il m'a tout de même menacée de me faire « regretter mon premier mari ».

— Ramon aurait-il levé la main sur vous ?

— Non.

— Pourtant, vous l'aviez poussé à bout. S'il ne vous a pas frappée hier, c'est qu'il en est incapable, j'en suis persuadé.

— Je crois que je l'ai toujours su, dans mon for intérieur, mais le souvenir de David me hantait et j'étais paralysée par la peur.

Radieux, le *padre* Gregorio noua ses mains dans son dos et laissa errer son regard sur les montagnes, le ciel, le village et ses habitants, manifestant ainsi son approbation à l'univers tout entier.

— Katherine, si vous saviez à quel point l'existence peut être merveilleuse pour peu que vous le vouliez ! Mais il y a un prix à payer pour cela. Il faut savoir donner pour recevoir, donner encore pour recevoir un peu plus. Seulement, si vous vous contentez de prendre sans donner en retour, la vie peut se montrer très cruelle. Vous vous retrouvez les mains vides, toujours plus avide, toujours plus amer et plus désenchanté.

« Je ne vous propose pas mon aide, vous ne redoutez plus la violence de Ramon, à présent ?

— Oh si ! fit Katie en jetant un coup d'œil narquois en direction de Garcia qui montait la garde auprès de la voiture, les bras croisés, sans la quitter des yeux un instant. J'imagine que Garcia a reçu l'ordre de débarrasser cette île de ma présence, et si j'ai raté l'avion, cet homme a la ferme intention de m'expédier en bateau, dans un carton ou une bouteille, mais il ne faillira pas à sa mission. Croyez-vous pouvoir le convaincre de me ramener chez Gabriella ? Il faudrait également lui expliquer que je voudrais faire une surprise à Ramon, sinon il va s'empresser de le prévenir.

— Je crois que c'est dans mes cordes, répondit le prêtre en prenant Katie par le coude pour la guider jusqu'à la voiture. Quelqu'un d'aussi suffisant, d'aussi imbu de lui-même, devrait pouvoir impressionner un simple chauffeur.

— Je suis vraiment navrée, je regrette sincèrement les horreurs que j'ai dites, fit-elle, contrite.

Mais elle vit une lueur d'ironie briller dans les yeux bleus du vieux prêtre.

— Il n'est pas impossible, en effet, que le port de la soutane durant quarante longues années ait eu quelques fâcheuses conséquences. Je dois vous avouer que je me suis livré à un sérieux examen de conscience depuis cette petite conversation.

— Aurais-je interrompu vos méditations en entrant dans l'église ?

— Ce furent là de bien pénibles instants, Katherine. Je venais de vous voir passer dans la voiture de Ramon, je venais également de comprendre que vous quittiez l'île. J'avais espéré, j'avais demandé dans mes prières, que vous laissiez parler votre cœur avant d'en arriver là. Vous aviez beau faire, beau dire, je savais que vous aimiez Ramon. Allons, voyons maintenant si je puis convaincre le loyal Garcia qu'il servira au mieux les intérêts de son patron en oubliant ses consignes.

La Rolls remonta l'allée de Gabriella et Katie ne savait toujours que décider. Devait-elle demander à Garcia de la conduire jusqu'au cottage ? Et si Ramon ne rentrait pas avant plusieurs jours ? Elle ne savait où le trouver... Elle pouvait bien sûr compter sur l'aide de Gabriella, mais il faudrait égarer les soupçons de son mari.

Katie s'apprêtait à frapper lorsque la porte s'ouvrit

brusquement sur Eduardo qui se dressa devant elle, sévère, impitoyable.

— Tu n'es pas partie ?

— Non, je..., avança-t-elle, l'implorant presque, mais il l'interrompit aussitôt pour la serrer dans ses bras.

— Gabriella m'a assuré que je m'étais trompé à ton sujet, marmonna-t-il à son oreille.

Puis, la tenant toujours par les épaules, il la guida vers la salle de séjour où Gabriella l'attendait, radieuse.

— Elle m'a dit que tu ne manquais pas de courage. Tu vas en avoir besoin pour affronter Ramon..., ajouta-t-il en modérant aussitôt son enthousiasme. C'est la deuxième fois que tu le défies et il sera d'autant plus furieux.

— Où penses-tu qu'il ait l'intention de passer la nuit ? dit bravement Katie.

Perché sur le coin de son bureau, un pied posé sur le sol, Ramon affichait un masque impénétrable. Miguel et les quatre experts-comptables installés sur le somptueux sofa, à l'autre bout de la pièce, débattaient des modalités de la procédure de mise en faillite afin d'établir les documents.

De la baie vitrée de son bureau, situé au sommet d'un gratte-ciel de San Juan, Ramon observait la large boucle que décrivait un jet montant dans l'azur du ciel, par ce bel après-midi de juin. À cette heure, c'était l'avion de Katie, songea-t-il sans quitter des yeux le point argenté qui disparaissait peu à peu à l'horizon.

— En ce qui te concerne, Ramon, tu échappes au dépôt de bilan, tu as de quoi couvrir tous les impayés.

Tes bailleurs de fonds vont saisir l'île, les maisons, ton avion, ton yacht et ta collection de tableaux ainsi que tous tes biens qui seront mis en vente. Ils pourront ainsi récupérer leur mise. En dehors de cela, tes dettes personnelles se limitent aux chantiers de Saint Louis et de Chicago, les deux tours de bureaux.

Miguel prit une feuille de papier sur l'une des piles de documents disposées devant lui.

— Les banques qui t'ont accordé une partie des capitaux investis dans ce projet s'apprêtent à céder les deux buildings à de nouveaux promoteurs. Évidemment, une fois le chantier achevé, ce sont eux qui en retireront les bénéfices et ils pourront malheureusement récupérer la quasi-totalité des vingt millions de dollars que tu as engagés, ajouta Miguel avec un regard navré. Mais tu le savais, n'est-ce pas ?

Ramon se contenta d'acquiescer sans manifester la moindre émotion.

Le bourdonnement de l'interphone s'éleva derrière lui et la voix d'Élise, paniquée, résonna brusquement dans la pièce.

— J'ai en ligne M. Sidney Green, de Saint Louis. Il tient absolument à vous parler, *señor* Galverra. Il n'arrête pas de jurer, ajouta-t-elle sèchement, et il ne cesse de hurler.

— Dites-lui de rappeler, et précisez bien que je lui répondrai lorsqu'il aura retrouvé son sang-froid, ensuite, vous couperez la communication, fit Ramon d'un ton sans réplique.

Miguel eut un petit sourire.

— Évidemment, les rumeurs lancées par ses concurrents doivent l'avoir affecté. Il semblerait que sa peinture soit défectueuse, c'est du moins ce qu'on peut lire dans le *Wall Street Journal* et dans les pages économiques de tous les journaux américains.

— Je présume que sa cotation en bourse l'inquiète bigrement plus, lança l'un des experts-comptables en gratifiant Miguel d'un coup d'œil narquois. L'action Green valait vingt-cinq dollars il y a quinze jours et elle est tombée à treize dollars, ce matin. Il semblerait qu'il souffle un vent de panique sur la compagnie Green.

Très content de lui, Miguel se cala au fond de son fauteuil et croisa les bras sur sa poitrine.

— Je me demande bien ce qui a pu se passer ? fit-il, mais devant la mine réprobatrice de Ramon, il rectifia aussitôt sa position.

— Vous voulez dire Sidney Green de Saint Louis ? intervint l'un des vérificateurs assis à l'extrémité du sofa, en levant le nez de ses extraits comptables. Ce type est à la tête du groupe qui projette de reprendre votre chantier de Saint Louis, Ramon. La banque a déjà reçu une offre de leur part, ils ont l'intention d'acquérir la tour et d'en achever la construction.

— Le vautour ! gronda Miguel qui gardait en réserve un chapelet de qualificatifs tout aussi mesurés.

Mais Ramon resta de marbre face à ces manifestations d'humeur. La souffrance atroce, la colère qu'il sentait monter en lui depuis qu'il avait perdu Katie se déchaînèrent brusquement et il céda à une véritable explosion de rage. Mais le ciel venait de lui offrir une cible toute désignée : Sidney Green.

— Il siège également au conseil d'administration de cette banque et il a refusé de reconduire le prêt que j'ai contracté auprès d'elle pour lancer ce chantier, reprit-il d'une voix sourde, menaçante.

Le bourdonnement de l'interphone résonna de nouveau et Ramon répondit machinalement tandis que les experts-comptables rassemblaient leurs documents et se préparaient à partir.

— *Señor* Galverra, M. Green est en ligne, annonça Élise. Il prétend avoir retrouvé son calme.

— Passez-le-moi, dit doucement Ramon.

La voix de Green éclata comme un coup de tonnerre dans le bureau :

— Salaud ! hurla le haut-parleur.

Ramon congédia les experts-comptables d'un bref signe de tête et il lança un coup d'œil à Miguel pour le prier de rester.

— Espèce de salopard, vous m'entendez ? cria Green.

Parfaitement maître de lui, Ramon répliqua avec un calme inquiétant :

— Bien, les présentations sont faites, maintenant. Venons-en à notre affaire.

— Quelle affaire voulez-vous que je traite avec vous, espèce de...

— Sid, reprit Ramon d'un ton doucereux, je vous trouve très importun, et je perds tout sens de la mesure lorsqu'on me dérange. Vous me devez douze millions de dollars.

— Trois millions ! fulmina Green.

— Avec les intérêts, votre dette s'élève à plus de douze millions. Cela fait neuf ans que mon argent vous rapporte et, maintenant, j'exige que vous me remboursiez.

— Allez au diable ! lança Green, venimeux.

— Mais j'ai déjà un aperçu de l'enfer, répliqua Ramon, d'un ton neutre. Et vous allez m'y rejoindre. À compter d'aujourd'hui, chaque jour de retard va vous coûter un million de dollars.

— C'est ridicule, vous ne ferez jamais le poids.

Vous ne manquez vraiment pas de toupet, espèce de fils de...

— C'est ce que nous allons voir, répliqua Ramon, cinglant, avant de couper brutalement la communication.

Miguel se pencha vers lui, dévoré de curiosité.

— Tu crois vraiment avoir assez d'influence pour te permettre... ?

— Non.

— Mais s'il prenait tout de même tes menaces au sérieux ?

— Dans ce cas, c'est un imbécile. Et il ne se risquera pas à « perdre » un million de dollars supplémentaire. Dans moins de trois heures, il m'aura rappelé, il lui faut le temps de déposer l'argent à ma banque de Saint Louis avant la fermeture.

Un peu plus de trois heures s'étaient écoulées. Morose, son nœud de cravate défait, Miguel était affalé sur son fauteuil. Ramon, qui signait des documents, leva les yeux et lui proposa :

— Tu n'as pas arrêté de la journée, tu n'as même pas déjeuné. Il est l'heure de dîner à présent. Appelle la réception et demande qu'on te fasse monter de quoi manger. Il te faut prendre quelque chose si nous voulons travailler toute la soirée.

— Et toi, tu ne veux rien ? fit Miguel avant de décrocher.

À ces mots, l'image de Katie surgit brusquement devant Ramon et la souffrance devint intolérable. Il ferma les yeux.

— Non.

Miguel appela le restaurant et commanda des sandwiches. À peine eut-il raccroché que la sonnerie retentit de nouveau.

— Élise est rentrée chez elle, répondit Ramon, prenant lui-même l'appel.

Tout d'abord, il n'eut aucune réaction, puis il tendit la main vers l'amplificateur.

La voix de Sidney Green emplit l'élégant bureau.

— ... besoin de savoir à quelle banque, marmonna-t-il avec difficulté.

— Pas à la banque, répliqua sèchement Ramon. Vous le remettrez à mes avocats de Saint Louis.

Il indiqua le nom et l'adresse de ses hommes de loi avant d'ajouter :

— Dites-leur de m'appeler à ce numéro lorsqu'ils auront le chèque en main.

Une demi-heure plus tard, Ramon reçut un coup de fil du cabinet d'avocats. Fébrile, brûlant d'enthousiasme, Miguel le regarda poser le combiné.

— Et c'est tout l'effet que ça te fait ? Tu viens de gagner douze millions de dollars, Ramon !

— En réalité, j'en ai gagné quarante, répliqua Ramon avec un petit sourire narquois. Ces douze millions me permettront d'acheter des actions Green qui en vaudront vingt dans quinze jours. Je pourrai ainsi achever le chantier de Saint Louis. Et dans six mois, lorsque les bureaux seront commercialisés, je récupérerai la mise initiale : vingt millions de dollars qui s'ajouteront aux vingt premiers.

— Sans compter les bénéfices que tu pourras retirer de cette transaction.

— En effet, acquiesça Ramon sans la moindre émotion.

Miguel enfilait déjà son veston.

— Allons fêter ça, dit-il en nouant sa cravate. Il nous faut célébrer dignement ce succès et enterrer ta vie de garçon !

Les yeux de Ramon se voilèrent.

— C'est inutile. J'ai oublié de te dire, le mariage est annulé. Katie... a changé d'avis.

Sur ces mots, il ouvrit le grand classeur qui se trouvait à sa droite, peu soucieux de croiser le regard de Miguel, stupéfait et navré.

— Allez, va donc célébrer ce « succès » à ma place. Je veux jeter un coup d'œil au dossier de ce chantier.

Quelque temps après, il leva les yeux ; un jeune garçon s'avançait devant lui, tenant à la main deux sacs en papier blanc.

— Vous avez appelé la réception pour commander ces deux sandwiches, monsieur, fit-il, très impressionné par le luxe du somptueux bureau.

— Posez-les ici, répondit Ramon en désignant la table à apéritif tout en fouillant distraitement dans la poche de sa veste pour lui laisser un pourboire.

Il ne trouva qu'un billet de cinq dollars... celui que lui avait donné Katie. Pour rien au monde, il n'aurait voulu s'en séparer et il l'avait plié et replié pour ne pas le confondre avec les autres, souvenir précieux d'un ange aux cheveux d'or roux, aux yeux bleus, si rieurs.

Ramon sortit lentement le billet de son portefeuille avec le sentiment que son cœur se brisait en mille morceaux. Ses doigts s'agrippèrent au mince rectangle de papier dans un ultime sursaut, puis il s'obligea à le lâcher, ainsi qu'il avait renoncé à Katie. Il ouvrit la main et tendit le billet froissé à l'adolescent ravi.

Après son départ, il ne put détacher son regard du portefeuille. Vide, l'argent de Katie n'y était plus... Et elle était partie. Il avait retrouvé son immense fortune. Une profonde amertume le submergea ; il sentit monter une rage sourde et serra le poing. Une irrésistible envie de cogner s'empara de lui.

20

Eduardo passa machinalement sa main dans ses cheveux en désordre et croisa le regard de Katie dont la pâleur trahissait la nervosité grandissante.

— Le vigile dit qu'il a quitté son bureau à neuf heures, il y a trois heures de cela. Garcia l'attendait avec la Rolls mais ni lui, ni Garcia, ne sont rentrés à la villa de Mayagüez et aucune trace de Ramon à la demeure du Vieux San Juan.

Terriblement inquiète, Katie se mordit la lèvre.

— Crois-tu que Garcia ait pu lui avouer que je n'étais pas partie ? En ce cas, il refuse peut-être de répondre au téléphone.

— Si Ramon avait eu vent de ta présence, il ne ferait rien pour t'éviter, tu peux me croire..., répliqua Eduardo, une lueur de sarcasme au fond des yeux. Il aurait déjà débarqué ici comme un forcené.

Gabriella ne put retenir un soupir exaspéré.

— Il est inutile de terroriser Katie, Eduardo. Elle est suffisamment inquiète !

Les mains dans les poches, Eduardo cessa d'arpenter le salon en tous sens pour se tourner vers Katie.

— Écoute, je ne sais vraiment plus où le chercher. Il ne se trouve ni à la villa ni dans sa maison, pas plus que chez Rafael. Je ne vois vraiment pas où il a pu décider de passer la nuit.

Katie ignora délibérément la morsure de la jalousie... Peut-être Ramon était-il retourné vers la superbe créature auprès de laquelle on le voyait souvent, sur les coupures de presse locales ? Peut-être était-il dans ses bras...

— Je pensais qu'il rentrerait au cottage, j'en étais même persuadée. Tu es sûr qu'il n'y était pas ?

Eduardo fut formel.

— Je te l'ai dit, j'y suis passé. Il n'était que dix heures et demie ; Ramon n'est jamais couché à cette heure mais il n'y avait aucune lumière.

Katie courba la nuque, désespérée, tordant nerveusement ses mains.

— C'est là que je me serais réfugiée à sa place... au cottage, j'aurais eu le sentiment de le retrouver.

— Katie, intervint fermement Gabriella dans l'espoir de la rasséréner. Je sais ce que tu imagines mais tu as tort, crois-moi. Ramon est incapable d'aller se consoler dans les bras d'une autre. Pas ce soir.

Trop tourmentée pour remarquer le coup d'œil dubitatif qu'Eduardo lançait à sa femme, Katie lui demanda :

— Tu as bien frappé ?

Eduardo se retourna brusquement.

— Mais enfin, pourquoi aurais-tu voulu que je frappe ? La maison était vide, plongée dans l'obscurité. Et puis, Ramon aurait vu la lumière des phares, dans l'allée. Il serait sorti voir qui était là.

Fronçant les sourcils, Katie insista :

— À mon avis, tu aurais dû essayer.

Ne tenant plus en place, elle se leva pour tromper son angoisse et annonça :

— Écoutez, je vais monter jusqu'au cottage.

— Enfin, Katie, il n'y est pas, mais je vais t'accompagner si tu y tiens absolument.

— Non, ça ira, dit-elle pour tranquilliser Eduardo.

— Je ne veux pas te laisser seule avec lui, insista-t-il. J'ai vu dans quel état il était hier, j'étais auprès de lui, et...

— Je sais, je l'ai vu, moi aussi, lui rappela-t-elle doucement. Je t'assure que je ne risque rien, il lui serait difficile d'être plus exaspéré qu'il ne l'était hier.

Eduardo sortit de sa poche les clés de la voiture pour les lui tendre.

— Si j'avais le sentiment qu'il était rentré, je viendrais avec toi, mais je suis persuadé du contraire. Sois patiente, il te faudra attendre jusqu'à demain.

— Demain, mes parents seront là, répliqua fébrilement Katie.

Levant les yeux vers la pendule murale qui égrenait lugubrement les secondes, elle ajouta :

— Minuit passé... nous sommes déjà samedi. Et je dois me marier dimanche, c'est-à-dire demain !

Comme Eduardo lui avait dit que la lumière des phares dans l'allée ne pourrait passer inaperçue, elle parcourut les derniers mètres tous feux éteints. Si Ramon était bien là, il valait mieux tirer parti de l'effet de surprise. Et pour tout dire, la perspective d'affronter sa colère sur le pas de la porte ne lui souriait guère.

Un peu plus haut, elle devina une faible lueur entre les branches qu'agitait le vent et son cœur fit un bond dans sa poitrine ; elle ressentit un immense élan d'allégresse en arrêtant la voiture. Elle remonta l'allée. Ses jambes la portaient à peine et elle chancelait à chaque pas en approchant de la maison. La lampe de chevet était allumée !

Elle posa la main sur la poignée de la porte, en priant pour qu'elle ne soit pas fermée ! Katie laissa échapper un soupir de soulagement lorsque la serrure céda facilement et elle referma tout doucement derrière elle avant de se retourner. La salle de séjour était plongée dans l'obscurité mais une douce clarté filtrait dans l'embrasure de la porte.

Le moment était venu. Elle se débarrassa de son cardigan et le laissa tomber à ses pieds. Elle lissa d'une main tremblante la robe cannelle qui la moulait étroitement ; elle avait délibérément décidé de se faire tentatrice. Peut-être réussirait-elle ainsi à fléchir sa détermination ? Le décolleté profond laissait entrevoir la naissance de ses seins et les fines bretelles dégageaient les épaules ; son dos était nu. Elle passa nerveusement la main dans ses longs cheveux et s'avança à pas de loup vers la chambre.

Les nerfs tendus à se rompre, elle s'arrêta un instant sur le seuil afin de se maîtriser... Ramon était allongé sur le lit, les mains nouées derrière la nuque, et il contemplait le plafond. Sa chemise blanche découvrait son torse et il n'avait même pas retiré ses chaussures. Katie lut un tel désespoir, une telle amertume sur son profil que le remords l'étreignit soudain. Elle était incapable de détacher son regard de ce visage sombre, de ces traits austères mais superbes. Il émanait une telle puissance, une telle virilité de ce corps élancé que la fièvre s'empara d'elle, ainsi qu'une vive appréhension. Même étendu, Ramon demeurait un adversaire redoutable.

Elle fit un pas dans la pièce et l'ombre de sa silhouette se dessina sur le plafond.

Ramon l'avait aperçue. Il tourna la tête vers elle et Katie se figea aussitôt.

Il la regardait... sans paraître se rendre compte de sa présence ; ses yeux noirs la transperçaient comme si elle n'existait pas.

— Je ne suis pas partie, murmura-t-elle faiblement.

En entendant sa voix, Ramon se redressa brusquement, et d'un mouvement souple, effrayant de rapidité, il sauta hors du lit.

Son masque impénétrable semblait sculpté dans la pierre. Éperdue, incapable de deviner ses sentiments, Katie le sentait néanmoins tendu, prêt à bondir sur elle.

— Je... je n'ai pas pu..., bredouilla-t-elle.

Il avança d'un pas et Katie recula.

— Le *padre* Gregorio accepte de célébrer la cérémonie, s'empressa-t-elle d'ajouter.

— Oh, vraiment ? fit-il sourdement.

Il avança d'un pas tandis qu'elle battait en retraite.

— Je... j'ai l'intention de rapporter tout ce que j'ai réglé, proposa-t-elle en se repliant vers la salle de séjour.

— Tu en as réellement l'intention ? dit Ramon dans un souffle.

Katie hocha vigoureusement la tête ; elle avait atteint le canapé et il lui fallut le contourner.

— J'ai... j'ai vu l'album de Rafael, précisa-t-elle, hors d'haleine. Si seulement tu m'avais dit qui tu étais, j'aurais compris pourquoi tu ne voulais pas de mon argent. Je t'aurais obé...

Les mots s'étranglèrent dans sa gorge.

— ... obéi.

— Il semble que tu aies enrichi ton vocabulaire, ironisa-t-il.

Katie heurta la lampe du salon et s'esquiva prestement de côté.

— La maison croulera sous les plantes et les dentelles et je la remplirai d'enfants, promit-elle, à bout d'arguments.

Acculée contre le fauteuil, elle comprit soudain que toute retraite lui était coupée. Une véritable terreur, incontrôlable, lui noua la gorge.

— Écoute-moi, je t'en prie ! Je redoutais ce

mariage car je sentais que tu dissimulais quelque secret. Mais quoi ? Je n'aurais su le dire, et David avait...

Ramon fut soudain devant elle et elle tendit la main dans le vain espoir de le repousser.

— Crois-moi, Ramon, je t'en supplie. Je t'aime !

Il s'empara de ses épaules et l'attira à lui avec une telle violence que sa tête bascula en arrière, mais elle reconnut enfin la lueur qui animait ses yeux et ne décela aucune colère dans son regard mais bien l'amour... un amour si profond qu'il forçait l'humilité.

— Tu m'aimes, redit-il après elle avec une étrange rudesse. Et tu t'es dit, bien sûr, qu'il suffirait de m'avouer cet amour, pour que j'oublie, que je pardonne aussitôt...

— Oui, fit-elle tout bas. C'est ce que j'ai pensé. Ju... juste pour cette fois.

— Juste pour cette fois, murmura-t-il avec une tendre ironie tandis qu'il effleurait sa joue d'une main mal assurée et repoussait une mèche de cheveux en une lente caresse.

Ses doigts se perdirent dans sa chevelure et il laissa échapper une sorte de plainte, ou peut-être était-ce un rire ?

— Juste pour cette fois ? répéta-t-il comme s'il s'agissait là du plus monstrueux des euphémismes avant de la serrer contre sa poitrine et de s'emparer de ses lèvres pour le plus profond, le plus brûlant des baisers.

Un intense soulagement, une immense allégresse embrasèrent Katie ; elle laissa glisser ses mains sur son torse, noua ses doigts sur sa nuque, tout en accueillant sa bouche avide de baisers. Elle se cambra pour épouser la fermeté de ses hanches tendues contre les siennes et Ramon eut un frisson de volupté.

Il effleurait sans relâche son dos, ses épaules de ses caresses, s'aventurant un peu plus bas pour la plaquer plus étroitement contre lui.

Puis il abandonna ses lèvres pour semer une pluie de baisers ardents sur sa tempe, son front, ses yeux, sa joue.

— Je veux l'entendre encore une fois, ordonna-t-il d'une voix qu'altérait la fièvre.

— Je t'aime, fit Katie avec une intensité douloureuse. J'ai besoin de toi et je te désire... je te veux... je...

La bouche de Ramon se referma sur la sienne, insatiable, la réduisant au silence pour l'entraîner dans un univers secret où seule comptait l'impérieuse exigence de ses baisers, de ses mains, de son corps tout entier. Il prenait ses lèvres sans lui laisser le moindre répit et bientôt Katie ne fut que gémissements. Tourmentée par l'aiguillon du désir, sauvage, impitoyable, elle se mit à onduler contre lui.

Ramon s'écarta enfin et plongea son regard dans les yeux superbes que noyait la passion.

— Allons dans la chambre, *querida*, murmura-t-il fiévreusement.

Katie glissa ses mains dans l'échancrure de sa chemise, laissa errer ses doigts sur le duvet brun, un peu rêche sous ses caresses ; mais à la grande déception de Ramon, la créature merveilleuse qu'il serrait dans ses bras lui répondit très doucement :

— Non.

— Si, insista-t-il dans un murmure, cherchant déjà ses lèvres dans la ferme intention de balayer ses dernières résistances sous ses baisers.

Mais Katie secoua vivement la tête.

— Non, dit-elle de nouveau avec un sourire navré.

Eduardo redoutait à ce point ta réaction qu'il ne voulait pas me laisser venir seule. S'il n'avait pas eu la certitude que tu n'étais pas au cottage, il m'aurait accompagnée. Ne me voyant pas rentrer, il est probablement en chemin à cette heure... pour me protéger de ton courroux.

Ramon parut contrarié et fronça les sourcils, alors Katie posa sa main sur son cœur et l'effleura d'une caresse.

— Nous pourrions patienter un peu ? reprit-elle avec un grand sourire. Je vais te dire pourquoi : tout d'abord, nous avons à parler, tous les deux. Tu as voulu, exigé, une parfaite honnêteté entre nous, et tu m'as sciemment dissimulé la vérité. Je voudrais que tu m'expliques...

Comme à regret, Ramon relâcha légèrement son étreinte.

— Et ensuite ? demanda-t-il.

Katie évita son regard.

— Nous devons nous marier demain et puisque nous avons su attendre jusque-là... Enfin, le *padre* Gregorio..., fit-elle d'un air un peu penaud.

Ramon la souleva dans ses bras avec un grand éclat de rire.

— Quand nous étions jeunes, Eduardo, Miguel et moi, nous nous imaginions qu'il suffisait au *padre* Gregorio de nous regarder au fond des yeux pour deviner aussitôt quelles sottises nous avions pu faire.

Il porta Katie jusqu'au canapé et, lorsqu'il l'installa sur ses genoux, elle était toujours prisonnière de ses bras.

— Parvenait-il à vous en empêcher ?

— Non, dut-il admettre avec un sourire radieux, mais ça n'avait plus rien de drôle.

Dans la pénombre sereine de la salle de séjour, Ramon lui avoua pourquoi il lui avait dissimulé la vérité. Puis il lui expliqua, le plus simplement possible comment les derniers événements avaient radicalement changé leur avenir. Rayonnante, Katie écouta le récit des mésaventures de Sidney Green ; elle semblait beaucoup s'amuser et comprit aussitôt quels ravages Ramon avait pu causer dans son entreprise. Néanmoins, son récit achevé, le bel enthousiasme de Katie retomba quelque peu.

— Qu'y a-t-il, Katie ? dit-il gentiment.

Elle laissa errer son regard sur le salon douillet où ils étaient installés.

— Oh, rien, mais cette maison va me manquer. J'aurais pu être très heureuse, ici.

Ramon lui releva le menton et plongea son regard dans le sien.

— Tu verras, tu préféreras certainement tes autres résidences.

— Tu ne m'as pas dit que les banques allaient les faire saisir, ainsi que l'île ? demanda-t-elle avec une mimique perplexe.

— Ça n'est pas impossible, répondit-il, mais c'est peu probable. Les banquiers réagissent un peu comme des charognards, les relents de faillite les attirent comme des vautours et ils ont vite fait de récupérer les miettes, après la débâcle. Mais si le « pauvre type » semble se ressaisir, ils reculent aussitôt. Maintenant, ils vont m'observer, attendre leur heure, évaluer les bénéfices qu'ils pourraient tirer de ma nouvelle prospérité. Sidney Green clame à qui veut l'entendre que j'ai spéculé sur ses actions et que je veux le chasser de son entreprise, je le sais par mes avocats de Saint Louis ; ce genre de publicité parviendra jusqu'aux oreilles des banquiers qui se diront peut-être qu'ils ont sous-estimé mon pouvoir. Ils planeront encore un bon moment au-dessus de ma tête, sans relâcher leur surveillance, mais ils commenceront à battre en retraite. Et lorsque je relancerai le chantier de la tour, à Saint Louis, les banques de Chicago ne manqueront pas de « flairer » les bénéfices et reviendront sur leur décision. On m'accordera probablement les fonds nécessaires pour achever la construction du building.

« Tu vois, les résidences seront à toi, ainsi que les domestiques et...

— Et je n'aurai rien à faire, acheva-t-elle avec un pâle sourire. Pour toi, une femme doit rester à la maison.

Le regard de Ramon se fit inquisiteur.

— Tu viens de me dire que tu aurais pu être très heureuse, ici. En quoi le luxe d'un nouveau foyer ternirait-il ton bonheur ?

Katie savait qu'elle aurait besoin de toute sa détermination pour affronter la discussion qui s'annonçait. Elle quitta ses genoux pour s'avancer vers les fenêtres ; sentant son regard peser sur sa nuque, elle tira les rideaux et sonda la nuit d'encre. Comment lui faire comprendre ?

— J'ai dit que j'aurais pu être heureuse, ici, avança-t-elle posément, et j'*aurais* pu l'être, en effet... Nous aurions œuvré ensemble pour bâtir une vie nouvelle et j'aurais eu le sentiment d'être utile, indispensable. D'ailleurs, je pourrais l'être, mais tu ne le permettras pas.

Derrière elle, Ramon s'était levé pour la rejoindre, mais elle poursuivit, plus résolue que jamais :

— Tu vas reconstruire ton empire et j'ai une solide

formation dans le domaine des ressources humaines. Les entretiens d'embauche, les échelles de salaires et les réglementations administratives n'ont aucun secret pour moi, je sais établir une feuille de paye... je pourrais t'être très utile, mais tu t'y opposeras.

Ramon posa fermement ses mains sur ses épaules mais elle poursuivit sans fléchir :

— Je sais ce que tu penses des femmes qui travaillent... tu as été très clair à ce sujet, le jour du pique-nique. Selon toi, elles clament à la face du monde que leur mari est incapable de pourvoir à leurs besoins. Tu m'as bien précisé que c'est un véritable affront pour l'amour-propre masculin et...

Ramon resserra son étreinte et interrompit cette tirade.

— Regarde-moi, Katie. Tourne-toi, dit-il doucement.

Elle s'exécuta, s'attendant à ce qu'il tente d'apaiser sa révolte d'un baiser, mais elle fut frappée par la calme solennité avec laquelle il lui expliqua :

— Tu sais, un homme est d'autant plus jaloux de son honneur qu'il n'a pas lieu de se vanter de ce qu'il possède.

Puis il lui prit le menton et noya son regard grave dans le sien.

— Il est beaucoup plus facile d'ordonner à une femme de rester à sa « place », c'est un excellent moyen de l'obliger à modérer ses ambitions et à se contenter de peu. Je n'avais pas grand-chose à t'offrir, j'en étais bien conscient et assez humilié ! Mais j'avais le sentiment que tu pourrais être heureuse, ici, que cette vie simple, auprès de moi, te suffirait. Je tenais absolument à te persuader du bien-fondé de mon raisonnement. Comment te convaincre, sinon ? Je n'avais aucun avenir à te proposer... mais, à présent, je serai très fier, et très heureux, de t'avoir à mes côtés.

Il se détourna brusquement et elle suivit son regard. Un faible rai de lumière montait à l'assaut du chemin qui menait au cottage. Armé d'une lampe de poche, Eduardo venait « à son secours ».

Katie jeta un bref coup d'œil à Ramon mais elle ne devina aucune contrariété sur son visage qu'éclairait un large sourire. Toutefois, il lui parut songeur.

— À quoi penses-tu ? demanda-t-elle tendrement.

Ramon la contemplait et ses yeux noirs semblaient plus sombres encore tant ils reflétaient d'amour.

— Je me demandais quel cadeau de mariage je pourrais bien t'offrir.

Les bras de Katie vinrent se nouer étroitement autour de son cou.

C'est toi, mon plus beau cadeau, songea-t-elle, éperdue d'une tendresse presque douloureuse.

— Que me proposes-tu ? fit-elle, les yeux pétillants de malice.

— Eh bien, un enfant ou une Ferrari, répondit-il, radieux, avant de la serrer dans ses bras. Tu m'as bien dit qu'avec une Ferrari, « ton bonheur serait complet ».

— J'aimerais autant un bébé, avoua-t-elle en riant.

Ramon partagea sa gaieté tout en se promettant qu'elle aurait l'un et l'autre.

21

En ce dimanche très doux du mois de juin, Katherine Elizabeth Connelly remontait lentement l'allée de la vieille église espagnole. Avec un sourire un peu timide, les villageois la regardaient s'avancer fièrement, résolument, vers son destin.

Des faisceaux colorés de lumière, véritables arcs-en-ciel, filtraient à travers les vitraux lorsqu'elle donna sa main à l'homme de haute taille, le fiancé au charme latin, si séduisant, qui l'attendait au pied de l'autel. Le regard du prêtre qui les unit solennellement était empreint d'une douce joie lorsqu'elle devint Katherine de Galverra aux yeux de l'Église.

Ramon contemplait la merveilleuse jeune femme dont la chevelure soyeuse était parsemée de fleurs. Il l'écoutait prononcer les vœux sacrés du mariage mais d'autres images surgissaient devant ses yeux : Katie, mélancolique, que sa beauté distante et son maintien royal isolaient au milieu de la foule, dans ce bar pour célibataires où il l'avait rencontrée, trois semaines auparavant...

Katie, qui lui tendait un billet de cinq dollars :

« Acceptez, Ramon, je vous en prie. Vous en aurez bien l'usage. »

Katie, les yeux pétillants d'ironie, le traitant de macho, le jour du pique-nique :

« Vous serez probablement surpris d'apprendre que certaines femmes n'adorent pas émincer des oignons ou râper du fromage, ce n'est pas un don inné, chez elles. »

Katie, serrée contre lui, à la soirée de la piscine, les lèvres encore tièdes de leur baiser brûlant, son regard sombre, noyé d'inquiétude :

« Ramon, j'ai très peur... »

Et à présent, Katie auprès de lui dans cette église, levant les yeux vers lui :

— Moi, Katherine, je te prends pour époux selon les liens sacrés du mariage...

Ramon posa les yeux sur elle et une immense allégresse s'empara de tout son être, déferlant sur lui avec une intensité presque intolérable.

Ce visage radieux demeurerait dans sa mémoire jusqu'à son dernier souffle et l'écho de ces vœux qu'elle venait de prononcer avec une telle douceur résonna dans son cœur, encore et encore.

De longues heures plus tard, cette image ne s'était toujours pas estompée lorsque sa femme vint enfin à lui. Dans la chambre du cottage, le clair de lune baignait son corps splendide de sa clarté laiteuse et Ramon la contempla. Il brûlait de mettre le monde à ses pieds, elle lui avait tant donné !

Comme il l'aimait... La gorge nouée par l'émotion, il attendit que ses bras se tendent vers lui pour modeler son corps au sien et, dans une formidable explosion de tendresse, il se perdit dans sa merveilleuse douceur lorsqu'elle l'accueillit en elle.

Ils se mouvaient à présent selon le même rythme, s'aimaient avec fièvre, superbes dans leur passion, et Katie laissa échapper un cri lorsqu'elle atteignit l'extase dans un frémissement de plaisir. Alors, Ramon la serra sur son cœur et, murmurant son nom, il lui offrit un présent unique : il se donna à elle, corps et âme.

Amour et Destin

Des femmes exceptionnelles découvrent dans l'amour le sens de leur vie. Elles iront jusqu'au bout de leur quête, quel qu'en soit le prix. Héroïnes modernes, elles ont décidé de prendre en main leur destin et de l'assumer, dans un monde trop souvent hostile.

BENNETT ELIZABETH
Le balancier du cœur
3598/6
Jolie, douée mais obèse et malheureuse, Janie quitte un jour la Nouvelle-Angleterre pour devenir directrice artistique dans une agence de publicité new-yorkaise. Elle y gagnera son indépendance, perdra les kilos qui la gênaient et surtout découvrira, après quelques errances, le véritable amour.

Cœurs et âmes
3971/5 Inédit
Que cache la mort de Miranda, célèbre et richissime présentatrice de télévision, qui lègue toute sa fortune à sa sœur ? Cassie va tenter de découvrir les secrets des hommes d'affaires qui l'entouraient. Mais elle tombe bientôt dans les bras de son séduisant beau-frère. Est-ce un piège tendu à Cassie pour détourner son attention ?

BENZONI JULIETTE
Le Gerfaut
– Le Gerfaut
2206/6
– Un collier pour le diable
2207/6
– Le trésor
2208/5
– Haute-Savane
2209/5

BINGHAM CHARLOTTE
Ombre et lumière
3493/7 Inédit

BLAKE JENNIFER
Les secrets du passé
3323/6
Dans le décor luxuriant de La Nouvelle-Orléans, les passions se déchaînent autour de Riva, prisonnière d'un mystérieux passé.

Délices et fureurs
3525/6
Le parfum de la passion
3759/6

BRISKIN JACQUELINE
C'est écrit dans le ciel
3139/7
Au sommet de sa gloire, Alyssia del Mar, star secrète et fascinante, convoque les Cordiner. Elle a fait autrefois partie de cette famille de magnats du cinéma. Ils l'ont humiliée et elle a décidé de se venger...

Cœurs trahis
3431/7

BROWN SANDRA
French Silk
3472/7
Des secrets bien gardés
3617/6
Substitution ?
3666/6 Inédit
Texas !
– Le destin de Lucky
3282/3
– Le destin de Rocky
3432/3
– Le destin de Sally
3563/3
Le souffle du scandale
3727/7
En quelques heures, trois voyous sans scrupules font basculer la vie de Jade dans l'horreur. Désormais, elle n'aura plus qu'un but : se venger. Dillon parviendra-t-il à lui redonner le goût du bonheur ?

CLARKE BRENDA
Au-delà du monde
3618/5
Qui était cet homme auprès de qui elle a vécu durant vingt-cinq ans ? Rowland l'a-t-il vraiment aimée ?

COOKSON CATHERINE
Le bonheur secret d'Emma
3343/5
Dès son plus jeune âge, Emma a compris qu'un seul homme compterait pour elle : le pasteur Henri Grainger.

Les tourments d'Annabella
3487/7

DAILEY JANET
Le mal-aimé
1900/4
Prisonniers du bonheur
2101/4
Le triomphe de l'amour
2430/5

DEJONG LINDA RENÉE
Illusions brisées
3395/6

DELINSKY BARBARA
Une femme trahie
3396/7
Lorsque Jeff, son mari, disparaît brusquement, Laura se trouve confrontée à une situation financière catastrophique. Avec horreur, elle comprend alors qu'elle vivait auprès d'un inconnu.

La quête de Chelsea Kane
3450/6
Empreintes
3576/6
Un moment d'égarement
3728/7
Le mystère de Mara
3972/7

Amour et Destin

DE MAREZ Marnie
L'épouse indésirable
3686/5 Inédit
Un mari sous contrat
4019/5 Inédit
En découvrant qu'il est ruiné, Reynald, duc de Wedgwood, se retrouve à la merci de son principal créancier. Lorsque ce dernier exige qu'il épouse une de ses filles, Reynald est contraint de s'exécuter. Et le charme de la ravissante Lydia ne parviendra pas à l'attendrir. C'est du moins ce qu'il a décidé...

DEVERAUX Jude
Entre ses mains
3544/6 Inédit
La patience récompensée
3843/2 Inédit
Accords parfaits
3942/3 Inédit

EDMONDS Lucinda
Sous le charme
4001/8 Inédit
A dix-sept ans, Maddie a hérité de la grâce et du talent de sa mère, danseuse étoile tragiquement disparue. Lorsque, marchant sur ses traces, Maddie est acceptée dans le corps de ballet de l'Opéra de Londres, ses rêves s'écroulent. Le monde de la danse est impitoyable et la jeune fille, cible des jalousies et des rivalités, va en payer le prix fort...

FIELDING Joy
Les amours déchirées
3545/5

GOLDREICH Gloria
Rencontre
3471/5

HEATH Lorraine
Entre deux flammes
4044/6 Inédit

HOAG Tami
L'homme des marais
3706/5 Inédit

JAGGER Brenda
L'amour revient toujours
3390/5

KRENTZ Jayne Ann
Le petit-fils prodigue
3707/5 Inédit
Un mariage blanc
3797/5 Inédit
Talents cachés
3943/6 Inédit
Qui aurait pu croire à une telle rencontre ? Serenity est épicière, spécialisée dans les produits bio. Calęc, un jeune loup de la finance. Pourtant, Serenity va découvrir les drames secrets de cet homme, mais aussi ses talents cachés. Seul, le grand amour peut unir ces êtres que tout semble séparer.

LAIMAN Leah
La richesse du cœur
3887/4 Inédit
Héritier des usines automobiles D'Uberville Motors, Andrew est fiancé à Bethany Havenhurst : un mariage de raison plus que d'amour. Mais un soir d'été, au bord du lac de Millpond où doit être édifiée une nouvelle usine, il rencontre Samantha Miles, mécanicienne et simple employée de l'entreprise...

LAKER Rosalind
Reflets d'amour
2129/5 Inédit
Le sentier d'émeraudes
2351/6
Splendeur dorée
2549/5

LAROSA Linda
Princesse Alexandra
3358/7
Par un beau matin d'été de 1868, une jeune femme s'enfuit du domicile conjugal, en Autriche, et se réfugie à Paris, sous une fausse identité. C'est Alexandra, cousine de l'empereur François-Joseph...

MACOMBER Debbie
L'amour par petite annonce
3865/5 Inédit
Débordé par ses trois neveux orphelins, dont il a désormais la charge, Travis, célibataire endurci, se résoud à passer une annonce matrimoniale. Parmi toutes les réponses qu'il reçoit, une lettre retient son attention : celle de la timide et solitaire Mary. Mais peut-on trouver l'amour par petite annonce ?
Des anges passent
3987/5 Inédit
Ne vous posez plus de questions sur le sexe des anges : le problème est ici résolu. Ce sont de charmantes jeunes femmes que leur patron, l'archange Gabriel, envoie sur terre pour exaucer nos prières. Monica cherche un mari, Léah veut un bébé, Shirley cherche un père pour son fils. Les anges vont les aider à trouver le bonheur.

MANSELL Jill
Malentendus
3685/6 Inédit
Pour la magie d'un baiser
3779/6
Trois femmes en quête du bonheur...
Troublante différence
3904/7 Inédit
Las de ses liaisons successives avec des top models au corps parfait et au cœur vide, le photographe Guy Cassidy s'interroge sur sa vie et sur les femmes, lorsqu'il rencontre les sœurs Vaughan...

Amour et Destin

McNAUGHT Judith
L'homme qui haïssait les femmes
3665/4 Inédit
Où tu iras, j'irai
3760/6
Lorsqu'un inconnu vous demande de tout abandonner pour le suivre à Porto Rico, on a certes le droit d'hésiter...

MORSI Pamela
Amour pour rire
4043/5 Inédit
Fille d'un pasteur, en Oklahoma, Tulsa se croit laide. De plus, le médecin sur lequel elle a jeté son dévolu, vient de l'éconduire. Grave humiliation, à laquelle son ami Luther décide de remédier : pour faire cesser les commérages, les jeunes gens prétendront qu'ils sont fiancés.

PEARSON Michael
Une femme d'argent
3359/5
De New York à Londres, en ce début de siècle, l'irrésistible ascension de Victoria dans le monde de la haute finance.

PLAIN Belva
Les trésors de la vie
3524/7

QUIN-HARKIN Janet
Grace au ciel
3812/5

RENICK Jeane
Fais-moi confiance
3597/6
L'enfant de la dernière chance
3742/6
Un bébé ! Cette idée obsède Marielle, à qui la nature ne laisse plus beaucoup de temps. Après mille péripéties, elle aura enfin ce qu'elle veut, et le bonheur en prime.

Le regard de Leanna
3844/6 Inédit

SAWYER Meryl
Méfiez-vous des inconnus
3780/8
Promets-moi l'amour
3903/6 Inédit

SELINKO Annemarie
Désirée
3374/5 & 3375/5

SIMPSON Pamela
Revers de fortune
3451/7

SMITH Deborah
L'amour par Miracle
3564/7 Inédit
Le saule bleu
3645/7 Inédit
Le rubis de Pandora
3886/6 Inédit

SPENCER Lavyrle
Doux amer
2942/7 Inédit
Demain le bonheur...
3798/8 Inédit
En 1917, Lannie rejoint son nouveau poste d'institutrice dans le Dakota. La jeune femme va découvrir les grandes plaines du Middle West, des gens simples et vrais, et trouver l'amour.

Chambre à part
3919/7 Inédit
La voix du cœur
4020/4 Inédit

TAYLOR Lucy
Les années de feu
3646/6 Inédit

THIERY Alain
La chirurgienne
3880/6

THOMAS Rosie
Célébration
3357/5
Œnologue réputée, Bell est fermement décidée à faire carrière dans un monde habituellement fermé aux femmes. L'amour va, toutefois, orienter différemment son destin.

La belle conquérante
3510/9

WEBB Peggy
Un amour de dauphin
3920/5 Inédit
Né avec la maladie bleue, Jeffy est, à quatre ans à demi-paralysé et enfermé dans un mutisme absolu. Pour le sortir de son silence et de sa dépression, Susan, sa mère, l'emmène au Centre de Recherches Océaniques, où s'ébattent les dauphins. C'est là qu'elle rencontre Paul Tyler, un chirurgien au passé douloureux.

La passion d'Aigle Noir
4060/6 Inédit
Tout juste diplômée de la faculté de médecine, Kate Malone a accepté le poste qu'on lui propose dans une réserve indienne de l'Oklaoma. Dès son arrivée, elle s'éprend d'Aigle Noir, le fils du chef de la réserve. Mais leur liaison dérange la population de la réserve, qui n'est guère favorables aux mélanges raciaux, et un incendie criminel ravage bientôt le dispensaire de Kate.

Aventures et Passions

Quand les passions se déchaînent, quand elles entraînent des êtres prêts à tout pour les vivre dans un tourbillon d'aventures tumultueuses, elles sont dans la collection Aventures et Passions.

De l'Angleterre moyenâgeuse à la Louisiane déchirée par la guerre de Sécession, des îles Caraïbes aux rivages de l'Inde, Johanna Lindsey, Julie Garwood, Jennifer Blake, Kathleen Woodiwiss et tous les meilleurs auteurs du genre dressent pour vous des décors historiques somptueux. Suivez les aventures de leurs héroïnes rebelles que seul l'amour parvient à dompter.

BITTNER Rosanne

Pionnière au Montana
3970/6 Inédit

BLAKE Jennifer

Sérénade en Louisiane
3169/5
Les chaînes de l'amour
3240/5
Un éden sauvage
3347/6
Le vengeur créole
3415/5
Le temps d'une valse
3758/5

Bien qu'ayant fait un mariage de convenance, Amélie n'aura pourtant de cesse qu'il soit consommé. Mais au matin, elle s'apercevra qu'elle a pris, sans le savoir, un amant !

BRANDEWYNE Rebecca

La lande sauvage
3018/5
Duel sur la lande
3055/4
Pour l'amour d'un comanchero
3159/7
La passion du conquistador
3285/5

Pour échapper aux intrigues perverses de Don Rodolfo, Aurora est prête à s'enfuir au bout du monde !

Les amants hors la loi
3397/6
Un mari en héritage
3543/5
La prisonnière du drakkar
3907/5 Inédit

BUSBEE Shirley

Le quiproquo de minuit
2930/5
Au-delà du pardon
2957/5
L'appel de la passion
3056/8
Sous le sceau de l'amour
3287/7

CAMDEN Patricia

Sous la coupe du Sultan
3704/6 Inédit
Le fils du diable
3868/5 Inédit

COPELAND Lori

Hannah l'indomptable
3260/2
Les traîtrises de l'amour
3414/5
La piste de la vengeance
4061/4 Inédit

COULTER Catherine

Esclave du Viking
4023/5 Inédit

DAILEY Janet

Le solitaire
1580/4

DEVERAUX Jude

La saga des Montgomery
- Les yeux de velours
2927/5
- Un teint de velours
3003/5
- Une mélodie de velours
3049/4
- Un ange de velours
3127/4

Les dames de Virginie
- Kidnappée par erreur
3180/5
- La fiancée délaissée
3181/4
- Mariage forcé
3182/5
- Le pays enchanté
3372/5

Duel de femmes
3447/4
L'homme au masque
3523/4
Les entraves de l'amour
3643/5
La duchesse infidèle
3683/6 Inédit
Un mari par procuration
3794/4

Directrice d'une agence matrimoniale, Carrie tombe amoureuse d'un de ses clients en voyant sa photo...

La tentatrice
3889/5 Inédit

A vingt-huit ans, Christiana n'est toujours pas mariée. De plus, elle est résolue à faire carrière comme reporter. Est-ce là un métier pour une jeune fille de bonne famille ? Furieux, son père engage deux hommes pour la ramener à la maison. Tynan et Asher parviendront-ils à remplir leur mission ?

L'éveil d'Amanda
4045/4

Aventures et Passions

FEATHER Jane
La favorite du sérail
3448/6
A Grenade, à la fin du XVe siècle, la belle Sarita succombe au charme d'Abdul, le seigneur maure qui règne sur l'Andalousie. Cependant dans le sérail de l'Alhambra, de sombres complots se trament contre la favorite.
La nuit de Saint-Petersbourg
3560/6
La favorite afghane
3664/7 Inédit
Muté par ses supérieurs en Afghanistan, le capitaine Kit Ralston de l'armée britannique ne s'attendait certes pas au charmant spectacle d'une ravissante jeune femme indigène, se baignant nue dans une rivière ! Mais la belle Ayesha est la favorite du cruel Akbar Khan...

FINCH Carol
Aveuglée par l'amour
3777/6
Séduction au clair de lune
3946/6 Inédit

GARLOCK Dorothy
Le métis apache
3594/5

GARWOOD Julie
Sur ordre du roi
3019/5
Un ange diabolique
3092/5
Un cadeau empoisonné
3219/5
Désir rebelle
3286/5
La fiancée offerte
3346/5
Le secret de Judith
3467/5
Un mari féroce
3662/6 Inédit
Le voile et la vertu
3796/5

HAGAN Patricia
Violences et passions
3201/6
Folies et passions
3272/5
Gloires et passions
3326/6
Fureurs et passions
3398/5
Splendeurs et passions
3541/5
Rêves et passions
3682/6 Inédit
Honneur et passions
3756/5
Triomphe et passions
3847/5

HANNAH Kristin
Pépites d'or
4004/7 Inédit

HAZARD Barbara
L'aventurier des Bermudes
3703/7 Inédit
Coup monté
3811/6

HENLEY Virginia
La colombe et le faucon
3259/5
La fleur et le faucon
3416/6
La rose et le corbeau
3522/5
Les amants secrets
3641/7 Inédit
Mariage à l'essai
3866/7 Inédit
La travestie de Venise
3969/7 Inédit
Pour éviter que la propriété familiale ne tombe aux mains d'un cousin sans scrupules, Antonia prend l'identité de son frère jumeau, disparu en mer. C'est alors qu'arrive son tuteur, Adam Savage, un aventurier qui a fait fortune à Ceylan. Trouvant le jeune Tony trop timoré, il entreprend de faire son éducation...

JOHANSEN Iris
Prince de cœur
3757/7
Dans l'Inde de l'époque coloniale, l'intrépide Jane Barnaby dirige la construction d'une voie ferrée et connaît une passion tumultueuse auprès du beau Ruel, un aventurier écossais.

JOHNSON Susan
Proposition malhonnête
3542/5
Le séducteur sauvage
3642/6 Inédit
Les enchères de la passion
3705/7 Inédit

JOYCE Brenda
Le fier conquérant
3222/5
Des feux sombres
3371/5
Candice la rebelle
3684/7 Inédit

KLEYPAS Lisa
Par pure provocation
3945/5 Inédit
Arrogante et provocatrice, Lily Lawson semble prendre plaisir à choquer la bonne société londonienne. Au point que sa famille, outrée par ses extravagances, ne la reçoit plus. Lily va même jusqu'à tenter de séduire le fiancé de sa sœur, le hautain Lord Alex Raifort. Mais le secret de sa conduite scandaleuse ne réside-t-il pas dans une terrible blessure ?
L'ange de minuit
4062/4 Inédit
Condamnée à mort pour le meurtre de son fiancé, un pervers qu'on a retrouvé égorgé, Tasia parvient à s'enfuir de Russie et gagne l'Angleterre. Sous un nom d'emprunt, elle entre comme gouvernante au service de Lord Stokehurst. Celui-ci succombe peu à peu au charme exotique de la mystérieuse jeune femme.

Aventures et Passions

LANDIS Jill Marie
L'héritage de Jade
3449/6

LINDSEY Johanna
Samantha
2533/3
Esclave et châtelaine
2925/4
La révoltée du harem
2956/6
La fiancée captive
3035/4
Les feux du désir
3091/5
La Viking insoumise
3115/5
Un si doux orage
3200/4
Un cœur si sauvage
3258/4
En recherchant son père disparu en territoire comanche, Jessica va découvrir la passion dans les bras de son guide, Chandos.
Epouse ou maîtresse ?
3304/3
Captifs du désir
3430/4
Une fiancée pour enjeu
3593/5
Paria de l'amour
3725/4
Les frères Malory
- Passagère clandestine
3778/5
- Le séducteur impénitent
3888/4 Inédit
- Tendre rebelle
4003/4 Inédit
Fuyant son cousin qui veut s'emparer de sa fortune, Roslynn, une ravissante écossaise de vingt ans, débarque à Londres en 1818. Il lui faut d'urgence trouver un mari pour la protéger car son cousin semble prêt à tout. Mais le bel Anthony Malory, qu'elle rencontre au cours de son premier bal, est un célibataire endurci !

LOWELL Elizabeth
Poker menteuse
3726/5
Aventure dans les Rocheuses
3988/4 Inédit

McKINNEY Meagan
L'enchanteresse perverse
3239/5
L'ange de la vengeance
3373/5
Le corsaire des Caraïbes
3490/5
Le secret de la passion
3795/6
Le secret de la veuve
3923/6 Inédit

McNAUGHT Judith
Les machinations du destin
3399/7
Incorrigible séducteur, le duc Jordan ne croit pas à l'amour. Pourtant il décide un jour de se marier avec une inconnue, par simple reconnaissance : elle lui a sauvé la vie. Mais Alexandra est ravissante et elle a de l'esprit !
Compromise
3521/6
La scandaleuse
3741/5
L'amant de l'ombre
3810/7
Que faire lorsque votre fiancé vous a abandonnée et qu'un beau ténébreux demande à être consolé d'une expérience conjugale malheureuse ?

MATTHEWS Patricia
La promesse sauvage
2987/5
Les trois amours de Rachel
3160/6
Le déchaînement des passions
3348/5

MICHAELS Fern
Passions captives
3492/7
Dans la tourmente du désir
3575/8

MILLER Linda Lael
Pendue ou mariée
3614/4
L'épouse yankee
3867/5 Inédit

MORSI Pamela
La liaison scandaleuse
4021/5 Inédit

NERI Penelope
Séductrice en guenilles
3562/8
La captive du Sahara
3644/7 Inédit

O'BANYON Constance
L'amante masquée
3428/6

O'GREEN Jennifer
Prisonnière du roi
2981/5

ORWIG Sara
La belle d'Albuquerque
3890/4 Inédit
La belle de La Nouvelle-Orléans
3968/6 Inédit

POTTER Patricia
Le flambeur du Mississippi
3468/6
Sans foi ni loi
3561/5

QUICK Amanda
La séductrice inattendue
3491/5
La dame voilée
3612/5
Etrange passion
3921/4

3760

Composition Euronumérique
Achevé d'imprimer en Europe (France)
par Brodard et Taupin à La Flèche (Sarthe)
le 4 août 1995. 1562M-5
Dépôt légal août 1995. ISBN 2-277-23760-4
1er dépôt légal dans la collection : août 1994
Éditions J'ai lu
27, rue Cassette, 75006 Paris
Diffusion France et étranger : Flammarion